죄의 궤적

1

죄의 궤적

1

오쿠다 히데오

장편소설 ― 송태욱 옮김

은행나무

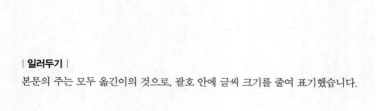

| 일러두기 |
본문의 주는 모두 옮긴이의 것으로, 괄호 안에 글씨 크기를 줄여 표기했습니다.

1

　내일부터 다시마 채취 금지가 풀린다고 생각하니 우노 간지는 흥분되어 제대로 잠을 이룰 수가 없다. 잠자리에 든 것은 저녁 9시였지만 전혀 잠이 오지 않는다. 술을 조금 마셔봤지만 오히려 눈만 말똥말똥해질 뿐이다. 어쩔 수 없이 침대에서 빠져나와 감시대로 올라가 밤바람을 쐬었다. 북쪽 하늘은 희미한 백야로, 동해의 수평선에는 가느다란 빛이 떠 있었다. 바다는 고요하고 눈을 감으면 해조음이 머리 주위를 빙글빙글 돌았다. 레분토(礼文島)의 7월은 지구가 둥글다는 것을 알려준다.

　간지가 빈집이 된 파수막에 혼자 머물게 된 지도 어느덧 석달이 되려 하고 있었다. 후나도마리의 해변에는 청어잡이가 번성하던 무렵의 파수막이 많이 남아 있다. 대부분 썩어가고 있지만, 사카이 도라키치라는 선주 한 사람만은 다시 청어가 돌아올 거라고 말하며 그 유지와 관리를 위해 간지를 고용하여 살게 하고 있는 것이다. 사카이 도라키치 일가는 언덕 위에 지은 새 집에 살고 있다. 해변에서 가장 오래된 파수막은 이미 8년이 되었다. 보수를 하지 않은 탓에 외벽 전체가 썩어가고 있으며 지붕은 비가 샌다. 계속 해풍을 맞으면 집이 이렇게 상하기 쉬운 건가 하고 간지는 새삼 놀랐다. 드문드문 흩어진 인적 없는 파수막은 이 섬의 미래를 암시하고 있는 것 같다.

예전에 그물질 한 번에 200톤의 어획량을 자랑했던 홋카이도의 청어잡이는 1955년을 경계로 한 마리, 두 마리 헤아릴 정도로 격감했다. 남획 탓이라거나 해수 온도의 변화 탓이라는 등 여러 가지 이야기가 나오고 있지만 원인은 지금도 특정되지 않고, 노인들은 빈정거림을 섞어 천벌이 내렸다고 말하고 있다. 실제로 청어잡이가 전성기를 누리던 시절의 번창하던 모습은 끝나고 보니 꿈만 같아서, 선주 이외의 사람들은 그런 나날이 영원히 계속될 리가 없었던 거라며 단념하는 것도 빨랐다.

그 무렵 아직 초등학생이었던 간지도 청어잡이로 들끓었던 마을의 모습을 또렷이 기억하고 있다.

매년 3월이 되면 봄과 함께 도호쿠 지방으로부터 '얀슈'라 불리는 어부들이 돈을 벌기 위해 마을로 찾아왔다. 파수막의 겨울 덮개가 치워지고 주위의 눈을 치우는 작업이 이루어진다. 하나의 파수막에 서른 명 정도가 머무르며 청어잡이 준비를 시작한다. 어선을 단장하는 것에서부터 어구의 수선, 정치망 어업의 장치 만들기까지, 아무리 인력이 많아도 부족할 정도였다.

파수막 안은 널찍한 마룻바닥에 세 개의 이로리(방바닥을 네모나게 파내고 재를 깔아 불을 피우는 일본의 전통적인 난방장치)가 설치되어 있고 그것을 둘러싸듯이 세 방향의 벽에 이층 침대가 늘어서 있었다. 다락방에도 침대가 있는데 그곳은 사람이 서 있는 게 고작인 높이로 잠만 자기 위한 시설이었다. 봉당에는 개수대와 아궁이가 있어 마을 여자들이 밥을 지었다. 그리고 봉당을 사이에 둔 반대쪽이 선주가 거처하는 곳인데, 그곳만 건재가 호화로웠다. 다다미가 깔려 있는 것도 선주가 거처하는 공간뿐이었다.

준비가 끝나면 그해 처음 그물을 치는 축하 행사가 이루어진다. 신관이 액막이를 하고 술과 음식이 나오고 홍백의 떡이 나누어진다. 아이들에게는 그것이 기다려지는 일이었다.

3월 중순에 드디어 청어 떼가 찾아온다. 어른들은 그것을 '구키'라고 불렀다. 청어 떼가 몰려들기 시작하면 바다가 유백색으로 물들었다. 3월 초순은 청어의 산란기로 수컷이 정액을 내뿜으며 돌아다닌다. 선장들이 적당한 시기를 보아 배가 드디어 부두를 떠난다. 선단은 오코시부네(자리그물을 끌어당겨 청어를 그물 한쪽으로 몰아가는 작업을 하는 배) 한 척, 와쿠부네(선체 하부에 매단 그물 안에 청어를 넣어 운반하는 배) 두 척, 구미부네(그물에서 청어를 퍼 올려 배 위에 싣고 육지로 운반하는 배) 두 척, 연락용의 이소부네(앞바다의 배와 육지 사이의 연락이나 자리그물의 유지 관리, 걸그물 등에 사용되는 배) 두 척의 진용으로 각각 역할을 분담한다. 모두 노를 젓는 배인 것은 청어가 경계심이 많아 소리에 민감하기 때문이다. 배 안에서 밤을 새는 '오키도마리'를 한 후 해가 뜸과 동시에 청어잡이가 시작된다.

청어잡이는 해변에서 500미터쯤 떨어진 앞바다에서 이루어지기 때문에 아이들은 산 중턱으로 올라가 그 광경을 바라보았다. 작업에 맞춰 어부들이 부르는 노랫소리가 바람을 타고 들려오는 일도 있었다. 청어가 오면 '구키 방학'으로 학교도 안 간다. 아이들도 도우라는 것이다.

정오가 가까워지면 어선이 해변으로 돌아왔다. 배 안은 청어로 만선이었다. 어부들은 흥분 상태로 환성인지 고함인지 알 수 없는 소리를 질러댔다. 잔교에는 '못코'라 불리는 나무 상자를 짊어진 여자들이 기다리고 있다가 배에서 내린 청어를 집하장까지 여러 번에 걸쳐 옮겼다. 아이들은 어머니나 할머니 뒤를 따라 걸으며 못코에서 떨어지는 청어를 줍는 것이 일이었다. 갓난아이와 병자 이외의 마을 사람 모두가 뭔가의 역할을 맡았다. 이렇게 일주일쯤 청어잡이를 하면 1년 치의 수입을 얻을 수 있었다. 선주는 앞다투어 호화 주택을 지었고 마을 사람들은 그 떡고물을 챙겼다. 레분토의 청어잡이는 섬의 생활 그 자체였다. 그 생명선이라고도 할 수 있는 청어잡이가 쇠퇴하고 만 것이다. 1963년인 지금 해변에 점재하는 파수막은 그 꿈의 흔적이다.

검은 바다를 바라보고 있었더니 몸이 차가워져 간지는 두 팔을 문질렀다. 여름이라 하더라도 일본 북쪽 지방 끝자락의 밤은 반소매 옷으로는 지낼 수 없다. 간지는 재채기를 한 번 하고 감시대에서 내려왔다. 다시 이불 속으로 들어가 라디오를 켰다. 북한 방송이 혼선되는 가운데 히로타 미에코의 '베케이션'이 흘러나왔다. 작년부터 히트한 노래로, 간지는 이 노래가 좋았다.

반짝반짝 빛나는 태양을 등으로 받으며, 파란 바다, 헤엄치자—

이 한 구절만으로 도쿄 근교의 바다, 눈부신 태양과 비키니 차림의 젊은 여자를 머릿속에 그리며 달콤한 기분에 빠질 수 있었다. 레분토에는 없는 것뿐이어서 동경하는 마음이 한층 강렬해진다. 간지는 가을에 상경할 생각이었다. 이대로 섬에 있어도 고용된 어부로서 혹사당할 뿐이다. 올해 스무 살이 된 자신에게는 인생을 즐길 권리가 있다. 그 이상 레분토에서 살 생각은 없다.

차례로 흘러나오는 히트곡을 듣고 있었더니 눈꺼풀이 무거워졌다. 드디어 잠들 수 있을 것 같았다. 간지는 어둠의 세계로 떨어져갔다.

　　새벽 4시에 일어나 창밖을 보니, 해가 뜬 직후의 하늘에는 엷은 구름의 선이 자로 그은 듯이 달리고 있었다. 장대 끝에 묶여 있는 풍향기가 진자처럼 흔들리고 있다. 바다가 잔잔한 것은 아니지만 고기잡이에 지장이 없는 정도의 바람이다. 간지는 서둘러 옷을 갈아입고 파수막을 나서서 언덕을 뛰어 올라갔다. 도라키치의 저택 부엌문으로 돌아가 "안녕히 주무셨사옵니까?" 하고 인사했다.

　　"시끄러. 평범하게 말 안 할래?"

　　안주인이 눈을 치뜨고 화를 냈다. 안주인은 "바보는 타고난 목소리가 커서 지랄이야"라고 늘 꾸중을 했다.

　　"죄송합니다."

　　"어서 먹기나 해."

　　말한 대로 부엌으로 올라가 마루방에서 아침을 먹는다. 흰 쌀밥과 된장국에 말린 정어리구이 하나가 딸린, 매일 아침에 먹는 메뉴다. 풍로에 구운 도미 한 마리가 접시에 담겨 안쪽의 저택으로 날라지는 것을 곁눈으로 보며 흰 쌀밥을 급히 퍼먹었다.

5분 만에 아침을 다 먹고 도라키치에게 가서 인사를 했다.

"어르신, 올해 다시마 채취 잘 부탁드립니다."

바로 앞에 무릎을 꿇고 앉아 손을 짚으며 고개를 숙였다.

"어어, 간지. 일 똑바로 해. 너한테는 석 달이나 밥을 먹여줬으니까. 은혜 잊지 말고."

도라키치는 도코노마(다다미방 한쪽을 바닥보다 높이 만든 곳으로, 인형이나 꽃, 족자 등으로 장식한다)의 장식 기둥에 기대어 도미를 먹고 있었다. 아침부터 술도 마시고 있다. 고기잡이 첫날의 기세를 올리기 위해서다.

"예, 알겠습니다."

이렇게만 말하고 물러 나왔다. 지난 석 달 동안 밥을 먹여준 건 사실이다. 하지만 그동안 매일 장작을 패야 했고 청소를 해야 했다. 때로는 도라키치에게 안마도 해주었다.

안주인이 시켜서 마당을 쓸고 문과 현관에 소금을 쌓았다. 하늘은 완전히 환해졌고 아침 안개가 자욱했다. 몸을 움직였더니 금세 온몸에서 땀이 나기 시작했다.

잡일을 마치고 저택을 나와 해변까지 달려갔다. 풍향기와는 다른 장대에 백기를 내건다. 고기잡이가 있는 날 내거는 기치다. 창고에는 이미 서른 명 정도의 어부들이 모여서 어구를 손질하고 있었다.

"수고하십니다."

"어, 간지. 도라키치 어르신은 아직이야?" 한 어부가 물었다.

"이제 곧 오실 겁니다."

"어차피 술이라도 마시고 있겠지."

"예, 마시고 있습니다."

"하하, 그 어르신도 참 언제까지 갑부 행세를 하는 거야? 청어는 진작 없어졌고 지금은 다시마로 벌어먹고 있을 뿐인데 말이야. 태평하다니까."

어부가 코웃음을 치자 다들 웃었다. 도라키치는 인망이 없다. 으스대기만 해서다.

잠시 후 도라키치와 조합장이 흰옷 차림의 신관을 데려왔다.

"다들 수고가 많네. 올해도 가기오로시를 맞이할 수 있게 되었네. 일단 사고가 일어나지 않도록 각자 유의하고…….."

조합장이 인사를 했다. 가기오로시란 다시마 채취 금지가 풀리는 날을 말한다. 이어서 도라키치가 앞에 섰다. 술이 들어간 탓인지 아침부터 얼굴이 불콰하다.

"자네들, 올해도 다시마 채취의 계절이 왔네. 힘을 내서 채취해주게. 많이 채취해서 돈을 많이 벌고 배나 선외기를 사면 좋겠지. 그러면 자네들도 독립하는 거야."

어부들은 흥이 깨진 모습으로 쓴웃음을 지었다.

청어잡이와 달리 다시마 채취는 개인도 가능하기 때문에, 선주인 도라키치는 위기감에서 밑천이 없는 어부들에게 배나

12

선외기를 빌려주고 부하로 두고 있었다. 간지는 그중의 최하층으로, 잘 곳도 없기 때문에 노예나 마찬가지였다. 매달 급여가 5000엔이다.

마지막으로 신관이 액막이를 했다. 남자들은 얌전한 얼굴로 고개를 숙이고 있다. 일찍 일어난 동네 아이들이 어느새 몰려들어 멀리서 빙 둘러선 채 바라보고 있었다. 채취 금지가 풀리는 날은 지금도 떡을 나누어주기 때문이다.

새벽 5시가 되자 조합장이 종을 쳤다. 다시마 채취의 시작이다. 어부들이 이소부네에 올라타고 출항한다. 간지도 뒤를 따랐다. 어부에게는 경사스러운 날이지만 청어잡이가 융성했던 무렵의 활기에 비하면 수수하다는 인상을 지울 수 없었다. 무엇보다 여자들의 배웅이 없다.

간지는 배를 타고 곶을 돌아 동쪽으로 나아갔다. 어장은 각자가 사전에 가늠해두었지만, 지난 몇 년은 섬의 동쪽 해안의 갯바위가 풍부한 장소였다. 다른 배도 같은 곳을 목표로 하고 있다. 눈앞에는 리시리후지(홋카이도 최북단의 섬 리시리토에 있는 리시리산의 별칭으로, 후지산을 닮아 리시리후지라고 불린다)가 오렌지색의 아침 해를 받아 우뚝 솟아 있었다. 늘 봐서 익숙한 섬사람들도 넋을 잃고 바라볼 정도로 아름답다.

어장에 도착하여 각 배가 5미터 정도의 간격을 두고 갯바위가 있는 물가에 배를 세웠다. 바람이 잦아 배가 흔들리는 일은 없다. 간지는 유리 상자를 바닷속에 넣고 배에서 몸을 내밀어 들여다보았다. 두툼한 2년산 천연 다시마가 하늘하늘 흔들리고 있다. 어부는 이인조도 있지만 간지는 단독이라 모든 것을 혼자 해야만 한다.

유리 상자로 위치를 확인하면 '맛카'라 불리는 끝이 두 갈래인 장대를 바닷속에 넣어 다시마를 걸고, 포크로 스파게티를 휘감듯이 둘둘 감아 배 위로 끌어 올린다. 이것이 상당히 힘이 필요한 일로, 이내 팔 근육이 땡땡하게 부어오른다. 어제와 그제 배를 타고 나가 연습을 했지만 실전은 사정이 달랐다. 간지는 스무 살의 젊은이인데도 마흔이 넘은 어부들에게 체력에서 완전히 지고 있었다. 한 번 끌어 올리면 숨이 차서 5분은 휴식이 필요하다.

"이봐, 간지. 다시마는 밑동을 가지런히 쌓지 않으면 내릴 때 고생해."

담배를 피우며 쉬고 있으니 가까이에서 작업을 하던 노인이 간지의 배를 들여다보며 말했다.

"아, 예. 주의하겠습니다." 간지가 대답했다.

"할아버지, 말해도 소용없어요. 그런 건 우리가 진작 가르쳐 줬지요. 그래도 간지는 세 발짝만 걸으면 잊어먹거든요. 이 녀석의 별명이 닭대가리라는 건 할아버지도 아시죠?" 아카이라는 젊은 어부가 코웃음을 치며 말했다. "이봐, 간지. 배가 떠내려가고 있어."

"아, 예."

그 말을 듣고 알았지만 바람이 불어 파도가 일기 시작하고 있었다.

"야, 열에서 비켜. 부딪친다."

"예."

"너는 눈치도 없어?"

"죄송합니다."

간지는 아카이에게 고개를 숙이고 배를 깊은 여울로 이동했다. 장대가 다시마에 닿지 않게 되지만 말단이라 거스를 수 없다.

들은 말을 금방 잊어버리는 것은 어렸을 때부터였다. 초등학교와 중학교 때는 특수학급에 들어가 아이들과 다른 수업을 받았다. 학교에서 놀림을 받은 일은 없었지만, 졸업하고 취직을 하자마자 거치적거리는 존재가 되어 괴롭힘을 당하기도 했다. 이 섬으로 돌아온 것도 집단으로 취직한 삿포로의 부품공장에서 해고되었기 때문이다.

"이봐, 간지. 저기는 비었어."

노인이 턱을 살짝 치켜들며 아무도 없는 갯바위가 있는 물가를 알려주었다.

"아, 예."

알려준 대로 배를 이동한다. 장대를 바다로 질러 넣어 다시마를 끌어 올렸을 때 양쪽 엄지에 심한 통증이 느껴졌다. 손가락의 관절이 탈구된 것이다. 중학교에 다닐 때 고기잡이의 조수로 배의 노를 저어야 했기에 성장기의 뼈에 지나친 하중이 걸려 엄지의 탈골이 습관성이 되어 있었다. 간지는 배 위에 쭈그리고 앉아 통증을 참았다.

"뭐 하고 있어? 빨리 끌어 올려." 아카이의 질책이 날아왔다.

"죄송합니다. 또 탈구된 것 같아서요."

"얼른 끼워."

동정도 해주지 않고 손으로 바닷물을 끼얹었다.

간지는 이를 악물고 스스로 탈구를 고쳤다. 뚝 하고 불쾌한 소리가 나며 관절이 돌아온다. 한동안 고통이 가시지 않았다.

탈구 탓에 힘을 주지 못해 작업을 쉬엄쉬엄하게 되었다. 다른 어부들은 금세 배를 다시마로 가득 채워 일단 해변으로 부리러 가지만, 간지는 좀처럼 가득 차지 않아 갯바위가 있는 물가에 떠 있는 채다. 보통이라면 네 번 왕복하는데 간지는 기껏해야 두 번 왕복한다.

오전 10시가 되어 조합장의 배가 종을 울리며 어장에 나타났다. "이보게들, 채취를 종료하게." 어부들에게 외치며 돌아다닌다. 어협에서는 다시마의 채취량을 제한하고 있어서 이런 신호를 들으면 일제히 멈추어야 한다.

　간지는 자신이 끌어 올린 다시마의 양을 생각하고 기분이 우울해졌다. 다른 배에 비해 절반에도 미치지 않는다. 어르신은 분명히 화를 낼 것이다.

　"간지, 해변 작업으로 바꿔달라고 해. 배 타는 건 너한테 안 맞아."

　아카이가 차가운 시선을 주며 말했다.

　"그런 말 하지 말게. 어엿한 어부가 되는 데는 5년은 필요한 법이니까."

　노인이 감싸주었지만 아카이는 "저는 첫해에도 남만큼은 건졌어요" 하고 콧소리로 아양을 떨었다.

　간지는 어부 따위는 되고 싶은 마음이 없었기 때문에 무시당해도 화가 나지 않았다. 다시마 채취가 끝나면 도쿄로 갈 생각이다. 도쿄는 내년의 올림픽 개최를 앞두고 호경기로 들끓고 있었다. 텔레비전에서는 연일 빌딩이 차례로 들어서고 고속도로의 고가도로가 뻗어 나가며 신칸센을 시험 운전하는 모습이 방영되고 있다. 도쿄에 가면 일자리는 얼마든지 있을 것이다. 이제 육체노동은 싫고 점원이 좋다.

　어항으로 돌아가 다시마를 내리자, 도라키치는 그 양을 보고 예상했던 대로 화를 냈다.

　"생각한 대로 쓸데가 하나도 없는 녀석이라니까. 너 같은 놈한테 배를 내주는 건 기름 낭비야. 우리 중학생 아들놈도 너보다 배는 건져 올릴 거다."

간지는 욕을 먹으며 잠자코 작업을 계속했다. 돌을 깐 해변에 다시마를 늘어놓고 햇빛에 말린다.

"이 자식아, 잘 안 널어! 거기, 거꾸로야. 똑똑히 가르쳐줬잖아."

여기서도 도라키치의 질책이 날아왔다. 아카이도 가세하여 "이 머저리 같은 놈이" 하고 재미있어하며 욕을 퍼부었다.

간지는 다시마를 다 널고 자신의 스쿠터를 몰고 근처의 식당으로 갔다. 50cc 중고 스쿠터는 아카이로부터 1만 엔을 주고 산 것으로, 아직 월부가 남아 있다. 식당에서 라면과 공깃밥을 주문하고 만화 주간지를 읽고 있었더니 가게 안주인이 주방에서 얼굴을 내밀고 말했다.

"간지. 너한테 말해도 소용없겠지만 요시코 씨한테 이번 달 집세 좀 얼른 내라고 말해줄래?"

"아, 예."

요시코는 간지의 어머니다. 어머니는 이 안주인이 소유한 가후카 지구의 연립주택에 살고 있다. 어머니라고 해도 아직 서른일곱 살로, 가후카에서 물장사를 하고 있다. 어머니는 다섯 살을 더 적게 말해 가게에서는 남동생이라고 말하게 하고 있었다.

"너희 엄마, 연립주택에 전화를 놓는다는 말을 할 정도니까 돈은 있을 거야. 이런 건 좀 더 정확히 해야 하는데 말이지."

"아, 예, 죄송합니다."

간지는 등을 동그랗게 하고 사죄했다. 어머니가 돈 문제에 깔끔하지 못한 것은 어제오늘의 문제가 아니다. 여기저기서 돈을 빌려 싸움을 일으켰다.

라면과 공깃밥을 5분 만에 다 먹고 식당을 나왔다. 근처의 언덕으로 가서 풀밭에 드러누워 담배를 피운다.

오후부터는 다시마를 건조하기 위한 작업이 있다. 아낙네들의 일이지만 간지는 채취한 다시마가 적었기 때문에 그 벌충으로 건조 작업을 하라는 말을 들었다. 그래서 저녁때까지 일하고 나서야 해방된다. 다시마 채취는 8월 말까지 두 달 동안 이어진다.

학교에서 돌아온 아이들이 간지를 발견하고 "한자도 잊어먹는 바보 간지"라고 놀려댔다. 늘 있는 일이어서 화도 나지 않는다.

"너희들, 학교는 언제까지냐?"

"오늘이 방학식이었어."

"좋겠다. 여름방학이구나."

"너도 초등학교부터 다시 다녀."

"시끄러. 저리 가." 돌멩이를 던져 쫓아버렸다.

레분토의 여름은 순식간에 지나간다. 짧은 짬을 아껴 해를 쬐는 것은 태양이 매정하기 때문이다. 간지는 눈을 감고 얕은 잠에 들었다.

저녁때가 되어 간지는 스쿠터를 타고 가후카로 나갔다. 레분토는 남쪽의 가후카와 북쪽의 후나도마리로 나뉘어 있다. 예전에는 다른 마을이었지만 1956년에 합병되어 그 후 섬 전체가 레분초가 되었다. 다만 옛날부터 살고 있던 주민은 레분초라고 해도 별로 와닿지 않는다. 원래 가후카는 쓰가루에서 들어온 사람이 주이고, 후나도마리는 도야마와 아키타에서 들어온 사람이 주였다. 그 중간에는 산이 있고 지형적인 차이도 있어서인지 교류는 별로 없다. 어머니 요시코가 가후카에 사는 것은 후나도마리의 굴레에서 벗어나고 싶었기 때문일 것이다. 어차피 작은 섬이어서 뭐든지 알려지고 말지만 말이다. 아마 가후카 사람도 요시코가 다섯 살이나 속이고 있고 아들이 있으며, 아이 아버지가 청어잡이 시절에 돈을 벌려고 들어온 일꾼이라는 것을 알고 있을 것이다.

약 30분 걸려 가후카항까지 가서 요시코가 운영하는 술집으로 들어갔다. 손님이라고 생각한 요시코는 웃는 얼굴로 "어서 오세요" 하고 환한 목소리로 인사했으나, 아들인 것을 알고는 갑자기 무서운 얼굴이 되어 "난 또 누구라고, 너야" 하고 내뱉

듯이 말했다.

"저기 말이야."

"무슨 말 하려는지 알고 있어. 어차피 집세 독촉이겠지."

"알고 있으면 내줘. 나까지 고개를 들 수 없잖아."

"잘난 척하기는. 제구실 하나 못 하는 주제에, 어이가 없어서
원."

요시코의 말에 호쿠리쿠(일본 혼슈 중앙부에 위치하는 후쿠이, 이
시카와, 도야마, 니가타현을 이르는 총칭) 사투리가 섞이는 것은 요
시코의 부모가 도야마에서 들어온 사람이기 때문이다. 간지에
게서도 가끔 나올 때가 있다.

크게 한숨을 쉬고 난 요시코는 핸드백에서 지갑을 꺼내
1000엔짜리 다섯 장을 뽑아서는 봉투에 넣고 카운터에 내려
치듯이 놓았다.

"자, 가져가. 똑바로 전달해."

"뭐야, 있었잖아."

"아까 수금한 손님의 외상값이야. 청어잡이가 시들해지고
나서 술집도 죄다 망했어. 여기도 곧 망할 거야. 그렇게 되면 네
가 먹여 살려야 해."

"바보 같은 소리 집어치워. 난 가을에 도쿄로 갈 거야."

"그래, 가. 도쿄에 가서 생활비 보내주면 되겠네."

요시코는 아주 미워서 못 견디겠다는 듯이 말하고는 담배를

물고 불을 붙였다.

"배고픈데 뭐 없어?" 간지가 물었다.

"여긴 식당이 아니야."

"그럼 담배 좀 줘. 하이라이트."

"아, 귀찮게."

요시코가 아주 성가시다는 듯이 한 갑을 던져 건넨다. 간지는 그것을 호주머니에 넣고 가게를 나왔다. 해는 아직 높고 하늘은 엷은 파란색으로 물들어 있다. 스쿠터를 타고 가까운 식당으로 가서 카레라이스를 먹었다. 가게의 텔레비전에서는 프로야구 요미우리 자이언츠 경기를 중계하고 있어 손님들의 시선은 온통 거기로 향해 있었다. 나가시마가 안타를 치자 가게 안에는 "와아" 하는 함성이 일었다.

저녁을 마친 간지는 스쿠터로 가후카 거리를 돌아다녔다. 가후카는 후나도마리보다 번창해서 영화관도 있고 파친코도 있다. 드디어 날이 저물고 사람의 왕래가 적어졌다.

진작부터 눈독을 들이고 있던 민가 30미터 앞에서 스쿠터를 세웠다. 방의 불은 켜져 있지 않았다. 집주인은 자치회장이다. 오늘 밤에는 마을회관에서 여름 축제를 위한 춤과 반주 연습이 있다. 집을 비울 거라고 예상하고 있었다.

간지는 발소리를 죽여 집 둘레를 돌았다. 인기척은 없다. 주위에 남의 눈이 없는 것을 확인하고 담을 넘었다. 허리를 구부리고 목장갑을 낀다. 점퍼 주머니에서 손전등을 꺼냈다. 여기서부터는 솜씨가 중요하다. 뒤쪽으로 돌아가자 부엌문은 자물쇠가 채워져 있지 않았다. 섬 주민은 대부분 집에 자물쇠를 채우지 않는다. 그러므로 간단히 침입할 수 있다.

신발을 벗고 집으로 들어가 거실로 들어갔다. 현금과 귀중품은 대체로 찻장 서랍에 들어 있다. 간지가 경험으로 얻은 지혜다. 삿포로의 부품공장에서 쫓겨나고 나서는 절도로 겨우 먹고살았다. 빈집 털이가 전문으로, 대충 쉰 번의 경험을 쌓았다. 두 번 체포되었는데 건수가 너무 많아서 두 번째에는 소년교도소에 수감되었다. 거기서 나온 것은 작년 봄이다. 어머니가 그것만은 입을 다물고 있으라고 해서 아무에게도 말하지 않았다.

예상대로 찻장 서랍에 지갑이 있었다. 손전등을 비추고 안에서 지폐를 모두 꺼낸다. 대충 5000엔이다. 손목시계도 있어서 챙겼다. 어둠 속에서 집 안을 뒤진다. 응접실로 보이는 방의 장식장에 외제 카메라가 있었다. 오늘 최고의 수확이다. 간지는 그것을 가져온 보자기에 싸서 허리에 묶었다.

오래 있어서는 안 되기 때문에 물러나기로 했다. 서랍도 장식장도 모두 원래대로 해놓고 부엌문도 제대로 닫았다. 이것으로 발각이 한나절 늦춰진다.

다시 주위를 둘러보고 담을 넘는다. 스쿠터로 돌아가 조금 벗어나서 시동을 걸고 출발했다.

훔친 물건은 파수막에 숨겨놓고 가을이 되면 연락선을 타고 왓카나이로 가서 전당포를 돌며 환금할 생각이었다. 레분토로 돌아와 한동안 얌전히 있었지만, 올봄이 되어 다시 훔치기 시작했다. 이것이 다섯 번째로, 모두 가후카의 상점이나 민가에서 훔쳤다. 그러므로 가후카에서는 이제 슬슬 소동이 일어날지도 모른다. 배를 타고 온 외지인의 범행이라고 생각해주면 고마울 것이다.

간지는 해변 길을 스쿠터로 질주했다. 여름 밤바람이 상쾌했다.

2

다시마 채취는 매일 이어졌다. 일요일 정도는 쉬고 싶었으나 도라키치가 단 6주간의 채취 시기 정도는 참으라고 해서 아무도 거스를 수 없었다. 간지는 근육통이 낫지 않아 힘을 줄 수 없어서 채취량은 점점 줄어들기만 했다.

"간지, 이 자식. 얼간이 같은 놈, 게으름뱅이. 넌 놀기만 하잖아."

아카이는 매일 간지에게 욕설을 해댔다. 아카이는 스물다섯 살로, 처자식이 있으며 불량배에게 도박 빚이 있어 담배를 살 돈도 궁했다. 누군가에게 호통이라도 치지 않으면 배겨낼 수 없을 것이다.

"네가 느리니까 나까지 리듬이 깨지잖아. 어떻게 해줄래? 벌로 담배나 줘."

어쩔 수 없이 간지가 한 개비를 건네자, "애송이 주제에 하이라이트(1960년에 발매된 부드러운 필터의 70엔짜리 대중용 담배)를 피우고 말이지. 나는 신세이(1949년에 발매된 3등급의 필터 없는 40엔짜리 담배)야" 하고 더욱 기분 나빠했다.

여름방학에 들어간 아이들도 해변의 건조장으로 와서 간지에게 집적거렸다.

"간지, 하드 좀 사주라."

"그럴 돈 없어."

"쩨쩨하게. 가난뱅이. 그래도 어른이야?"

"시끄러."

장대를 휘둘러 쫓아내려고 하자 아이들은 더욱 재미있어하며 술래잡기가 되었다.

그때 자전거를 탄 주재소 경찰이 찾아왔다. 정년이 가까운 늙은 경관이다.

"이보게, 여기 아카이 군 있나?" 경관이 수건으로 목덜미의 땀을 닦으며 말했다.

"예, 여기 있는데요."

다시마 보관 창고에서 아카이가 얼굴을 내밀며 대답했다.

"자네, 스쿠터 갖고 있지? 잠깐 물어볼 게 있으니까 이리 좀 와보게."

내려가기 싫어서 그런지 제방에서 손짓을 했다.

아카이가 의아해하며 제방을 올라간다. 몇 마디 말을 주고받은 후 둘이서 간지 쪽을 향했다. "야, 간지. 잠깐 와봐." 아카이가 불렀다. 불러서 갔더니 경관이 "자네가 우노 간지인가? 아카이 군의 스쿠터를 넘겨받아 타고 있다며?" 하고 물었다.

"예, 그런데요." 간지가 대답했다.

"명의 변경, 제대로 안 하면 안 되네."

"알겠습니다."

"뭐, 그건 그렇고, 자네, 7월 20일 밤에 뭘 했나?"

경관이 묻자 간지는 순간적으로 등골이 오싹했다. 20일은 다시마 채취 금지가 풀린 날이어서 기억하고 있다. 그리고 가후카에서 빈집 털이를 한 날이다.

"생각나지 않는데요. 아마 파수막에서 라디오를 듣고 있었을걸요."

간지는 시치미를 뚝 떼고 거짓말을 했다.

"순경 아저씨, 이놈은 바보예요. 어젯밤 일도 잊어버리는 놈이 일주일 전의 일을 어떻게 기억하겠어요."

아카이가 간지의 옆머리를 손가락으로 찌르고 비웃으며 말했다.

"그런가? 그럼 됐어. 혹시나 해서 물어본 거니까. 요즘 가후카에서 빈집 털이 사건이 잇따라서 말이야. 그중 두 건은 피해자 집 근처에서 스쿠터 엔진 소리를 들었다는 증언이 있어서, 경찰서 쪽에서 섬의 스쿠터 소유자들을 조사해보라는 지시가 있었거든. 그래서 일단 확인해본 거네. 기억이 없다면 됐어."

"뭐라고요, 가후카에서 빈집 털이가 성행하고 있다고요?" 아카이가 물었다.

"연락선 편수가 늘고 나서 섬 밖의 사람이 빈번히 출입하게 되었네. 그게 아닐까 싶은데, 요즘은 섬에도 스쿠터가 드물지 않고 말이야."

"예, 그렇겠지요. 분명히 섬 바깥에서 온 도둑놈이겠네요."

둘이서 서로 고개를 끄덕였다. 간지는 안도했다. 섬은 내내 범죄와 무관했기 때문에 섬 주민을 의심하는 일이 없었다.

"올해 다시마는 어떤가?" 경관이 물었다.

"질은 좋아요. 사카이 어르신도 그것에만큼은 기분이 좋지요." 아카이가 대답했다.

"사카이 씨는 이번에 유람선 회사를 시작한다고 하던데. 관광산업 발전을 위해 관청도 지원한다는 이야기이고 말이야."

"아아, 남아도는 배를 놀리는 것이 아까운 것뿐이에요. 그 어르신은 사람을 시켜 남의 몫 일부를 가로채는 것밖에 생각하지 않거든요."

"자네들, 그런 얘기는 하면 안 되네. 사카이 씨는 읍내에 가마를 기부한 사람이니까."

"그거야 몇십 년 전의 일이잖아요. 청어잡이가 쇠퇴하고 나서는 엄청 구두쇠예요. 순경 아저씨도 아시잖아요. 올해는 대접하는 술도 이등품이었고요."

아카이가 아주 밉살스럽다는 듯이 말했다. 경관은 "뭐, 그건 그렇지만……" 하고 쓴웃음을 짓고는, 자전거에 올라타 가버렸다.

간지는 다시 건조장으로 돌아가 마른 다시마를 끝에서부터 차례로 뒤집어나갔다. 확실히 올해 다시마는 두툼하고 훌륭했다. 아마 비싼 가격으로 거래될 것이다. 그렇게 되면 보너스가 나올 테지만 아카이의 말대로 어르신은 근래 아주 인색해져서 기대는 할 수 없을 것이다.

"야, 간지." 귓가에서 이름이 불리자 간지는 깜짝 놀라 돌아보았다. 입김이 닿을 정도의 거리에 아카이의 얼굴이 있었다.

"가후카의 빈집 털이, 네가 한 짓이지?"

"……아니요, 몰라요. 내가 아니에요." 간지는 당황하며 고개를 가로저었다.

"흥." 아카이는 차갑게 코웃음을 쳤다. "난 알고 있어. 삿포로에서 나쁜 짓을 하고 소년교도소에 들어갔다며?"

간지는 대답할 말이 없었다. 자기도 모르게 침을 삼켰다.

"네가 중학교를 졸업하고 집단 취직한 공장에서 내 사촌 동생도 일했거든. 너, 사택에서 손목시계를 여러 개 훔쳐서 전당포로 가져갔고, 그 일로 잘렸다고 하던데. 그 후에도 여기저기서 도둑질을 해서 교도소에 갔겠지. 끝까지 숨길 생각일지도 모르지만 세상은 좁아."

아카이가 간지의 옆구리를 찌른다. 간지는 그의 말을 듣고 떠올랐다. 확실히 자신은 훔친 사실을 들켜 공장에서 해고되었다.

"어때. 내 입을 막으려면 돈 내놔. 그럼 입을 닫아주지."

"아뇨, 내가 아니라니까요."

"시치미 떼지 마. 손버릇이 나쁜 것은 고쳐지지 않아. 사람은 원래 그런 거야. 뭐, 하룻밤 정도 생각할 시간을 주지. 경찰서에 고자질해봤자 나한테는 한 푼도 안 생기니까 말이야."

아카이는 불량배처럼 무시무시한 태도로 위협하고 어깨를 흔들며 멀어져갔다.

간지는 갑작스러운 일에 머리가 제대로 돌아가지 않았다. 그렇구나, 아카이는 알고 있었구나. 그걸 알고 있는 섬 주민이 또 있을지도 몰라. 그렇게 되면 소문이 날 가능성도 있다.

일단 건조장에서 작업을 계속했다. 마음속에는 어딘가 대담한 감정이 침전해 있어 무섭지는 않았다. 어렸을 때부터 그랬다. 행복이라는 것을 잘 알지 못하기 때문에 궁지에 몰려도 별로 심한 타격은 받지 않는다. 최악의 경우 죽기밖에 더하겠느냐는 심정인 것이다.

물기를 없앤 다시마는 다발로 묶어 건조실로 옮겼다. 아직 마르지 않은 다시마는 돌에 들러붙지 않도록 장소를 이동시켰다. 단순 작업이어서 간지도 할 수 있었다.

일을 끝내고 늘 가던 식당에 가자, 중학교 때 담임선생님이 식사를 하고 있었다. 중년의 친절한 남자 교사다. 진작에 전근을 갔을 텐데 왜 섬에 있나 싶어 어리둥절해하고 있으니, 선생님이 먼저 "레분토에서 여름방학 교원 연수가 있어 온 거야" 하고 알려주었다.

"간지. 잘 있는 것 같구나. 지금은 어부 일을 하고 있다며. 훌륭하다."

"아, 예. 하지만 일이 느려서 욕만 먹고 있어요."

"그래도 약해지면 안 돼. 넌 기억장애가 좀 있을 뿐이지 머리가 나쁜 건 아니니까. 무엇보다 주산은 잘했잖아. 이륜차 면허도 땄고 말이야."

"예, 땄어요."

"자신감을 가지고 살아. 선생님은 언제까지고 응원할 테니까."

"감사합니다."

"그런데 네 어머니는 어떻게 지내시지?"

"엄마는 가후카에서 술집을 하고 있어요."

"그렇구나. 할머님은 건강하셔?"

"몰라요. 아사히카와에 있다는데, 벌써 몇 년이나 보지 못했으니까요."

할머니 역시 술장사를 했고, 간지가 어렸을 때는 어머니 대신 키워주었지만 간지가 중학교를 졸업하자 "이제 나 좀 자유롭게 해줘"라는 말을 남기고 섬을 떠났다. 할아버지는 원래 없었으니 아주 오래전에 이혼했을 것이다. 가족에 대한 것은 거의 알지 못한다.

"그렇구나. 네 할머니도 아직 오십대일 테니까, 뭐 섬이 답답할지도 모르겠다."

"도시에 씨라면 아사히카와에서 재혼했어요." 가게 안주인이 주방에서 얼굴을 내밀고 말했다. "상대는 모르지만 술집을 한다던데요."

"그렇군요. 잘 있다면 됐지요."

선생님이 연신 고개를 끄덕인다. 간지는 할머니의 얼굴을 떠올리려고 했지만 머릿속에 안개가 낀 것처럼 아무것도 떠오르지 않았다.

선생님은 간지에게 돈가스덮밥을 사주었다. "힘내" 하며 어깨를 두드리고 가게를 나갔다. 그 뒷모습을 바라보며 저 선생님 이름이 뭐였더라, 하고 마지막까지 기억해내려고 했으나 하지 못했다.

다음 날, 채취 작업이 끝나고 파수막에서 낮잠을 자고 있을 때 아카이가 들이닥쳤다.

"야, 간지. 대답을 해야지. 입막음 조로 돈을 줄 거야?"

아카이가 간지를 억지로 일으켜 뱀 같은 눈으로 말했다. 고약한 땀 냄새가 코를 찔렀다.

"아니, 내가 아니라니까요." 간지가 대답했지만 아카이는 들으려고도 하지 않고 조리를 신은 채 올라와 방 안을 뒤지기 시작했다.

"훔친 물건은 어디 있어? 채취 작업이 시작되고 나서 너는 아직 섬을 나가지 않았어. 그러니까 어딘가에 숨겨두었을 거야."

"아카이 씨, 내가 아니라니까요, 그만 좀 해요."

"하하하. 나는 말이야, 어젯밤 네 어머니가 하는 술집에 가서 물어봤거든. 20일 저녁에 간지가 가게에 오지 않았느냐고 말이야. 그랬더니 네 어머니가 달력을 보면서 왔다고 하더라. 그러니까 가후카에 갔다는 얘기잖아."

"아, 아니……."

"짐작한 대로야. 자, 포기해. 훔친 물건을 내놓으라니까."

아카이는 쿵쿵 바닥을 걸어 다니며 선반이나 상자를 뒤집어엎었다. 간지는 방석 위에 몸을 일으킨 자세로 어쩔 도리가 없어 바라보고만 있었다.

아카이와 눈이 마주쳤다. 간지는 순간 자신의 엉덩이 밑을 봤다. 아카이가 다가와 "비켜!" 하고 큰 소리를 질렀다. 간지는 뒤에 손을 짚고 움직이지 않았다.

"비키라니까!"

귓가에 대고 다시 고함을 질렀다. 기세에 압도되어 몸을 웅크리자, 아카이는 힘껏 방석을 젖혀 올려 간지를 바닥으로 넘어뜨렸다. 방석이 깔려 있던 마룻바닥에는 작은 구멍 하나가 뚫려 있다. 아카이는 그것을 발견하고 흥분한 모습을 띠었다.

"뭐야, 이 구멍은?"

구멍에 손을 넣어 마루청을 들어 올렸다. 마루 밑에는 마대가 있었다. 아카이가 눈을 빛내며 마대를 꺼냈다. 그 안에는 지금까지 훔친 카메라나 손목시계, 현금이 들어 있었다.

"헤헤헤. 이제 발뺌은 못 하겠지."

아카이가 흥분한 모습으로 현금을 세기 시작했다.

"아." 간지가 손을 뻗자 찰싹 내쳐졌다.

"1만 5000엔인가. 대수롭지 않군. 뭐, 금고라도 털지 않는 한 이런 정도겠지. 일단 이건 받아두지."

아카이는 현금을 바지 뒷주머니에 찔러 넣고는 간지의 머리를 탁 치고 말했다.

"다음 주에 어르신이 어협의 모임으로 섬을 비울 테니까 그날 너는 작업을 쉬고 왓카나이의 전당포에 가서 카메라며 시계를 돈으로 바꿔 와. 그중에서 1만 엔만 내가 받을게. 그걸로 끝이야."

"아니, 1만 엔이라는 건……."

"그럼 지금 당장 주재소 경찰을 불러 너를 넘겨줄까? 어느 쪽이 좋은지 선택해." 아카이가 의기양양한 태도로 다그쳤다. "이건 괜찮은 이야기야. 어차피 훔친 물건이잖아. 네 돈 들어간 건 하나도 없고."

"……알았어요." 간지는 체념한 듯이 고개를 끄덕였다.

"좋아. 거래 성립이야. 나는 약속을 지키는 남자니까 안심해. 아, 그리고 말이야, 가후카에서 빈집 털이는 적당히 해줘. 소방대가 순찰을 돌기 시작했다고 하더라. 그러니까 하려면 왓카나이까지 가. 왓카나이라면 상점도 많고 현금도 있을 거야."

아카이는 유쾌한 듯이 낄낄낄 웃었다.

"너도 참 의뭉스러운 놈이야. 바보인 주제에 어엿한 나쁜 놈이라니까. 하하하. 마음에 들었어. 이제 채취 작업을 못해도 야단치지 않을 테니까 안심해."

"저기, 아카이 씨. 그럼 적어도 스쿠터 월부는 면제해주세요."

"안 돼. 그것도 빈집 털이로 벌어 와. 하하하."

아카이의 커다란 웃음소리가 파수막에 울려 퍼진다. 간지는 어깨를 떨어뜨리고 손목시계와 카메라를 다시 마대에 담았다. 이것으로 1만 엔을 빌릴 수 있을까. 그것도 걱정되었다.

어르신이 집을 비우는 날이 와서 간지는 왓카나이로 갔다. 연락선을 타는 돈이 아까워 어르신이 소유한 작은 어선을 몰래 썼다. "야, 가는 데만 세 시간은 걸리니까." 아카이는 이렇게 말하며 경유 18리터들이 기름통을 주었다.

"잘 들어. 거기에 도착하면 와이셔츠로 갈아입고 성실한 청년인 척해야 해. 말씨도 조심하고. 어부인 걸 들키면 안 돼. 그리고 전당포는 세 군데를 들러. 한 가게에서 전부 맡기면 수상하게 생각하니까. 내가 전화번호부에서 주소를 알아봤어. 순서대로 돌아."

아카이가 친절한 것은 이제 남의 일이 아니기 때문일 것이다. 이 남자도 1만 엔이 걸려 있는 것이다.

아침 7시에 후나도마리항을 출발하여 동해를 항해했다. 파도는 잔잔하고 해면은 태양을 받아 반짝반짝 빛나고 있었다. 바닷새 몇 마리가 뒤를 따라왔다. 혼자 장시간 항해하는 것은 처음이었지만, 이미 바다에 익숙해 있어 특별히 무섭지는 않았다. 그것보다는 뭔가 어엿한 어른이 된 것 같은 기분이 들어 마음이 들뜨기도 했다. 간지는 언젠가 자신의 배를 소유하고 싶다고 생각했다. 어디든 자유롭게 갈 수 있다는 건 얼마나 멋진 일인가.

바다가 온화하기도 해서 세 시간도 걸리지 않아 왓카나이항에 도착했다. 방해가 되지 않도록 끝에 정박하고 짐이 든 배낭을 짊어지고 상륙했다. 연락선 선착장 바로 앞에 버스 정류장이 있고, 곧 버스가 왔으므로 그것을 타고 시가지로 향했다. 인구 5만 명의 왓카나이는 작은 지방 도시이지만 레분토에서 오면 도회로 보였다. 거리를 걷고 있는 젊은 여자도 훨씬 세련되어 보인다.

목적지인 버스 정류장에서 내려 지도에 의지하며 첫 번째 전당포를 찾아냈다. 포렴을 들추고 안으로 들어서자 너무나도 의심이 많아 보이는 노인 점주가 카운터 건너편에서 "어서 오세요" 하고 무뚝뚝하게 말했다.

"손목시계를 맡기고 돈을 좀 빌렸으면 하는데요." 간지가 말했다.

"예, 그럼 보여주시지요."

점주가 안경을 쓰고 국산 손목시계를 이리저리 자세히 뜯어보았다.

"그런데 얼마나 필요하신지."

"3000엔입니다." 짐작해둔 금액을 말했다.

"그건 어려울 것 같습니다. 낡았고 수입품도 아니고 해서요."

"그럼 2000엔은요?"

간지가 다시 말하자 점주는 "글쎄요……" 하며 잠시 생각에 잠겼다.

"알겠습니다. 2000엔 내드리지요. 손님, 알고 계시지요? 석 달이 지나면 유질되니까 다음 달 말에 조금이라도 넣어주셔야 합니다."

"알겠습니다."

무사히 돈으로 바꿀 수 있어서 간지는 안도했다. 세월이 지나서 잊고 있었지만 생각해보면 삿포로에 있을 때도 빈집 털이의 전리품은 전당포에서 돈으로 바꿨다.

점주가 신분증명서를 보여달라고 해서 이륜차 면허증을 내밀었다.

"손님, 삿포로 사람인가요?" 점주가 주소란을 보며 말했다.

"아, 아니요. 면허를 딴 곳이 삿포로였으니까요. 지금은 레분 토입니다."

"아, 그래요. 그럼 지금 주소를 써주세요."

점주가 서류를 내밀었다. 파수막 주소는 모르기 때문에 예전에 할머니와 살았던 집의 주소를 적었다. 그리고 2000엔을 받았다.

간지는 안도하고 두 번째 가게로 향했다. 이런 식이면 모두 제대로 환금할 수 있을 것 같았다. 배낭 안에는 외제 카메라가 있다. 이것은 상당한 금액이 될 것 같다.

두 번째 전당포에서 그 카메라를 카운터에 내밀었다. 점주는 손으로 들자마자 "호오" 하고 입을 오므리며 젊은이가 어떻게 이런 카메라를 갖고 있나 하는 표정을 지었다.

"할아버지한테 받은 겁니다." 간지가 먼저 알려주었다.

"그래요. 좋은 할아버지네요."

점주는 1만 엔을 불렀다. 간지는 날아오르고 싶은 마음을 억누르며 "월말에는 갚을 테니 유질시키지 말아주세요" 하고 그럴듯한 말을 했다. 이것으로 1만 2000엔이 되었다. 한 달 급료가 5000엔이어서 어부 일이 어이없게 생각되었다.

그리고 세 번째 가게에서 은잔을 맡겼다. 훔친 곳이 큰 저택이었기 때문에 청어잡이로 한몫 잡은 선주의 집일 것이다. 어떤 내력의 물건인지 간지는 전혀 몰랐다.

전당포 주인은 무표정하게 은잔을 보더니 "잠깐 기다려주세요" 하며 가게 안으로 사라졌다. 그리고 대신 노파가 쟁반에 차가운 보리차를 담아 나타나 "한잔 드세요" 하며 카운터에 놓았다.

간지는 보리차로 목을 축이며 가게 안을 둘러보았다. 천장의 들보는 검게 윤이 나고 흰 벽은 칠한 지 얼마 안 되어 눈이 아플 정도로 하얗다. 다다미 냄새도 향기롭고, 역사가 있는 전당포로 보였다. 은잔은 유서가 있는 것인지도 모른다. 그렇게 되면 값어치를 매기는 데도 경험이 필요할 것이다. 이 전당포로 한 것은 옳은 판단이었다.

5분이 지나도 주인은 나오지 않았다. 노파는 계산대에서 장부를 보고 있었다.

10분이 지났다. 주인은 아직 안으로 들어간 채 나오지 않았다. 문득 돌아서 열어둔 창밖을 봤더니 토담의 조그만 창에 순찰차의 모습이 보였다. 좁은 골목이라서 더욱 크게 보였다.

간지는 황급히 일어나 배낭을 짊어졌다. 노파가 퍼뜩 자세를 취하며 가게 안쪽을 향해 "여보, 여보" 하고 불렀다.

간지는 좌우를 둘러보며 도망칠 길을 찾았다. 현관 쪽의 열려 있는 창을 향해 뛰어갔다. 가랑이를 벌리고 넘어서 밖으로 나갔다. 건물과 토담 사이를, 허리를 구부리고 달렸다. 곧 막다른 곳이 나와 토담을 뛰어넘었다. 옆집의 뜰로 들어갔다. 마침 물을 뿌리고 있던 중년의 여성이 "꺅" 하고 비명을 지른다. 간지는 상관하지 않고 앞으로 나아갔다. 뒤쪽으로 돌아 부엌문을 통해 밖으로 나간다. "도망쳤어!" 하는 남자 목소리가 전당포 쪽에서 들려왔다. 간지는 전력으로 골목을 달렸다.

역시 나는 바보다. 간지는 자신이 싫었다. 삿포로에서 붙잡혔을 때도 전당포에서 꼬리가 잡혔던 것이다. 왜 그렇게 중요한 일까지 잊어버리는 것일까.

간지는 전력을 다해 골목을 달렸다.

3

저녁, 어선을 조종하여 후나도마리항으로 돌아왔다. 아카이가 창백한 얼굴로 기다리고 있었다. 그는 눈여겨보더니 간지의 모습을 확인하고는 입을 열자마자 "너, 경찰서에 신고당했다며?" 하고 속삭이는 듯한 목소리로 말했다. 간지는 전당포에서의 일이 벌써 섬에 알려진 것에 깜짝 놀랐다.

"자세히 얘기해봐. 무슨 일이 있었던 거야?" 아카이가 설명을 요구했다.

"세 번째 가게에서 훔친 은잔을 맡기려고 했더니 전당포 주인이 안쪽으로 들어가 좀처럼 나오지 않아서 기다리고 있었는데, 순찰차가 가게 앞에 나타났어요."

"큰 소리 좀 내지 마." 아카이가 손바닥으로 간지의 머리를 때리고 주위를 둘러봤다. "너는 타고난 목소리가 너무 커. 소곤소곤 말을 못 하는 거야?"

"아, 죄송해요. 그래서 급하게 도망쳐 왔어요. 괜찮아요. 경찰이 얼굴을 본 것도 아니에요."

"정말 넌 바보구나." 아카이는 질린 얼굴로 크게 한숨을 내쉬었다. "전당포에는 운전면허증을 제시했잖아. 경찰은 연속 빈집 털이 사건의 중요 참고인으로 너를 찾고 있어. 무엇보다 조금 전에 주재소 경찰이 사카이 어르신 집으로 가서 이것저것 물어봤다고 하더라."

"그런가요?"

"당연하잖아. 뭘 그렇게 태평하게 있는 거야?"

아카이가 다시 한번 머리를 때렸다.

"아카이 씨, 아파요."

"시끄러워. 누가 보면 안 되니까 잠깐 이리 와봐."

아카이는 간지의 팔을 잡고 다시마 보관 창고까지 끌고 갔다. 어둑한 창고 안으로 밀어 넣었다. 자신은 나무 상자에 앉아 담배에 불을 붙였다.

"저기 말이야, 가후카의 연락선 선착장은 경관이 감시하고 있어서 승객 한 사람 한 사람을 살펴보고 있다고 하더라. 아마 왓카나이의 승선장도 경찰이 감시하고 있을 거야. 우연이라도 다행이었던 것은 네가 어르신 어선으로 갔다 온 거야. 설마 자기 배가 없는 네가 어르신 배를 실례해서 섬을 나갔다고는 생각하지 않겠지. 그래서 경찰은 네가 아직 섬으로 돌아오지 않은 걸로 알고 있을 거야."

"아아, 그렇군요."

간지도 그런 추리는 이해할 수 있었다. 그래서 어떻게 될지는 알지 못하지만.

"하지만 은잔은 좋지 못했어. 청어잡이 선주가 옛날에 수산청에서 표창을 받았을 때의 기념품이라던데. 너는 왜 그런 것도 신경을 안 쓰는 거야? 손목시계나 카메라와 달리 핑계를 댈 수가 없잖아."

"아아, 다음부터는 조심할게요."

"바보 같은 놈. 다음이 어디 있어. 너, 이대로 있다가는 잡혀."

"어떻게 하면 좋을까요?"

"내가 어떻게 알아. 그보다 너 경찰에 잡히면 절대 내 이름 말하면 안 돼. 내가 지시했다거나 입막음용으로 돈을 요구했다든가……."

"아아, 그렇지. 손목시계하고 카메라는 돈으로 바꿨어요. 여기, 1만 엔."

간지가 호주머니에서 돈을 꺼내자 아카이는 얼굴을 돌리고 손으로 물리치는 손짓을 하며 "이제 필요 없어" 하고 말했다.

"잘 들어, 간지. 난 관계없으니까. 절대 이름을 말하면 안 돼."

"예, 알았어요. 말하지 않을게요."

간지가 고개를 끄덕였다. 애당초 붙잡힐 마음은 없다. 한번 들어간 소년교도소는 밥이 맛없었고 겨울에는 죽을 만큼 추웠다.

돌연 생각났다. 소년교도소에 고약한 간수 한 사람이 있었는데 이것저것 트집을 잡아서 담요 한 장을 몰수했던 것이다. 그런 밤에는 한숨도 못 자고 벌벌 떨며 아침까지 견뎌야 했다.

"난 이제 교도소는 딱 질색이에요." 간지가 말했다.

"너, 뜬금없이 무슨 말을 하는 거야?"

"절대 잡히고 싶지 않아요."

"그럼 도망쳐. 나도 네가 그러는 편이 좋으니까. 도망치려면 혼슈로 가. 홋카이도는 경찰이 수배를 내릴 거고."

"난 도쿄로 갈 거예요. 어차피 다시마 채취 작업이 끝나면 상경할 생각이었어요. 도쿄 올림픽도 있고 일자리는 얼마든지 있을 거예요."

"그래? 그럼 그렇게 해. 도쿄라면 사람이 많으니까 도둑놈도 눈에 띄지 않을 거야."

아카이는 안도하는 표정을 보였다.

"하지만 돈이 없어요. 다시마 채취 작업의 급료도 아직 받지 못했고요."

"전당포에서 받은 돈이 있잖아."

"그건 기찻삯밖에 안 돼요. 어차피 섬을 나간다면 나는 어르신 집에 들어가 거금을 훔칠 거예요."

간지가 말했다. 섬을 나갈 때는 어르신 집을 털겠다고 전부터 생각하고 있었던 것이다.

"너라는 놈도 참……." 아카이는 잠시 말문이 막혔다.

"아카이 씨도 같이하지 않을래요? 나, 금고가 어디 있는지 알거든요. 도코노마의 벽장 안에 있어요. 집 청소를 시켰을 때 찾아냈어요."

간지가 권하자 아카이는 입을 다문 채 생각에 잠겼다.

"금고 안에는 아마 거금이 들어 있을 거예요. 어르신은 부지런히 모았으니까요. 게다가 보석도 있어요. 사모님이 보석을 좋아하거든요."

"여는 방법은 알아?"

"몰라요. 하지만 어떻게든 되겠지요. 큰자귀를 써서 비틀어 열지요, 뭐."

큰자귀란 배 목수가 쓰는 연장을 말한다. 자루가 길어 지레처럼 사용할 수 있는 것으로, 대체로 배 계류장에는 있었다.

"야, 간지, 하려면 오늘 밤이야. 어르신은 어협 모임으로 리시리토에서 묵고 올 거니까." 아카이가 어쩐지 부추기는 듯한 말을 했다. "좋은 생각이 있어. 파수막에 불을 질러. 어차피 썩어가고 있으니까, 대단한 손해는 나지 않을 거야. 그러면 사모님과 아이들이 황급히 나올 테니까 그 틈에 몰래 들어가 금고를 억지로 여는 거지. 현금하고 보석만 훔쳐. 토지 문서 같은 건 있어도 쓸모가 없으니까."

"알았어요. 아카이 씨도 같이하는 건가요?"

"나는 안 해." 아카이가 얼굴을 일그러뜨리며 거절했다. "가족이 있잖아. 아이도 아직 어린데 어떻게 도둑놈이 될 수 있겠어. 그냥 네가 불쌍해서 조언 정도는 해주려고."

"그런가요. 고맙습니다." 간지가 감사의 뜻을 표했다.

"방은 어지럽히지 마. 적어도 아침까지 들키지 않도록 원래대로 해놔."

"그런 거라면 알고 있어요."

"그렇지, 너는 빈집 털이의 프로였지, 참. 다 훔쳤으면 이 창고에서 하룻밤을 숨어 있어. 그러고는 동이 트자마자 어선을 타고 섬을 떠나는 거야. 왓카나이까지 가고, 거기서부터는 눈에 띄지 않도록 조심해서 하코다테까지 가는 거야. 하코다테에서는 세이칸 연락선(하코다테와 아오모리를 왕복하는 연락선)을 타고 혼슈로 가. 그러면 넌 자유야. 설마하니 빈집 털이 정도로 전국 경찰이 움직이지는 않을 테니까. 지명수배를 당하더라도 형식적인 것뿐이야."

"그렇겠지요."

간지는 홋카이도만 떠나면 모든 것이 백지가 될 것 같은 기분이 들었다.

"아카이 씨, 나한테도 담배 좀 줄래요?"

"어어, 그래. 피워."

아카이가 신세이를 건네고 성냥으로 불을 붙여주었다. 한 모금 빨았다. 마음이 편안해졌다.

"좋겠다, 너는. 도쿄로 가서 자유롭게 살겠구나." 아카이가 표정을 누그러뜨리고 간지의 어깨를 두드리며 말했다. "나는 가족을 떠안고 계속 어부로 지내야 돼. 내일도 또 내일도 배를 타고 다시마를 건져 올리고, 싼 임금으로 혹사당하고, 좋은 일은 하나도 없어."

"그렇겠네요. 힘들겠어요."

간지는 아카이를 동정했다. 확실히 이대로 섬에 있어도 좋은 일은 없을 것 같았다.

"너는 좋겠다."

아카이가 더더욱 치켜세워서 간지도 어쩐지 그런 기분이 되었다.

"그럼 밤까지 여기에 숨어 있어. 나중에 주먹밥을 가져다줄 테니까, 그걸 먹고 자. 그리고 스쿠터는 내가 도로 사줄게. 나머지 월부를 제해주는 것으로, 어때?"

"아카이 씨, 하나부터 열까지, 정말 고맙습니다."

"뭘 그런 걸 갖고. 아무것도 아니야. 동료잖아."

아카이의 격려로 간지는 마음이 따뜻해졌다. 사카이 도라키치 집의 금고를 열면 상당한 돈과 보석이 들어 있을 것이다. 그것을 가지고 나는 도쿄로 가는 것이다. 그리고 연립주택을 언어 점원을 하며 사는 것이다.

앞으로 나는 자유로워질 수 있다. 간지는 아무것도 무섭지 않았다.

저녁 8시 가까이 되어 아카이가 창고로 데리러 왔다.

"이봐, 그 후에 주재소로 가서 슬쩍 떠봤더니 역시 경찰은 네가 섬으로 돌아왔다고는 생각하지 않는 것 같더라. 네가 전당포에서 도망치고 나서 경찰은 곧장 연락선 선착장을 감시했는데, 거기서 걸리지 않았으니까 다른 데로 도망친 거라고 생각하는 모양이야."

어둠 속에서 아카이가 흥분한 기색으로 말했다.

"그러면 어떻게 되는데요?"

"아무도 경계하고 있지 않으니까 파수막으로 돌아가도 괜찮다는 거지. 너, 조금은 짐이 있을 거 아냐?"

"아아, 라디오가 있네요."

"그건 태울 필요 없지."

"하지만 파수막에 불을 지르는 것은 좀 뒤가 켕기는데요. 뭐랄까, 죄송스러워서요."

간지가 조그만 소리로 말했다. 방화는 역시 좀 심한 것 같다는 생각이 들었다.

"너 바보야? 도둑놈 주제에." 아카이가 얼굴을 찌푸렸다. "내가 발견자가 되어 곧 끝 테니까 걱정하지 마."

"그러면 상관없지만……."

"좋아. 그럼 가자. 그리고 다시 한번 말해두겠는데, 만약에 붙잡혀도 절대 내 이름을 발설해서는 안 돼. 그것만은 약속해."

"예. 알았어요."

간지는 고개를 끄덕였다.

"그리고 짐은 전부 여기에 넣고 짊어져. 네 배낭은 작으니까."

아카이가 천으로 만든 잡낭을 주었다. 전시에 일본군 병사가 사용했던 것이다. 간지는 고맙게 받아 들었다.

둘이서 창고를 나왔다. 간지는 근처 계류장에서 조달한 큰 자귀를 손에 들고 있다. 달이 구름에 숨어 해변 주위는 깜깜했다. 버스 노선을 따라서만 외등 불빛이 빛나고 있을 뿐이다. 파도 소리만이 주위에 울려 퍼지고 있다.

파수막에 도착하여 안으로 들어가 재빨리 짐을 챙겼다. 트랜지스터라디오가 제일 귀중품이어서 그것을 잡낭에 넣었다. 의류는 최소한으로 했다. 어차피 누더기뿐이다.

"좋아, 불을 질러." 아카이가 볏짚을 바닥에 깔았다.

"아카이 씨, 부탁이니까 꼭 꺼줘요." 간지가 간절히 부탁했다.

"맡겨둬." 아카이는 얼굴에 땀을 흘리고 있었다.

간지는 스스로 성냥으로 불을 켜서 볏짚 위에 던졌다. 순식간에 흰 연기가 피어올랐고 이어서 오렌지빛 불꽃이 올라왔다.

"됐어, 가. 나는 조금 늦게 불이야, 하고 알리며 달려갈 테니까. 사모님과 아이들이 밖으로 나오면 너는 곧장 숨어들어."

"아, 예. 알았어요."

간지는 잡낭을 짊어진 채 큰자귀를 들고 달리기 시작했다. 언덕을 올라가 사카이 도라키치의 저택 뒤쪽으로 돌아갔다. 부지 안으로 들어가 부엌문 쪽에서 허리를 굽히고 안의 상황을 엿보니 텔레비전 소리가 희미하게 들려왔다.

때가 되기를 가만히 기다렸다. 긴장감은 없었다. 늘 그랬다. 빈집 털이를 할 때 허둥댔던 적은 한 번도 없다. 이전에 파도로 어선이 전복될 뻔했을 때도 별로 당황하지 않는 간지에게 "간지는 나사 하나가 빠졌어" 하고 주변 사람들이 질린 적이 있다. 어떻게 된 셈인지 위기 상황에 빠지면 혼이 빠지고 방관자가 되는 것이다.

5분쯤 지나자 정문 쪽에서 아카이의 외침 소리가 들려왔다.

"사모님! 큰일입니다! 파수막에 불이 났습니다!"

드디어 시작되었다. 간지는 귀에 신경을 집중했다. 안에서 사람이 허둥대는 모습을 알 수 있었다. 우당탕 복도를 달리는 소리. "소방차! 119에 전화해!" 하는 아카이의 목소리. 얼마 후 사모님과 두 아이가 아카이에게 이끌려 집 밖으로 뛰쳐나갔다.

간지는 일어나 부엌문을 통해 신발을 벗고 안으로 들어갔다. 살금살금 도코노마까지 가서 벽장을 열었다. 안에는 귤 상자 크기 정도의 철제 금고가 자리를 잡고 있다. 어떻게 여는지 알 수 없었기 때문에 다짜고짜 큰자귀의 날 끝을 문틈에 찔러 넣어 한 발로 누르고 지렛대의 요령으로 힘껏 당겼다. 금고의 외곽선이 고무처럼 맥없이 구부러지고 틈이 더욱 열렸다. 이번에는 거기에 날 끝을 더 깊숙이 찔러 넣어 문 밑으로 집어넣었다.

다음 순간 뚜껑이 툭 열렸다. 간지는 균형을 잃고 다다미 바닥으로 나뒹굴었다. 일단 호흡을 가다듬고 안을 살폈다. 생각대로 현금이 있었다. 1000엔짜리뿐이었지만 10만 엔은 될 것 같았다. 이것만 있으면 도쿄로 가서 연립주택을 얻고 텔레비전을 살 수 있다.

보석도 있었다. 진주 목걸이에 금반지다. 몽땅 잡낭에 넣었다.

오래 머물러 있으면 안 된다. 간지는 금고 문을 다시 잠그고 벽장을 닫아 아무 상태도 바뀌지 않은 것을 확인하고 나서 부엌문을 통해 밖으로 나갔다. 그때 종소리가 울리는 것을 알았다. 땡땡땡. 소방차가 울리는 종소리다. 문득 해변 쪽을 보니 어둠을 내쫓듯이 하늘 일부가 빨갛게 물들어 있었다. 간지는 깜짝 놀랐다. 파수막에 큰불이 났다. 아카이가 제대로 꺼주지 않았던 것일까. 사람들이 모이고 해변은 시끌벅적했다.

간지는 창고를 향해 달렸다. 파수막과는 100미터도 떨어져 있지 않아 누군가에게 목격되어서는 안 된다.

"이봐, 간지."

뒤에서 속삭임 소리가 들렸다. 돌아보자 어둠 속에서 아카이가 몸을 낮추고 따라왔다.

"아카이 씨, 너무하잖아요. 제대로 꺼준다고…….."

"미안, 미안. 목재가 건조해서 생각보다 불이 빨리 번졌어. 어차피 아무도 안 사는 가건물이잖아. 몽땅 타도 별거 아니야." 아카이가 대단한 기세로 말했다. "그보다 어땠어? 금고 안에 돈은 있었어?"

"있었어요, 있었어요. 10만 엔은 되는 것 같아요. 그리고 반지도 있고 목걸이도 있었어요."

간지는 잡낭을 열어 보여주고 덩실거렸다.

"그래? 잘됐어. 너, 도쿄에서 풍족한 생활을 할 수 있겠다."

"아카이 씨, 조금 드릴까요?"

"난 됐어. 네가 전부 가져."

"왠지 미안해서요. 나만 가지고."

"신경 쓰지 말라니까. 창고에 들어가면 다시마 선반 뒤쪽에 몸을 숨겨. 불씨도 없는데 왜 불이 났느냐고 소방대가 수상하게 여겼으니까 혹시 부근을 수색할지도 몰라. 하지만 그것도 날이 새고 나서일 거야. 내가 새벽 4시에 다시 올 테니까 잘 숨어 있어."

아카이가 화재 현장으로 돌아갔다. 간지는 동료의 존재가 마음 든든했다. 지금껏 늘 혼자 해왔다. 남에게 도움을 받은 것은 이번이 처음일지도 모른다. 도쿄에 가면 친구를 사귀자고 생각했다. 연인도 있었으면 좋겠다.

파수막은 그럭저럭 진화한 모양이었다. 바람을 타고 잡다한 사람들의 목소리가 들려왔다. 그 바람은 건조해서, 땀을 흘린 피부를 부드럽게 어루만져주었다.

4

새벽 4시가 되어 아카이가 깨우러 창고로 왔다. "너, 잘도 자는구나." 아카이는 간지의 얼굴을 들여다보며 아주 어이없어 했다. 세 번이나 흔들어서야 간신히 일어난 모양이다. 간지의 머리 한구석에는 잘 잤을 때의 넋을 잃은 듯한 감각이 남아 있었다.

몸을 일으켜 창밖을 내다봤다. 동쪽 하늘이 엷은 오렌지색으로 물들고 파도 소리가 쉴 새 없이 들려왔다.

"시간 없어. 채취 작업이 시작되기 전에 얼른 도망쳐야 해. 바람이 조금 부는 것 같지만 일기예보에서 흐린 후 갠다고 했으니까 바다는 걱정할 것 없어. 경유도 배에 쌓아두었고."

"아카이 씨, 정말 고맙습니다. 역시 조금은 감사를 표하는 것
이……."

간지가 발치에 둔 잡낭으로 손을 뻗자, 아카이는 당황한 듯
이 "필요 없어. 스쿠터를 돌려받은 것만으로 충분해" 하고 말
했다.

"어젯밤의 화재 말인데, 너를 의심하는 소방대원도 있었지
만 주재소 경찰은 타관 사람일 거라고 하더라. 여름이라 타지
에서 온 사람들이 여기저기 해변에서 노숙을 하고 있다고 말
이야. 너, 운이 좋은 거야."

"아, 그런가요."

"그러니까 얼른 도망쳐. 배의 수가 부족하다는 걸 어르신이
아는 것은 오늘 오후 이후일 거야. 그때까지 왓카나이에서 기
차를 타고 하코다테로 가야 해."

아카이가 재촉하는 바람에 간지는 창고를 나섰다. 잡낭을
짊어지고 해변을 걸었다. 이제 이 섬으로 돌아올 일이 없을 거
라고 생각하니 조금은 감회가 새로웠다. 레분토에서 태어나고
레분토에서 자랐다. ……아니, 어렸을 때 어머니를 따라 삿포
로에서 살았던 시기도 있었구나. 그 일은 오래된 일로 기억이
확실하지 않다.

잔교까지 가서 어선에 올라탔다. 시동을 걸고 계류용 로프

를 풀었다.

"파도가 좀 있는 거 아니에요?" 간지가 말했다.

"괜찮아. 저기압은 어디에도 없으니까." 아카이가 대답했다. 그러나 장대 끝에 묶여 있는 풍향기는 옆으로 똑바로 나부끼고 있었다.

"이봐, 이거 가져가." 아카이가 담배 한 갑을 호주머니에 넣어주었다.

"괜히 미안하게. 정말 고맙습니다."

"간지, 돌아오지 마." 아카이가 손을 흔들었다.

"아, 예. 돌아오지 않아요." 간지도 손을 흔들어주었다.

탈탈탈 엔진 소리를 울리며 어선이 부두를 떠난다. 구름이 조금 끼어 있어 시야가 양호하다고는 할 수 없어도 파도는 그다지 높지 않아 불안감은 없었다. 갯바위 해안을 빠져나갈 때 바닷속의 다시마가 흔들흔들 흔들리는 모습이 보였다. 이제 채취 작업을 안 해도 되는구나, 하고 생각하니 간지는 섬에서 해방된 기분이 들었다.

한 시간쯤 항해했을 때 연료계를 보니 바늘이 빨간 눈금에 접어들려 하고 있었다. 간지는 아카이가 준비해준 경유를 보충하기로 했다. 갑판의 판자를 떼고 연료탱크의 뚜껑을 열었다. 18리터짜리 기름통의 뚜껑을 열고 넣으려고 했다. 무심코 손이 멈췄다. 기름통에서 기름 냄새가 나지 않는 것이다.

기름통 입구 가까이에 코를 대고 냄새를 맡아봤다. 수상해서 소량을 손에 따라 관찰하자 아무리 봐도 바닷물이었다. 시험 삼아 핥아봤다. 역시 바닷물이다.

간지는 불길한 예감이 들어 조종실로 돌아갔다. 바닥에 놓아둔 잡낭을 끌어당겨 안을 봤다. 지저분한 천 조각과 전화번호부가 들어 있을 뿐이었다.

당했다. 간지는 핏기가 가셨다. 아카이가 어르신 집으로 훔치러 가라고 부추기고 협력한 것은 훔친 물건을 가로채기 위해서였다는 말인가.

아마 자고 있는 동안 바꿔치기를 했을 것이다. 철석같이 믿고 있었기 때문에 전혀 조심하지 않았다.

잔교에서 배웅하던 아카이의 얼굴이 떠올랐다. 돌아오지 말라고 한 것은 죽으라는 의미였던 것인가. 화가 나서 잡낭도 18리터들이 기름통도 바다에 던져버렸다.

간지는 어떻게 할지 생각했다. 남은 연료로는 왓카나이까지 갈 수 없고 레분토로도 돌아갈 수 없다. 일단 배의 시동을 껐다. 레분토, 리시리토와 소야 지청(교통이 불편한 곳에 두는 각 청의 하급 관청) 서안 사이의 해역은 북쪽의 리만해류와 남쪽의 쓰시마해류가 부딪쳐 복잡한 흐름을 보이는 곳이다. 어디로 흘러갈지 경험이 일천한 간지로서는 알 수가 없다. 무턱대고 돌진했다가는 곧 연료가 바닥나 표류하게 된다.

가장 좋은 것은 지나가는 어선이 구조해주는 것이다. 하지만 이 시기는 다시마와 성게잡이가 중심이어서 먼바다로 나오는 배가 적다. 현실적인 것은 연락선에 발견되는 것인데, 그 경우에는 경찰에 연락이 가서 체포될 것이다. 교도소에 들어갈 바에는 차라리 죽는 게 낫다.

간지는 갑판에 드러누웠다. 하늘은 두꺼운 구름으로 뒤덮여 있고 날이 갤 것 같은 기미는 전혀 없었다. 아카이가 말했던 일기예보에서는 곧 갠다고 했는데……. 문득 공복을 느꼈다. 오늘은 아무것도 입에 넣지 않았다. 수중에 먹을 것은 없다. 물도 없다. 나는 정말 바보다. 감쪽같이 속아 넘어가 죽음과 이웃하고 있다.

아카이에게 어떻게든 앙갚음을 하지 않고는 성이 차지 않지만, 과연 그 기회가 찾아올 것인가. 트랜지스터라디오까지 빼앗긴 것은 정말 화가 났다. 소니 신제품으로 1만 엔 가까이나 주고 산 것이다.

아카이가 준 담배가 있어서 몸을 일으켜 한 대 피웠다. 다 피우고 꽁초를 바다에 던졌다. 꽁초가 흔들흔들 흘러가는 것을 바라보고 있었더니 한 가지 생각이 떠올랐다. 레분토 해안에는 자주 한반도에서 표류해 온 것이 표착했다. 그렇다면 해류는 남서쪽에서 북동쪽으로 향하고 있는 것이다. 이 배도 떠내려가면 북동쪽으로 흘러가게 될 것이다—

그 생각을 했더니 간지는 등골이 오싹해졌다. 소야곳을 넘어가면 소련의 사할린까지 흘러간다. 나는 그 전에 굶어 죽을 것이다.

간지는 다시 배의 시동을 걸었다. 동쪽을 향해 왓카나이로 가는 것보다 연료가 떨어질 때까지 리시리 수도(水道)를 남하해야 한다고 판단한 것이다. 엔진이 멈추면 그때부터 북동쪽으로 향하는 해류에 맡겨 어딘가의 해안에 표착하는 것을 기대하는 것이 낫다. 리시리 수도의 폭은 기껏해야 2킬로미터다.

불안을 달래기 위해 연거푸 담배를 피웠다. 배는 파도를 가르고 나아간다. 서쪽 하늘이 어쩐지 어두웠다. 정신을 차리고 보니 바람이 불기 시작했다. 동해의 날씨는 언제나 변덕이 심하다. 연락선은 자주 결항한다.

30분을 달린 후 연료가 떨어졌다. 덜덜덜 숨이 끊어지는 듯한 소리를 내며 엔진이 멈췄을 때는 역시 불안해서 가슴이 죄어왔다. 공복은 깨끗이 사라졌지만 목은 말랐다. 혀로 입술을 적시자 들러붙을 만큼 말라 있었다.

잠시 후 파도가 높아졌다. 배가 상하좌우로 크게 흔들리기 시작했다. 간지는 돛대를 꽉 잡은 채 두 발을 벌리고 갑판에 달라붙었다.

작년에 호리에 겐이치라는 젊은이가 요트로 태평양 단독 횡단에 성공하여 큰 뉴스가 되었다. 이시하라 유지로 주연의 영화로 만들어져 올가을에 공개될 거라는 이야기도 들었다. 나도 사정은 상당히 다르지만 바다에 외톨이로 있다. 호리에 청년은 잘도 견뎠구나, 하고 그럴 계제가 아닌데도 감탄했다.

시간이 지남에 따라 파도는 더욱 높아졌다. 이제 폭풍이라고 해도 좋다. 작은 어선 따위는 바다에 떠 있는 나뭇잎이나 다름없다. 배는 상하로 크게 흔들리고 파도가 배 바닥을 때렸다. 파도에 높이 들려지면 시야는 하늘뿐이게 되고, 떨어지면 배 전체가 바닷물을 뒤집어썼다. 간지는 온몸이 흠뻑 젖었다.

금방 속이 안 좋아져 위 안에 있는 것을 토했다. 어젯밤에 먹은 주먹밥이 간신히 남아 있는 정도이고, 나머지는 시큼한 위액뿐이었다. 눈물도 찔끔 나왔다. 죽을지도 모른다고 간지는 생각했다. 다만 익사하는 것은 아무래도 안타까웠다. 미련이 많다. 다시 한번 비프스테이크를 먹고 싶고, 여자도 안고 싶다. 나는 아직 스무 살이다.

손목시계를 보니 아침 7시였다. 다행인 것은 당분간 해가 지지 않는다는 사실뿐이다. 어딘가의 해안에 표착한다고 해도 한나절 이상은 걸릴 것이다. 만약 이대로 밤이 되면 뱃멀미로 미쳐버릴 것만 같다.

하늘이 급속히 어두워지고 이번에는 비가 쏟아지기 시작했다. 이제 아카이가 말한 일기예보가 완전히 거짓말이었다는 게 분명해졌다. 경유라고 속이고 바닷물을 넣어놓고, 거칠어질 예정인 바다로 내보낸다. 이건 더할 나위 없는 살인 계획이다.

배는 한시도 쉬지 않고 흔들렸다. 돛대를 계속 붙들고 있을 근력이 없어지고 필사적인 모습으로 조종실로 도망쳤다. 바닥에 쓰러지자 배가 좌우로 흔들릴 때마다 몸이 미끄러져 벽에 부딪쳤다.

간지는 바닥을 설설 기면서 몇 번이고 토했다. 위가 비어 있어 장기가 튀어나올 것 같았다. 두통도 심하다. 두개골이 빠개질 것 같다. 지옥이구나, 하고 남의 일처럼 생각했다. 내 인생에서 이토록 심한 일을 당한 적이 있었을까.

아니, 있었다. 여느 때처럼 기억은 안개 저편의 애매모호한 인상일 수밖에 없지만, 어쩐지 있었다는 확신이 든다.

간지는 조종실에 웅크리고 앉아 이를 악물고 구역질을 참고 있었다.

오후가 되어도 심한 폭풍우는 계속되었다. 그사이 배는 계속해서 크게 흔들리고 간지의 몸속에 있는 모든 것이 계속해서 흔들렸다. 갑판의 움푹 파인 곳에 고인 빗물을 떠 마시고 갈증만은 해소했지만, 그때마다 토했기 때문에 아무런 해결도 되지 않았다.

그래도 창에 얼굴을 대고 밖의 상황을 보고 있었다. 육지가 보이는 것을 기대하며. 그러자 오르락내리락하는 파도 저편에 희미하게 검은 뭔가가 보였다. 방향으로 보아 홋카이도의 본섬 어딘가의 해안이라는 것은 틀림없었다. 육안으로 보인다는 것은 1킬로미터 이내라는 이야기다.

간지는 자신을 분발하게 하여 배의 시동을 걸었다. 연료탱크가 완전히 빈 것이 아니라 바닥에 조금 남아 있어, 배를 흔들면 시동이 걸린다는 것을 알고 있었다. 폭풍우 속에서 너무 충분할 정도로 흔들렸던 것이다.

시동이 걸렸다. 탈탈탈 낮은 소리를 내며 고래가 잠에서 깨어난 것처럼 자력으로 선수를 쳐들었다.

간지는 키를 꺾어 육지로 향했다. 수백 미터만 가도 좋으니까 움직여주었으면 싶었다. 나머지는 죽을힘을 다해 헤엄칠 각오였다.

다행히도 해안으로 밀려가는 흐름을 탔다. 점점 물가가 가까워진다. 숲이 보였다. 나는 목숨을 건질지도 모른다—

다시 배가 멈췄다. 이번에는 정말 연료가 다 떨어졌을 것이다. 간지는 셔츠와 신발을 벗어 던지고 럭비공 정도의 부표를 안고 바다로 뛰어들었다. 헤엄에는 자신이 없지만 그럴 처지가 아니다. 바닷물을 먹고 숨이 콱콱 막혔다. 몇 번이고 기침을 하고 다시 물을 먹었다.

부표를 가슴에 안고 정신없이 발을 찼다. 실제로는 파도에 농락당하고 있을 뿐이었다. 다행스럽게도 해류는 물가를 향하고 있었다.

30분쯤 바다와 격투를 벌이고 해변에 도착했다. 심장이 찢어질 만큼 뛰고 있었다. 비틀비틀 걷다가 그대로 해변에 쓰러졌다. 뒤로 벌렁 누워 입을 벌리고 쏟아지는 비를 받아먹고 있었다. 살았다. 그 말을 몇 번이고 마음속으로 되뇌었다.

10분쯤 호흡을 가다듬고 일어났다. 어느새 비는 가늘어졌고 바람도 멎어 있었다. 올려다보니 남쪽 하늘이 환하다. 그리고 바다 저편에 끝이 뾰족한 커다란 산의 윤곽이 보였다. 자주 보아 익숙한 리시리산이다. 그렇다면 나는 사로베쓰에 도착했다는 것인가. 간지는 대충 그 위치를 알고 안도했다. 10킬로미터만 걸어가면 소야 본선을 만난다. 그것은 민가도 있다는 뜻이다.

맨발로 풀숲으로 들어가자 풀을 벤 길이 있었다. 벌판이지만 사람이 들어온 흔적이었다. 그리고 한참을 나아가니 작은 오두막이 있었다. '산림청 대기소'라는 글자가 보였다. 인기척은 없지만 정기적으로 사용하고 있는 인상이었다.

입구에는 자물쇠가 채워져 있었기 때문에 창을 깨고 안으로 들어갔다. 내부는 다다미 열 장 정도의 넓이로, 책상과 의자, 측량 기구 등이 있을 뿐이다. 문득 바닥에 눈길을 주었더니 고무

장화가 있었다. 골판지상자 안에는 작업복과 헬멧도 있었다. 간지는 그 자리에 털썩 주저앉았다. 지옥에서 부처님을 만났다는 것은 이런 일을 말하는 건가 하고 생각했다. 즉시 그것들을 몸에 걸쳤다. 산림청의 완장도 있어서 팔에 둘렀다. 이제 사람들 눈에 띄어도 산림청 직원이라고 속일 수 있다.

간지는 오두막을 나가 걸었다. 그 앞에는 차 한 대가 지날 정도의 길이 있었다. 그러니까 사람 사는 마을로 통하고 있다는 뜻이다. 도중에 호수가 있었으므로 손으로 물을 떠서 마셨다. 날씨는 완전히 개었다. 호수의 수면이 햇빛을 받아 반짝반짝 빛나고 있다. 건너편 물가에 사슴 어미와 새끼가 있었다. 간지를 알아차리고는 날쌔게 방향을 바꿔 숲속으로 사라졌다.

두 시간쯤 걸었더니 왼쪽에서 기적 소리가 들려왔다. 그 방향을 바라보고 있으니 파란 하늘에 검은 연기가 피어오르는 것이 보였다. 소야 본선의 기차다. 그렇다면 인가가 아주 가깝다는 뜻이다. 그리고 선로를 넘어 잡목림을 빠져나가자, 드디어 초가지붕의 민가가 눈앞에 나타났다.

간지는 망설이지 않고 다가갔다. 공무원의 작업복을 입고 있어서 수상하게 생각될 염려는 없다. 인기척은 없었다. 혹시나 해서 "계십니까?" 하고 말했지만 아무도 나오지 않았다. 주위에는 짐승 냄새가 떠돌고 있어 사냥꾼 집이라는 것을 금세 알았다. 그렇다면 값나가는 물건은 없을 것이다.

현관의 미닫이문은 자물쇠가 채워져 있지 않아 간단히 열렸다. 봉당으로 들어가 안쪽으로 나아가자 부엌이 있었다. 부뚜막에 냄비가 올려져 있어 안을 들여다보자 이모니(토란, 쇠고기, 곤약, 우엉, 파 등을 간장으로 간하여 끓여 먹는 도호쿠 지방의 향토 요리)였다. 무심코 손으로 집어 먹었다. 간장 맛이 입안에 스며들어 비로소 살아 있다는 기분이 들었다.

모처럼의 기회라서 장화를 벗고 방으로 들어가 벽장을 뒤졌다. 낡은 지갑이 있고 그 안에 100엔짜리 지폐 몇 장과 동전이 있었다. 당장 기찻삯은 될 것 같았다. 이 돈으로 갈 수 있는 데까지 가고, 거기서 다시 빈집을 털면 된다. 민가가 있는 한 나는 살아남을 수 있다. 그렇게 해서 도쿄로 가는 것이다.

다 뒤진 후에는 가까이에 있는 행주로 지문을 닦아냈다. 절도로 체포되어도 지문과 신발 자국만 남기지 않으면 얼마든지 시치미를 뗄 수 있다고 소년교도소 시절에 같은 방의 수형자에게 배웠다. 그 이후 습관이 되었다.

그것이 끝나자 간지는 다시 부엌으로 돌아가 이모니를 게걸스럽게 먹었다.

5

1963년 8월 10일 토요일, 잠옷 차림인 채 조간을 펼치자 인사처가 공무원 봉급의 인상을 내각 및 국회에 권고했다고 보도되었다. 오치아이 마사오는 탁자에 앉은 채 무의식중에 덩실거리며 부엌에서 아침을 준비하고 있는 아내의 등을 향해 말했다.

"있잖아, 하루미. 공무원 월급이 평균 6.7퍼센트 올랐대. 나도 2000 엔쯤 오르지 않을까?"

"그럼 새로운 적립예금이라도 들까?" 하루미가 돌아보며 하얀 이를 드러냈다. "히로시의 학비 적금 말이야. 경찰공제조합과는 별도로 신용금고에서."

"너무 성급한 거 아니야? 아직 한 살이잖아."

오치아이는 신문을 접고 아기 침대에서 자고 있는 아들의 얼굴을 들여다보았다.

"아니, 절대 빠른 게 아니야. 매달 1000엔을 적립하면 히로시가 열여덟 살이 될 때 20만 엔이 돌아오는 거야. 집주인 집에 드나드는 신용금고 영업하는 사람이 추천했어. 히로시가 다 컸을 때는 다들 대학에 갈 거고, 그렇게 되면 여러 가지로 돈이 들 테니까."

"그렇겠지. 둘째도 가졌으면 좋겠고, 역시 저금해야겠지."

아들의 뺨을 손가락으로 쿡쿡 찌르며 오치아이는 한숨을 섞어 중얼거렸다. 갖고 싶은 것은 많지만 지금은 아이가 최우선이다.

"저기, 여보. 그보다 내년에 마쓰도에 생기는 도키와다이라 단지, 같이 보러 안 갈래?"

하루미가 아침을 식탁에 옮기며 말했다. 2년 전에 결혼한 이래 스미다구(區)의 방 두 칸짜리 연립주택에서 살고 있지만, 슬슬 자신의 집을 가지고 싶어졌다. 세상은 단지 붐으로, 철근콘크리트 구조의 공동주택은 젊은 부부의 동경이었다.

"하지만 지바현(縣)이잖아. 주위에서 뭐라고 할지……."

오치아이가 떨떠름한 표정으로 말했다. 오치아이는 경시청 형사부 수사1과의 형사다. 언제 호출될지 모르는 형사는 경시청 관내에 사는 것이 불문율로, 지금까지 다른 현에 거처를 마련한 사람은 없었다.

"현의 경계인 마쓰도잖아. 사쿠라다몬은 무사시노에 사는 것보다 훨씬 가까워."

"그건 그렇지만 인상이 나쁘다고 할까……."

"아무튼 보러 갈 거야. 추첨이 있으니까 당첨된다는 보장은 없지만. 저기, 내일은 쉴 수 있을 것 같아?"

"그건 나한테 물어봐도 소용없잖아."

오치아이는 젓가락과 밥공기를 손에 든 채 어깨를 으쓱해

보였다. 하루미도 알고 있으면서 물어보는 것이다. 오치아이가 소속한 수사1과 강력반5계는 지금 대기 상태지만, 사건이 일어나면 순차적으로 출근 명령을 받는다.

"추석 휴가는? 아버님이 회사의 이즈 휴양소라면 지금이라도 방을 잡아주겠다고 하는데."

"그것도 몰라. 하느님한테나 물어봐."

늘 하는 대화라서 오치아이는 상대하지 않고 밥을 먹었다.

"큰 사건이 일어나지 않게 해주세요."

하루미는 아침상을 앞에 두고 두 손을 맞비비고는, 밥을 김에 싸서 입으로 가져갔다. 하루미는 밝은 성격에 형사 일을 잘 이해해주고 있었다.

맛있어 보여서 오치아이도 흉내를 냈다. 텔레비전의 일기예보에서는 오늘 도쿄는 30도를 넘는다고 전하고 있었다.

오전 8시, 경시청에 출근하자 수사1과 2호실의 5계는 공무원 급여 인상에 대한 화제가 계속되고 있었다.

"기분 좋은 뉴스군. 나는 새로운 낚싯대나 사야지. 이미 정했어."

이렇게 말하며 싱글벙글하는 사람은 계장 미야시타 다이키치 경부다. 우락부락한 체구와 움푹 파인 눈의 인상에서 '5계장'을 비틀어 '고릴장 씨'라고 불렀다.

"나는 마누라한테 몰수야. 오늘 아침 신문 기사를 보고 재빨리 눈치채고는 '이번에는 냉장고를 살게요'라고 하더라고."

수사1과의 고참인 모리 다쿠로 경부보는 얼굴을 찡그리며 담배 연기를 내뿜었다. 모리는 전 해군 상사 출신으로, 군대 만화의 주인공 '탄쿠로(사카모토 가조의 만화《탱크 탄쿠로》의 주인공으로, 볼링공 모양의 몸통에 여덟 개의 동그란 구멍이 뚫려 있고 그곳에서 총, 일본도, 대포 등이 나온다)'라는 별명을 갖고 있다. 정이 많고 일찍이 방범과 소년계에 있던 무렵부터 거리의 불량배들이 두려워하기도 하고 따르기도 했다.

"아이고, 탄쿠로 씨 집에 냉장고가 없었어요?"

놀린 사람은 이혼한 경력이 있는 독신 형사 니이 가오루였다. 머리를 포마드로 곱게 매만진 허무적인 장신의 멋쟁이로, '닐'이라는 애칭은 긴자와 아카사카의 네온 거리에서도 통했다.

"시끄러워. 난 닐처럼 총각이 아니야. 아이가 셋이나 있어봐, 문화생활도 마음대로 안 된다고."

모리가 침을 튀기며 응수하자 모두가 웃었다.

"하지만 임금 인상은 늘 공무원이 마지막인데, 이건 기뻐하기보다 분개해야 하는 것 아닌가요?"

한여름에도 착실하게 넥타이를 맨 사와노 히사오 순사부장이 말했다. 이 남자는 생명보험회사에서 전직한 부기1급 자격증을 가진 경리 전문가로, 겉모습은 샐러리맨 그 자체다.

"뭐, 그렇긴 하지만 이제 우리도 드디어 호경기를 실감할 수 있게 된 거지요. 올림픽 경기에 들끓는 도쿄라고 아무리 뉴스에서 떠들어도 지금까지는 남의 일이었잖아요."

의자에 한쪽 무릎을 세우고 발에 무좀 약을 바르며 차분히 말한 사람은 구라하시 데쓰오 순사부장이다. 구라하시는 마흔도 안 되었는데 백발이고 늘 눈꺼풀이 무거워 보이지만 수사의 감은 발군이었다. 미야시타가 늘 가장 먼저 의견을 물을 정도다.

다 같이 그런 담소를 나누고 있을 때 5계에서 가장 젊은 이와무라 스구루가 숨을 헐떡이며 뛰어 들어왔다.

"죄송합니다. 늦었습니다."

얼굴에 땀을 흘리고 죄스럽게 여기며 고개를 숙인다. 업무 시작이 8시 반이라 지각은 아니지만, 신입은 제일 먼저 출근하여 선배 형사들의 책상을 닦고 차를 끓여 오는 것이 관례였다. 이와무라는 지난달 수사1과에 배속된 스물일곱 살의 새내기 형사다.

"이봐, 이와무라. 사건이 끝났다고 해이해진 거 아냐?" 모리가 일갈했다.

"이와무라는 벌로 오후에도 전화 담당이야. 우리는 아카사카에서 마작을 할 테니까."

니이가 의자 등받이를 삐걱거리며 거칠게 말했다.

"알겠습니다." 이와무라가 의기소침하게 대답했다.

"바보야, 농담이야. 진지하게 받아들이면 어떡해. 토요일은 오전 근무만 하는 날이잖아. 형사부도 대기조를 제외하고는 다 퇴근하라는 총무부의 지시야."

오치아이가 거들고 나섰다. 이와무라는 처음으로 생긴 후배로, 오치아이는 여러 가지로 예뻐하고 있었다. 같은 대학의 후배인데 나이도 두 살 차이밖에 안 난다.

여기에 모인 일곱 명이 5계의 형사들이다. 형사부는 각 계별로 경쟁하기 때문에 결과적으로 유대가 깊어지고 가족과 같은 관계가 된다. 오치아이에게도 팀의 여섯 명은 가장 먼저 도와야 할 동료이고 믿을 수 있는 형제다.

"이봐, 오치아이. 자네, 단지 모집에 모조리 응모했다며."

미야시타가 선풍기를 쐬며 물었다. 각 계에 한 대인 선풍기는 대체로 계장이 독점하고 있다.

"예, 그렇습니다만."

"원한다면 경찰 가족 기숙사를 알아봐줄 수도 있는데. 어린아이가 있으면 우선적으로 들어갈 수 있다고 하니까."

"아니요, 신경 써주시는 것은 고맙습니다만 아내가 아무래도 단지가 좋다고 해서요."

오치아이가 몸을 움츠리고 대답했다.

"그거야 뭐 낡은 목조주택보다는 철근콘크리트의 단지가 좋겠지. 젊은 부인이라면 더더욱 그럴 거고."

"오치아이, 단지라면 사쿠라다몬에서 멀어지는 거 아냐?"

모리가 끼어들었다. 모리는 얼마 전 주오선(線)의 미타카에 집을 지었다.

"실은 아내가 눈독을 들인 곳이 마쓰도의 도키와다이라 단지거든요."

오치아이는 이런 기회라서 말해보기로 했다. 솔직한 감상도 듣고 싶었다.

"이봐, 마쓰도는 지바현 아냐?"

"하지만 내년에 지하철 히비야선이 개통합니다. 그렇게 되면 도키와다이라에서 가스미가세키까지 한 번만 갈아타고 한 시간이면 올 수 있습니다. 외람된 말씀이지만 미타카보다 가까워지는 거라서……."

"하지만 지바현이라면……."

"괜찮지 않을까. 1과장님께 한번 의논해봐. 어린아이가 있잖아. 공기 좋은 교외에서 키우고 싶은 마음은 형사도 마찬가지일 거야."

미야시타가 이렇게 말해주어 오치아이에게는 도움이 되었다.

도쿄 올림픽 개회가 가까이 다가옴에 따라, 일본인의 마음속에는 자신들도 바뀌지 않으면 안 된다는 의식이 싹트기 시작하고 있었다. 경시청도 몇 년 전부터 올림픽 경비에 대비하여 채용을 늘려 노동시간 개선 등 조직 개혁에 힘쓰고 있었다. 모두가 새로워지려 하고 있는 것이다.

그때 책상의 내선전화가 울렸다. 모두의 표정이 순식간에 굳어졌다. 이와무라가 달려들 듯이 수화기를 들고 "예, 수사 1과 5계입니다!" 하고 목소리를 높였다.

"예, 모두 있습니다. 예. 바로 바꾸겠습니다."

이와무라가 수화기를 손으로 덮고 미야시타를 향해 "계장님, 다나카 과장대리님입니다" 하고 말했다. 미야시타가 전화를 받고 미간을 좁히며 이야기를 듣고 있다.

"예, 살인입니까? 알겠습니다……." 이런 대화가 들렸다.

"이봐, 대기조는 어떻게 된 거야?"

모리가 말했다. 대기조란 사건이 일어나면 제일 먼저 나가는 조를 말한다.

"새벽에 시나가와에서 방화 사건이 있어서 출동했습니다." 구라하시가 말했다.

"그럼 다음은 우린가? 제발 부탁이야. 이제 곧 추석 휴가잖아."

니이가 얼굴을 찌푸리며 혼잣말을 했다. 각자 같은 마음이었지만 말로 내뱉지는 않았다. 이것이 형사의 일상이다.

전화를 끊은 미야시타가 일어났다.

"좋아, 다들 듣게. 미나미 센주서(署) 관내에서 살인사건 발생. 주소는 아라카와구(區) 미나미센주마치 8가 1-7. 피해자는 혼자 사는 노인. 성별은 남성. 오늘 아침 근처에 사는 딸 부부가 자택 안에서 숨져 있는 것을 발견했다. 현재 밝혀진 것은 여기까지. 초동수사반은 이미 그쪽으로 가고 있다. 우리도 곧 그쪽으로 간다. 오치아이, 배차계에 연락해서 수사 차량 두 대를 확보하게."

"알겠습니다."

오치아이는 책상으로 몸을 내밀어 내선전화로 손을 뻗었다. 다른 사람들은 서둘러 나갈 차림을 하고 있었다.

"혹시 모르니까 한 사람만 권총을 휴대하게. 닐, 부탁하네." 미야시타가 추가로 지시를 내렸다.

"예스 서." 니이가 빗으로 머리를 매만지며 자포자기하는 기색으로 대답했다.

5계의 일곱 명이 허둥지둥 형사부 사무실을 나갔다. 오치아이의 머릿속에 일순 하루미의 얼굴이 떠올랐으나, 수갑 홀더를 로커에서 꺼내 허리에 장착하니 금세 날아가버렸다. 적어도 이삼일은 집에 들어갈 수 없을 것이다. 사사로운 일에 관해서는 체념하는 것에 완전히 익숙해져 아무런 생각도 들지 않았다. 오치아이는 차를 통용구에 대기 위해 지하 주차장으로 달려갔다.

현장에 도착하자 이미 출입 금지 로프가 쳐져 있고, 감식반이 채증 작업을 하고 있었다. 미야시타가 밖에서 인사를 했다.

"10분만 더 기다려주게. 지금 안에서 사진반이 한창 현장을 찍고 있으니까. 게다가 발자국이 섞이면 귀찮아지고."

대답한 것은 감식과장이었다. 관할서의 형사와 제복을 입은 경관도 몇 명 배치되어 있었다. 오치아이가 고개를 내밀어 문패를 확인하자 문기둥에 '야마다'라는 글자가 보였다. 낡은 일본 가옥으로, 담으로 둘러싸였고 부지는 백 평쯤 될 것 같았다. 정원수도 우거져 있어 안에서 무슨 일이 일어나도 밖에서는 알 수가 없었다. 그 뜰에서는 아침부터 매미가 시끄럽게 울고 있었다.

시간이 아까워서 각자 주위를 둘러보았다. 현장은 그림으로 그린 듯한 서민 동네로, 골목은 차 한 대가 간신히 지날 수 있는 넓이다. 통제선 주위에는 동네 주민이 모여들어 소곤소곤 이야기를 주고받고 있었다.

"근처에 사는 분입니까?" 오치아이가 한 중년 여성에게 말을 걸었다.

"네, 그런데요."

여자가 튕겨진 듯이 돌아본다. 오치아이는 안쪽 호주머니에서 경찰수첩을 꺼내 보여주었다.

"경찰입니다만 뭐 좀 물어봐도…… 돌아가신 야마다 씨를 아십니까?"

"네, 그야 같은 동네 사람이니까요."

"야마다 씨는 무슨 일을 했습니까?"

"예전에는 시계상을 했던 것 같은데, 지금은 막내딸 부부한 테 맡기고, 그러니까 가게를 물려주고 혼자 한가하게 지내고 있었어요. 역 앞에 아파트도 갖고 있고, 이 근처에서는 옛날부 터 부자였어요."

"이웃과는 친하게 지내셨나요?"

"아니요, 전혀." 남자 노인이 옆에서 대답했다. "부자는 우리 와 어울리지 않지요. 자치회에도 얼굴을 내민 적이 없고 말이 오."

뭔가 냉담한 말투였다.

"옛날에는 나오지 않았어요? 게다가 가을 축제에 기부한 것 은 매년 동네에서 최고였고 말이에요."

"그런 것은 폼 잡는 거지. 허세야, 허세."

"그런 말 하는 거 아니에요."

여자가 나무라자 노인은 멋쩍게 웃으며 멀어져갔다.

다른 주민에게도 물어봤지만 돌아온 것은 자산가라는 것, 부인이 먼저 세상을 떠났다는 것, 무릎이 안 좋아 최근에는 그 다지 나다니지 않게 되었다는 것 등 말해도 무방한 대답뿐이 었다. 상황을 알기 전까지는 동네 안에서 부주의한 말은 하고 싶지 않을 것이다.

감식반의 허락이 떨어져 5계의 전원이 집 안으로 들어갔다. 우선은 사체와의 대면이다. 각자 흰 장갑을 끼고 신발을 벗고 들어간다. 이와무라만이 장갑을 지참하지 않았다.

"바보 같은 놈. 호주머니에 손을 넣고 있어. 아무 데도 손대지 말고."

니이가 조그만 소리로 질책하자 이와무라는 창백한 얼굴로 고개를 떨구었다.

안쪽의 널찍한 서양식 방으로 안내되었을 때 먼저 에어컨이 켜져 있는 것에 놀랐다. 가구는 모두 호화롭고 선반에는 비싸 보이는 세간이 늘어서 있었다. 과연 부자의 살림살이다. 그리고 소파와 탁자 사이에 남자의 사체가 있고 이불이 덮여 있었다.

"이 이불은요?" 오치아이가 물었다.

"딸이 덮은 거네. 그대로 내버려둘 수 없었겠지." 감식과장이 말했다.

"가족은요?"

"2층으로 가라고 했네. 심하게 동요해서 이야기를 할 수가 있어야지."

미야시타가 이불을 치우고 모두가 사체를 봤다. 두부에 심한 출혈이 있고 두개골에는 쇠몽둥이 같은 것으로 맞아 함몰

된 흔적이 보였다. 흉기는 발견되지 않았다. 다툰 흔적도 없지만 애초에 고령자라서 습격을 당해도 제대로 저항도 하지 못한 것으로 보였다.

"피해자의 이름과 나이는요?"

"야마다 긴지로, 75세. 3년 전에 부인이 세상을 떠났고 그 후로 쭉 혼자 살았네. 근처에 사는 셋째 딸이 매일 아침 주먹밥을 만들어 전해줄 겸 상황을 살피는 것이 일과가 되었던 모양이야. 그래서 사체를 발견한 시간은 아침 7시 반이지. 부검을 하기 전에는 확실히 말할 수 없지만, 피가 응고된 상태로 보아 사후 열두 시간 이상은 지난 것으로 보이네. 그리고 보는 대로 실내에는 뒤진 흔적이 있지. 다른 방에 금고가 있는데 그것도 열려 있네. 뭐가 없어졌는지는 아직 몰라. 또 어디로 들어왔는지도 모르고."

전원이 실내를 둘러본다. 가구의 서랍도 문도 모두 열려 있고 바닥에는 서류가 흩어져 있었다.

"현관과 뜰에 발자국이 몇 개 있지만 범인의 것인지 어떤지 알 수 없네. 실내에는 보이지 않는 걸로 보아 신발을 벗고 들어갔겠지."

감식과장의 설명이 이어졌다. 오치아이는 들으면서 사체를 들여다보았다. 늘 있는 일이지만 각오가 필요한 순간이다. 막상 보면 사명감이 솟아난다. 살인범을 사회에 내버려두어 좋을 리가 없다.

옆에서 이와무라가 침을 삼켰다. 이와무라가 살인사건에 관계하는 것은 이번이 처음이다.

"좋아, 그럼 순서대로 집 안을 둘러보세. 감식에 방해가 되지 않도록 하고. 다 둘러보면 집 밖으로 나와."

미야시타가 지시하자 5계의 형사들이 움직였다. 오치아이는 이와무라에게 따라오라고 눈으로 신호를 보냈다. 풋내기라서 실수가 있어서는 안 된다.

부엌과 부엌문을 관찰한다. 특별히 흐트러져 있지도 않고 범인이 들어온 흔적은 없었다. 다만 부엌문에 열쇠가 잠겨 있지 않고 창도 자물쇠가 채워져 있지 않았다. 도쿄에서도 서민 동네는 외출 이외의 경우 자물쇠를 채우지 않는 집이 많기 때문에 그 점은 가족의 설명을 들을 필요가 있을 것이다.

이어서 불단을 모신 방으로 들어가자 벽장이 열려 있고 안은 엉망으로 어질러져 있었다. 분명히 도둑의 범행으로 보였다.

2층의 다다미방으로 가자, 첫 번째 발견자이자 피해자의 딸로 보이는 중년 여성이 넋이 나간 상태로 다다미에 앉아 있었다. 얼핏 보아 화려한 인상이었다. 자못 젊게 꾸몄고 커다란 보석 반지가 눈에 들어왔다. 옆에 바짝 달라붙어 있는 사람은 남편인 모양이었다. 남편도 머리를 고데기로 다듬은 같잖은 모습이었다. 관할서의 나이 지긋한 형사가 사정 청취를 하고 있지만 지금은 무리일 것이다. 2층에는 어질러진 모습이 보이지 않았다.

대충 둘러보고 밖으로 나왔다. 관할서의 형사와 아울러 열 몇 명의 남자들이 동그랗게 모여 있었다. 중심에 있는 사람은 미야시타다.

"미나미센주서의 여러분, 수사1과 5계의 미야시타다. 본부의 다마리 1과장님으로부터 이 사건의 초동수사 지휘를 맡아 달라는 지시를 받았다. 피해자 주변 수사는 오후의 회의 뒤로 미루고 우선 탐문수사를 할당하겠다. 전원에게 지도를 나눠줄 테니 확인하도록. 미나미센주마치 1가, 사와노와 오카다. 2가, 구라하시와 기타노. 3가, 오치아이와 오바……."

탐문수사란 민가를 한 집 한 집 이 잡듯이 샅샅이 뒤져 정보를 얻는 것을 말한다. 통상 탐문수사는 관할서의 형사와 본청의 형사가 2인 1조가 되어 하게 된다.

"닐은 이와무라와 한 조가 되도록."

마지막으로 미야시타가 얼굴을 들고 말했다. 이와무라는 풋내기라서 관할서에 폐를 끼치고 싶지 않을 것이다. 니이는 무표정하게 "좋습니다" 하고 대답했다.

"현장 조사는 관할서의 과장. 나와 탄쿠로는 감식에 입회한다. 오후 1시에 일단 전원이 미나미센주서로 들어올 것. 거기서 첫 번째 수사 회의를 진행한다. 그럼 움직이도록."

각각 할당된 동네로 흩어진다. 오치아이는 먼저 관할서의 수사관인 오바와 인사를 나눴다. 오십대 중반의 오바 모키치는 고참 형사다. 예전에 수사1과에 오랫동안 소속되어 있었던 적도 있어 이름만은 듣고 있었다.

"오치아이입니다. 잘 부탁드립니다."

"자네, 나이는 몇인가?"

"스물아홉입니다."

"꽤나 젊군그래. 대졸인가?"

"예."

"흥, 수사1과도 변했구먼. 형사도 학력이 판치게 된 건가."

오바가 오치아이를 날카로운 시선으로 노려보며 말했다. 보기만 해도 옛날 기질의 형사로, 거무스름한 얼굴에는 깊은 주름이 새겨져 있었다. 학력과 젊음을 비아냥거려도 특별히 기분이 상하지 않은 것은 이미 이골이 났기 때문이다. 말단에서 고생고생 올라온 형사는 대체로 대졸 경찰을 눈엣가시로 여긴다.

"이 주변은 잘 아나?" 오바가 물었다.

"아니요. 처음입니다."

"그럼 따라오게." 오바가 걸어가기 시작하자 오치아이는 뒤를 따라갔다.

먼저 향한 곳은 이 지역 부동산 중개 사무소였다. "3가의 지도 좀 주시오"라고 거칠게 말하여 세대주가 쓰여 있는 상세한 동네 지도를 입수했다. 연립주택은 방 개수까지 기재되어 있었다.

"위에서 나눠주는 지도는 전혀 도움이 안 되거든."

오바가 입에 담배를 꼬나물고 말했다. 초장부터 오바의 페이스가 되었다.

입수한 지도를 한 손에 들고 3가 1번지부터 돌았다. 한 집 한 집 차례대로, 끝난 집은 빨간 색연필로 칠해나갔다. 묻는 것은 현장을 알고 있는가, 그 앞을 지나곤 하는가, 어제는 어디서 무엇을 했는가, 수상한 사람을 보지 못했는가 등이다. 거동에 수상한 점이 없는가도 관찰한다. 요컨대 주민도 의심하고 있는 것이다.

사건 현장과 조반선(線)의 선로를 사이에 두고 있는 탓인지 주민들 대부분은 사건을 모르고 있었다. 응대한 주부들은 하나같이 눈을 동그랗게 뜨고 놀랐다. 피해자인 야마다 긴지로의 이름을 들으면 "아아, 그 커다란 집"이라는 답이 돌아왔다. 이 지역에서는 꽤 알려진 인물인 모양이었다. 다만 친한 사이는 없었다.

오바와 동네를 걷고 있으면 여기저기서 "수고하십니다" 하고 말을 걸어왔다. 오바는 그때마다 "어어" 하고 한 손을 들어 응대했다. 이 늙은 형사는 미나미센주서 관할 내에서는 '영향력이 있는 사람'인 것 같았다.

열 집쯤 돌았을 때 이미 정오가 되었고, 오바에게 이끌려 역 앞의 메밀국숫집으로 들어갔다. 낯익은 사이로 보이는 주인에게 판 메밀 두 개를 주문하자 시키지도 않은 튀김이 함께 나왔다. "여기 메밀국수는 아주 맛있네." 오바가 이렇게 말하며 젓가락을 뻗었다. 관할 내에서는 음식점이 형사의 음식값을 싸게 해주는 것이 관례가 되어 있었다. 오치아이는 작은 저항감을 느끼며 튀김에는 젓가락을 대지 않았다. 향응 대신 교통위반을 없애주기도 하고 사소한 죄를 봐주기도 하는 그런 옛날 그대로의 관습을 오치아이는 좋아하지 않았다.

오치아이의 그런 의사를 감지했는지 오바는 언짢아져 말을 하지 않았다. 후루룩후루룩 메밀국수를 먹는 소리만이 울리고 있었다.

"이보게, 8가의 사건 알고 있나?"

다 먹고 오바가 주방을 향해 물었다.

"그야 물론이지요. 야마다 씨는 옛날부터 단골이니까요. 자주 배달을 갑니다."

가게 주인이 흥미진진하다는 태도로 나왔다.

"늘 1인분이었나?"

"그럼요. 하지만 잔돈을 팁 대신 주니까, 기꺼이 배달을 가지요."

"최근에 뭔가 달라진 점 같은 건 없었나?"

"아뇨, 특별히. 애초에 친한 것도 아니고요. 부인이 살아 계셨을 때도 우리 같은 아랫것들과는 어울리지 않겠다는 느낌이었거든요. 자식이 네 명 있는데 모두 사립학교를 다녔고 이 지역 학교에는 다니지 않았지요."

"흐음. 셋째 딸 부부는 근처에 살고 있지?"

"근처라고 해도 도쿄 스타디움 건너편이라 이쪽 상점가에서는 볼 수 없지요. 그런데 어떻게 된 겁니까? 살인사건이란 서민 동네에서 워낙 보기 드문 일이니까요. 도둑놈 짓인가요? 아니면 원한 같은 건가요?"

가게 주인은 일을 내팽개치고 사건에 대해 알고 싶어 했지만 오바가 적당히 응대하고 이야기를 끝냈다. 계산은 판 메밀 값만 따로따로 냈다. 탁자에 남은 튀김 1인분은 아무도 손을 대지 않았다.

오후 1시에 미나미센주서로 들어갔다. 보초로부터 주차장으로 가라는 지시를 받고 뒤쪽으로 돌아가자, 함석지붕의 주차장이 있고 이미 남자들이 모여 있었다. 콘크리트 지면에 비닐 시트가 깔려 있고 거기에 야마다 긴지로의 사체가 눕혀 있었다. 경찰서에도 영안실이 있으면 좋을 텐데, 하고 매번 생각하지만 대체로 사체는 건물 밖에서 처리되었다.

"다 왔나?" 미야시타가 형사들을 둘러본다. "아직 부검 전이지만 현시점에서 알게 된 것을 알려주겠다. 그럼, 부탁합니다."

미야시타의 재촉을 받고 검시를 한 경찰의가 앞으로 나왔다.

"그럼 간단하게 설명하겠습니다. 사인은 두부 손상에 의한 뇌타박상 및 그에 수반되는 지주막하 출혈. 손상 부위는 한 군데뿐이고 지름 1센티미터 정도의 쇠막대로 정면에서 때린 것으로 보입니다. 사망 추정 시각은 어제 정오에서 저녁에 걸쳐⋯⋯."

경찰의가 소견을 말하고 각자가 메모를 한다. 반대쪽에 있던 이와무라가 창백한 얼굴로 사체에서 눈을 돌리고 있어서 니이가 목덜미를 움켜쥐고 맨 앞줄로 끌어냈다.

"사체를 정확히 눈에 새겨둬. 다만 아까 먹은 돈가스덮밥을 여기서 토하지는 말고."

니이가 난폭하게 말하자 주위에서 실소가 터졌다.

"저 젊은 놈도 대졸인가?" 오바가 물었다.

"그렇습니다만."

오치아이가 대답하자 오바는 아무 말도 하지 않고 흥 하고 콧방귀를 뀌었다.

장소를 강당으로 옮겨 첫 번째 수사 회의가 시작되었다. 옆의 센주서에서도 지원이 와서 총 40여 명의 진용이었다. 모두가 일제히 담배를 피워대기 시작하여 강당은 연기로 가득 찼다. 준비한 선풍기 네 대를 다 돌려도 소용이 없을 정도였다. 상석에 쭉 늘어선 사람은 수사1과의 넘버 투에 해당하는 다나카 과장대리, 감식과장, 관할서의 서장, 형사과장, 이렇게 네 명이었다. 다나카가 말문을 열었다. 다나카는 스모 선수 같은 체형을 한 유도 5단의 기백 있는 사람이다.

"다시 이 사안의 개요를 설명하겠다. 피해자는 야마다 긴지로, 1888년 5월 10일 도쿄 아라카와구 출생의 75세. 현재는 무직이지만 10년쯤 전까지 시계상을 경영했다. 3년 전에 아내를 잃은 이후 쭉 혼자 살았다. 자식은 네 명. 1남 3녀다. 발견자인 셋째 딸한테 듣기에, 피해자는 은퇴 후 교제도 적고 조용한 노후생활을 보내고 있어 누군가의 원한을 살 만한 구석이 없다는 것이다. 친족 사이의 다툼도 없었다고 한다. 피해에 관해서는 거실의 금고가 열려 있고 안에 들어 있던 귀금속과 현금이 도난당했다. 피해 금액은 밝혀지지 않았지만 셋째 딸에 의하면 집에 있던 현금은 기껏해야 수만 엔일 거라고 한다. 귀금속은 수입품 시계가 몇 개, 예전에 돌아가신 부인의 보석류도 있었다고 하지만 딸들이 유품으로 물려받아 대단한 것은 들어있지 않았다고 한다. 아울러 금고는 쇠지레 같은 것으로 힘껏 비틀어 열려 있었다. 범인의 침입 경로는 알 수 없다. 또한 범인이 여러 명이었는지 단독범행이었는지도 아직 모른다. 수사본부는 이곳 미나미센주서에 두고 사건명을 '아라카와구 전(前) 시계상 살인사건'이라고 한다. 그리고 한 가지 중요한 보고가 있다."

다나카가 얼굴을 들고 수사관들을 둘러본 후 이야기를 계속했다.

"어제 오전부터 오후에 걸쳐 아라카와강을 사이에 둔 아다치구(區)의 센주서 관할 내에서 빈집 털이 피해가 두 건 잇따라 발생했다. 첫 번째 사건은 센주코토부키초의 민가에서 창유리를 깨고 누군가가 침입, 옷장 서랍에서 현금 약 3000엔과 진주 목걸이가 도난당했다. 두 번째 사건은 센주아즈마초의 두부 가게로, 오후 1시에 가게 문을 닫았는데 누군가가 부엌문을 쇠지레 같은 것으로 비틀어 열고 침입, 여기서는 매상금 1만 몇천 엔이 든 손금고가 도난당했다. 그리고 인접한 가쓰시카구(區)에서도 목요일에 그런 빈집 털이 사건이 세 건 발생했다. 그러니까 도쿄도의 북동 지역에서 동일범 또는 그룹에 의한 연속 빈집 털이 사건이 발생하는 중에 오늘 이 사건이 발생했다는 것이다. 물론 예단은 금물이다. 여러분은 모든 가능성을 열어두고 수사에 임해야 하지만, 상황을 감안해서 보면 일련의 빈집 털이범이 야마다 긴지로의 집에 아무도 없는 줄 알고 침입했다가, 피해자와 마주쳐 당황한 나머지 쇠지레를 내리쳐 살해에 이르렀을 가능성이 높다는 것도 염두에 두었으면 한다. 따라서 이 사건의 수사에는 센주서의 형사과도 가세하게 되었다. 당분간의 수사 범위는 아다치구 센주 지역, 아라카와구 미나미센주마치 1가에서 10가……."

관할 수사관이 칠판에 큰 지도를 붙이고, 다나카가 탐문할 지역을 구분하고 분담할 지역을 써넣어간다. 그 옆에는 현장 겨냥도가 붙었다. 모조지에 매직으로 그린 것이다.

오치아이는 그것들을 수첩에 옮겨 적으며 혹시 빈집 털이범이 어쩌다가 저지른 살인이라면 범인은 초심자가 아닐까 하고 추리했다. 빈집 털이는 대부분이 상습범이고, 현장을 들켜 강도로 변하더라도 살인까지 저지른다고는 생각하기 힘들다. 체포도 징역도 이골이 나서 당황할 놈들이 아닌 것이다. 하물며 피해자는 일흔다섯 살의 노인이다. 죽이지 않아도 간단히 도망칠 수 있다.

다나카 다음에는 감식과장이 현 상황을 보고했다.

"현재 범인의 유류품은 발견되지 않았고 지문도 남아 있지 않습니다. 족적은 몇 개 있지만 모두 현관 근처에 있고 실내에서는 보이지 않습니다. 피해자 집은 신문과 우유를 배달받기 때문에 지금 배달원의 족적을 조사 중……."

그리고 마지막으로 다나카가 강한 어조로 말했다.

"살인범이 제멋대로 돌아다니고 있다. 이건 결코 있어서는 안 되는 일이다. 한시라도 빨리 범인을 잡아 도민이 안심하고 생활할 수 있는 동네를 되찾자. 오후에는 이어서 탐문수사와 피해자 신변에 대한 수사, 그리고 피해 물품을 알아내라. 끝마치는 시간은 저녁 7시다. 저녁에는 다마리 수사1과장님이 와서 기자회견을 할 것이다. 잘 들어라. 단서가 없으면 수사1과장님이 창피를 당하게 될 것이다. 전력을 다해 수사에 임하도록. 그럼 해산.”

수사관들이 일제히 일어나 강당을 나간다. 계단에서 이와무라와 나란히 내려가게 되어 “잘하고 있어?” 하고 말을 걸었더니 어색한 표정으로 “네에” 하고 고개를 끄덕였다.

“뭐가 ‘네에’야?”

사이를 두지 않고 니이가 이와무라의 뒤통수를 손가락으로 찔렀다. 아무래도 혹독한 선배에게 호된 훈련을 받고 있는 모양이었다.

오치아이는 다시 오바와 함께 탐문수사를 했다. 토요일이어서 오후에는 집에 사람이 있는 경우가 많아 그 점은 다행이었다. 평일이라면 연립주택 등은 거의 비어 있기 때문에 밤에 다시 가지 않으면 안 된다. 탐문은 한 집도 빠져서는 안 된다.

상점가의 오랜 주민에게는 오바가 물었지만, 연립주택의 주민을 상대하게 되면 ‘자네가 해’라고 턱으로 지시하고는 뒤에서 담배를 피우고 있었다. 오치아이는 왠지 모르게 오바의 방식을 알 수 있었다. 이 베테랑 형사는 파트너와 정보를 공유할 생각이 전혀 없다. 오바가 열심히 하는 것은 오치아이와 헤어져 혼자가 되었을 때일 것이다. 주민에 대한 탐문 이외에 두 사람 사이에는 대화가 없고, 그렇게 되면 오치아이도 태도를 바꿔 대담하게 나갈 수밖에 없었다. 대학을 졸업하고 경찰이 된 지 8년째 되는 해에 수사1과에 발탁된 오치아이는 선배 형사들로부터 충분히 시샘과 괴롭힘을 받아왔다. 완전히 내성이 생겼다. 자신도 독자적으로 정보를 얻어 관할서의 코를 납작하게 해주기만 하면 된다.

몇 집째인가의 탐문에서 주부로부터 마음에 걸리는 목격 정보를 얻었다. 어제 오후 3시경에 두리번두리번 주위를 둘러보며 골목을 걷고 있는 젊은 남자가 있었다는 것이다. 작업복 차림으로 가방을 들고 있었다고 한다.

"하지만 관청 완장을 팔에 두르고 있어서 공무원이 무슨 조사를 하러 나온 건가 하고 전혀 마음에 두지 않았지만요."

"완장이라면 어떤?" 오치아이가 물었다.

"아마 산림청이라고 쓰여 있었을 거예요. 왜, 이 주변은 해발 고도가 낮아서 태풍 같은 게 오면 금방 제방이 무너지니까 아라카와에 방수로를 만들기도 하고, 국가나 도에서 공사만 하잖아요. 그래서 공무원이 측량이라도 하러 온 게 아닐까 했어요."

"산림청, 말인가요? 건설부도, 도쿄도도 아니고."

"그렇게 말하면 자신은 없지만요……." 주부가 어깨를 으쓱했다.

"참고로 그 젊은 남자의 특징은요? 신장이라거나 머리 모양

같은 것은요?"

"죄송해요. 정확히는 보지 못했어요. 하지만 몸집이 크거나 머리를 빡빡 밀었거나 그런 건 아니었어요. 눈에 띄었으면 인상에 남았을 테니까요."

"알겠습니다. 정말 고맙습니다."

오치아이는 예를 표하고 물러났다. 오바는 아무 말도 하지 않고 발길을 돌렸다.

산림청은 산림을 관할하는 관청이다. 제방과도, 방재와도 관계가 없다. 다만 단서라고 하기에는 너무 약했다. 대체로 변장을 한다고 해도 산림청 완장은 너무 엉뚱하다. 자신이 빈집털이범이라면 도쿄전력의 완장을 조달하거나 위조할 것이다.

오후의 탐문수사에서는 그 밖의 목격 정보는 아무것도 나오지 않았다. 어제와 오늘 도쿄의 기온이 30도를 넘은 탓일 것이다. 모두 집 안에 있는 것이다.

저녁 7시부터 시작되는 수사 회의에는 본부에서 다마리 수사1과장이 내려왔다. 1과장이 등장하는 것을 '임석(臨席)'이라고 하고, 신문기자가 술렁이는 것에서 자연스럽게 사건의 격이 올라간다. 그렇게 되면 수사관들도 기합이 들어가게 된다.

회의는 구역별로 탐문수사 결과를 보고해나갔지만 눈에 띄는 정보는 나오지 않았다. 다만 현장 근처에서 집을 지키는 개

몇 마리가 짖었던 시간대가 있었는데 오후 3시 전후라는 것이었다. 완장을 찬 남자가 어슬렁거렸던 시간과 일치한다.

오치아이는 회의에서 완장을 찬 남자를 보고하지 않았다. 주부의 증언이 불확실한 것과 다른 목격 정보도 얻지 못했기 때문이다. 대낮의 주택 밀집 지역에서 한 사람밖에 보지 못한 경우는 없다.

오바는 아무 말도 하지 않고 담배만 피우고 있었다. 그리고 회의가 끝나자 "그럼 내일 보세"라고 말하고는 혼자서 거리로 사라졌다.

6

산야의 여름은 동네 전체에 쓰레기와 땀과 술 냄새로 가득 차서, 마치이 미키코는 어렸을 때부터 이 동네를 몹시 싫어했다. 오늘도 아침부터 기온이 30도를 넘어 뒷골목 구석구석까지 불쾌한 악취가 떠돌고 있었다. 조금 전부터 옥상의 빨래 건조대에서 막대기로 이불을 두드리고 있었는데, 오히려 악취가 스며드는 게 아닐까 하는 생각에 손에 힘이 들어가지 않았다. 이불을 팡팡 두드리는 소리가 아주 습한 공기를 진동시키고 있었다.

"이봐, 아가씨. 아침부터 시끄럽구로. 쪼매 조용히 할 수 없나?"

바로 옆의 창문이 열리고 중년의 투숙객이 어딘가의 사투리로 말했다.

"아, 죄송해요. 야근하셨어요?" 미키코가 손을 멈추고 물었다.

"아침까지 수도고속도로 공사 안 했나."

"알았어요. 이제 안 할게요. 푹 주무세요."

"미안타."

투숙객은 주름투성이의 얼굴로 이렇게 말하고는 창을 닫았다. 햇볕에 그을려 새까매서 표정은 읽을 수 없었지만 말투로 보아 화나지는 않은 것 같았다.

추석 휴일에 들어갔기 때문에 산야의 쪽방촌도 조금은 조용해지나 싶었으나, 올해는 아무도 고향에 돌아가지 않아 여관은 어디나 만실 상태였다. 1년 후에 도쿄 올림픽을 앞두고 도쿄 전역에서 공사가 이루어지고 있는 탓이다. 도심은 어디나 먼지투성이로, 드릴이 뭔가를 뚫는 소리가 울려 퍼지고 있었다. 지난번에 볼일이 있어 긴자에 갔더니 쓰키지강이 매립되고 고속도로가 깔려 있어 깜짝 놀랐다. 잠시만 보지 않으면 도쿄는 십대 소녀처럼 변한다.

"미키코, 이불 널었으면 심부름 좀 해라. 미노와의 쌀집에 가서 쌀 두 자루만 배달해달라고 해."

어머니 후쿠코가 아래의 길에서 소리쳤다. 어머니는 도구 일체를 집 밖에 꺼내놓고 돼지 내장을 고기 써는 칼로 잘게 썰고 있었다.

"엄마, 이제 전화 좀 놔요. 여관에 전화가 없다는 게 말이 안 되잖아요."

"그럼 네가 놔주라. 몇만 엔이나 하는 전화 채권을 우리가 어떻게 사."

"그건 옛날 말이에요. 지금은 설비비 1만 엔만 내면 놓을 수 있다니까요."

"1만 엔이라도 비싸. 게다가 매달 전화비도 들잖아. 도대체 누가 전화를 한다고."

어머니가 언짢은 듯이 말을 내뱉었기 때문에 미키코는 더 이상 말을 하지 않았다.

미키코의 집은 산야에서 간이 숙박소와 식당을 하고 있다. 시작한 것은 아버지로, 그 아버지도 10년 전에 돌아가셨다. 사인은 병사라고 했지만 어머니는 경찰이 죽였다고 내내 우기고 있다.

날품팔이 노동자의 책임자를 하고 있던 아버지는 이 부근을 관장하는 야쿠자 보스였다. 어느 날 공갈 혐의로 우에노서에 끌려갔고 이튿날 유치장에서 죽은 채로 발견되었다. 경찰은 병사라고 발표했다. 하지만 고혈압으로 몸의 이상을 호소한 아버지에게 약의 차입을 허락해주지 않고 방치한 끝에 사망에 이르게 한 것이다.

조선인이라서 경찰에 살해당했다고 어머니는 소리를 높이며 울었다. 중학교 1학년이었던 미키코도 슬픔에 잠겼지만, 솔직히 말해 조금은 안심하는 부분도 있었다. 아버지가 야쿠자라면 앞으로 제대로 된 인생을 살아갈 수 없을 거라고 생각했기 때문이다. 미키코는 평범한 생활을 보내고 싶었다.

아울러 미키코(ミキ子)라는 이름은 아버지가 지어준 것인데, '미키'만 가타카나인 것은 구청에 출생신고서를 제출할 때 미키코(美紀子)라는 한자를 쓸 수 없었기 때문이다. 초등학교에 다닐 때 어머니로부터 이 이야기를 듣고 미키코는 진심으로 한심해졌다. 아버지는 쇼와(1926년~1989년에 해당하는 일본 연호) 시대 초에 제주도에서 건너온 재일조선인 1세로, 말하는 일본어도 어설펐다.

자전거를 끌고 뒷문으로 나갔다. 길이 좁아 그대로 끌고 걸어갔다. 근처의 개가 다가와 미키코의 냄새를 맡고 다시 멀어져갔다. 매일 되풀이되는 의식이다.

"미키코 씨, 추석 때는 쉬지 않나?"

술병을 들고 평상에 앉아 있는 노인이 말했다. 어디의 누구인지 모르지만 벌써 3년 이상 산야에서 살고 있는 노동자다.

"여관이 내내 만실이어서요. 당분간 쉴 수 없을 거예요."

"그거참 고생이구먼."

"아저씨는 일 안 하세요? 공사현장이라면 얼마든지 있잖아요?"

"허리가 안 좋아서. 격일로 하지 않으면 힘들어."

"그래요. 그럼 어쩔 수 없겠네요."

그렇다고 해서 아침부터 술을 마시면 안 될 거라고 생각하지만, 말해봤자 소용없다는 생각에 그만두었다. 산야는 알코올중독자가 널려 있는 동네다. 구급차가 늘 달려온다.

조금 걷는 것만으로도 여러 명이 말을 걸어왔다. 마치이 여관의 딸이라고 하면 산야에서는 모르는 사람이 없었다. 그게 싫어서 몇 번이나 마을을 떠나려고 했는지 모른다.

드디어 길이 넓어져 미키코는 자전거에 올라탔다. 기름칠이 말랐는지 페달을 밟을 때마다 끼익끼익 소리가 난다. 전찻길을 건너 쇼와 거리로 나가자 경치가 일변했다. 날품팔이 노동자가 아닌, 보통의 월급쟁이가 오가고 있었다. 냄새도 달랐다. 이번에는 쓰레기와 땀과 술이 아니라 자동차 배기가스다.

어딘가의 유니폼을 입은 여자 은행원이 봉투를 안고 보도를 걷고 있었다. 아마 심부름을 가고 있을 것이다. 미키코는 마음이 아파 그만 눈을 돌렸다.

4년 전, 상업고등학교를 졸업하면 기필코 비즈니스 걸이 되려고 몇 군데 회사의 취직 면접을 봤다. 전부 떨어진 것은 자신이 조선인이기 때문이라고 생각했다. 특히 돌아가신 아버지를 조사하면 취직은 지난한 일이다. 무엇을 위해 일본으로 귀화했고 주산1급과 부기2급 자격증을 땄단 말인가, 하는 생각에 미키코는 슬퍼졌다. 어머니는 "미안해, 부모가 이 모양이라서" 하고 울었다. 어머니는 늘 목소리를 높이며 운다.

결국 어디에도 취직하지 못하고 가업을 돕게 되었다. 그래도 산야를 떠날 꿈은 포기하지 않았다. 지금은 혼자 세무사 자격을 따려고 공부하고 있다. 국가자격이므로 차별하고 싶어도 할 수 없다.

쌀집으로 가자 낯익은 주인이 카운터에서 장부를 기입하고 있었다.

"마치이 여관입니다. 늘 가져가는 쌀 두 자루만 부탁합니다."

"알았네. 오후 나가는 편에 배달하지. 그보다 미키코 씨, 플루시 음료수 줄 테니까 검산 좀 해주겠나?"

주인이 주판을 손에 들고 말했다.

"또요?"

"부탁하네. 찹쌀떡도 줄 테니까." 눈썹을 팔자로 만들며 간청했다.

"다음부터는 아르바이트비를 받을 거예요."

미키코는 어쩔 수 없이 승낙했다. 거실로 올라가 주판을 튕겼다. 불과 1분 만에 검산을 마쳤다.

"고마워. 나는 쌀집을 하는 주제에 아무래도 주판이 서툴러서. 얼마 전 다이토구(區)의 상공조합 전시회에서 카시오라는 회사가 탁상용 전자계산기라는 것을 가져와 시연회를 하더군. 굉장해. 숫자 버튼만 누르면 네 자리 숫자든 다섯 자리 숫자든 순식간에 계산한다니까. 여러분 어떠시냐고 말하지만 예정된 가격이 38만 엔이래. 새로 나온 자동차인 미제트보다 비싼데 뭘. 다들 웃을 수밖에 없었지."

"아, 그래요. 그럼 주산 1급은 당분간 도움이 되겠네요."

미키코는 플루시를 받고 뚜껑을 따서 그 자리에서 나팔을 불었다. 찹쌀떡도 먹었다.

"그런데 말이야, 산야에도 형사가 왔나?" 주인이 묘한 것을 물었다.

"글쎄요, 잘 모르겠는데요. 무슨 일이 있었나요?"

"있었고 뭐고, 저번 토요일 미나미센주마치에서 살인사건이 있었잖아."

"아, 그렇구나. 있었죠, 있었어요."

미키코는 납득하고 고개를 끄덕였다. 그러고 보니 그런 사건이 있었다. 혼자 사는 노인이 집에서 살해당한 것이다.

"실은 예전에 우리 집에서 배달하던 곳이야. 3년 전에 부인이 죽고 나서 주문이 들어오지 않게 되었지만, 알고 있는 사람이니까 나도 깜짝 놀라서 말이야."

"흐음."

"뭐, 좀 불쾌한 부인이었지만 말이야. 남편이 시계상으로 부자였으니까 상류층인 척해서 말이지."

"그래요. 그럼 우리 집에도 탐문하러 오겠네요."

무슨 일이 있을 때마다 산야의 여관은 이 잡듯이 샅샅이 조사를 받는다. 그리고 그때마다 좌익운동가가 경찰을 방해하여 소동이 벌어진다.

"적당히 대응하면 돼. 아, 그렇지. 젊은 형사가 묘한 것을 묻던데. 이 주변에서 산림청의 완장을 찬 젊은 남자를 본 적이 없었느냐고 말이야."

"뭔가요, 그게?" 미키코가 물었다.

"글쎄, 잘 모르지. 하지만 형사란 참 묘하단 말이야. 낮에는 2인 1조로 탐문조사를 하고 저녁이 되고 나서 다시 한번 혼자 오거든. 이중 작업일 텐데 말이야. 완장에 대한 것도 저녁의 탐문조사에서만 묻더라고."

"그런가요……?"

미키코는 손톱을 깨물며 잠시 생각에 잠겼다. 가슴속에서는 잿빛 마음이 소용돌이치고 있었다.

쌀집을 나서서 자택인 여관이 아니라 아사쿠사로 향했다. 요시와라의 터키탕(일종의 퇴폐업소) 거리를 빠져나가 아사쿠사 공원의 북쪽에 당도했다. '에코'라는 카페 앞에 자전거를 세우고 문을 열자 에어컨의 시원한 공기가 온몸을 휘감았다. 그대로 가게 안쪽까지 들어갔다. 담배 연기가 떠돌고 있는 박스석이 있고, 언뜻 보기에도 질이 안 좋아 보이는 젊은 남자들이 모여 있었다.

"이봐, 젊은 놈들이 아침부터 뭐 하고 있어?" 미키코가 난폭하게 말했다.

"아, 누나. 뭐야."

의자에 깊숙이 기댄 채 얼굴을 든 사람은 동생인 아키오였다. 다른 젊은이들은 미키코에게 말없이 고개를 숙여 인사했다. 아키오는 야쿠자다. 최근 아사쿠사를 근거지로 하는 도잔회(會)의 조직원이 된 모양으로, 불량스러운 모습에 더욱 박차를 가하고 있었다. 집에는 가끔밖에 들어오지 않는다.

"너희들, 일 좀 하는 게 어때?"

"난 아침까지 사무실 전화 받는 일을 하고 있었어. 이 녀석들도 밤늦게까지 카바레의 물수건을 회수하다가 지금은 휴식 시간이고."

아키오가 납득하지 못하겠다는 듯이 말했다. 동네의 불량소년들을 모아 완전히 형님 행세를 하고 있었다.

"아키오, 잠깐 이쪽으로 와봐."

미키코는 턱을 치켜들고 옆의 박스석에 앉았다.

"뭐야, 누나. 설교라면 딱 질색이야."

"알았으니까 와봐."

강한 어조로 말하자 아키오는 마지못해 일어나 박스석으로 옮겨 왔다. 알로하셔츠 차림에 머리를 올백으로 빗어 넘기고 제멋에 겨워 허세를 부리고 있지만, 뺨은 포동포동하고 피부는 반들반들하여 스무 살의 어린 구석이 여기저기서 엿보인다.

"얼마 전에 우리 집에서 재운 친구 어떻게 지내? 그, 홋카이도의 어떤 섬에서 도망쳐 온 남자애 있잖아."

"아아, 그 바보. 빈집 털이 간지. 이 근처에 있는 거 아냐? 그 녀석 밤이 되면 사무실로 와서 남은 음식으로 저녁을 해결하고 있어. 뻔뻔하다고 할까, 둔하다고 할까. 형님들도 재미있어하고, 사무실 청소를 해준다면 마음대로 드나들어도 좋다고 했어. 그 녀석, 어딘가 머리에 나사 하나가 빠져 있어. 야쿠자도 무서워하지 않고 말이야."

"어디서 알게 된 거야?"

"롯쿠에서 어슬렁거리고 있어서 내가 말을 걸었지. 너 무슨 일 하고 있느냐고 물었더니 안 한대. 그래서 이것저것 물었더니 홋카이도 레분토에서 도망쳐 와서 빈집 털이를 하고 있다고, 느닷없이 숨김없이 털어놓더라고. 그래서 너 바보야? 라고 했지. 아하하."

아키오가 그때의 일을 떠올렸는지 재미있다는 듯이 웃었다.

"알았어. 그건 됐고, 내가 물어보고 싶은 것은 간지라는 그 애, 무슨 일 저지른 거 아냐?"

"무슨 일이라니?"

"형사가 탐문조사를 하고 다니고 있어. 산림청 완장을 차고 있는 젊은 남자를 보지 않았느냐고. 그 애, 우리 집에 왔을 때 작업복에 그런 완장을 두르고 있었잖아."

"아아, 맞아. 그 녀석, 작업복을 입고 그걸 팔에 차고 있으면 사람들이 공무원으로 생각해서 빈집 털이를 할 때 수상하게 보지 않는다고 득의양양해하더라고."

"저기 말이야, 형사의 탐문조사가 지난주 토요일 미나미센주마치에서 일어난 강도살인 사건인 모양이야."

"정말?" 아키오가 자기도 모르게 몸을 앞으로 내밀었다. "그 거 진짜야?"

아키오가 놀라는 모습을 보고 미키코는 몸의 긴장을 풀었다. 혹시 동생도 관련되어 있는 게 아닌가 하고 조금은 의심하는 마음이 있었던 것이다. 동생은 옛날부터 발끈하면 무슨 짓을 할지 모른다.

"너, 아무것도 모르는 거지?"

"몰라."

"알았어. 그럼 됐어."

"하지만 그 바보가……." 아키오가 팔짱을 끼고 심각한 얼굴로 말했다. "만약 그 녀석이 했다면 큰일이잖아."

"확실한 건 아니지만 아무튼 그 애와는 되도록 엮이지 않도록 해."

"그런 놈으로 보이지 않았는데 말이야. 그냥 보잘것없는 빈집 털이고, 사람은 좋아, 바보라서."

아키오는 갑작스러운 일이라 믿을 수 없는 모습이었다. 미키코도 딱 한 번 집에 재워줬을 뿐이지만 나쁜 인상은 아니었다. 다만 무슨 생각을 하는지 모르겠고, 밥을 세 공기나 먹는 등 아무런 거리낌이 없는 젊은이였기 때문에, 그래서는 세상을 살아가기 힘들 거라는 생각에 살짝 어처구니가 없었던 기억은 있다.

"아무튼 완장은 버리라고 해야겠어. 그 녀석, 애들이 장난감을 과시하듯이 자랑했으니까."

"그런 문제가 아니야. 엮이지 말라니까."

"알았어."

아키오가 어깨를 으쓱하며 말했다. 좋은 기회라고 생각해 누나로서 설교를 했다.

"아키오, 너도 이제 스무 살이고, 사건을 일으키면 신문에 이름이 나오니까 알아서 해. 알았어?"

"아, 시끄럽게, 정말."

"시끄럽다니, 야쿠자가 되어서 말이야."

"그런 말은 아버지한테나 해."

"아버지는 어쩔 수 없었어. 가족을 먹여 살리기 위해서였으니까. 그런데 너는 뭐야, 일하는 게 싫을 뿐이잖아."

"누나, 그런 게 아니라니까. 나는 매일 혹사당하고 있어."

잠깐 말다툼이 되었지만 어머니 눈에 눈물 나게 하면 안 돼, 하고 말했더니 조용해졌다. 어렸을 때부터 동생을 돌봐왔기 때문에 누나와 동생의 역학 관계는 변하지 않은 채였다.

집으로 돌아가 어머니에게 형사가 왔느냐고 묻자 그거야 진작 왔다며 기세당당하게 떠들어댔다.

"미나미센주마치 사건 말이지? 사건이 있었던 토요일에 왔어. 네가 없을 때였을 거야. 그놈들은 산야를 무슨 범죄자 소굴로 생각한다니까. 무슨 일만 일어나면 쪼르르 달려와서 숙박부를 보여달라고 하고, 뻔뻔한 놈은 방을 보여달라고 하고, 정말 화딱지가 난다니까. 그래서 매번 싸움이 나지. 아버지를 죽인 건 경찰이니까 말이야. 경시총감이 부조금을 들고 사죄하러 올 때까지 경찰한테 절대 협력하지 않겠다고 말해주었지."

"그랬더니?"

"부인, 그런 말씀 마시라고 한심한 말이나 늘어놓더라. 늘 해온 말이지. 그러더니 두 번째로 왔을 때는 몇 년 전의 협박죄를 들먹이며 협력하지 않으면 끌고 가겠대."

어머니가 화가 치민다는 듯이 말했다. 미키코도 경찰의 수법을 다 알고 있었다. 예전에 토지 거래 분쟁으로 어머니가 야쿠자에게 중개를 의뢰한 적이 있었다. 그때 상대를 협박했다고 해서 무슨 일이 있을 때마다 경찰이 사건화를 내비치며 흔들어대고 나오는 것이다.

"아버지가 살아 있었다면 민단(재일본조선거류민단의 줄임말로, 재일조선인의 친목 및 일본 내 지위 향상 운동 등을 전개함)이 도와주었을 텐데."

"무슨 말을 하는 거야. 일가가 귀화하기로 한 것은 엄마였잖아."

"하지만 아버지가 죽으니까 본 적도 없는 제주도 친척이 나타나서 이것저것 다 넘기라고 하잖아. 너무 귀찮게 구니까 우리도 화가 나서 그런 말을 하면 귀화해서 인연을 끊겠다고 한 거지."

동생과 마찬가지로 어머니도 금방 머리로 피가 몰려 싸움을 시작하는 사람이었다. 그런 주제에 정에는 약해서 도와주지 않아도 될 사람까지 도와주고 손해를 본다. 일본인 친구가 "네 가족은 희로애락이 너무 격렬해" 하며 미간을 찌푸렸는데, 정말 그 말 그대로라고 생각했다. 일본인처럼 정확히 계산한다면 좀 더 제대로 처신할 수도 있을 것이다.

어머니의 긴 푸념이 시작될 것 같아 미키코는 서둘러 물러나 여관에 붙어 있는 식당으로 들어갔다. 안쪽에서 덧문을 열자 가게 앞에는 이미 노동자들이 많이 모여들어 문을 열기를 기다리고 있었다. 늘 있는 일로, 일거리를 얻지 못했거나 오늘은 쉬기로 한 노동자가 오전부터 술을 마시기 위해서다. 주변에는 많은 술집과 선술집이 있지만 마치이 여관의 식당은 어머니가 만든 내장조림이 간단한 안주로 나오기 때문에 그것을 알고 손님이 찾아오는 것이다. 그리고 텔레비전과 선풍기도 손님을 모으는 데 한몫을 담당하고 있다.

술을 내는 것은 저녁 이후로 하자고 미키코가 여러 번 호소한 적이 있지만, 손님을 다른 곳에 뺏기기만 한다고 어머니가 일축하여 계속 내놓고 있다. 사실은 그 말 그대로 산야에서는 길거리를 청소할 마음도 들지 않는다. 자신만 청소하는 것이 어이없어지기 때문이다.

여덟 개 있는 탁자가 순식간에 다 차고 모두가 잔술을 주문했다. 여기에 있는 남자들은 하루 평균 1000엔의 일당으로 육체노동에 종사하고 1박 200엔의 간이 여관에 묵으며 잔술 하나에 30엔인 술을 마신다. 추석인데도 산야에 머물고 있다는 것은 친척이 없거나 가족과 인연을 끊었다는 의미일 것이다. 매년 몇 명이 이곳에서 죽지만 대부분 시신을 인수할 사람이 없어 구청이 무연고 사망자로서 화장한다.

잠시 후 손님 한 사람이 야단스러운 소리를 내며 의자에서 굴러떨어졌다.

"벌써 취해서 쓰러진 사람이 있어요? 이제 술 안 줄 거예요."

주방에서 미키코가 날카로운 소리를 내자 다른 남자가 "이봐, 이건 빈혈이야. 야마 씨는 아침 일찍 피를 팔러 갔다 왔거든" 하고 말했다.

"그게 정말이에요?"

미키코가 허둥지둥 뛰어나와 들여다보니 쉰 살쯤의 남자가 창백한 얼굴로 드러누워 있었다.

"아, 정말, 피를 판 돈으로 대낮부터 술을 마시다니, 믿을 수가 없어요."

일단 목구멍에 뭔가 막히지 않았는지 입을 벌리게 해서 확인했다. 그때 어머니가 들어왔다.

"미키코, 수고스럽겠지만 옆집에서 짐수레를 빌려 와서 사토 의원으로 데려가."

산야에 있는 진료소 이름을 들먹이며 자신은 척척 바닥을 청소했다. 이 정도의 일은 익숙해서 아주 태연하다. 가게에서 손님이 죽은 일도 두 번 있었다.

미키코는 옆집인 폐품 수집장으로 가서 짐수레를 빌렸다. 가게 앞에 수레를 세우고 남자 손님들의 도움을 받아 쓰러진 노동자를 짐칸에 실었다.

드르르 짐수레를 끌었다. 스물두 살의 아가씨가 왜 이런 동네에서 살고 있는지 한심해졌다. 미키코는 어머니가 뭐라고 하건 연내에는 산야를 떠나려고 생각했다.

구슬땀이 흘러나와 턱에서 뚝뚝 떨어졌다.

7

전 시계상 야마다 긴지로가 자택에서 살해당한 사건은 유력한 단서를 얻지 못한 채 발생 5일째가 지나려 하고 있었다. 연일 이어진 수사 회의에서는 탐문수사와 피해자 주변 수사의 결과가 차례로 보고될 뿐이어서 다나카가 노기에 찬 목소리로 말했다.

"목격 정보가 없다니 어떻게 된 거야? 아무리 평일 낮이고 30도를 넘은 아주 더운 날씨라고 해도 아무도 돌아다니지 않는다는 건 있을 수 없는 일이잖아. 주민만이 아니라 우편배달부, 가게의 주문을 받으러 다니는 사람, 강매하는 야쿠자, 누구든 만나봐."

오치아이 마사오는 잠자코 들으며 누군가 정보 좀 내놓으라고 마음속으로 중얼거리고 있었다.

형사들은 그런 말을 하지 않아도 그 정도는 독자적인 판단으로 알아보고 있는 것이다. 하지만 자신의 공으로 확정될 때까지는 아무도 말하려고 하지 않는다.

오치아이가 형사부 수사1과에 배속되어 가장 먼저 품은 인상은, 형사는 개인사업자라고 할 정도의 독립성을 가진 존재라는 점이다. 확실히 수사의 한 부속품으로도 취급되지만, 그 이외의 부분에서는 대부분이 개인 재량에 맡겨져 멋대로 움직인다. 자신이 범인을 검거하겠다는 욕망이 강렬한 것이다.

"이봐, 오치아이. 뭔가 좀 내놔봐."

다나카가 눈초리를 치켜올리고 느닷없이 지명했다. 수사1과장에게 수사 상황을 보고해야 하기 때문에 숨기지 말고 뭔가 정보를 내놓으라고 강요하고 있는 것이다. 직속 부하이고 또한 젊은 사람이라 말하기 쉬울 것이다.

"수상한 사람에 대한 정보라고 할 정도는 아닙니다만……."

오치아이는 어쩔 수 없이 일부를 보고하기로 했다. 어차피 다른 수사관도 얻었을 정보라는 것은 상상하기 어렵지 않았다.

"범행 당일 오후, 작업복에 산림청 완장을 찬 젊은 남자가 미나미센주마치 3가 부근을 어슬렁거렸다는 주부의 목격 정보가 있습니다. 다만 산림청은 삼림을 관할하는 관청으로, 도쿄의 서민 동네와 무관하기 때문에 정말이냐고 물었더니 자신이 없는 듯했기 때문에 보고를 삼가고 있었습니다."

"알았네. 작업복에 완장을 찬 젊은 남자에 관해 다른 목격 정보는 없나?"

다나카가 수사관들을 둘러보자 두 명의 수사관이 주뼛주뼛 손을 들었다. 오치아이가 밝힌 이상 숨길 이유가 없어졌기 때문이다. 먼저 한 수사관이 말한다.

"그에 대해서는 센주서 관내에서도 한 건, 동일한 목격 정보를 얻었습니다. 완장의 글자까지는 알지 못했습니다만, 작업복에 완장을 찬 남자가 담 너머로 민가의 동정을 살피는 것을 장을 보러 가던 주부가 봤다고 합니다."

또 한 수사관도 말한다.

"이건 미나미센주마치 10가의 대일본방적에 인접한 독신 기숙사 부근에서 얻은 정보입니다. 작업복에 완장을 찬 모습의 거동이 수상한 젊은 남자를 봤다고 합니다. 하지만 피해는 전혀 없었습니다."

"음, 빈집 털이의 변장이라면 있을 수 있는 일이겠군. 좋아, 이 정보는 각자가 다시 한번 확인하도록. 작업복 차림이라면 수상히 여기지 않는 주민도 많을 테니까."

다나카는 기분이 조금 좋아졌다.

"탐문조사의 범위를 좀 넓혀보자. 내일부터는 다이토구에도 탐문조사반을 배치하겠다. 산야 주변에는 이미 누군가 갔겠지만."

다나카가 수사 제안을 하자 임석한 미나미센주서의 형사과장이 "산야를 제대로 조사하려면 아사쿠사서에 지원을 부탁하는 편이 낫겠지요" 하고 말했다.

"야쿠자도, 무허가 노무자 알선업자도, 좌익운동가도, 간이 여관 주인도, 산야의 일이라면 모두 아사쿠사서가 꽉 잡고 있습니다. 관할 밖의 형사가 섣불리 손을 댔다가는 오히려 까다로워질 겁니다."

"아아, 그렇군."

"우리는 관할이 인접해서 늘 분쟁이 있습니다. 지난달에도 아사쿠사서의 형사가 오랫동안 단카로 두고 있던 사람을 우리 4계가 폭행과 상해 혐의로 연행하여 취조실에서 강하게 추궁한 적이 있는데, 그걸 알고 아사쿠사서의 형사과장이 격렬하게 항의하는 바람에 옥신각신한 일이 있었습니다."

"알았네. 그럼 다마리 수사1과장님한테 말해보지."

다나카가 납득하고 고개를 끄덕였다. 단카란 형사 각자가 갖고 있는 정보원을 말한다. 형사부 내에서는 자주 있는 이야기였다. 야쿠자와 마찬가지로 형사에게도 관할권이 있어 흙 묻은 발로 들어가면 반드시 한바탕 말썽이 일어난다.

"그 밖에는 없나? 다른 의견이 있는 사람 없나? 이와무라, 자네는 어떤가? 이 안에서 가장 어리니까 신선한 의견을 말해보게."

다나카가 턱을 치켜들며 말했다. 이와무라는 수사 회의에서도 여러모로 괴롭힘을 당하고 있었다. 신참 형사의 숙명이다.

"아뇨, 저는 특별히……." 이와무라가 조그만 목소리로 대답했다.

"아무도 웃지 않을 테니까 낮에 자네가 했던 말을 해보게."

아니나 다를까 니이가 고압적으로 말했다. 모두의 시선이 모였다.

"아니, 그, 8월의 대낮에는 사람들이 좀처럼 나다니지 않기 때문에 목격 및 수상한 사람에 대한 정보를 모으기 힘들다는 것인데, 여름방학 중인 초등학생이라면 아주 더운 날에도 놀러 다니는 게 아닐까 해서……."

이와무라가 주뼛주뼛 의견을 말했다.

"그렇군. 어린애들한테 탐문수사를 해보자는 말이지?"

다나카가 감탄하는 듯한 얼굴로 말했다. 다른 수사관들도 "음, 그렇긴 하지" 하고 중얼거리며 고개를 끄덕였다.

"이와무라. 자네, 처음으로 괜찮은 말을 했네. 대학에서는 보트부에서 노만 저었다고 들었는데, 팔 힘만이 아니라 머리도 쓸 수 있다는 것이군."

다나카의 놀리는 말에 수사관들이 와 하고 폭소를 터뜨렸다.

"좋아, 이와무라의 의견을 채택하지. 내일부터 초등학생, 중학생을 탐문수사의 대상으로 한다. 인상이 안 좋은 형사가 말을 걸면 아이들이 무서워할 테니까 친절해 보이는 형사들을 골라 특명반을 만들지."

"아아, 난 글렀군."

니이가 이렇게 말하자 다시 웃음소리에 휩싸였다.

"역시 젊은 사람이지. 형 같은 감각으로 친절하게 말을 붙여 긴장하지 않도록 해서 이야기를 끌어내야지. 이 안에 이십대는 몇 명이나 있지?"

다나카가 묻자 여섯 명이 손을 들었다. 수사1과에서는 오치아이와 이와무라, 이 두 명뿐이다. 나머지는 관할서의 형사들이다.

"좋아, 내일부터 사흘간 자네들한테 특별한 임무를 주지. 아이들이 놀고 있을 법한 장소로 가서 수상한 사람을 보지 못했는지 탐문할 것. 다만 상대가 어린애들이니까 증언을 다루는 데 주의해야 할 거야. 아이들은 어른의 관심을 받으려고 거짓말을 하기도 하고, 애초에 대부분의 것들을 놓치거든. 보이는 것은 자신들 눈높이에 비치는 것뿐이야."

다나카도 지극히 당연한 주의 사항을 말하고 오치아이는 그것을 마음 깊이 새겼다. 확실히 아이들의 증언은 검찰이 싫어하고 공판에서도 에누리해서 다뤄진다.

"자, 그럼 이십대의 별동대가 빠지는 팀은 탐문조를 다시 짜야겠군." 다나카가 말했다.

"과장대리님, 저는 혼자여도 괜찮습니다. 사흘뿐인데 번거롭잖아요. 혼자 하게 해주십시오."

니이가 어느 쪽이라도 상관없지만, 하는 어조로 말했다. 그가 어떤 정보를 갖고 있다는 걸 오치아이는 직감했다. 다나카도 역시 직감했을 것이다.

"……알았네. 특별히 허가하지."

"아, 그럼 나도 그렇게 해주면 안 될까?"

오바가 위협적인 목소리로 말했다. 오바는 낮 동안 오치아이와 함께 탐문수사를 해왔지만 저녁이 되면 늘 오치아이를 내버려두고 단독으로 움직이고 있었다.

"알았소. 오바 주임도 사흘간만 허가하지요."

그 순간 미나미센주서의 형사과장이 불쾌한 듯한 표정을 지어서 오치아이는 경찰서 내의 인간관계를 이해했다. 오바는 연하의 상사에게 경원당하고 있는 것 같았다.

다나카가 별동대의 지역 할당을 했고, 오치아이는 이와무라와 함께 아라카와 방수로의 제방 일대를 맡게 되었다. 지도를 보니 상당히 넓은 면적이어서 정신이 아찔해지는 것 같았다.

회의가 끝나자 이와무라가 기쁜 듯한 얼굴로 다가왔다.

"선배님, 사흘간 잘 부탁드립니다."

"자네, 좋은 말을 했어. 니이 씨한테 감사해." 오치아이가 미소를 지었다.

"뭘 그까짓 것 가지고." 뒤에서 니이가 고개를 들이밀었다. "나는 사흘간 자유로워지는 것만으로도 기뻐."

그리고 이와무라의 귀를 세게 잡아당기며, "너도 기쁘지? 파트너가 친절한 오치아이 선배라서 말이야" 하고 말을 이었다.

"아야, 아파요.",

"어린아이의 증언은 모두 진위를 확인하도록 해. 그리고 보호자의 서명이 없는 것은 증거로서 쓸 수 없으니까, 알았나? 5계에 창피를 주면 안 돼."

"예, 알겠습니다."

니이가 발길을 돌려 떠났다. 니이가 수완가라는 것은 5계 전원이 알고 있었다. 그리고 의외로 후배를 잘 돌본다는 것도.

그때 오바가 담배를 꼬나물고 다가왔다.

"이봐, 오치아이. 자네도 사람이 참 좋구먼. 산림청의 작업복과 완장에 대한 정보를 폭로하다니 말이야." 연기와 함께 말을 뱉었다.

"아니요, 그다지 중요하다고는 생각되지 않아서 잠자코 있었을 뿐입니다."

"솔직히 말하면 나는 산림청에 은밀히 문의해봤네. 지난 한 달 동안 절도 피해를 당한 관련 관청이나 출장소가 없었느냐고 말이야. 그랬더니 피해가 두 건 확인되었네. 한 건은 이번 달 초, 기후현(縣) 구조군의 산림청 대기소가 털린 일인데, 발전기도 도난당했지. 또 한 건도 이번 달 초 홋카이도의 사로베쓰겐야 대기소가 털린 일로, 작업복 한 벌이 도난당했네. 피해 물품 중에 완장이 있었는지 어떤지는 대기소 관리자도 알지 못한다고 하더군. 대기소에 대체로 사람이 없어서 자주 털린다고 하네. 그래서 그들도 이골이 나서 일일이 떠들지 않는 것 같더라고."

"그렇습니까? 기후와 홋카이도라면 그다지 관련이 없어 보이는데요."

오치아이는 이렇게 말하며 오바의 빈틈없는 점에 감탄했다. 왜 자신은 그런 확인을 하지 않았을까.

"자네의 귀에 들어온 것은, 만약 기후와 홋카이도와 연결될 것 같은 뭔가가 있으면 흘려듣지 말고 맨 먼저 나한테 알려주게, 알았나?"

"알겠습니다."

"그런데 자네들 두 사람 다 형사로는 보이지 않는군. 마루노우치의 샐러리맨이라고 해도 통할 것 같은데. 경찰도 많이 변했어. 뭐, 이번에는 그게 도움이 될 것 같기도 하지만 말이야."

오바가 오치아이와 이와무라를 노려보고, 주위를 둘러보며 말하고는 강당에서 나갔다.

"뭔가요, 저 아저씨는?"

이와무라가 얼굴을 찡그리며 중얼거렸다.

"말을 삼가야지. 전에 수사1과였던 대선배야."

오치아이가 충고했다. 미야시타 계장이나 모리 다쿠로에게

들은 바로, 오바는 지금껏 수많은 어려운 사건들을 해결해온 베테랑 형사라는 것이었다. 다만 옛날 기질이고 입이 험해서 아무렇지 않게 간부의 뜻을 거스르기 때문에 10년쯤 전에 수사1과를 떠났다고 한다.

"꼭 있다니까요, 젊은 사람이 마음에 들지 않아서 견디지 못하는 노인네가."

이와무라는 납득할 수 없다는 듯이 불만스러운 표정을 지었다.

경시청은 내년에 개최를 앞둔 도쿄 올림픽에 대비하여 몇 년 전부터 채용을 대폭 늘리고 있었다. 조직이 젊어지는 것이 명제가 되어 간부들은 조직 개편에 열성적이었다. 오치아이도, 이와무라도 예전이라면 수사1과에는 들어올 수 없는 나이다. 그리고 그것이 마음에 들지 않는 베테랑 형사도 많다.

수사 회의가 끝난 후에는 구내식당에서 카레라이스를 먹었다. 주방 아주머니가 말없이 수북하게 담아준 것은 젊다는 것의 이득일 것이다. 둘이서 경쟁하듯이 먹었다.

이튿날 오치아이와 이와무라는 양복이 아니라 사복을 입고 다니기로 했다. 아이들이 말을 꾸미지 않게 하기 위해서다. 운동화에 엷은 갈색의 면바지, 하얀 폴로셔츠를 입은 모습으로 출근하자 미야시타가 "그렇지, 우리한테는 그런 발상이 없거든"하며 감탄한 듯이 고개를 끄덕였다.

　아침의 수사 회의를 끝내고 오전 9시에 거리로 나갔다. 밖은 일찌감치 태양열을 받아 아지랑이가 어른거릴 정도로 더웠다.

　"그런데 요즘 초등학생들은 어디서 놀지?"

　손수건으로 땀을 훔치며 오치아이가 물었다.

　"공터나 신사겠지요. 설마 아라카와강에서 물놀이를 할 것 같지는 않고요."

　이와무라가 햇살에 얼굴을 찡그리며 대답했다.

　"우리가 어렸을 때는, 여름이면 강에서 노는 것이었는데 말이야."

　"아라카와강도 전쟁 전에는 깨끗했다고 합니다. 제가 니가타에서 상경한 9년 전쯤부터 오염된 거라고 하더라고요. 민가와 공장의 폐수로 아라카와강의 고기잡이는 완전히 끝났습니다. 도쿄만의 해수욕장이 폐쇄된 것도 아라카와강의 수질 악화가 원인입니다."

　"어린애들이 불쌍하군. 나는 기필코 교외의 단지에서 키울 거야."

　오치아이는 아라카와강 건너편 물가에 우뚝 솟은 화력발전소의 큼직한 굴뚝 네 개를 바라보며 말했다. 추석에도 쉬지 않고 검은 연기를 내뿜고 있었다. 도쿄는 세계 유수의 공해 도시인 것이다.

노면전차를 타고 센주신바시까지 가서 제방을 내려가자 넓은 들판에 많은 아이들이 있었다. 우선 낚싯대를 들고 있는 아이들에게 말을 걸었다. 러닝셔츠에 반바지, 밀짚모자를 쓰고 새까맣게 탄 여름 아이들이었다.

"얘들아, 뭐가 잡히니?"

오치아이가 환하게 묻자 아이들은 전혀 경계하지 않고 "참붕어요. 가끔 문절망둑도 잡히고요" 하고 대답했다.

"그래? 좋겠구나, 여름방학이라서. 아침부터 낚시라니."

"원래는 오전 10시까지는 집에 있어야 해요. 학교의 규칙으로 그때까지는 집에서 공부하라고 하거든요. 하지만 우리는 벌써 숙제를 끝냈어요."

"그렇구나. 그거참 기특하다. 그런데 아저씨들은 형사인데 좀 물어봐도 될까?"

"정말요? 형사라고요?"

순식간에 아이들이 흥분했다. "경찰수첩 좀 보여줘요" "권총 갖고 있어요?" "수갑은요?" 하고 아이들이 일제히 질문을 퍼부었다. 텔레비전의 형사 드라마 덕에 이제는 형사가 인기 직업이다.

오치아이는 어쩔 수 없이 경찰수첩만 보여주었다. 아이들이 들여다보며 동경의 시선을 보낸다.

"요즘 이 근처에서 빈집 털이가 있어서 말이야. 수상한 사람

보지 않았는지 묻고 다니고 있어. 너희들, 혹시 수상한 사람 못 봤어?" 오치아이가 물었다.

"글쎄요, 모르겠는데요. 모르는 사람은 잔뜩 다니고 있고요."

"작업복을 입은 젊은 남자는 어때?" 이와무라도 물었다.

"그런 사람도 엄청 많아요. 왜냐하면 공장 직원도 다들 작업복을 입고 있잖아요."

"그런가? 그럼 완장을 찬 젊은 남자는?"

아이들이 얼굴을 마주 보았다. 각자가 고개를 가로저었다.

"알았다. 고마워."

고맙다고 말하고 다른 곳으로 가려고 하자 아이들이 따라왔다.

"얘들아, 낚시는 안 해?"

"낚시는 질렸어요. 탐문조사가 더 재미있어요."

"안 돼. 방해하면 안 되지."

"쳇."

아이들은 말귀를 잘 알아듣고 곧장 물러났다.

이어서 다리 밑의 그늘에서 딱지치기를 하는 아이들에게 말을 걸었다. 혹시 수상해 보이는 어른을 본 적이 없느냐고 물었더니 각자 모르겠다는 대답이 돌아왔다. 여기서도 형사의 탐문조사에 흥분하여 질문 공세를 퍼부으며 좀처럼 놔주려고 하지 않았다.

그런 탐문조사를 몇 번 거듭하고 성과를 얻지 못한 채 점심 때를 맞이하여 오치아이와 이와무라는 근처의 식당으로 들어갔다. 추석인데도 가게는 노동자로 북적였다. 오치아이는 현대가 바로 고도 경제성장의 한복판이라는 사실을 실감했다.

"작업복을 입은 남자들이 이렇게 많다면 수상하고 뭐고 없겠네요."

이와무라가 냉수를 단숨에 들이켜며 말했다.

"정말 그렇겠어. 작업복을 입은 빈집 털이라면 좋은 위장이겠는걸. 범인은 머리가 좋은 놈일 거야."

오치아이는 수사의 난항을 예감했다. 작업복에 완장을 찬 남자는 사건과 관계없는지도 모른다.

"게다가 아이들한테는 통행인이 수상한지 어떤지 판단이 안 설 것이고요." 이와무라가 말했다.

"그래. 수상한 사람이라고 물으니까 모르겠다고 대답하는 거야. 이럴 경우 수상하다는 말에 한정해서 다른 이질적인 면을 생략하는 일도 생각할 수 있겠어."

"무슨 뜻입니까?"

"그러니까 재미있거나 이상한 형이라고 하면 또 모르잖아."

"아, 그런 뜻인가요? 그렇다면 오후에는 묻는 방식을 바꿔보죠."

돈가스덮밥을 주문하여 빠르게 뒤섞었다. 형사가 되어 빨리 먹는 버릇이 완전히 몸에 배고 말았다.

  오후가 되자 제방을 따라 이어진 들판에서 노는 아이들의 수가 더욱 늘어나 있었다. 한 아이에게 물으니 추석 휴일 동안 교정도, 학교 수영장도 폐쇄되어 어쩔 수 없이 여기서 논다는 것이었다.

  "최근에 이 주변에 이상한 형 없었어?"

  이와무라가 곧장 물었다. 그러자 아이들은 갑자기 흥미를 보이며 주위에도 물어보며 다 같이 생각해주었다.

  "짐배에서 살고 있던 엉터리 선원은?" 한 소년이 말했다.

  "맞아, 있었어. 룸펜이야." 아이들이 목소리를 높였다.

  "그게 뭐지? 가르쳐줄래?" 오치아이가 다음 이야기를 재촉했다.

  "열흘쯤 전인가, 선로의 교각 아래에 짐배 몇 척이 세워져 있는데 거기에 이상한 형이 머물게 되었어요. 그런데 6학년인 다케가 너 누구야, 하고 물었더니 자기는 선원이라고 했대요. 거짓말인 게 뻔하니까 다들 룸펜이라고 불렀어요."

  "나이는 몇 살쯤이지?"

  "어른인데 아저씨는 아니에요. 친척 중에 니혼대학 야구부 선수가 있는데 제가 보기에 딱 그 정도였어요."

  "그럼 열여덟 살에서 스물두 살쯤이겠구나."

"네, 그럴 거예요."

"하지만 그 룸펜은 바보예요."

"맞아, 맞아. 바보. 한자도 못 읽어요. 아라카와강의 간판을 '이거 어태 읽지?'라고 우리 초등학생들한테 물었거든요."

소년의 말에 오치아이는 순간적으로 얼어붙었다.

"잠깐만. 너 지금 '어태 읽지'라고 말했지?"

말투를 확인했다.

"네. 그 룸펜은 사투리를 썼어요. 도호쿠 사투리일까요?"

"전 그건 아닌 것 같아요. 우리 집 근처 쌀집의 점원이 아키타현 출신인데 그쪽 사투리를 쓰거든요. 그것보다는 알아듣기 쉬웠으니까요."

"홋카이도일까?" 오치아이가 물었다.

"글쎄요, 전 홋카이도에 가본 적도 없고 아는 사람도 없으니까요."

"하지만 북쪽이에요. 도쿄는 우째 이래 덥나, 하고 불평만 했고요."

"맞아, 그랬어. 강에서 헤엄을 칠 수 없다는 게 어떻게 된 거냐고 화를 냈어요."

아이들은 룸펜이라 불리는 남자 이야기로 신이 났다. 그 사람은 8월 초에 아라카와 방수로의 둑에 나타나 빈 짐배에 자리 잡고 살며 아이들과 이야기를 나누게 되었고 며칠 전에 없어졌다는 것이다.

"이 근처에는 룸펜이 많으니까요. 상이군인이 짐배에 머무는 것은 늘 있는 일이고, 심심할 때는 룸펜과 함께 노는 일도 있어요. 그래서 우리는 누가 있어도 전혀 놀라지 않아요."

한 소년이 알기 쉽게 실상을 알려주었다.

"그 남자는 어떤 모습을 했지?" 오치아이가 물었다.

"평범해요. 바지에 와이셔츠."

"작업복을 입을 때도 있었을 거예요. 옷을 꽤 갖고 있었어요."

"맞아, 커다란 배낭에 옷이 잔뜩 들어 있었어요."

"완장을 차고 있는 것은 못 봤니?" 중요한 것을 물었다.

"완장이라뇨?"

"너, 완장도 모르는 거야? 학교에서 행사가 있을 때 반장이 팔에 천으로 된 표찰을 두르잖아." 한 아이가 무시하는 듯이 말했다.

"알고 있어. 그냥 확인했을 뿐이야." 그 말을 들은 소년이 정색을 하고 대꾸했다.

"너희들, 싸우면 안 돼. 본 건지 못 본 건지 그것만 알려줘."

"전 봤는데요." 뒤에서 안경을 낀 소년이 한 발 앞으로 나오며 말했다. "딱 한 번 봤어요."

"자세히 말해줄래? 어떤 글자가 쓰여 있었지?"

오치아이와 이와무라는 안경을 낀 소년에게 물었다.

"산림청요."

"그거 확실해?"

"네, 왜냐하면 그 룸펜이 이거 어태 읽나, 하고 물어봤으니까요."

오치아이는 목격 증언이 점에서 선이 되었다는 사실에 흥분했다. 이것이 살인사건과 관련이 있는지 어떤지 아직 알 수 없지만 수상한 사람은 실재하는 것이다.

오바의 얼굴이 떠올랐다. 약속이라서 맨 먼저 알리지 않으면 안 된다.

8

추석 휴일이 끝난 8월 19일 월요일 이른 아침 6시, 산야로 경찰의 일제 수사가 들어왔다. 마치이 여관에는 법원의 가택수색영장이 나왔다. 몇 년쯤 전에 어머니가 했던 협박을 또 다시 꺼내 들었다. 늘 하는 경찰의 수법이다. 다른 여관도 도박 혐의라든가 마약 매매 혐의라든가 하는 과거의 사건을 꺼내어 억지로 영장을 받은 상태에서 하는 가택수색이었다.

격분한 어머니는 현관 바닥에 큰대자로 누워 "싫다! 돌아가!

경찰은 우리 집에 절대 못 들여보내!"하고 소리쳤다.

여느 때의 아사쿠사서의 형사라면 그렇게 난폭한 짓은 하지 않았겠지만, 이번에는 경시청과 세 관할서의 합동수사였기 때문에 몇 명이 어머니를 사정없이 떠메고 골목에 쓰레기라도 버리듯이 내던졌다.

"이놈들! 경시총감을 불러라! 우리 남편을 죽인 건 경찰이야!"

어머니의 외침은 아직 습기가 모이기 전의 산야에 날카롭게 울려 퍼지고 있었다.

마치이 미키코는 그때 부엌에서 주먹밥을 만들고 있었다. 마치이 여관에서는 투숙객으로부터 전날 밤에 주문을 받아 간단한 아침을 제공하는데, 메뉴는 매일 소금 주먹밥 두 개와 단무지뿐이다. 그것이 25엔이다. 대체로 이익은 나지 않고 귀찮기만 할 뿐이지만 다른 여관이 하고 있어서 이곳만 하지 않을 수가 없는 것이다.

밖의 소동이 점점 커졌기 때문에 미키코는 일단 일을 중단했다. 마르지 않게 하기 위해 젖은 수건으로 큰 접시에 담긴 주먹밥을 덮고 손을 씻었다.

"이봐, 꼼짝하지 마. 가택수색이다."

그때 형사가 크게 소리치며 들어왔다.

"저기…… 당신, 여기 종업원인가?" 갑자기 목소리의 톤을 낮춘 것은 부엌에 있던 사람이 젊은 아가씨여서 당황했기 때문일 것이다.

"아까 당신들이 밖에 내팽개친 여주인의 딸." 미키코가 차분히 대답했다.

"아아, 그래요. 잠깐 여기 있어요. 가택수색이 있으니까."

"누굴 찾는데요? 투숙객은 막일을 하는 노동자뿐이에요."

"사람만이 아니야. 물건도."

"당신 어디 사람이에요? 아사쿠사서의 형사는 없어요?"

미키코가 망연한 태도로 물으니 뒤에서 아사쿠사서의 나이든 형사가 불쑥 얼굴을 내밀었다.

"아가씨, 아침부터 미안. 먼저 말해두지. 얼마 전 미나미센주 마치에서 일어난 살인사건 때 도난당한 물건이 밝혀져서 그걸 찾고 있는 거야. 오메가 손목시계와 인도의 금화. 아가씨, 본 적 없어?"

"우리 집이 어디 전당포도 아니고, 번지수를 잘못 찾았어요."

"전당포라면 진작 돌았지. 손목시계는 어쨌든 간에 인도 금화는 오래되어 그만한 가치가 있는 영국령 시대의 물건인 모양이라 그렇게 간단히 현금화할 수는 없을 거고, 그래서 범인이 지금도 갖고 있지 않을까 해서. 그러니 투숙객은 모두 조사할 거야. 오늘은 몇 실이나 찼지?"

"스물일곱 실."

"허어, 번창하고 있군그래."

"얼른 끝내요. 그러지 않으면 연합회 사람들이 몰려올 테니까요."

미키코가 이렇게 말하자 형사는 "역시 산야의 아가씨는 잘 알고 있다니까" 하고 쓴웃음을 지으며 부엌에서 나갔다.

그리고 생각했던 대로 채 10분도 지나지 않아 산야노동자연합회의 활동가들이 대거 몰려왔다. 근처에 있는 전(前) 극장에 자리 잡고 살고 있는 전학련(전일본학생자치회총연합의 약칭. 1948년 145개 대학의 학생자치회로 결성되어 당초에는 일본공산당의 강한 영향하에 있었다) 일파로, 경찰이 올 때마다 연좌 농성을 해서 수사를 방해한다.

즉시 핸드 마이크를 한 손에 들고 떠들어댔다.

"노동자 여러분, 경찰의 소지품 검사에 응할 필요는 없습니다! 경찰은 여관의 가택수색 영장을 갖고 있을지는 모르지만 투숙객 개인에 대한 영장은 아무것도 갖고 있지 않습니다! 따라서 수사는 모두 임의수사이니 여러분은 거부할 권리가 있습니다!"

미키코는 그 말을 들으며 다시 아침을 만들기 시작했다. 일찍 일을 끝내고 세무사 자격을 위한 공부를 하고 싶었다.

"경찰은 돌아가라!" "돌아가라!"

연합회의 젊은이들이 구호를 외치기 시작했다. 참새가 깜짝 놀라 푸드득 하고 하늘 여기저기로 도망쳐 다니고 있었다.

그들과 이야기를 하면 유명한 대학의 학생으로 지식도 있고, 노동자에 대해 헌신적이며 겨울에 노동자들에게 밥을 지어 제공할 때는 존경하는 마음도 들지만, 이데올로기 이야기가 나오면 감당할 수 없을 정도로 완고해서 좋아할 수가 없었다. 연대를 하자고 요구해도 거절했다. 자신은 개인적으로 살고 싶은 것이다.

"이야, 미키코. 오랜만이야."

누가 말을 붙여 돌아보니 안면이 있는 형사가 부엌문에 서 있었다.

"이렇게 예뻐지고 말이야. 꽃다운 나이라는 게 이런 건가?"

"오바 씨, 겉발림 말을 해봐야 아무것도 안 나와요."

"겉발림 말이라니. 나한테 아들이 있다면 며느리로 삼고 싶은데, 하필이면 딸만 셋이거든."

"건강해 보이네요."

"건강하다니, 수면 부족으로 몸이 무거워 죽겠는데. 이제 늙었어."

오바가 담뱃진으로 누레진 이를 드러내며 웃었다. 오바는 이전에 아사쿠사서에 있었던 적이 있어서 산야라면 구석구석 모르는 데가 없었다. 옛날에 아버지를 체포한 적도, 어머니에게 물벼락을 맞은 적도, 초등학생이었던 미키코와 놀아준 적

적도 있었다.

"일제 수사는 위의 명령으로 하고 있지만 형식적인 거니까
좀 봐줘."

"저야 어느 쪽이든……."

"만약 미나미센주마치의 범인이 산야의 주민이라면 눌러앉
아 있을 리가 없지. 범인이라면 반드시 튈 거야. 윗대가리들은
그런 것도 모른다니까. 조사하려면 도망친 사람을 조사해야
하는데 말이야. 안 그래, 미키코? 혹시 8월 9일 이후에 서둘러
산야에서 나간 사람 몰라?"

"글쎄요, 그렇게 말해도…… 무엇보다 추석 휴일로 귀성한
사람도 있을 거고."

미키코는 이렇게 대답하며 홋카이도에서 온 젊은이를 떠올
렸다. 동생이 아는 사람으로, 수사선상에 떠오른 사람일지도
모른다. 그 남자는 벌써 도망쳤을까.

"그렇겠지. 하필이면 추석 휴일인 게 우리한테도 성가신 때
란 말이지."

오바가 얼굴을 찌푸리며 말했다.

"미나미센주마치 사건이란 빈집 털이가 강도로 돌변한 건가
요?"

미키코가 다시 주먹밥을 만들며 물었다.

"그건 모르지. 적어도 빈집 털이 상습범이라면 들켰다는 것

정도로 사람을 죽이지는 않으니까."

"그럼 원한 관계일까요?"

"뭐야, 흥미 있는 거야?"

"아뇨, 그냥 가까운 데서 일어난 사건이라, 어쩐지 뒤숭숭해서요."

"미키코, 피해자에 대해서는 알고 있어?"

"전혀요. 선로 너머와는 별로 인연이 없어서."

"전에 시계상을 했던 사람이야. 암시장이 있었을 때는 무리한 장사도 했던 모양인데, 네 아버지가 살아 계신다면 분명히 알고 있었을 거야."

"그래요?"

지금껏 알아채지 못하고 있었지만 오바 뒤에는 젊은 형사도 있었다. 간이 여관이 신기한 듯 바닥에서 천장까지 둘러보고 있었다.

"형사님, 주먹밥 하나 드실래요? 아침 아직 안 드셨죠? 자."

미키코가 이렇게 말하자 오바는 "이야, 좋은데. 미키코가 만든 주먹밥이라니. 그럼 어디 먹어볼까" 하며 한 손으로 감사의 뜻을 표하고 접시에서 주먹밥을 집었다. 젊은 형사는 한 번 눈을 주었을 뿐 손을 내밀지 않았다.

"아가씨, 홋카이도에서 온 투숙객은 있어요?" 젊은 형사가 물었다.

"글쎄요, 출신지까지 일일이 묻지 않아서요."

미키코는 순간적으로 흠칫했다. 분명히 그 젊은이를 말한 것이다.

"하지만 숙박 명부는 있겠지요?"

"다들 주거가 없는 사람들이라서."

"그럼 그건 됐고. 스무 살 정도입니다. 그렇게 젊은 사람은 여기서도 드물지요?"

"그렇지도 않아요. 올림픽 공사로 다양한 사람들이 오니까요."

길에서 성난 목소리가 들려왔다. 경찰이 연좌 농성 중인 연합회 활동가들을 우격다짐으로 퇴거시키기 시작한 것이다. 셋이 모두 소란스러운 방향으로 눈을 주었다. 오바가 "미키코는 어느 쪽 편이야?" 하고 물었다.

"어느 쪽 편도 아닌데요." 미키코는 담담하게 대답했다.

산야에서는 경찰이 후원자가 되고 여관이 중심이 되어 정화위원회를 만들었다. 한편 연합회 뒤에는 일본공산당이라는 존재가 있어 어느새 정치 충돌이 끊이지 않는 동네가 되어 있었다.

"그게 좋지."

오바가 주먹밥을 다 먹고 부엌문으로 나간다. 젊은 형사는 다시 한번 내부를 둘러보고 나서 "저는 본부의 형사로 오치아

이라고 합니다. 다시 올 테니 홋카이도 출신의 젊은이, 기억해
주세요"하는 말을 남기고 나갔다.

"체포다, 체포!"

밖에서는 드디어 체포차가 나온 모양이었다. 미키코는 주먹
밥을 다 만들고 단무지를 썰기 시작했다. 산야의 소동은 동네
의 반주곡 같은 것이다.

그날 밤, 여관에 동생 아키오가 나타났다. 현관에서 얼굴만
들이밀고 "엄마, 있어?" 하고 카운터에서 공부하고 있는 미키
코에게 조그만 소리로 속삭였다.

"월요일 밤에는 불교 모임이 있어. 너, 엄마가 없는 걸 알고
온 거잖아."

미키코가 간파하고 대답했다.

"누나, 식당은 괜찮아?"

"밤에는 파트타임으로 아주머니를 쓰고 있어. 나도 공부하
고 싶으니까."

"대단하다니까. 시험에 붙었으면 좋겠다."

"그런 말 하러 온 거야?"

"아니, 저……." 아키오가 머뭇머뭇 말했다. "누나, 1만 엔만
빌려주면 안 될까?"

"뭐? 그런 거금을 어디 쓰려고?"

"내 밑에 있는 놈이 조직 일로 실수를 좀 저질렀거든. 사죄로 1만 엔을 넣어야 해. 내가 새끼손가락을 자르지 않으려면……."

아키오는 미끄러지듯이 마루방으로 들어와 미키코 앞에 무릎을 꿇고 앉았다.

"그럼 잘라. 네 세계에서는 새끼손가락이 없는 게 더 떠받들어지잖아."

미키코는 전혀 움직이지 않고 뿌리쳤다. 그런 이야기는 거짓말인 게 뻔하다.

"누나, 그런 말 좀 하지 마. 스무 살에 손가락이 잘리면 오히려 무시당한단 말이야."

"왜 필요한데? 진짜 이유를 말해."

미키코가 일갈하자 아키오는 고개를 숙이고 입을 다물었다.

"너 말이야, 1만 엔 정도도 스스로 빌리지 못할 거면서 뭐 때문에 야쿠자를 하는 거야."

"아니, 조직원이 되었다고 해도 실제로는 규칙을 배우는 수습이나 마찬가지고, 아직 수입을 얻을 수 있는 일을 시켜주지 않아서 그래."

"흐음, 아직 반 사람 몫이다? 그런데 왜 1만 엔이나 필요한데?"

미키코가 따져 물었다. 아키오는 체념했는지 아랫입술을 까

발리고 소곤소곤 이야기하기 시작했다.

"전에 집에 데려온 빈집 털이 간지라는 애 있었잖아. 그놈 일이야."

"너, 그 애하고 아직도 만나고 다니는 거야?" 미키코가 얼굴을 찌푸렸다.

"아아, 미나미센주마치 사건 말이지? 내가 물어봤어. 네가 했느냐고. 그랬더니 자기가 안 했대."

"그거 정말이야?"

"어. 그 녀석, 바보지만 살인은 안 할 거야."

미키코는 일단 안도했다. 어디까지 믿어야 할지 모르겠지만, 오바가 말한 것처럼 범인이라면 멀리 도망쳤을 것이다. 아무리 바보여도 아직 아사쿠사에 있다는 것은 하지 않았기 때문일 것이다.

"그래서 어떻게 되었는데?"

"언제까지고 조직에 있게 하는 건 안 되니까 내가 간지를 스트립 극장으로 데려가서 보이 일을 하게 해주었어. 청소라든가 무희의 심부름이라든가 말이야. 그랬더니 간지 그놈이 엄청 감격하더니 자기는 남한테 이렇게 친절한 대접을 받은 게 처음이래. 그랬는데 사흘쯤 지나서 답례로 맛있는 걸 사주겠다는 거야. 너 돈은 있어? 하고 물었더니 있다고 해서, 그럼 먹자고 하고 내 밑에 있는 애들 둘하고 모두 넷이서 초밥을 먹었지. 그리고 2차로 카바레에 갔는데 거기서 호스티스 여러 명을 부르더라고. 아무리 그래도 간지가 그만한 돈을 갖고 있을 리도 없고…….나는 갑자기 수상하다는 생각이 들어서 오늘 돈은 어떻게 한 거냐고 물었더니, 스트립 극장의 금고에서 1000엔짜리 지폐 열 장을 빼왔다고 아무렇지 않게 말하는 거야. 무슨 짓을 한 거냐고 했지. 그게 어젯밤의 일이야. 결국 1만 엔을 하룻밤에 다 쓴 거지."

아키오는 단숨에 말하고는 눈썹을 팔자로 만들며 비참한 표정을 지었다.

"정말 바보구나, 너희들." 미키코가 코웃음을 치며 말했다.

"그 자식, 남의 물건을 슬쩍하는 것을 전혀 주저하지 않아. 대체 어떤 부모 밑에서 자란 건지, 정말 궁금하다니까."

"간지라는 그 애, 지금 어떻게 지내고 있어?"

"극장에서 일하고 있지. 1만 엔 정도는 들키지 않으니까 괜찮다고 말이지. 그래서 내가 바보 같은 소리 하지 마, 장부를 보고 돈을 세면 오늘 밤이라도 1만 엔이 빈다고 소동이 벌어질 거야, 하고 야단을 쳤더니, 그럼 어디서 빌려 올 테니까 일 좀 대신해달래. 나는 어이가 없어서 너, 어디서 훔쳐 올 생각이지? 잠깐 기다리고 있어 하고—"

"그래서 서둘러 빌리러 온 거야?"

미키코는 크게 한숨을 내쉬었다.

"누나, 부탁해. 반드시 갚을 테니까."

"…… 알았어. 빌려줄게."

"고마워. 이 은혜는 꼭 갚을게."

아키오가 손을 짚고 고개를 숙였다. 동생도 어머니와 마찬가지로 사람이 좋다.

"그런데 간지라는 그 애, 형사가 찾아다니고 있어. 너, 그 일에 말려들지 않게 조심해."

"괜찮지 않을까? 작업복하고 완장은 버리라고 했고. 지금은 머리를 삼 대 칠로 가르마를 타고 하얀 셔츠에 나비넥타이를 맨 보이 모습이야. 그 자식, 복장만 제대로 갖추면 꽤 근사해. 무희들한테 귀여움을 받기도 하고."

"태평하구나, 아주."

"그래, 맞아. 아주 태평한 놈이야."

"너 말이야."

자리에서 일어난 미키코는 카운터의 금고에서 1000엔짜리 열 장을 꺼내 아키오에게 건넸다.

"엄마한테는 말 안 할게. 어차피 경리는 내가 하는 거니까 들키지는 않을 거야. 월말에 2000엔씩 갚아. 한꺼번에 갚지 않아도 돼. 한꺼번에 갚으라고 하면 너는 또 엉뚱한 짓이나 할 거고."

"면목이 없어."

아키오는 몇 번이나 고개를 숙이고 돈을 호주머니에 찔러 넣고는 뛰어서 여관을 나갔다.

　미키코는 다시 공부를 하기 시작했다. 길가의 평상에서는 노동자들이 술을 마시며 떠들고 있었다. 멀리서는 순찰차의 사이렌 소리가 울렸다.

9

　현지 아이들에 대한 탐문조사는 일정한 성과를 올렸다. 작업복에 완장을 찬 북쪽 지방 사투리를 쓰는 젊은 남자를 목격했다는 증언을 여럿이나 얻을 수 있었던 것이다. 이야기를 종합하면 남자가 기타센주 및 미나미센주마치 지역에 모습을 드러낸 것은 8월 초순으로, 아라카와 방수로에 걸쳐 있는 도키와선(線)의 철교 밑에 계류되어 있는 짐배에 묵고 있었다는 사실이 확인되었다. 선주는 현지 사람으로, 예전에는 아라카와 방수로를 따라 있는 공장에 출입하며 원재료를 운반하는 것을 생업으로 하고 있었지만, 운반이 트럭에 의한 육로 수송으로 바뀌었기 때문에 5년 전에 폐업했다. 예의 그 짐배는 도에서 내려온 철거 요청을 무시한 채 지금까지 방치되어 있는 것이었다.

　남자는 이른바 부랑자였지만 옷차림은 평범하고 비위생적

이 아니었다. 그리고 집배에 살다가 머지않아 하천부지에서 노는 초등학생들과 이야기를 나누게 되었다. 북쪽 지방 사투리는 그렇게 그와 접했던 아이들로부터 얻은 증언이다. 신장은 165센티미터에서 170센티미터, 마른 체형에 머리는 덥수룩하다. 전체적으로 거무스름하게 햇볕에 탔다. 그것 외에는 이렇다 할 특징이 없다.

아이들의 증언에 따르면 남자는 굉장히 순진하고 또 유치하며 어른답지 않다. 그러므로 같이 놀기도 하고 무서운 인상은 없었다. 그리고 많은 아이들이 "그 녀석은 바보니까"라고 증언했다. 놀려도 화내지 않아서 아이들은 대등한 놀이 상대로 여겼던 것 같다.

집배에서 모습을 감춘 것은 사건 후로, 상세한 날짜는 모른다. 집배에 유류품은 없고 지문과 신발 자국 채취를 시도했지만 갈라진 데투성이인 목조선이기 때문에 증거가 될 만한 것은 얻을 수 없었다. 그 이후 이 지역에서 아이들의 목격 정보는 없다. 다른 탐문조사에서도 마찬가지로, 그 남자로 보이는 목격 정보는 나오지 않았다.

그날 밤의 수사 회의에서는 산림청의 홋카이도 사로베쓰겐야 대기소가 누군가에 의해 뒤져지고 작업복 한 세트가 도난당한 건에 대해 오치아이가 추가 보고를 했다. 오바는 아직 회의에 보고하지 않아도 된다고 했지만 오치아이가 그보다 먼저 다나카 과장대리에게 보고했던 것이다. 그 탓에 오바는 기분이 약간 안 좋았다.

"어제 말씀드렸던 홋카이도 건입니다만, 오늘 전화로 각지에 문의했기 때문에 그 건에 대해 현시점에 알게 된 것을 보고하겠습니다."

오치아이가 일어나 메모를 읽어나간다. 강당은 담배 연기가 가득 차 있어 마치 온천장 같았다.

"우선 산림청의 사로베쓰겐야 대기소가 털린 것입니다만, 발견한 것이 8월 7일 수요일, 발견자는 산림청 홋카이도 소야 출장소의 계장입니다. 특별히 용무가 없을 때는 일주일에 한 번씩 순찰을 하는데, 그때 창유리가 깨져 있는 것을 알고 안을 확인했더니 작업복 한 세트, 고무장화 한 켤레, 헬멧 하나가 분실되었다는 것입니다. 완장에 관해서는 특별히 개수를 헤아리는 장비가 아니어서 확인이 안 되었다고 합니다. 그 계장은 곧 출장소로 돌아와 홋카이도 왓카나이미나미 경찰서에 통보했습니다. 다만 현장에 동행한 것은 방범과의 순경 한 명으로, 피해 내용을 들은 후 유실물 신고서를 받았다고 합니다."

"유실물이라고?"

다나카가 코에 주름을 새기며 땅울림 같은 소리를 냈다. 수사관들은 실소를 터뜨렸다.

경찰에서는 흔히 있는 일이다. 절도 피해 신고서를 받으면 도난 사건으로 취급되기 때문에 붙잡지 못하면 검거율이 내려간다. 유실물 신고로 수리하면 검거율과 상관없어진다. 경미한 도난은 어차피 수사가 이루어지지 않을 거고, 그렇다면 유실물로 처리하라는 일종의 은폐 공작이다.

"산림청에 물어본 바로는 도난당한 것이 고가의 비품이 아닌 한 경찰을 불러도 유실물로 처리되는 것이 관례라고 합니다. 아울러 같은 시기에 기후현 구조군에서도 대기소가 털렸지만 여기는 도난당한 것이 발전기였기 때문에 경찰은 도난 사건으로 취급했습니다."

"공무원끼리의 짬짜미인가?"

다나카가 지긋지긋하다는 듯이 한숨을 내쉬었다.

"그래서 왓카나이미나미서에도 전화로 문의했습니다만, 유실물 취급을 했기 때문에 당연히 현장검증은 하지 않았습니다. 현장 상황을 집요하게 물었더니 부서장이 전화를 받아 경시청이 무슨 용건이냐며 고함을 질렀습니다. 난처한 데다 도쿄에 대한 대항 의식이었겠지요."

"시골 경찰답군. 어차피 살인사건보다 사람이 곰한테 습격당하는 사건이 더 많을 테고."

"그래서 산림청의 완장 건은 밝혀지지 않은 채입니다."

"수고했네. 여기에 대해 의견이 있는 사람?"

다나카가 수사관들을 둘러봤다. 모두가 입을 꾹 다물고 있었다.

"하지만 짐배에 살고 있던 젊은 남자가 북쪽 지방 사투리를 썼다는 것은 무시할 수 없겠군. 사로베쓰겐야 대기소가 털린 건과 연결될지 어떨지는 모르겠지만, 이것으로 끝나는 것은 아니지. 지금으로서는 유일한 단서야. 오치아이, 이 건은 좀 더 알아봐. 왓카나이미나미서에는 내가 서장한테 편지를 쓰겠네. 기분을 풀어줘야지."

다나카가 정리하고 회의는 끝났다. 지금은 내내 진전이 없고 간부는 한결같이 기분이 좋지 않았다. 회의가 끝난 후 오치아이는 이와무라를 데리고 구내식당으로 갔다.

"이봐, 카레나 먹으러 가자."

"좋습니다."

아주 평범한 카레라이스지만 주방 아주머니가 만든 카레라이스는 무척 맛있어서 오치아이와 이와무라는 완전히 팬이 되었다. 우스터소스를 뿌려도 뿌리지 않아도 맛있다.

"아주머니, 돼지고기 좀 많이요. 비계라도 괜찮아요." 이와무라가 주방을 향해 요청했다.

"예. 슬슬 닫을 시간이니까요." 주방 아주머니가 웃으며 평소 이상으로 보기 좋게 담아주었다.

저녁 8시가 지나 반쯤 빈 식당 탁자에서 마주 앉았다.

"니이 씨하고는 어때? 여전히 심하게 대해?"

오치아이가 물었다. 니이와 이와무라는 지금 탐문수사반이다.

"아뇨, 요즘에는 상대해주지 않습니다. 둘이서 탐문조사는 저녁때까지 하고 그 후에는 단독으로 움직입니다. 마치 저한테 거치적거리기만 한다고 말하는 것 같아요."

이와무라는 숟가락으로 카레를 입으로 옮기며 납득하지 못하겠다는 듯이 대답했다.

"니이 씨는 뭔가 포착했을 거야."

"저도 그렇게 생각해요. 니이 씨가 추적하는 것은 피해자 일가의 배후 관계입니다."

"그런가?"

오치아이는 무심코 밥을 먹는 손을 멈췄다.

"아이들에 대한 탐문조사가 시작되기 이틀쯤 전입니다만, 니이 씨가 도쿄 스타디움 암표상의 두목으로부터 마음에 걸리는 정보를 얻었습니다. 전 시계상인 피해자 일가는 이전부터 폭력단과 관계가 있었고, 무슨 일로 갈취를 당하고 있었던 게 아닌가 한다고 말이지요."

"폭력단? 어떤 조직인데?"

"우에노신와회(會)라고 했습니다. 그 이상은 파고들어 물어보지 않았습니다. 아마 나중에 혼자 가서 알아보고 자신만의 정보로 할 생각이겠지요."

141

이와무라가 비난하는 것처럼 말해서 오치아이는 그 점만 나무랐다.

"이와무라, 그건 아니야. 나도 니이 씨와 파트너가 되었을 때 내게 정보를 전혀 알려주지 않았어. 하지만 그것은 정보가 새나가는 걸 염려해서야. 니이 씨는 공을 독점하려는 사람이 아니거든."

"……죄송합니다. 그건 알고 있습니다. 아마 저는 아직 신용받지 못하고 있는 거라고 생각합니다."

이와무라가 귀염성 있게 고개를 움츠렸다. 오치아이는 폭력단이라는 말을 듣고 피해자의 딸 부부를 떠올렸다. 부부가 모두 화려한 차림새로, 적어도 견실한 장사를 하고 있다는 인상은 아니었다.

"신와회와의 연결은 또 누군가 추적하고 있어?"

"그건 잘 모르겠습니다. 하지만 수사 회의의 분위기에서 보면 북쪽 지방 사투리를 쓰는 젊은이라는 쪽에 별로 관심이 없는 사람도 많은 것 같지 않습니까?"

"그렇지."

오치아이도 그런 생각이 들었다. 회의에서도 달려드는 분위기를 그리 느끼지 못했던 것이다. 아마 몇 명의 수사관은 단순한 도둑의 범행이 아니라 도둑으로 보이게 한 계획적인 살인이라는 선을 추적하고 있을 것이다.

"하지만 저는 의문인데요, 형사들끼리 이렇게 서로 의중을 떠보고 있어도 되는 걸까요?"

"나한테 말해봐야 어쩔 수 없어."

"좀 더 팀플레이를 해도 좋지 않을까요. 다들 서로 정보를 내놓으면 점도 연결되어갈 것 같은데요."

"익숙해져야지. 대학의 보트부가 아니니까."

오치아이는 조용한 어조로 후배를 위로했다. 오치아이 자신도 불합리하다고 여기는 것이 많지만 형사부의 체질이 하루아침에 바뀌는 것은 아니다.

잠시 잠자코 먹고 있으니 "본부 형사분들, 카레 남았는데 더 드실래요?" 하고 주방에서 아주머니가 새된 목소리로 외쳤다.

"아뇨, 저는 충분합니다." 오치아이가 말했다.

"저는 더 주십시오."

이와무라가 접시를 들고 말했다. 주방 아주머니가 눈을 가늘게 뜨고 고개를 끄덕이고 있었다.

오치아이는 이와무라와 헤어지자 혼자 우에노로 향했다. 부랑자를 쫓는다고는 했지만, 이와무라로부터 신와회라는 이름을 듣고 조금은 안면이 있었기 때문에 슬쩍 속을 떠보기만이라도 하려고 생각한 것이다.

우에노 역에서 내려 번화가의 잡거빌딩 2층에 있는 마작 게

임장의 문을 열었다. 이곳도 담배 연기가 자욱해서 연어 훈제 공장 같았다. 탁자는 손님들로 거의 가득 차 있었다. 인상이 안 좋은 남자들 몇 명이 오치아이를 힐끗 돌아보았다.

오치아이는 안쪽의 카운터까지 가서 안에서 담배를 피우고 있는 화려한 화장을 한 여자에게 말을 걸었다.

"다치키 사장님 계십니까?"

"어머, 오치아이 씨, 웬일이세요?" 여자가 눈을 동그랗게 뜨고 일어났다. "사무실에 있을 텐데, 불러올까요?"

"예, 부탁합니다."

오치아이가 말하자 여자는 젊은 점원에게 다치키를 불러오라고 말했다.

다치키는 신와회 중간 보스의 보좌로, 도쿄에서 한창 잘나가는 야쿠자였다. 아직 서른세 살이지만 금융업을 생업으로 하여 상납금이 많아서 이례적인 출세를 한 것이다. 오치아이와는 작년에 우에노에서 일어난 술집 강도 사건 때 알게 되었다. 밤의 번화가에서 탐문조사를 하는 오치아이에게 그쪽에서 "수고하십니다" 하며 말을 걸어온 것이다.

"이 부근에서 알고 싶은 것이 있으면 뭐든지 물어보세요." 이렇게 말했고, 실제로 각종 정보를 얻었다. 야쿠자와 친하게 지낼 생각은 없지만 암흑가의 정보원이 없으면 형사를 해나갈 수 없다.

이 마작 게임장은 다치키가 여자에게 운영하게 하고 있는 가게로, 밤에는 대체로 여기서 놀고 있다고 들었다.

여자가 내놓은 소다수를 마시며 기다리고 있으니 20분쯤 후에 다치키가 가게에 나타났다. 흰색 마 양복에 흰색 에나멜 구두, 머리는 포마드로 올백으로 넘긴 같잖은 차림새였다.

"오치아이 씨, 안녕하시오. 이야, 이거 기분 좋은데요. 이렇게 찾아주시고. 오늘은 놀러 오셨습니까? 멤버 모으겠습니다. 마작 한 판 어떻습니까?"

"아니요, 저는 마작을 할 줄 몰라서요." 오치아이는 가볍게 웃으며 고개를 저었다.

"우에노서의 형사님은 이따금 와서는 마작을 하고 갑니다."

"그렇습니까?"

"그럼 여자가 있는 가게는 어떻습니까? 대접하게 해주시지요."

"아니, 됐습니다. 오늘은 잠깐 물어보고 싶은 게 있어서요."

"뭔데요?"

"8월 9일에 미나미센주마치에서 야마다 긴지로라는 전 시계상이 살해당한 사건이 일어난 것은 사장님도 알고 있습니까?"

"예, 뉴스에 나왔으니까요."

다치키가 의아한 듯한 표정을 지었다.

"피해자는 옛날부터 신와회와 교제가 있었던 듯한데, 사장님은 모릅니까?"

"글쎄요, 저는 잘 모르겠는데요."

다치키가 고개를 갸웃한다. 거짓말을 하는 것 같지는 않았다.

"신와회도 지금은 큰 조직이니까요. 중간 보스 밑에 본부장 다섯 명이 있고 보좌가 열 명 이상입니다. 각자가 수입원을 갖고 있고, 같은 패거리라도 서로 간섭하지 않습니다. 반대로 말하면 간섭하면 싸움이 벌어지거든요. 보세요, 형사님의 세계와 같습니다."

"아니, 그렇지는 않은데……."

오치아이는 입장 때문에 부정했지만 다치키는 웃으며 묻지 않았다.

"하지만 오치아이 씨는 좋은 사람입니다. 우리 같은 야쿠자한테도 아주 정중한 말을 쓰니까요. 다치키 사장님이라고 불러주는 형사는 오치아이 씨뿐이지요. 우에노서의 형사는 다들 반말이거든요. 저보다 어린 형사까지 '이봐, 다치키'라고 부르면 역시 신경이 거슬리거든요. 그런 점에서 오치아이 씨는 상식이 있는 공무원이지요. 반드시 출세할 겁니다."

다치키는 잘도 떠들어댔다. 여자에게 위스키 하이볼을 준비하게 하여 잔을 기울였다. 오치아이에게도 권해 한 잔만 받았다.

"오치아이 씨, 혹시 대졸입니까?"

"예, 그렇습니다만."

"역시 그렇군요. 형사 특유의 거친 느낌이 없더라니. 앞으로는 대졸 형사가 늘어나겠지요. 아니, 실은 저도 대졸입니다. 다쿠쇼쿠대학 정경학부를 졸업했지요. 뭐, 엉터리 학생이었지만요. 그래도 야쿠자의 세계에선 대졸이 드물어서 수습 때는 형님들한테 엄청 괴롭힘을 당해서……."

오치아이는 하이볼을 다 마시고 일어났다.

"그럼 저는 여기서 그만."

"벌써 돌아갑니까?"

"돌아갈 수 있을 때는 집으로 들어가야지요. 한 살짜리 아들이 있는데, 잠든 얼굴이라도 봐두고 싶거든요."

"어이쿠, 그렇습니까."

다치키는 가게 밖으로 나와서까지 오치아이를 배웅했다. 부하들도 나와서 "수고하셨습니다"라며 허리를 굽혔다. 오치아이는 다치키에게 작은 소리로 말했다.

"야마다 긴지로에 관해 뭔가 정보가 있으면 수사1과로 알려줄 수 있습니까? 댁에 형편이 안 좋은 일이 있다면 다소는 에누리해줄 테니까요. 아무튼 살인사건이어서 경찰은 체면을 걸고 있습니다."

"알겠습니다. 우리 애들한테도 넌지시 알아보겠습니다."

다치키는 미소를 띠며 온화하게 말했다. 본심은 읽을 수 없지만 이 남자라면 손해와 이득을 제대로 저울에 올릴 수 있을 거라고 오치아이는 판단했다.

야쿠자이면서도 지성을 느끼게 하는 점이 다치키가 두각을 나타낸 이유였다. 야쿠자의 세계도 변화의 양상을 보이고 있는 것이다.

역으로 걸어가고 있으니 밤거리의 노점이 나와 있고 장난감이 늘어서 있었다. 오치아이는 그중에서 심벌즈를 두드리는 원숭이 인형을 샀다.

이튿날 아침 기뻐하는 아들의 얼굴이 떠올랐다.

10

상경한 지도 슬슬 한 달이 지나려 하고 있었다. 우노 간지는 청결한 와이셔츠와 바지를 입고 머리를 삼 대 칠로 가지런히 가르마를 갈라 인상이 완전히 변해 있었다. 요전에는 가미나리몬 앞에서 시골에서 올라온 사람처럼 보이는 중년 부부가 "아사쿠사 역이 어디입니까?"라고 물어서 자신이 도쿄 사람으로 보였나 싶어 기분이 좋아졌다. 그 후로 간지는 쇼윈도에 비친 자신의 모습을 보는 것이 좋아져 각도를 바꿔 보고는 혼자 은근히 흡족해하고 있었다. 생각해보면 자신은 청춘의 한복판이고 한창 즐거운 때다. 아무리 일을 해도, 놀아도 하룻밤만 자고 나면 피로는 날아가고, 이튿날 아침에는 신상품이나 마찬가지였다. 간지는 상경한 것이 정말 잘한 일이었다고 생각했다. 젊은 여자가 많이 있는 것만으로도 매일 기분이 들떴다.

"저기, 간지. 커피 좀 마시고 싶은데. 끓여주지 않을래?"

연립주택의 창에 걸터앉아 담배를 피우고 있었더니 깔려 있는 이불에 엎드려 있는 무희 기나 사토코가 말했다.

"난 필요 없어. 땀만 나니까."

간지가 쌀쌀맞게 대답했다. 9월이라는 말을 들어도 도쿄의 서민 동네는 아침부터 습기로 축축했다. 스미다가와강의 악취도 평소보다 코를 찌른다.

"내가 마시고 싶다고."

사토코가 나른한 듯이 말했다. 어쩔 수 없이 간지는 부엌으로 가서 주전자에 물을 끓이고 인스턴트커피를 타서 밥상에 놓았다.

"고마워."

사토코가 형식적인 예를 표하고 슈미즈 차림으로 일어났다. 다다미 여섯 장이 깔린 방과 조그만 부엌이 있을 뿐인 연립주택은 둘이 있으면 숨이 막힐 것 같다. 간지는 선풍기 스위치를 눌러 바람을 쐬었다.

"간지, 너는 더위를 잘 타는구나. 홋카이도 출신이라서 그런 거야? 나는 오키나와라서 도쿄의 여름은 그다지 덥지 않은데."

"그럼 내가 오키나와에 가면 사흘 만에 바짝 말라버리겠네."

간지가 대꾸하자 별로 재미도 없는 농담에 사토코는 깔깔 웃었다.

사토코는 '아사쿠사 팰리스'라는 스트립 극장에서 일하는 무희였다. 간지는 그곳에서 보이를 하고 있다. 어느 날 일이 끝나고 나서 식사에 초대하여 따라갔더니 그대로 연립주택으로 이끌려 갔고 육체관계를 맺었다. 얼굴이 검고 남국풍의 용모는 빈말이라도 미인이라고는 할 수 없지만, 엉덩이와 가슴이 크고 손님 접대가 능숙하기도 해서 무희 중에서는 인기가 있었다.

나이는 스물세 살이라고 하지만 간지는 거짓말인 걸 알고 있었다. 극장 측에 제출한 오키나와에서의 도항증명서를 슬쩍 봤더니 1935년생이라고 적혀 있었다. 올해 스물여덟 살이므로 스무 살인 간지가 보기에는 충분히 중년 여인이다.

사토코가 오키나와에서 어떻게 도쿄로 왔는지는 모른다. 간지에게 일을 소개해준 야쿠자인 마치이 아키오에 따르면 "그 여자, 아이도 있어"라는 것이었다. 출산한 경험은 배의 라인에 드러나는 모양이다. 그러고 보니 무대에서는 늘 속옷을 배에 친친 두르고 있다. 누구에게라도 사정은 있을 것이다. 사토코가 간지에게 아무것도 묻지 않아서 간지도 묻지 않고 있었다.

그때까지 극장 창고에서 머물고 있었지만 지금은 사토코의 연립주택으로 굴러들어 갔다. 간지는 평범한 기둥서방 같은 기분이지만, 사토코가 나름대로 성적 매력을 보여주는 것은 섹스를 할 때뿐이다. 그것이 끝나면 안마를 해달라는 등 담배를 사 오라는 등 이것저것 시키기 때문에 하인이라도 둔 기분일 것이다.

"저기 간지, 점심 먹으러 나갈까? 아사쿠사에서 메밀국수를 먹고 그다음에 파친코 가자. 너도 준비해."

커피를 다 마신 사토코가 경대에서 화장을 하며 말했다.

"파친코라니, 돈 없어."

"없으니까 파친코로 돈을 벌라는 거야. 전에 먹은 초밥값, 내가 내주고 아직 안 받았어."

"초밥값이라니, 그거 사준 거 아니었어?"

"네까짓 거한테 누가 사줘? 우쭐해하지 마."

사토코가 강한 어조로 말했다. 이 여자는 변덕쟁이로, 다정해지기도 하고 차가워지기도 하는 등 계속 변했다. 그때는 분명히 사주겠다고 말했었다.

"너 말이야, 도잔회의 조직원 아냐? 파친코에서 잘 나오는 기계 좀 가르쳐달라고 해."

"난 출입하는 것만 허락받았지 조직원은 아니야."

"참 답답한 사내라니까. 그거야 난 도잔회의 조직원이라고 점원한테 허풍을 떨어서 잘 터지는 기계를 가르쳐달라고 하면 되는 거잖아. 너도 참 바보라니까, 정직하게 해서는 도쿄에서 살아갈 수 없어."

간지가 바보라는 것은 극장에서는 진작 알려져 있었다. 아키오가 처음에 "이 녀석은 바보지만"이라고 지배인에게 미리 말했기 때문이다.

"그럼 해보겠지만……."

"됐어. 그럼 가자."

간지는 재촉을 받고 옷을 갈아입었다. 최근에는 멋을 내는 걸 배워 마드라스체크 셔츠에 면바지를 입었다. 신발은 운동화이지만 다음에 돈이 들어오면 부츠를 사려고 생각하고 있다. 그리고 겨울까지는 양복을 구하고 싶다. 같이 어울리는 아키오가 멋쟁이라서 완전히 감화를 받았다.

"간지, 선글라스를 끼면 조직원같이 보여서 좋아." 사토코가 말했다.

"없어."

"그럼 빌려줄게. 주는 거 아니다."

서랍에서 선글라스를 꺼내 간지에게 던져주었다.

새빨간 블라우스에 흰 바지 차림의 사토코는 핸드백을 남자처럼 어깨에 메고 연립주택을 나섰다. 또각또각 하이힐 소리를 울리며 외부의 철제 계단을 내려간다. 간지도 뒤를 따라갔다. 골목을 걸어가니 그곳에는 습기가 괴어 있어 피부에 끈적끈적 달라붙었다. 레분토에서는 믿을 수 없는 날씨다. 섬에 있었다면 지금쯤 아침저녁으로 스토브를 꺼낸다. 그런 점에서도 상경한 것은 잘한 일이라고 생각했다. 춥지 않다는 것은 여러 가지 일에서 해방시켜준다.

무코지마에서 고토토이바시 다리를 건너고 15분쯤 걸어서 아사쿠사의 롯쿠에 도착했다. 평일이지만 관광객이나 빈둥거리는 사람 등 잡다한 사람으로 북적이고 있었다. 단골 메밀국숫집에서 판 메밀을 먹고 나서 '냉방 중'이라는 팻말이 걸린 파친코로 들어갔다. 적당한 기계를 골라 구슬을 튕겼다.

간지가 파친코를 시작한 것은 도쿄로 오고 나서의 일로, 아직 요령을 잘 몰랐다. 꼭대기의 못을 노리고 쏘는 듯하지만 레버를 튕기는 엄지의 힘 조절이 잘 안 되어 늘 구석으로만 구슬을 보낸다. 이날도 시작한 지 10분 만에 가진 돈의 절반을 잃고 말았다.

"참 둔하구나, 간지는."

옆에서 사토코가 엷은 웃음을 지었다. 그렇게 말하는 자신도 잃고 있다.

사토코는 오른손을 들어 점원을 부르고 "이 사람, 도잔회의 조직원인데 잘 터지는 기계 좀 가르쳐줘요" 하고 말했다. 간지는 어안이 벙벙했지만 선글라스 덕분에 표정이 읽히지는 않았다.

도잔회라는 말을 듣자마자 점원의 안색이 바뀌었다. "잠깐 기다려주세요." 점원은 카운터 안쪽으로 달려갔다.

"난처하지 않을까? 들키면 조직 사람들한테 혼날 텐데." 간지가 자그만 소리로 말했다.

"패기 없기는. 두리번거리지 말고 힘껏 자세를 취하고 있어."

사토코가 무서운 얼굴로 노려봤다. 잠시 후 조금 전의 그 점원이 돌아와 "기술자한테 들은 바로는 이 열에서 38번과 51번이 느슨하게 조정되어 있다고 합니다"라고 조그만 소리로 말했다.

간지는 조직 이름의 효과에 놀랐다. 그러니 아키오가 그렇게 득의양양해하는 것이다.

"어머, 그래요? 고마워요."

사토코가 누님처럼 행동하며 자리를 옮겼다. 간지도 말해준 기계로 옮겨 구슬을 튕겼다. 그러자 금세 한가운데의 커다란 튤립이 열리고 구슬이 빨려 들어갔다. 그 모습을 보고 있던 점원이 큰 상자를 가져와 두 사람의 발밑에 놓았다.

결국 두 시간쯤 하고 두 기계를 멈춘 간지는 2000엔을 땄다. 스트립 극장의 일당이 500엔이니 나흘분의 소득이다. 사토코도 따서 갑자기 기분이 좋아졌다.

"요전의 초밥은 역시 내가 사준 걸로 할게. 나 혼자였다면 이렇게 따지도 못했을 거야. 너, 얼른 도잔회에 들어가."

"난 바보라서 받아주지 않을걸."

간지가 대답했다. 자기 비하가 아니라 체념하는 데 익숙한 것이다.

"스스로 그렇게 말하는 거 아니야. 넌 들은 말은 5분만 지나면 잊어먹지만 주산은 잘하니까 완전한 바보는 아니야. 이것저것 해봐."

사토코가 갑자기 위로의 말을 했다. 간지는 말없이 고개를 끄덕였다.

"서 있기만 해서 지쳤어. 목도 마르고 카페라도 갈까?"

"3시에는 극장에 가야 해. 문 열기 전에 청소도 해야 하고."

"괜찮아, 그런 건. 지배인은 저녁이 되어야 오잖아."

"하지만 조명 점검도 있고……."

"너 참 별나구나. 성실한 건지, 불량한 건지……. 됐으니까 잠깐만 같이 있어."

사토코에게 억지로 팔이 잡혀 끌려가듯이 번화가를 걸었다. 길거리의 스피커에서는 아즈사 미치요의 '안녕 아가야'가 커다란 음량으로 흐르고 있었다. 최근 히트곡으로 간지도 좋아했다.

"아, 시끄러워."

사토코가 방향을 바꿔 아사쿠사 공원으로 들어갔다. 그녀는 그 노래가 싫은 모양이었다.

공원을 빠져나가 노면전차가 달리는 길로 나갔다. 길 반대쪽에 '에코'라는 단골 카페가 있다.

"자, 건너자."

사토코가 좌우를 보며 간지의 팔을 끌고 자동차가 오가는 도로를 억지로 건너려고 했다. 자동차 경적 소리가 아주 요란하게 울렸다.

다음 순간 간지의 발이 멈췄다. 단단히 묶이기라도 한 것처럼 온몸이 굳어져 움직이지 않는다. 핏기가 가신다. 머릿속이 새하얘졌다.

"간지, 왜 그래?" 사토코가 초조하게 굴며 말했다. "이런 데서 멈추면 안 돼."

대답이 나오지 않는다. 의식이 멀어지고 간지는 그 자리에 무너져 내렸다. 차가 급정거하는 소리가 들렸다.

"간지! 간지!"

사토코가 큰 소리로 이름을 불렀다. 사라질 것 같은 의식 속에서 번개가 치는 것처럼 단편적인 광경이 머릿속에 나타났다가 사라졌다.

이 광경은 본 적이 있다. 아니, 경험한 적이 있다. 그것은 언제, 어디서였을까. 어렸을 때 삿포로에서……. 거기까지 떠올리고 간지는 어둠 속으로 떨어졌다.

　정신을 차렸더니 카페 에코의 박스석에 드러누워 있었다. 위에서 들여다보고 있는 사람은 아키오다. 옆에는 사토코도 있었다.

　"이봐, 정신이 들어? 기분은 어때?"

　아키오가 걱정스럽게 물었다.

　"어, 괜찮아."

　간지가 대답했다. 신경을 집중시켰지만 특별히 이상은 느껴지지 않았다. 천천히 몸을 일으켰다.

　"이번이 벌써 두 번째야. 의사한테 한번 가서 진찰을 받아보는 게 어때?"

　"아무렇지 않아. 단순한 현기증이니까."

　간지는 그렇게 말했지만 목소리에는 정체를 알 수 없는 공포가 있고, 온몸에는 한기가 들었다.

　"깜짝 놀라서 내가 공중전화로 마치이를 불렀어. 이 시간은 사무실에서 전화 담당을 하고 있다는 걸 알고 있었으니까. 너 완전히 기절했었어. 여자 힘으로는 어디로도 데려갈 수도 없고."

　사토코가 한숨을 내쉬며 말했다.

　"미안, 두 사람한테 폐를 끼쳤어." 간지는 고개를 숙여 사죄했다.

"이 정도의 일로 신경 쓰지 마. 그것보다 의사한테 가보라니까. 저번에도 고쿠사이 도로를 건널 때 자동차가 경적을 울리니까 그 순간 얼굴이 새파래지더니 정신을 잃었잖아. 그거 무슨 병 아니야?"

"병까지는 아니야……. 빈혈이나 뭐 그런 걸 거야."

"빈혈이라면 빈혈이라고 제대로 검사하고 와. 그래서 약을 먹든지 하는 게 낫다니까."

"난 보험증도 없어."

"괜찮아. 산야에 가면 보험증이 없어도 싸게 봐주는 부처님 같은 선생님이 계시니까. 다음에 내가 데려가줄게."

아키오가 옆에 앉아 어깨를 톡톡 두드린다. 간지는 서서히 가슴이 뜨거워졌다. 지금껏 이런 친절을 받아본 적이 없었다. 레분토에서도, 삿포로에서도 무시당하고 장애물 취급만 받아왔다. 도쿄는 무서운 곳이라고 생각했지만 완전히 반대다. 여기에는 동료가 있다.

"나, 너한테 사례를 하고 싶은데."

"또 그거야? 됐어. 너의 사례에는 엄청난 덤이 따라오니까 말이야."

아키오가 얼굴을 찡그리며 고개를 저었다.

"덤이라니?" 사토코가 물었다.

"아무것도 아니야. 그냥 우리끼리 하는 얘기."

아키오가 쓴웃음을 짓고 담배에 불을 붙였다.

"아니, 이번에는 밥이 아니라 물건을 줄게."

간지는 그렇게 말하며 뒷주머니에 든 지갑을 꺼내 그 안에서 금화 하나를 집어 들었다.

"이거 너한테 줄게."

"뭐야, 이거. 외국의 금화야?" 아키오가 손에 들고 이리저리 자세히 뜯어보았다. "뭔가 글자가 쓰여 있는데, 영어라서 모르겠어."

"어디어디." 사토코가 옆에서 들여다보았다. "이스트 인디아 컴퍼니라고 쓰여 있는데."

"와, 사토코 씨는 영어도 읽을 수 있구나."

"중학교밖에 안 나왔지만 오키나와 출신이니까. 미군 상대로 호스티스를 한 적도 있고, 약간이라면 알고 있지."

"흠, 그런데 무슨 뜻인데?"

"동인도회사, 라고 해야 하나."

"인도 금화라고? 그럼 별거 아니네. 이봐, 간지. 이 금화는 어디서 난 거야?"

"주웠어."

"거짓말하지 마. 뭐, 좋아. 네가 갖고 있으면 또 남한테 줘버리니까 내가 맡아두지. 값어치가 나가는지 어떤지도 모르고 말이야."

아키오가 금화를 아무렇지 않게 바지 주머니에 넣었다. 간지는 사례를 하고 싶었기 때문에 받아준 것만으로 만족했다.

"그럼 난 사무실로 돌아갈게. 간지, 조만간 병원에 갈 거니까, 알았지? 아사쿠사에 꼭 있는 거야."

아키오가 담배를 재떨이에 끄고 자리에서 일어났다. 빗으로 머리를 가다듬고 어깨를 흔들며 떠났다. 아키오의 당당한 몸짓을 보고 있으니 간지는 자신도 야쿠자가 되고 싶어졌다. 조직에 들어가기 위해서는 무엇을 하면 될까.

"나한테도 뭔가 줘야지." 옆에서 사토코가 말했다.

"아무것도 없어." 간지가 대답했다.

"오메가 손목시계 갖고 있잖아. 그거 줘."

"그건 안 돼."

간지는 그 자리에서 거절했다. 오메가 손목시계는 가방 밑에 숨겨두었다. 알고 있다는 것은 사토코가 남의 짐을 허락도 받지 않고 뒤졌다는 뜻인가.

사토코는 겸연쩍었는지 "쩨쩨하긴" 하며 간지를 팔꿈치로 찔렀다.

스트립 극장으로 가기 위해 일어났다. 현기증은 완전히 사라져 있었다.

11

9월 5일, 수사 회의에서 유력한 정보가 보고되었다. 전 시계상의 집에서 도난당한 것으로 보이는 인도 금화가 우에노의 골동품 가게에 들어온 것이다. 정보를 가져온 것은 우에노서의 형사였다. 수사본부에 우에노서의 형사는 없었지만, 그 형사는 전당포와 골동품 가게를 도는 것이 일과여서 그 그물에 걸린 것이다. 관내에서 일어난 절도 사건의 모든 도난품은 경시청에서 각 서에 수시로 전달하기 때문에 그것을 조회하여 발견하게 된 것이다. 그날 밤 수사 회의에는 우에노서의 형사 과장도 동석하여 '자, 봤어?' 하고 말하는 듯한 얼굴로 간부석에 나란히 앉아 있었다.

오치아이는 우에노서 관내의 골동품 가게라는 말을 듣고 가만히 혀를 찼다. 전당포에 관해서는 절도 물품을 일람표로 만들어 정기적으로 배포하고 있기 때문에 들고 오면 곧바로 그물에 걸린다. 오치아이는 그것을 버리고 골동품 가게를 돌았는데 선수를 당한 것이다. 현지는 역시 관할서 형사에게 유리하다.

"우에노서의 와타나베입니다. 다나카 과장대리님의 지시에 따라 보고드리겠습니다."

일어난 사람은 거무스름한 얼굴에 깊은 주름이 새겨진 몸집이 작은 형사였다.

"어제 다이토구 가미요시초 29-1, 옛날 동전과 귀금속류를 취급하는 '호라쿠 상회'에 들렀더니 고액 상품을 늘어놓은 쇼케이스에 '희귀품 인도 모후르 금화, 파는 값 상담'이라는 딱지가 붙어 있는 금화를 발견하여 점주에게 물었더니 일전에 매입한 물건이라고 했습니다. 매입처에 대해서 점주는 당초 말을 흐렸습니다만, 도난품일 가능성이 있으니 가르쳐달라고 부탁했더니 다음과 같은 사실을 알려주었습니다. 물건이 들어온 것은 9월 3일 정오가 지난 시간, 젊은 건달풍의 남자가 가게로 와서 보여주고 싶은 외국 금화가 있다, 진짜인지 어떤지, 진짜라면 가격이 어느 정도 되느냐, 하고 의뢰했다고 합니다. 점주가 봤더니 영국령 시대의 인도 모후르 금화라는 것이 판명되었고 발행은 1841년, 빅토리아 여왕의 옆얼굴이 새겨져 있으므로 세계적으로 상당한 희귀한 물건이라는 것이었습니다. 점주가 물건을 어디서 구했느냐고 묻자 그 남자는 지인으로부터 양도받은 물건이라고 했다고 합니다. 신분증을 보여주면 24만 엔에 매수할 뜻이 있다고 했더니, 그 금액에 좀 놀라더니 생각 좀 해보겠다며 일단 돌아갔다가—"

여기서 와타나베 형사가 기침을 한 번 하고는 얼굴을 들고 소견을 말했다.

"아마 그 시점에 점주는 물건의 내력이 수상한 거라고 생각

했을 겁니다. 젊은 남자가 소유할 수 있는 물건이 아니라는 것
과 옷차림이 건달풍이라는 것이 이유입니다. 그 증거로 점주
가 제시한 24만 엔이라는 금액은 상당히 후려친 것이었습니
다. 제가 다른 고미술상에게 물었더니, 미국의 권위 있는 고미
술품 카탈로그에 따르면 그 금화는 현재 약 2천 달러 정도에
거래된다고 합니다. 일본 엔으로 환산하면 72만 엔입니다.”

금액을 듣고 수사관들이 약간 술렁거렸다. 72만 엔이라고
하면 경시청 과장급 연봉이다. 그리고 점주의 장사 방식을 조
소하는 말도 나왔다. 시장가격의 3분의 1로 후려친 것은 어지
간히 약점을 이용한 것이다.

“이어서 보고하겠습니다. 일단 돌아간 남자는 세 시간 후에
다시 가게로 왔습니다. 그때 24만 엔에 매입해달라고 부탁했
습니다. 제출한 신분증은 간다에 있는 부기학교의 학생증이었
습니다. 얼굴 사진이 붙어 있어 점주는 비교해서 본인임을 확
인했습니다. 가게 측의 매수 의뢰서에 필요한 항목을 기입하
고 그것으로 거래가 성립되었습니다. 그래서 간다의 부기학교
에 조회해봤더니 해당 학생은 실제로 다닌다는 것이었습니다.
다만 올해 초 소매치기 피해를 당해 학생증을 한 번 분실해서
재발급을 받은 적이 있었습니다. 그 학생은 무척 성실하고 아
주 열심히 공부하는 학생으로 다소 뚱뚱했는데, 호라쿠 상회
에 나타난 남자와는 인상이나 풍채가 전혀 일치하지 않았습니

다. 다시 말해 위조된 학생증일 가능성이 높다는 것입니다. 남자는 금화가 고액이어서 일단 가게를 나가 서둘러 가짜 신분증을 입수하려고 움직였고, 그것을 들고 가게로 돌아와 환금했을 거라는 추리가 타당할 거라고 생각합니다. 제가 얻은 정보는 이상입니다. 질문이 있으면 여기서 한 차례 받겠습니다."

형사가 강당을 둘러봤다. 맨 먼저 오치아이가 손을 들었다.

"1과의 오치아이입니다. 그 젊은 남자 말인데요, 말투는 어땠습니까? 예를 들어 북쪽 지방 사투리였다든가……."

"그건 물어보지 않았습니다. 사투리를 썼다면 점주가 말했겠지요. 아무 말도 안 한 것으로 봐서 도쿄 말이었을 거라고 생각합니다."

"그 남자의 인상착의에 특징이 있다면 좀 더 알려주시기 바랍니다."

다시 묻자 와타나베 형사는 수첩의 페이지를 넘기며 대답했다.

"장신에 마른 체형. 나이는 스무 살에서 스물다섯 살 정도. 어쩌면 미성년자일지도 모릅니다. 복장은 조금 전에도 말한 것처럼 건달풍으로 화려한 무늬의 노타이셔츠에 다리미로 다린 바지를 입고 있었습니다. 머리는 올백으로 넘겼고 포마드 냄새를 풍기고 있었습니다. 이 정도인데, 점주에 따르면 닛카쓰(日活) 영화사의 배우를 연기하는 것처럼 보였다고 합니다.

우에노 아사쿠사 부근의 야쿠자일지도 모르겠습니다."

"지문은 채취되었습니까?" 다른 형사가 물었다.

"그건 내가 대답하지." 다나카가 이야기를 이어받았다. "금화에서는 누구의 지문도 나오지 않았다. 그건 매입한 후 세정했기 때문에 어쩔 수 없는 일이다. 서류에서도 점주 이외의 지문은 검출되지 않았다. 나중에 물어보니 아무래도 그 남자는 지참한 볼펜을 써서 서류에도 지문을 남기지 않도록 한 게 아니었겠느냐는 것이다. 손으로 부자연스럽게 잡아 종이에 손가락이 닿지 않도록 했던 것 같다고 점주가 증언했다."

"그렇다면 출처가 위험한 물건으로 꼬리가 잡히지 않도록 조심해서 환금했다는 거네요."

"아마 그럴 거야. 그러니 그 남자도 아마추어는 아니겠지."

"과장대리님, 물건은 피해자 집에서 도난당한 금화로 단정해도 되는 겁니까?"

이번에는 니이가 물었다.

"현재로서는 단정할 수 없다. 피해자의 딸 부부한테 확인을 받았는데, 해당 금화가 장물인지 어떤지 알 수 없다는 것이다. 단순한 금화니까. 번호가 매겨져 있는 것도 아니고. 그저 희소한 물건이라는 것과 타이밍을 생각하면 장물일 가능성이 크다고 생각하지 않을 수 없다."

"그럼 그 젊은 남자로 특정할 수 있겠네요."

"그렇지. 몽타주를 만들려고 하지만 사실 그 골동품상이 그다지 협조적이 아니라서." 다나카가 얼굴을 찌푸리며 말했다. "점주가 중국인이다. 골동품상 조합에도, 전당포 조합에도 들지 않은 것 같으니 만약 장물로 압수당할 경우 보험금이 나오지 않을 테니까 용의자한테 배상을 청구할 수밖에 없고, 다 써 버렸다면 어쩔 수 없이 단념할 수밖에 없다. 금화의 경우에도 도난품이라고 단정되지 않았기 때문에 지금은 경찰이 차용증을 쓰고 이틀간이라는 기한을 붙여 빌렸을 뿐이다."

수사관 전원이 쓴웃음을 지었다. 점주의 입장에서 보면 범죄라면 범인이 잡히지 않기를 바랄 것이다.

"탐문조사도 피해자 주변 조사도 지금까지 해온 대로 하겠지만 내일부터는 거기에 금화 수사가 더해진다. 이건 우에노서에 지원을 요청할 것이다."

다나카가 이렇게 말하자 옆에서 우에노서의 형사과장이 콧구멍을 벌름거렸다. 아마 우에노서의 서장이 항의했을 것이다. 경찰의 관할권 의식은 야쿠자와 마찬가지다.

수사본부는 이제 60명을 넘는 큰 규모가 되어 있었다.

수사 회의가 끝난 저녁 9시가 지나 니이가 "밥이라도 먹을까?"라고 말해 왔다.

"이 시간이라 식당 문은 닫혔겠지만 한국식 불고기 가게라면 열려 있을 거야."

고기라는 말을 듣고 이와무라가 달려왔다. 기다리라는 말을 들은 개의 자세처럼 가만히 쳐다보고 있었다. 니이가 "곱창이라면 사주지" 하고 이마를 찔렀다. 그러자마자 이와무라는 싱글벙글하며 뒤를 따라왔다.

셋이서 미나미센주서를 나와 서쪽으로 나아갔다. 바로 앞에서는 밤하늘이 눈부시게 빛나고 있었다. 도쿄 스타디움의 조명이다.

"오늘 프로야구 시합이 있었구나."

오치아이가 이렇게 혼잣말을 하고 아름다운 불빛을 바라보고 있었다. 이 근처에는 고층 빌딩이 없어서 야구장의 조명이 예쁜 반원을 그리며 밤하늘로 방사된다. 그런 이유로 '빛의 구장'으로도 불렸다.

"다이마이 오리온즈와 난카이 호크스 경기야. 아까 라디오에서 얼핏 들었어. 노무라 가쓰야가 또 홈런을 때렸지. 올해 50개는 치지 않았을까."

"니이 씨, 어떤 팀 팬입니까?"

"어느 팀 팬도 아니지만 요미우리 자이언츠가 지면 술이 맛있지."

"하하하, 니이 씨답네요."

스타디움에 당도하자 마침 시합이 끝난 모양인지 수많은 사

167

람들이 길거리로 쏟아져 나오고 있었다. 마치 축제 같은 흥청 거림이었다.

미카와시마 상점가를 걸어 불고기집으로 들어갔다. 미카와 시마 일대는 전쟁 전부터 조선인이 동네를 이루어 독특한 분위기를 자아내고 있었다. 고춧가루 냄새가 하루 종일 떠돌고 조선어가 아주 소란스럽게 난무한다.

니이는 이미 단골인 듯 여주인과 친하게 인사를 나누고 메뉴도 보지 않고 주문했다.

"맥주 세 병. 고기는 등심과 곱창을 적당히 섞어서."

"형사님, 범인은 아직 못 잡았어요?"

"아주머니 가게에 다니고 싶어서 아직 잡지 않았지."

"아하하하. 형사님도 참 재미있는 말씀을 하시네요."

여주인이 입을 크게 벌리고 웃었다. 기분을 좋게 해주니 선풍기를 바로 옆까지 가져다주었다.

파리 잡는 끈끈이가 내려뜨려진 탁자에 앉아 우선 맥주로 목을 축인다.

"오치아이, 금화 건 어떻게 생각해?" 곧 니이가 물었다.

"장물일 가능성이 높다고 생각하지만 팔러 온 남자는 빈집 털이가 아니겠지요." 오치아이가 대답했다.

"나도 그렇게 생각해. 프로 빈집 털이라면 현장 근처에서 환금하는 일은 있을 수 없지. 적어도 경시청 관내에서 벗어나 지바나 사이타마의 전당포로 가겠지. 그렇다면 금화는 사람을 경유해서 남자한테 건네진 거라고 봐야 할 거야."

"예상외로 값어치도 모르고 통 크게 친구한테 준 게 아닐까요? 어쩌면 빼앗겼는지도 모르고요."

"그래, 잘 봤어. 어쨌든 금화를 판 젊은 남자를 찾아내면 그 출처를 알 수 있겠지. 그건 간단히 드러날 거야."

"그런 건가요?" 이와무라가 의외라는 듯이 물었다.

"소매치기의 하청이 있는 거야. 소매치기가 바라는 것은 현금뿐이고 지갑에 면허증이나 학생증이 들어 있으면 꼬리가 잡히지 않도록 곧장 처분하지. 그것을 싸게 거둬주는 뒷거래꾼이 있는 거야. 위조한다고 해도 신분증이라는 것은 항상 수요가 있으니까 말이지. 그걸 판 사람을 찾아내 떠보면 드러나겠지."

니이가 설명하고 이와무라는 얌전한 얼굴로 고개를 끄덕였다.

고기를 내와 풍로의 석쇠에 올렸다. 지글지글 하는 소리가 나고 탁자에 좋은 냄새가 자욱하다. 가게의 텔레비전에서는 프로야구의 결과를 전해주고 있었다. 셋이서 시선을 향한다. 요미우리 자이언츠가 이겼고, 오 사다하루와 나가시마 시게오가 둘 다 홈런을 쳤다.

"아아, ON(요미우리 자이언츠의 오(O) 사다하루와 나가시마(N) 시게오를 함께 부르는 말)은 손쓸 방도가 없군그래."

니이가 얼굴을 찌푸리고 말했다. ON은 이제 국민적 아이돌이다. 특히 작년부터 오 사다하루는 한 발 타법을 도입하여 괴물이 되려 하고 있었다.

고기를 구우며 한동안 말없이 먹었다. 이와무라는 고봉밥을 주문하고 며칠을 굶은 사람처럼 마구 쓸어 넣었다.

"그런데 니이 씨, 피해자와 신와회의 연결에 대해서는 뭔가 알게 된 거라도 있습니까?"

오치아이가 니이의 안색을 살피며 물었다. 평소라면 삼가겠지만 술이 들어갔기 때문에 괜찮을 거라고 판단했다.

"응? 글쎄에." 니이가 모호하게 대답했다.

"가르쳐주세요. 미나미센주서의 형사들은 탐문조사에 열심이고 빈집 털이의 범행이라고는 생각하지 않는 것 같지 않습니까?"

"그건 도둑을 가장한 살인이라는 선입니다." 이와무라가 끼어들었다.

"자넨 잠자코 있어." 오치아이가 말했다. 꾸중을 들은 이와무라가 고개를 움츠렸다.

"실은 본부의 수사4과(폭력단에 관한 사안을 다루는 부서)도 관심을 보이고 있어." 니이가 탁자에 팔꿈치를 괴고 목소리를 낮춰 말했다. "살해당한 야마다 긴지로라는 노인네, 전과는 없지만 시커멓거든. 원래는 암시장의 시계상이지. 영어를 더듬더듬 할 수 있었던 모양인데, 미군 PX에서 흘러나온 손목시계를 대량으로 팔아넘겨 그것으로 재산을 축적한 것 같더군. 그 후에는 무역상이 되었는데 야쿠자와의 교제는 쭉 계속되어 밀수에도 손을 댔다는 이야기야."

"밀수라니, 마약입니까?" 오치아이가 물었다.

"아니, 권총이야. 출처는 미군으로, 필리핀에서 홍콩을 거쳐."

니이가 대답하자 오치아이는 이와무라와 얼굴을 마주 보았다.

"그건 확실합니까?"

"증거가 있다면 수사4과가 진작 잡았겠지. 지금까지 여러 번 이야기는 되었지만, 그쪽도 꼬리를 드러내지 않고 가만히 있었던 모양이야. 그런데 야마다는 10년 전에 은퇴하고 셋째 딸의 사위한테 회사를 맡겼고 그 사위 역시 신와회와 교제를 계속하고 있어서 뭔가 사소한 다툼이 있었지 않았을까 하는 것이 수사4과 형사들의 판단이야. 다만 이것도 증거가 없어. 하물며 장물이 골동품 가게로 흘러갔다고 하면 도저히 도둑을 가장한 계획적인 살인으로는 보이지 않지. 오늘 저녁의 수사 회의에서 더욱더 혼란을 불러온 이유지."

"저는 북쪽 지방 사투리를 쓰는 젊은 남자가 아무래도 마음에 걸리거든요."

오치아이가 말했다. 아라카와 일대에서 발생한 몇 건의 빈집 털이 사건은 아무리 봐도 그 남자의 범행일 가능성이 높다.

"그럼 자네는 그 선을 따라가면 돼. 그것을 위한 회의지. 모두가 같은 걸 하면 망은 넓어지지 않거든."

이야기를 하고 있었더니 어느새 고기가 없어졌다. 이와무라가 거의 대부분을 먹어버린 것이다.

"네 위장은 어떻게 된 거야?"

니이가 어이없어하며 고기를 추가로 주문했다. 여주인이 기쁜 듯이 웃었다.

그때 가게 문이 열리고 같은 5계의 미야시타 계장과 모리 다쿠로가 같이 들어왔다. "오, 자네들인가" 하고 기분 나쁜 듯한 눈으로 노려보며 옆 탁자에 앉았다. 둘 다 넥타이를 느슨하게 풀고 수건으로 목의 땀을 닦았다.

"뭐야. 자네들, 가게의 선풍기를 독점하고 말이야."

모리가 이렇게 말하며 선풍기를 자신들 탁자 쪽으로 돌렸다. 맥주를 주문하고 몇 번인가 한숨을 내쉬었다.

"이봐, 자네들한테도 말해두겠는데 다마리 1과장님이 화가 나셨어. 이제 곧 한 달이 다 되어가는데 범인의 윤곽도 잡지 못하다니 어떻게 된 거냐고 말이야."

미야시타가 담배에 불을 붙이고 말했다.

"이만큼 정보가 올라오지 않는 수사 회의도 드물지 않나?"

모리가 등받이에 몸을 맡기고 바싹 깎은 머리를 긁으며 말했다.

"그거야 관할서가 올리지 않아서잖아요. 고릴장 씨, 탄쿠로 씨, 둘이서 미나미센주서의 형사과를 큰 소리로 한번 꾸짖어 주세요."

니이가 코웃음을 치며 되받아쳤다. 이 남자의 입이 건 것은 매번 있는 일이다.

"야, 닐. 자네야말로 정보를 내놔. 신와회 주변을 턴 모양인데 우리한테도 정보는 들어온다고. 수사1과의 니이 씨가 조직원한테 난폭하게 구니까 적당히 좀 해달라고 말이야."

모리가 눈초리를 치켜올리며 말했다.

"아니, 그렇게 말하는 탄쿠로 씨야말로 우에노에서 신와회 간부를 독점적으로 잡아넣었다는 말이 들리던데요."

"시끄러워, 그건 말이야—"

"이제 됐어. 이런 데서 말다툼 좀 하지 마. 오치아이와 이와무라, 자네들도 정보는 제대로 올려야 하는 거야."

미야시타가 충고했다.

"예, 알겠습니다."

오치아이와 이와무라가 고개를 숙였다.

"만난 김에 묻겠는데 북쪽 지방 사투리를 쓰는 남자의 행적은 어떻게 되었나?" 미야시타가 물었다.

"아직 알지 못합니다만, 제가 생각하기에 그 남자를 특정해서 신병만 확보한다면 사건의 전체상도 보이게 되지 않을까요? 목격 증언에서 볼 때 그 남자가 연속 빈집 털이 사건의 중요 참고인이라면 전 시계상 살인에 관여했는지, 아니면 전혀 다른 사건인지 그것만이라도 확실해질 거라고 생각합니다."

"그래, 알겠네. 왓카나이미나미서의 건도 서장이 원점에서 다시 검토해준다고 약속해준 모양이고, 우리 사건과 연결되었으면 좋겠는데."

"계장님, 만약 연결된다면 홋카이도로 보내줄 수 없습니까?"

오치아이가 말했다. 형사가 되고 나서 출장은 오사카로 간 한 번뿐이었다.

"그건 다나카 과장대리님께 말해. 요청이 받아들여진다고 해도 비행기 같은 건 탈 수 없어."

"물론 알고 있습니다."

홋카이도까지의 항공운임이 얼마인지는 모르지만 도쿄에서 오사카는 6500엔이고, 그것은 철도 운임의 약 여섯 배였다. 경시청에서 비행기를 탈 수 있는 사람은 경시총감뿐이다.

"오치아이, 내가 함께 가줄 수 있는데." 니이가 옆에서 말했다.

"닐, 왓카나이야. 아무것도 없어." 모리가 말했다.

"그럼 취소야. 혼자 가."

전원이 웃었다. 큰 소리로 웃은 것도 오랜만이다.

새로운 고기가 나오고 다시 식사로 돌아갔다. 이번에는 오치아이도 밥을 주문했다.

"마음껏 밥을 먹을 수 있다니 꿈만 같은데."

모리가 말했다. 모리와 식사를 하면 늘 이 대사가 입에 붙어 나온다. 전후 18년. 스물다섯 살 이상의 일본인이라면 모두 식량난을 겪던 시절을 기억하고 있다.

오치아이도 배고팠던 소년 시절을 떠올리고 밥을 입으로 가져갔다. 평소보다 꼭꼭 씹어서 먹었다.

12

동생이 경찰에 체포되었다는 소식이 들어온 것은 마치이 미키코가 미나미센주마치의 카페에서 한창 세무사 시험공부를 하고 있을 때였다. 여관에 있으면 이것저것 잡일이 생겨 차분히 공부할 수 없어서, 오후에 두 시간만 정해놓고 냉방이 잘 되는 카페에서 문제집에 집중하고 있었다.

뛰어 들어온 것은 소꿉친구인 산야의 선술집 딸이었다.

"미키코, 큰일이야. 아키오가 경찰에 체포되었대. 방금 여관에 파출소 순경이 알리러 와서 아주머니가 허둥지둥 뛰어나갔어."

손을 분주히 흔들고 헐떡거리며 말했다.

"뭐야. 또 싸운 거야?"

미키코가 눈살을 찌푸리며 물었다. 동생은 성격이 급해 걸 핏하면 싸움을 벌여 지금까지도 몇 번이나 경찰 신세를 졌다.

"아무래도 이번은 다른가 봐. 단순한 싸움이라면 아주머니 도 그렇게 당황하지 않았을 거야. 무슨 횡령죄라고 했으니까 돈과 관련된 거 아닐까?"

"횡령죄?"

미키코는 무의식적으로 눈을 크게 떴다. 확실히 아키오는 불량하지만 남의 물건을 훔치는 사람은 아니다. 오히려 허세 를 부리며 남에게 주는 편이다.

"뭔가 잘못된 거 아닐까?"

"나도 그렇게 생각하지만 아키오가 체포당한 것은 진짜인 모양이야. 그래서 아주머니 혼자라면 경찰서 안에서 소란이 벌어질 게 뻔하니까 너도 가보는 게 좋을 것 같아."

"고마워."

미키코는 서둘러 짐을 챙겨 가게를 나섰다. 확실히 어머니 와 경찰은 사이가 좋지 않다. 아들을 만나게 해달라고 현관 입 구에서 울부짖으며 그들의 업무를 마비시킬 것이다.

일단 여관으로 돌아가 종업원에게 자리를 비울 테니 그동안 잘 좀 봐달라고 부탁하고 아사쿠사 산야에서 노면전차에 올라

탔다. 내년에 올림픽 개최를 앞둔 도쿄는 곳곳에서 공사가 벌어지고 있었다. 다이토구는 관계가 없을 텐데도 전기드릴로 아스팔트를 뚫는 소리가 울리고 흙먼지가 날리고 있다. 전차의 창이 열려 있어 승객은 모두 손수건으로 입을 막고 있다.

아사쿠사에서 갈아타고 우에노 역 앞에서 내렸다. 역 바로 가까이에 있는 우에노 경찰서는 낡기는 했지만 위엄 있는 서양식 청사다. 보초를 서는 경관이 어디에 가느냐고 물어서 동생이 체포되었다는 말을 듣고 달려온 거라고 대답하자, 경관은 "아아" 하고 납득했다는 듯이 고개를 끄덕이며 "그럼 격한 소리로 항의하러 온 사람은 당신의 어머니?"라고 슬쩍 웃으며 말했다.

"우리 엄마는 어디 있어요?"

미키코가 묻는 것과 동시에 정면 계단 위에서 어머니의 울부짖는 소리가 들려와 경관은 말없이 턱으로 2층을 가리켰다.

계단을 뛰어 올라가자 과연 어머니는 형사부 앞의 복도에 주저앉아 아들을 만나게 해달라고 소리치고 있었다. 어머니를 둘러싼 형사들은 어찌할 바를 모르고 있었다.

"엄마, 그만둬." 미키코가 강한 어조로 나무랐다.

"아아, 너도 왔구나. 말해줘, 이놈들한테. 아키오는 물건을 주웠을 뿐인데 경찰한테 체포당한 거야."

어머니가 필사적인 모습으로 미키코에게 호소했다.

"당신 딸이에요? 댁의 어머니, 꼼짝도 하지 않아서 우리도 애를 먹고 있어. 어떻게 좀 해봐. 면회는 할 수 없으니까."

한 형사가 난처한 얼굴로 말했다.

"동생의 혐의는 뭔가요?" 미키코가 물었다.

"유실물 횡령 및 사문서 위조. 주운 금화를 우에노의 골동품 가게에서 가짜 학생증을 사용해 환금한 죄야."

"그게 정말이에요?"

"그래, 정말이야. 게다가 환금한 금화는 장물로 의심되는 거고. 간단히는 끝나지 않을 거야."

다른 형사가 눈을 치켜뜨고 말했다.

"미키코, 그거 거짓말이야. 경찰은 조선인 상대라면 무슨 짓을 해도 된다고 생각하니까. 이건 차별이야. 빨리 아키오를 풀어줘!"

어머니가 손으로 바닥을 치며 항의했다. 이렇게 되면 떼쓰는 어린애나 매한가지다.

"엄마, 그만해. 그렇게 해도 아키오는 석방되지 않으니까."

미키코는 어머니의 팔을 잡고 일으키려고 했다.

"그래, 맞아요. 따님이 말한 대롭니다. 포기하고 돌아가세요." 한 형사가 말했다.

"변호사와는 접견할 수 있는 거죠?" 미키코가 물었다.

"아니, 그건……." 형사가 머뭇거렸다.

"할 수 없는 건 아니잖아요. 범죄자도 변호사를 부를 권리가 있으니까요."

"범죄자라니. 네 동생이잖아." 어머니가 침을 튀기며 큰 소리로 외쳤다.

"이야기 좀 복잡하게 하지 말고, 엄마는 좀 조용히 있어."

"너, 엄마한테 그런 말을 잘도……."

어머니가 졸도할 듯이 흥분했다. 미키코는 일단 어머니를 놔두고 계단을 내려가 1층 현관홀의 공중전화 수화기를 집어 들었다. 전화를 건 곳은 산야노동자연합회의 사무실이다. 그다지 좋아하는 사람들은 아니지만 산야의 주민이 경찰을 상대로 말썽이 일어날 때는 기꺼이 달려온다. 관헌의 허를 찔러 당황하게 하는 것이 삶의 보람인 사람들이다.

전화를 받은 전학련의 운동가에게 사정을 말하자 "급히 변호사를 알아볼 테니까 거기서 기다려주세요"라며 도움을 주었다. 이것으로 적어도 동생이 인권을 무시하는 구속을 받는 일은 피할 수 있을 것이다.

전화를 끝내고 돌아보자 담배를 꼬나문 오바가 있었다.

"미키코, 또 보네." 담뱃진으로 누런 이를 드러내며 말했다.

"미나미센주서의 형사에게는 관할 밖 아닌가요?" 미키코가 물었다.

"그렇지 않아. 같은 경시청 제6방면이니까. 조사하고 있는 사건도 같아. 저기, 미키코. 아키오가 환금한 금화는 전 시계상 살인과 관련되었을 가능성이 있어. 이게 장물이면 큰일이야. 네 동생은 상당히 위험해진다고."

미키코는 오바의 이야기에 등줄기가 오싹해졌다. 그러고 보니 일전에 여관으로 가택수색을 하러 온 형사도 말했다. 찾고 있는 도난품은 인도의 금화라고. 살인사건과 동생이 무슨 관계라도 있는 걸까. 아니, 그럴 리 없다. 전에 물었을 때 자신은 아무것도 모른다고 했다. 거짓말을 하는 것 같지는 않았다.

"앞으로 도잔회에도 가택수색이 들어갈 거야. 그렇게 되면 아키오는 형님들한테 혼이 나겠지. 알고 있는 걸 얼른 털어놓는 게 낫지 않을까?"

"아키오는 어떻게 하고 있어요?" 미키코가 새파래져서 물었다.

"아주 의젓하게 묵비권을 행사하고 있지. 누가 알려주었는지 모르지만 그런 게 통할 거라고 생각하면 오산인데 말이야."

미키코는 직감으로 누군가를 비호하고 있구나 하고 생각했다. 동생은 걸핏하면 싸우려 들고 약삭빠른 사람이지만 묘한 미학을 갖고 있어 남자끼리의 의리에 집착한다.

"가족의 면회는 어려운가요?"

"힘들지, 힘들어. 접견 금지. 어머님이 흥분하는 걸 보면 만나게 해서 좋을 게 하나도 없어."

"그럼 저만이라도."

"그것도 어려워. 법률을 내세워도 사흘간은 안 돼."

오바가 담배를 재떨이에 넣고 떠났다.

미키코는 크게 한숨을 내쉬고 잠자코 경찰서를 나왔다. 큰 길은 사람들로 북적이고 차가 배기가스를 내뿜으며 달리고 있었다. 학교를 파한 초등학생들은 그런 대기오염을 신경 쓰지도 않고 환성을 지르며 보도에서 서로 장난을 치고 있었다. 미키코는 우에노 역까지 걸어가 구내매점에서 유부초밥 도시락을 샀다. 아키오가 좋아하는 것이다. 그리고 경찰서로 돌아와 이야기가 통할 것 같은 여성 경찰을 찾아 "조사를 받고 있는 마치이 아키오에게 전해줄 수 있을까요?" 하고 부탁하며 건넸다.

2층에서는 아직도 어머니가 마구 소리를 질러대고 있었다. 더 이상 달랠 마음도 들지 않아서 미키코는 1층 벤치에 앉아 기다리기로 했다.

변호사가 나타난 것은 저녁때가 가까워지고 나서였다. 더부룩한 머리에 두꺼운 안경을 끼었으며 꾸미지 않은 차림새인 것이 아무리 봐도 좌익운동가라는 느낌이었다. 미키코는 전에 본 적이 있었다. 구청이 산야 지역의 공원 부랑자를 쫓아내려고 했을 때 선두에 서서 방해를 했던 중년의 변호사다.

"당신이 마치이 미키코 씨죠? 저는 변호사 지카다입니다. 갑작스러울지 모르겠지만 자세한 사정을 말해주시겠습니까?"

미키코는 그 자리에서 자신이 알고 있는 것을 모두 이야기 했다. 동생이 누군가를 비호하고 있는 게 아닐까 하는 의심이 든다는 것까지도 털어놓았다.

"환금한 그 금화는 도난품일 가능성이 있을 뿐이고 확실한 증거가 있는 건 아니라는 거네요?"

"글쎄요, 그걸 저한테 물어도……."

"알겠습니다. 그렇다면 끝까지 시치미를 떼기로 하지요. 그러면 유실물 횡령죄는 없어지고 사문서 위조만 남게 됩니다. 그런 거야 벌금형도 되지 않습니다. 48시간 이내에 보석하게 하지요."

지카다는 대담하게 웃더니 콧구멍을 벌름거리며 2층으로 올라갔다. 미키코도 뒤를 따라갔다. 어머니는 미키코의 설득으로 이미 돌아갔다.

지카다는 주저하지 않고 형사부실로 들어가 "이 경찰서의 형사과장 있어요?" 하고 연극 조의 큰 소리로 말했다. 방에 있던 형사들이 흠칫하며 시선을 향한다. 그 순간 표정이 흐려진 것은 지카다를 잘 알고 있기 때문일 것이다.

"변호사 지카다요. 오늘 피해자 마치이 아키오의 가족의 의뢰를 받고 그 사건의 변호인이 되었소. 지금 당장 만나게 해주시오."

형사들은 아무도 말하지 않고 서로 눈짓만 하고 있었다. 한 사람이 자리에서 일어나 복도로 나갔다. 잠시 후 형사과장이 나타났다. "변호사님, 마치이와의 접견은 해드리겠습니다만, 취조관이 동석하게 해줄 수 있겠습니까?" 하고 굳은 표정으로 말했다.

"지금 장난하는 거요? 거 무슨 비상식적인 말을. 나와 의뢰인만 이야기할 거요."

지카다가 사납게 거절하자 형사과장은 표정이 험악해져 "알았습니다. 그럼 딱 30분이오" 하고 말하며 취조실로 안내했다.

미키코는 복도의 벤치에서 기다리기로 했다. 마음에 걸리는 것은 아키오가 금화를 손에 넣은 경위다. 만약 살인사건의 장물이라면 범인과 연결되어 있다는 이야기가 된다. 주웠다는 변명을 갑자기 믿을 수는 없다.

생각에 잠겨 있었더니 복도 안쪽에서 지카다의 큰 목소리가 들려왔다. 형사에게 뭔가 호통을 치고 있는 것 같았다. 정말이지 좌익 변호사는 위세가 좋다.

취조실 문이 철커덩 하고 열렸다. 돌아보자 지카다에게 팔이 잡힌 아키오가 나왔다. 무슨 일이 있었나. 벌써 석방된 것일까. 미키코가 어안이 벙벙한 채 바라보고 있으니 형사과장이 두 사람을 쫓아오며 "변호사님, 진정하세요" 하고 달랬다.

"이게 지금 진정할 수 있는 일이오! 피의자에 불과한 사람한테 폭력을 행사하다니, 이 무슨 일이란 말이오. 당신들이 전쟁 전의 특고(특별고등경찰의 약칭으로, 일본의 옛 경찰 제도에서 정치·사상 관계를 담당했던 비밀경찰)요! 당장 고소하겠소!"

지카다의 큰 소리가 건물 전체에 쩌렁쩌렁 울렸다.

"변호사님, 병원으로 가게 해드릴 테니 고소만은 하지 말아 주세요."

"웃기지 마시오! 서장을 불러와!"

미키코는 사태를 간파했다. 아키오는 취조실에서 형사에게 구타를 당했다. 자세히 보니 아키오의 입술은 소시지처럼 부어 있었다.

아버지가 야쿠자의 중간 보스였기 때문에 특별히 놀라지는 않았다. 경찰은 야쿠자를 상대하면 고문이나 다름없는 짓을 한다.

지카다가 미키코가 있는 곳까지 와서 귓가에 대고 말했다.

"병원에서 진단서를 떼고 폭력을 행사한 경찰을 특정하겠습니다. 이제 내일은 석방될 겁니다."

"아, 네……." 어안이 벙벙하여 감사하다는 말도 나오지 않았다.

아키오는 미키코와 눈이 마주치자 겸연쩍은 듯이 고개를 숙였다.

형사과장이 순찰차를 대라고 부하에게 명하여 아키오는 가까운 병원으로 가게 되었다. 미키코의 동행은 받아들여지지 않아 곁에서 따르는 경찰과 지카다가 따라갔다.

경찰에는 더 이상 말해도 어쩔 수 없기 때문에 돌아가려고 했을 때 형사부실에서 형사과장의 커다란 고함 소리가 들려왔다.

"누구야! 피의자를 두드려 팬 놈이!"

미키코까지 무의식적으로 고개를 움츠렸다.

"죄송합니다. 설마하니 똘마니한테 변호사가 붙을 줄은 생각하지 못해서요."

젊은 형사가 필사적으로 변명을 했다.

"이 바보 같은 놈! 아무리 그래도 얼굴을 정면으로 때리는 놈이 어디 있어! 왜 복부로 하지 않은 거야!"

의자라도 내던진 건지 철커덕 하는 심한 소리가 울렸다.

"우에노서의 체면이 말이 아니게 되었잖아. 본부에 어떻게 변명을 하냔 말이야. 너희들 가만두지 않을 거야!"

마치 야쿠자 그 자체였다. 도쿄 올림픽을 향해 관민이 일체가 되어 일등국에 들어가려는 세상에 이곳 형사들은 암시장의 시대 그대로다.

돌아가는 길에 모처럼 우에노에 왔기 때문에 미키코는 백화점에 들르기로 했다. 기분 전환으로 컬러텔레비전을 보고 싶었기 때문이다. 아직 대부분의 프로그램은 흑백 방송이지만 일부는 컬러 방송도 하기 시작했다. 마침 회사원의 퇴근 시간이어서 쇼윈도 앞에는 많은 사람들이 모여 있었다. 브라운관에 비치는 것은 노래 프로그램이고, 바로 컬러 방송이었다. '더 피너츠'의 두 사람이 새빨간 원피스를 입고 노래하고 있었다.

미키코는 회사원과 함께 잠시 보고 있었다. 컬러텔레비전은 20만 엔이나 하기 때문에 서민은 아무도 살 수 없다.

아키오가 보석으로 나와 여관으로 돌아온 것은 다음 날 오전이었다. 유실물 횡령죄는 없었던 것이 되었고, 사문서 위조만 문제가 되었으나 미미한 죄이기 때문에 기소유예 처분을 받고 끝났다.

계획은 다음과 같았다. 지카다는 아키오에게 금화는 모르는 사람한테서 받은 것으로 말하라고 지시하고 아키오는 그것에 따랐다. 그렇게 되면 살인사건의 도난품이라고 특정할 수 없는 한 아무런 죄도 물을 수 없고 경찰은 신병을 구속할 근거를 잃게 된다. 물론 아키오는 '주웠다'에서 '받았다'로 증언을 바꾼 셈인데, 보통이라면 경찰도 납득할 리가 없지만 취조 과정에서 폭력을 당했다는 의사의 진단서가 있기 때문에 입장이 약했다. 앞으로의 자백은 모두 강요된 것으로 판단되어 기소한들 공판을 유지할 수가 없게 된다.

"바보라니까, 그 녀석들은. 젊은 야쿠자니까 강하게 추궁하면 자신들에게 유리한 진술을 받을 수 있다고 생각했겠지만 그렇게 되겠느냐고. 법률은 만인에게 평등한 거야. 하하하."

신병을 넘겨받을 때까지 자청해서 일을 도맡아 처리해준 지카다는 가슴을 뒤로 젖히고 월광 가면(1958년~1959년에 방송된 텔레비전 모험 활극 프로그램의 복면 주인공 이름)이나 쾌걸 하리마오(1960년~1961년에 방송된 텔레비전 영화로, 정의의 하리마오가 군사 기관, 비밀결사단과 싸우는 모험 활극이다)처럼 웃었다. 좌익 변호사에게는 진실이 어떻든 당국을 굴복시켰다는 것이 중요한 전과일 것이다.

"병원에서 받은 진단서를 들고 서장에게 면회를 요구했더니 도망치고 없더라고. 그래서 부서장이 나와 내일 보석으로 풀어줄 테니 오늘은 돌아가달라고 하더라니까. 정말 한심한 놈들이야. 국가권력의 정체라는 게 이런 거라니까. 자네는 이제 괜찮을 거야. 연행될 이유는 하나도 없어. 환금한 돈도 자네 거고."

"정말 감사합니다."

아키오는 마룻바닥에 머리를 조아리고 감사 인사를 했다. 옆에서는 어머니도 머리를 숙였다.

사례는 5000엔이었다. 지카다가 "얼마든 상관없다"고 말하는 중에 어머니가 정해서 지불했다. 아키오가 손에 넣은 돈은 아무래도 조직에 폐를 끼친 벌로 형님들에게 빼앗긴 모양이다. 아키오가 조그만 목소리로 투덜거렸다.

연합회의 운동가들도 여관으로 찾아와 다들 "잘 이겨냈다" 라고 아키오를 칭찬했다. 대체 이 사람들은 뭘 정의로 생각하는지 미키코는 도무지 이해할 수가 없었다.

지카다 변호사가 돌아가자 아키오까지 허둥지둥 돌아가려고 해서 미키코가 제지했다.

"야, 이놈아, 도망치지 마. 가족한테 제대로 설명해야지."

목덜미를 붙잡고 마룻바닥에 무릎을 꿇렸다.

"뭐야. 누나하고는 관계없는 일이잖아."

아키오가 성가시다는 듯이 말했다.

"뭐라고? 변호사를 불러준 것은 나야."

"그건 고맙지만, 그래도 나는 나쁜 짓은 하지 않았어."

"알고 있어. 아키오, 너는 나쁜 짓 같은 건 할 수 없어. 경찰은 조선인이라서 잡아간 게 틀림없어."

어머니가 옆에서 즉시 말했다.

"엄마는 좀 가만히 있어. 아키오한테는 정말 물러터졌다니까. 그러니까 아들이 야쿠자가 되는 거란 말이야."

"미키코, 너 부모한테 그게 무슨—"

"엄마, 일은 어떻게 한 거야? 식당 열 준비를 해야 하잖아."

미키코가 강한 어조로 말하자 어머니는 뭐라고 투덜거리며 안쪽 방으로 물러갔다.

"자, 아키오, 누나한테 사실을 말해봐. 그 금화는 어떻게 된 거야?"

"누구한테 받은 거야."

"거짓말하지 마. 골동품상이 24만 엔이나 내고 매입한 금화를 누가 너한테 준다고 하는 거야?"

"아니, 그건……." 아키오는 말이 막혀 우물거리며 대답을 못 했다.

"말하라니까."

"……빈집 털이 간지야."

"또 그 애야? 그럼 훔친 거 아냐?"

미키코는 간지라는 이름을 듣고 기가 막혔다.

"그 녀석이 주운 물건이라고 했거든."

"그 말을 믿어? 그 금화는 어쩌면 미나미센주마치 살인사건의 도난품일지도 모른단 말이야."

"아니, 그건 나도 형사한테 듣고 깜짝 놀라서……. 그렇다면 그건 말할 수 없어서 묵비권을 행사했더니 젊은 형사가 이 자식 건방져, 하며 마구 때려서……."

"말하면 되잖아. 왜 감싸는 건데?"

"훔친 물건은 이리저리 흘러 다니는 거야. 갖고 있다고 해서 범인이라고는 할 수 없어. 게다가 나한테도 오기가 있지. 친구를 경찰에 팔다니, 그런 짓을 했다가는 이 세계에서 살아갈 수 없다고."

아키오가 불만스러운 태도로 말했다.

"너 바보야?"

미키코는 진심으로 화가 나서 가까이에 있던 주판을 내던졌다.

"무슨 짓을 하는 거야? 아무리 누나라도 화난다고."

"경찰이 이대로 물러설 것 같아? 네가 사건의 실마리인 이상 또 곧 무슨 이유를 붙여서 체포할 거야."

"괜찮다니까. 이제 얼빠진 짓은 안 해." 아키오가 일어나 바지의 주름을 손으로 툭툭 쳐서 폈다. "그럼 갈게."

"너, 한 번만 더 엄마를 울게 하면 가만 안 둬."

"알았다니까."

아키오가 과장되게 어깨를 치켜올리며 성큼성큼 나갔다. 미키코는 깊이 한숨을 내쉬며 뒷모습을 보고 있었다. 동생이 앞으로 이상한 일에 휘말리지 않으면 좋으련만.

어제부터 많은 시간을 낭비했기 때문에 미키코는 기분을 새로이 하고 카운터의 책상에서 공부를 하기로 했다. 우선은 창문을 열고 환기를 했다. 산야의 골목에 이제 습기는 없고 서늘한 바람이 불어왔다. 드디어 여름이 끝나간다.

13

우에노서의 추태는 이지마 형사부장의 귀에까지 들어갔고, 다마리 과장과 다나카 과장대리가 부장실로 불려 가 질책을 당했다. 지검도 보고를 받고 격노했다고 한다. 당연히 수사본부의 분위기는 나쁘고, 회의에서는 아무도 발언하지 않게 되었다. 특히 새로 가세한 우에노서의 형사들은 오늘 밤의 회의에서도 구석진 자리에 몸을 숨기듯이 앉아 있었다.

오치아이는 이제 와서 새삼스럽지만 형사경찰의 케케묵은 체질을 생각했다. 피의자를 강하게 추궁하여 자백시키는 수법이 아직도 버젓이 통용되고 있다.

"마치이 아키오를 다시 한번 끌고 와. 금화의 경로를 자세히 조사하면 반드시 범인한테 다가갈 테니까. 그렇게 희귀한 금화가 이런 타이밍에 우연히 나도는 일은 없고, 하물며 모르는 사람한테 받았다는 변명이 통할 리가 없지. 변호사가 나설 수 없는 건수를 찾아서 48시간 안에 불게 해."

다나카가 분노의 감정을 억누르며 말했다.

"그리고 또 한 가지는 금화의 특정이야. 미나미센주마치 사건의 장물인 것만 특정할 수 있다면 무조건 구속할 수 있고, 도잔회의 가택수색도 들어갈 수 있어. 그렇게만 되면 마치이 같은 똘마니는 금세 무너질 거야. 피해자 가족은 어때? 도난당한 금화의 특징 같은 건 기억하지 못하는 거야?"

다나카가 터무니없는 말을 했다. 금화에 일련번호가 있는 것도 아니고 특징도 없다.

"이봐, 사와노. 자네는 전에 보험사에서 근무했잖아. 뭔가 의견을 말해봐."

엉뚱한 화풀이처럼 지명을 당한 5계의 사와노는 순간적으로 철렁했지만 차분한 어조로 의견을 말했다.

"다시 한번 확인하겠지만, 도난품이 도난보험에 들어 있는지 어떤지는 초동 단계에서 들어 있지 않았던 것으로 밝혀졌습니다. 금화는 보험사기에 악용되는 일이 많아서 구입 증명서가 없는 한 보험회사도 받지 않는 것이 보통입니다."

"피해자는 그 금화를 어디서 입수한 거지?"

"가족도 모른다고 합니다. 시계상이라 해외에서 이것저것 대량으로 사들인 것 중에 섞여 있었던 게 아닐까요?"

"장부에 기록은 없나?"

"그것도 따님한테 물어봤는데 사장을 은퇴한 지가 오래되어 옛날 일은 모른다고 합니다. 게다가 피해자 측에 장부를 내라는 것은 임의로라도 꺼려진다고 할까……."

"가족이 뭔가 숨기고 있는 게 아닐까요?"

그때 니이가 끼어들었다. 모두의 시선이 그를 향했다.

"무슨 말인가?" 다나카가 물었다.

"저도 첫 번째 발견자인 셋째 딸과 그녀의 남편을 찾아갔습니다만, 아무래도 협조적이지 않다고 할까…….."

"그래?"

"적어도 살해당한 아버지에 대해서는 자세히 이야기하고 싶어 하지 않는 듯한 인상을 받았습니다만……. 대체로 도난당한 물건에 대해서도, 셋째 딸은 처음에 금고에는 대단한 게 들어 있지 않다고 했잖아요. 그런데 큰딸이 금화가 없어졌다는 말을 꺼내 정정한 것입니다. 셋째 딸은 뭔가 숨기고 있는 게 아닐까요. 적어도 진심으로 범인을 잡아주었으면 하는 의사가 느껴지지 않았습니다만……."

니이가 담배에 불을 붙이고는 한 박자 쉬고 이야기를 이어 나갔다.

"과장대리님. 죄송하지만 본부의 수사4과에 부탁해볼 수 없겠습니까? 야마다 긴지로의 회사와 우에노신와회의 관계 및 권총 밀수 의혹에 대해 과거에 얻은 정보를 받아볼 수 없을까 해서요. 관계라는 건 역사가 있고, 지난 10년 사이에 대(代)도 바뀌었습니다. 수사4과와 1과는 정보망이 다르고, 우리만으로는 파낼 수 없습니다."

다나카가 눈알을 부라리며 니이를 응시했다. 다른 수사관들은 잠자코 경과를 지켜보고 있었다.

"야, 닐. 자네한테는 수사1과의 자존심이 없는 거야?"

"그거야 있습니다만……."

다나카가 무시무시한 태도로 위협했지만 니이는 꿈쩍도 하지 않고 천천히 담배 연기를 피우고 있었다. 상사를 화나게 한다는 것을 알면서도 의견을 제시했을 것이다.

"자네, 나한테 수사4과에 고개를 숙이라는 거야?" 다나카가 말했다.

"제가 숙여도 됩니다만, 아마 아무도 움직이지 않을 거라고 생각합니다." 니이가 포커페이스로 응수했다.

같은 형사부에서도 과가 다르면 다른 조직의 분위기가 있다. 서로 경쟁하고 무시한다. 경찰의 종적 관계는 관청에 비할 바가 아닌 것이다.

잠깐의 침묵 후 다나카는 으르렁거리듯이 "빌어먹을 놈이……" 하고 중얼거렸다.

"알았어. 내일 제의해보지."

다나카가 벌레라도 씹은 듯한 얼굴로 말했다. 그러자마자 강당의 분위기가 누그러졌다. 미야시타와 모리는 아래를 보며 웃음을 참고 있었다.

수사 회의가 끝나자 오치아이는 니이에게 달려갔다.

"니이 씨, 미처 몰라봤습니다."

조그만 소리로 말하며 고개를 숙였다. 한마디 경의를 표하고 싶었던 것이다. 이와무라도 같은 기분인 듯 옆에서 고개를 숙였다.

모리는 히죽거리며 다가와 주먹으로 니이의 가슴을 찔렀다.

"자네는 쓸 만한 놈이야. 출세하겠어."

"설마요. 해군이라면 전선으로 보내지겠지요."

미야시타, 사와노, 구라하시도 다가와 5계 전원이 모였다.

"이봐, 닐. 말을 꺼낸 사람이 먼저 시작하는 거네. 신와회에 들어갈 때는 자네가 선두에 서." 미야시타가 말했다.

"하지만 이 사건은 윤곽이 보이지 않네요." 사와노가 말했다.

"나도 동감입니다. 금화가 나온 것은 유력한 정보지만 그것과 살인이 연결되는지 어떤지……. 계획 살인이라고 한다면 장물을 그렇게 서둘러 내보지 않았겠지요."

구라하시가 의견을 입에 담자 모두가 고개를 끄덕였다.

"살인과 빈집 털이, 실은 별개의 사건 아닐까요?"

니이가 가벼운 어조로 말했다.

"자네도 그렇게 생각했나?" 미야시타가 곧장 반응했다. "나도 그래. 하나의 사건치고는 얼치기와 프로 양쪽이 다 있는 느낌이 들거든."

오치아이는 선배 형사의 대화를 들으며 등에 소름이 끼쳤다. 역시, 그런 추리가 있는 거구나. 동시에 자신이 생각지도 못했던 것에 분함이 치밀어 올랐다.

"좋아, 밥이나 먹으면서 이야기하세."

미야시타가 턱을 치켜올리고, 5계의 일곱 명이 경찰서 밖으로 나갔다. 미나미센주마치의 골목에서는 여기저기서 방울벌레가 찌르르르 울고 있었다. 이와무라가 재채기를 했다. 밤공기는 완전히 가을이었다.

다나카 과장대리가 폭력단 담당인 수사4과에서 정보를 제공받은 것은 사흘 후의 일이었다. 사흘이 걸린 것은 4과의 과장대리가 "1과를 위해 정보를 내놓으라 한다고 내놓는 놈이 있다고 생각하는 거요?"라고 지당한 말을 해서 조정에 시간을 잡아먹었기 때문이다. 결국 다마리 1과장이 이지마 형사부장을 통해 제의를 했고 4과의 고참 형사 두 명이 수사 회의에 참가하게 되었다. 이례적인 경과에 어느 쪽이나 당황했지만, 이지마만은 "내 대에서 좋은 전례가 생겼다"며 기분이 좋은 모양이었다. 이지마는 도쿄대학 출신의 상급직인 만큼 무척이나 조직을 개혁하고 싶어 했던 것이다.

4과의 형사들은 처음에 어리둥절한 모습이었지만 다나카가 고개를 숙이자 같은 정도로 고개를 숙였고, 이후에는 손님의 태도를 취했다. 회의에서는 곧 정보 전달이 이루어졌다.

"4과의 이마무라입니다. 오늘은 형사부장님의 명령에 따라 전 시계상 살인사건의 수사 회의에 참가하게 되었습니다. 잘 부탁드립니다."

평소와 사정이 다른지 조금은 긴장한 모습이었다.

"그러면 본 안건의 피해자인 야마다 긴지로와 예전에 권총 밀수의 공범 관계에 있었던 것으로 보이는 우에노신와회와의 과거 경위에 대해 말씀드리겠습니다. 먼저 야마다입니다만, 이 남자는 전쟁 전부터 아라카와구 미나미센주마치에서 시계상을 운영했고, 전후가 되자 물자 부족으로 아사쿠사의 암시장에서 장사를 하게 되었습니다. 매입처는 미군 PX로, 요컨대 미군에서 부정 유출된 상품입니다. 장사는 아주 번창한 모양으로 곧 우에노의 암시장에도 출점하게 되었습니다. 거기서 신와회의 초대 회장인 시노다 와사부로와 친해져 권총 밀수에 가담하게 됩니다. 권총은 한국 루트와 필리핀 루트가 있는데, 이것 역시 미군에서 부정 유출된 것입니다. 1950년 한국전쟁 때 너무나 많은 권총이 도쿄의 폭력단으로 흘러갔기 때문에 폭력단 담당 부서—당시 경시청 형사부에 수사4과는 없었고 몇몇 부서가 지명을 받아 담당해왔습니다만—그 부서가 중심이 되어 일제 수사를 한 적이 있습니다. 그때 신와회의 가택수색으로 권총 여러 정을 압수했습니다. 출처도 야마다 상회라고 단정하고 체포영장을 청구했는데, 어찌 된 일인지 청구서가 현재의 경찰청(경찰청은 국가의 행정기관이며, 경시청은 도쿄도 경찰, 즉 지방의 행정기관이다)—당시는 국가지방경찰본부였지만—그곳으로 가서 상부의 판단에 의해 흐지부지되고 말았습니다. 이것에 대해 현장에 대한 설명은 전혀 없어 저희들 담당 형사들은 꽤나 분개했습니다. 당시 상사의 설명에 따르면 권총 부정 유출의 책임자가 미 헌병대인 MP의 간부였기 때문에 GHQ(연합국 최고사령부)가 뭉개버렸다는 것입니다. 그에 따라 시노다는 석방되었고 야마다도 검거를 면했습니다. 뭐, 여기까지는 여러분도 다 아실 거라고 생각합니다만…….

이마무라가 얼굴을 들고 강당을 둘러보았다.

"아니, 몰랐네."

다나카가 대답했다. 수사관들도 각자 고개를 끄덕였다. 10년 이상 전의 뒷이야기는 역시 수사로는 나오지 않는다. 오치아이는 당시 수사4과가 없었다는 것조차 모르고 있었다.

"그렇습니까? 그럼 이야기를 계속하겠습니다. 어려움을 벗어난 시노다와 야마다는 이후 권총 밀수에는 신중해져 일단 관계가 끊어졌습니다만, 1953년에 야마다가 먼저 사장을 은퇴하고 셋째 딸의 사위 지쓰오가 회사를 이어받았습니다. 그리고 이듬해에 신와회의 시노다 회장이 죽고 2대째가 된 무렵부터 수상한 냄새가 나는 소문이 돌게 되었습니다. 2대째 회장 시노다 요시하루는 와사부로의 장남으로, 응석받이로 자란 탓인지 의리와 인정이 없어 위에 서기에는 그릇이 작았습니다. 그에 따라 신와회에는 몇몇 파벌이 생겨, 항쟁은 없었지만 굳건한 조직이 되지는 못했습니다. 현재 신와회에는 다섯 명의 본부장이 있고 각자가 일가를 이루고 수입원을 갖고 있습니다만, 그중 한 사람인 하나무라 마사카즈라는 중간 보스가 지쓰오에게 접근하여 권총 밀수를 재개하게 한 것이 아닐까 하고 보고 있습니다. 재개 시기는 1957년경으로 추정됩니다. 이미 6년 전의 일인데, 물론 4과도 수수방관하고 있었던 것은 아니고 수사는 계속하고 있었습니다. 하지만 아무래도 권총 밀수 거래는 1년에 한 번으로 정해져 있는 모양으로, 그렇게 되자 꼬리를 잡기가 어려워 지금에 이르게 된 것입니다. 그런데 사위 지쓰오의 권총 밀수 건에 대해서는 야마다 긴지로가 두려움을 느끼고, 이제 암시장 무렵과는 시대가 다르니 적당히 그만두라고 명했던 모양입니다. 하지만 지쓰오는 태평하게 밀수를 계속했습니다. 또한 본부장 몇 명인가가 하나무라의 조직에 대해 회장에게 알리지도 않고 멋대로 일을 하지 말라고 주의를 주었습니다. 하지만 하나무라라는 중간 보스는 꽤나 강인한 남자로, 무시하기로 하고 계속했던 것입니다. 신와회는 지난 몇 년간 언제 분열되어도 이상하지 않은 상태에 있었고, 그런 끝에 야마다 신지로가 살해당하는 사건이 벌어진 것입니다. 이상이 개략적인 설명입니다."

이마무라가 가볍게 인사를 하고 자리에 앉았다. 오치아이에게는 처음 듣는 정보뿐이었다. 제공한 4과에 감사의 마음을 가졌지만 한편으로는 이건 정보의 일부에 지나지 않은 게 아닐

까 하는 생각도 들어 어떻게 판단해야 좋을지 솔직히 알 수가
없었다.

"야마다 긴지로가 살해당하고 신와회는 어떤 상태입니까?"
다나카가 질문했다.

"그야 깜짝 놀라고 있습니다. 오랜 교제가 있었고 초대 회장
과는 의형제를 맺은 사이니까요."

"하나무라의 반응은요? 야마다가 죽어서 이득을 보는 건 하
나무라일 텐데……."

"그건 모르겠습니다. 지금은 조용히 있습니다."

"야마다의 장례식에 신와회는 사람을 보냈습니까? 우리는
보지 못했는데."

"선대 회장의 부인 혼자 참석했습니다. 눈에 띄면 안 된다고
생각해서겠지요."

"역시 그렇군요. 아울러 지금 4과는 누군가 움직이고 있습니
까?"

"그건 모릅니다. 누가 어떤 정보를 갖고 있는지 묻지도 않고
스스로 밝히지도 않습니다. 1과도 같지 않나요?"

"아, 그건 실례했소. 말한 대로네요." 다나카가 바보 같은 것
을 물었다고 생각하며 얼굴을 일그러뜨렸다.

"이마무라 씨, 1년에 한 번인 권총 밀수는 시기적으로 언제
쯤인가요?"

오치아이가 손을 들어 질문했다. 이마무라가 대답할지 말지 망설인 것인지 잠시 쯤을 두고 나서 말했다.

"정보가 들어오는 것은 으레 여름입니다. 아마 필리핀에 주둔해 있는 미군 장교들이 여름휴가로 귀국해 있는 동안 군 내부의 밀매 그룹이 일을 일으킨 게 아닐까, 그렇게들 보고 있습니다."

"그렇다면 올해도 물건이 들어올지 말지 하는 참에 야마다가 살해된 거네요."

"그렇게 됩니다."

수사관들로부터 다른 질문은 나오지 않았다.

"그럼 이것으로 마치겠습니다." 이마무라가 말했다.

다나카가 다시 한번 고개를 숙였고 오치아이와 다른 형사들도 고개를 숙였다.

역시 이는 니이가 말한 것처럼 별개의 사건일지도 모른다. 야마다를 살해할 만한 동기를 가진 사람이 있었던 것이다. 그렇다면 도둑을 가장한 범행이라는 선도 등장한다.

오치아이는 사건이 복잡해짐에 따라 사고가 이리저리 흐트러졌다. 북쪽 지방 사투리를 쓰는 젊은 남자가 아무래도 마음에 걸려 정리되지 않았다.

회의가 끝나자 많은 수사관들이 밤거리로 뛰쳐나갔다. 폭력단이라는 말을 들으면 각자에게 독자적인 정보망이 있을 것이다.

오치아이는 잠깐 생각하고 오늘 밤에는 귀가하기로 했다. 한 살짜리 아들은 이미 자고 있을 시간이지만 잠든 얼굴만이라도 보고 싶었다. 그러고 보니 아내가 단지 응모에 관한 일로 의논할 것이 있다고 말했었다. 오치아이는 하룻밤만이라도 남편과 아버지 역할을 하기로 했다.

수사가 장기화되면 형사들은 가족을 잊는다. 그렇게 되지 않도록 스스로를 경계하지만, 생각나는 것은 사흘에 한 번이다.

14

무코지마에 있는 사토코의 연립주택에서 정오 가까운 시각까지 자고 있었더니 아키오가 찾아왔다.

"이봐, 간지. 일어나."

느닷없이 걷어차이고 검은 그림자가 덮였다. 우노 간지가 눈을 비비며 초점을 맞추자 아키오가 화난 표정으로 우뚝 서 있었다.

"너 때문에 하룻밤 닭장에 갇혀 있었잖아. 야, 이 얼간아. 어떻게 해줄 거야? 여기서 이 말썽을 뒤처리해."

아키오가 허리를 숙이고 이번에는 손바닥으로 뺨을 때리며 말했다. 간지는 무슨 일인지도 모르고 이불 위에서 몸을 동그랗게 말았다.

"잠깐만, 여기서 싸우지는 말아줘."

뒤에서는 사토코가 성가시다는 표정으로 담배를 피우고 있었다.

아키오는 그 담배를 휙 뺏어서 피우고 창가까지 걸어가 커튼 뒤에 숨어 앞의 길거리를 살폈다.

"마치이, 뭐 하고 있어?" 사토코가 물었다.

"나, 어제부터 형사한테 미행당하고 있어. 오늘도 조직 사무실 앞에서 감시하고 있어서 옆 건물로 건너뛰어 그곳 뒷문으로 나온 거야."

아키오가 얼굴을 찡그리며 말하지만 말투는 어딘가 득의양양해하는 면도 있었다.

"말썽은 갖고 들어오지 말아줘. 난 경찰을 아주 싫어하니까."

"괜찮다니까. 얼빠진 짓은 안 해."

아키오는 다다미 바닥에 앉더니 동생을 혼내는 형 같은 태도로 말했다.

"그보다 간지, 네 일이야. 지난번에 카페에서 네가 준 인도 금화, 어디서 입수한 물건이야? 솔직히 말해."

"아니, 그……."

간지가 우물거렸다. 그때의 경위를 어떻게 설명해야 좋을지 알 수가 없었다.

"그 금화, 엄청나게 값나가는 물건이었어. 깜짝 놀랐다니까. 너는 알고 있었어?"

"아니, 모르는데." 간지가 대답했다.

"그렇겠지. 옛날 화폐 수집상한테 가져갔더니 24만 엔이라는 가격이 붙어 있었으니까, 알았다면 통 크게 주지 않았겠지."

"24만 엔?" 옆에서 사토코가 얼빠진 소리를 냈다. "그거 내 1년 치 급료야."

"나는 2년 치야." 아키오가 눈을 부릅뜨고 응수했다. "나는 매입가를 듣고 이거 위험한 물건이 분명하다고 생각했지. 그래서 가짜 학생증을 구해서 환금했어. 그랬더니 어떻게 되었느냐고? 곧 경찰에 신고당해 우에노의 위조범이 체포되었고 그놈이 내 이름을 불어서 난 곧바로 체포되어 닭장행이었던 거지. 너 말이야, 나는 유도 몇 단인가 하는 형사한테 내던져지고 두드려 맞고 아주 호되게 당했다고."

아키오가 허탈한 듯이 말한다. 자세히 보니 윗입술이 부어 있고 눈가에는 멍이 들어 있었다.

"그래서 24만 엔은 어떻게 한 거야?" 사토코가 물었다.

"그 걱정이 먼저야?"

"그거야 거금이잖아. 좀 나눠줘. 기절한 간지를 도와준 것은 절반은 나니까."

"그건 이미 형님들한테 뺏겼어. 내가 체포되어 경찰이 조직의 가택수색을 했으니까 엄청나게 화를 냈고. 다행히 보스는 행사 참석으로 도쿄를 비우고 있어서 괜찮았지만, 보스가 있었다면 손가락을 잘렸을 거라고 어찌나 심하게 위협하던지—"

"아, 싫어. 1만 엔이라도 좋으니까 좀 줘."

사토코가 몸을 비틀며 비통한 소리를 냈다.

"사토코 씨는 좀 조용히 있어봐. 그런 것보다 문제는 금화야. 간지, 어디서 손에 넣은 거야?"

아키오가 다시 몸을 돌려 추궁했다.

"빈집 털이로 훔친 물건이야."

간지는 시원하게 털어놓았다. 아키오는 자기편이어서 억지로 거짓말을 할 필요도 없었다.

"어느 집에서 훔쳤어?"

"주소는 모르지만 사체가 발견되어 뉴스에 나온 집이야."

"너……." 아키오가 파랗게 질려 말문이 막혔다. "미나미센주마치의 강도살인 사건, 역시 네가 한 거야? 전에 물었을 때는 아니라고 했잖아. 그거 거짓말이었어?"

"거짓말 아냐. 하지 않았어. 나는 마침 그 자리에 있었을 뿐이야."

"어떻게 된 건데? 자세히 얘기해봐." 강한 어조로 힐문했다.

간지는 이불 위에 고쳐 앉아 심호흡을 한 번 하고는 한 달 전의 일을 떠올리려고 했다.

"그날은 금요일이었을 거야. 보금자리로 삼고 있던 배 근처에서 민가를 물색하고 빈집 털이를 하러 두 집에 들어갔어. 그런데 세 번째로 들어간 집이 커다란 저택이었고, 그곳에 거금이 있을 거라는 생각에 마음이 조급해져 1층 금고를 쇠지레로 비틀어 열었더니 현금이 별로 없어서 실망했지. 하지만 수입한 손목시계하고 금화가 있어서, 그럼 이거라도 가져가자 하고 배낭에 넣은 다음에 2층으로 올라가 방의 벽장을 열려고 했을 때 사람이 돌아온 거야."

간지가 이야기를 시작하자 아키오와 사토코는 몸을 내밀고 진지한 표정으로 귀를 기울였다.

"저기…… 막 일어나서 목이 마르니까 뭔가 차가운 것이 있으면 좋겠는데."

"아, 정말 성가신 놈이라니까. 사토코 씨, 뭐 없어?"

아키오가 코에 주름을 만들며 턱을 치켜올리자 사토코가 냉장고에서 사이다를 꺼내 와 뚜껑을 따고 내밀었다. 간지는 병나발을 불고 나서 이야기를 이어갔다.

"그래서 이거 난감하게 되었구나, 하고 숨을 죽이고 있었더니 아래에서 사람이 떠들고 있더라고. 아, 빈집 털이가 들켰구나, 이제 112에 신고하겠지 싶어 2층에서 지붕을 타고 도망가려고 창문을 열려고 했는데, 그때 올라온 남자한테 들킨 거야."

"그래서?" 아키오가 몸을 더욱 내밀었다.

"빈집 털이를 하러 들어갔다가 돌아온 사람과 마주친 적은 지금까지도 있었어. 그럴 때 사람은 대체로 기겁해서 털썩 주저앉을 뻔하거나 허둥지둥하거든. 그래서 나는 쇠지레를 치켜들고 '해보갔니!' 하고 허풍을 쳤는데, 그쪽은 전혀 당황하지 않고 '야, 꼬맹이. 너 빈집 털이냐?'라고 으름장을 놓으며 묻더라고. 그래서 '그렇다!'라고 대답했더니 잠깐 입을 다물고 있다가 '아래로 좀 내려와'라고 나한테 오히려 명령을 하더라고."

"뭐? 뭐야, 그놈은?"

"몰라. 차분히 봤더니 머리를 치켜 깎고 색안경을 끼고 있어서 겉모습이 야쿠자 같았어. 나는 이거 위험하다, 야쿠자 집에 들어왔구나, 해서 불알이 바싹 오그라들더라고."

"잠깐만, 뉴스를 보면 그 집은 전 시계상인 노인 혼자 살고 있는 집이지 야쿠자 집이 아니었을 텐데. 다른 집 털었을 때의 이야기를 하는 거 아니야?"

"아니, 그렇지 않아. 노인도 있었어."

"그럼 돌아온 사람 중에 다른 사람이 있었다는 거지?"

"그래, 맞아. 그런데 이제 도망칠 수도 없으니까 훔친 물건을 돌려주고 사죄하고 용서받을 수밖에 없다고 생각해서 얌전히 따라갔더니, 1층에는 또 다른 남자와 네가 말한 노인도 있었어. 분위기는 그리 좋지 못했지."

"그거야 빈집 털이가 들어왔는데 분위기가 좋을 리 없잖아."

"아니, 그런 게 아니라 원래 남자들 사이에 다툼이 있었고, 거기에 내가 끼어든 느낌이랄까."

"잘 모르겠는데……."

"나도 잘 모르겠어. 노인은 얼굴이 굳어 있었어. 나한테 그런 게 아니라 다른 두 남자한테."

"뭐, 좋아. 그래서 어떻게 한 거야?"

"한 남자가 '금고를 연 거야?' 하고 물어서 '죄송합니다, 돈이라면 돌려드리겠습니다'라며 훔친 현금을 내밀었지. 2만 엔 정도였을 거야. 그랬더니 '돈은 됐고, 그보다 네가 들고 있는 빠루를 건네'라고 했어. 도쿄에서는 쇠지레를 빠루라고 하더라고. 나는 뭘 말하는지 몰랐어."

"빠루라는 건 뭐야? 나도 몰라." 사토코가 옆에서 말했다.

"못을 뽑는 도구야." 아키오가 귀찮은 듯이 대답했다. "그래서 어떻게 했어? 다음 이야기를 해봐."

"……어쩔 수 없으니까 말하는 대로 쇠지레를 건넸지. 그것으로 무슨 일을 당할까 생각하며 몸을 움츠리고 있었더니 야쿠자풍의 남자가 이런저런 것을 물어보더라고. 이름은 뭐냐, 언제 어디서 왔느냐, 지금 사는 곳은 어디냐, 언제부터 빈집 털이를 했느냐. 무서웠으니까 솔직하게 대답했어. 그랬더니 남자는 '용서해줄 테니까 나가'라고 하더라고. 나는 귀를 의심했지. 훔친 돈을 돌려주지 않아도 되는가 해서 말이야. 남자는 '없었던 일로 해줄 테니까 지금 당장 시골로 돌아가. 두 번 다시 이 주변을 얼쩡거리면 안 돼. 다음에 보이면 죽여버릴 테니까'라고 하는 거야. 나는 아아, 살았다, 라고 생각했지. 정말 기겁을 했다니까. 그래서 서둘러 물러나 아라카와강의 배에 놓아둔 짐을 정리해서 아사쿠사로 온 거야."

"너, 시골로 돌아가지 않았잖아. 게다가 미나미센주마치와 아사쿠사는 엎어지면 코 닿을 데고."

아키오가 타박하듯이 말했다.

"싫어. 난 이제 레분토로 돌아가고 싶지 않아. 삿포로도 싫단 말이야. 난 도쿄가 좋아."

"그런 이야기가 아니잖아. 그 남자들이 어떤 사람들인지 모르지만, 다음에 들키면 넌 죽을 거야."

"어째서?"

"어째서라니……? 넌 뭘 그렇게 태평한 소리를 하고 있어? 전 시계상인 노인을 죽인 것은 그 남자들이야."

"그런 거야?"

"당연하잖아. 그것도 몰라, 이 멍텅구리야!"

아키오가 결국 고함을 질렀다. 사토코는 옆에서 어이없어하고 있었다.

간지는 팔짱을 끼고 생각에 잠겼다. 애초에 뉴스를 보지 않기 때문에 사건의 자세한 사항도 몰랐다. 빈집 털이를 하러 들어간 집에서 사람을 죽이지 않았느냐고 아키오가 물었을 때 죽이지 않았다고 대답했을 뿐이고 그 이외의 것은 생각해보지도 않았다.

"이봐, 간지. 너는 정말 어수룩한 놈이구나. 경찰은 강도살인 사건으로 수사하고 있어. 빈집 털이가 강도로 돌변했다고 말이야. 잡히면 범인이 되고 만다고."

"안 잡혀. 한 번뿐이었고 아마 얼굴도 기억하지 못할걸."

"지문 같은 건 남기지 않았지?"

"괜찮아. 지문은 다 닦았어. 난 빈집 털이로 먹고사니까 그런 실수는 하지 않지."

"이 바보 같은 놈. 그런 걸 자랑하는 놈이 어디 있어?"

아키오가 화를 내며 손바닥으로 간지의 머리를 때렸다.

"아야." 간지가 손으로 머리를 막았다.

"이봐, 간지. 그때 그 남자들은 너한테 죄를 뒤집어씌우려고 도망치게 해준 거야. 그 정도는 알겠지?"

"그런 거야?"

"뻔하잖아. 너한테 빠루를 빼앗아 네가 나간 뒤에 그 빠루로 전 시계상인 노인을 죽인 거지."

"잠깐 기다려봐. 한꺼번에 여러 가지 이야기를 들었더니 내

머리가 혼란스러우니까."

간지는 비유가 아니라 정말 머리가 아파왔다. 옛날부터 뭔가를 생각하려고 하면 사고를 거부하듯이 뇌의 일부가 아파오기 시작한다.

"그놈들 얼굴 기억해?" 아키오가 물었다.

"아니. 잘 기억나지 않아. 아아, 안 되겠어. 이번에는 속까지 안 좋아졌어."

간지는 다시 이불을 뒤집어썼다. 머릿속에서 뭔가가 빙글빙글 도는 감각이 들고 균형감각이 없어졌다.

"너, 괜찮아? 안색이 안 좋아."

"가만히 있으면 괜찮아져."

"하지만 앞으로 어떻게 할 거야? 홋카이도로 돌아가는 게 싫어도 도쿄에 있는 건 안 좋은 거 아닐까?"

"갈 곳이 없어."

"저기 말이야, 간지가 붙잡히면 나도 범인 은닉죄로 공범이 되는 거야?"

옆에서 듣고 있던 사토코가 우울한 듯이 말했다.

"그거야 몰랐다고 하면 되겠지." 아키오가 대답했다.

"난 말이야, 지금까지 말하지 않았지만 도쿄에 오기 전에 후쿠오카에서 딱 한 번 위험한 일을 했었어. 혹시 체포영장이 떨어졌을지도 모르니까, 신분이 드러난 시점에 끝나고 말 거야."

"사토코 씨, 무슨 짓을 한 건데?"

아키오가 묻자 사토코는 마지못해 털어놓았다.

"매춘 알선이나 여러 가지가 있는데……. 전부 누명을 쓴 거야. 아는 언니가 부탁해서 오키나와에서 온 미성년자들을 터키탕에 소개했을 뿐이거든."

"그거 위험해. 돈 받았지?"

"그야 소개비 정도는 받았지."

사토코가 망연자실한 표정으로 말했다. 이 여자는 그 밖에도 여러 일들을 저질렀을 것 같았다.

"아무튼 싸돌아다니지 마. 경찰이 쫓고 있는 것은 틀림없이 간지일 거야. 경찰은 일단 이 녀석을 범인으로 만들겠다고 정하면 이쪽의 말 같은 건 전혀 들으려고 하지 않으니까. 잡히면 끝이라고 생각해야 해."

아키오는 일어나서 다시 한번 창으로 아래쪽의 골목을 보고 형사가 있는지 확인했다.

"그럼 나는 갈게. 한동안은 여기와 극장만 왔다 갔다 해."

윗옷을 어깨에 걸치고 빗으로 머리를 곱게 매만지고 빠른 걸음으로 돌아갔다. 그 뒷모습을 보며 역시 아키오는 멋있다고 간지는 생각했다. 언젠가 자신도 그렇게 되고 싶었다.

머리 쓰는 일을 그만두었더니 두통이 나았다. 반대로 몸이 가벼워지고 집에 있는 것이 아까워졌다. 간지는 일어나 양복을 입었다. 최근에 산 단 한 벌의 나들이옷이다.

"잠깐만, 나갈 거야?" 사토코가 물었다.

"어어. 파친코에 갔다 올게. 모처럼 양복을 샀으니까 입고 걸어 다니고 싶어서."

"너 제정신이야? 잡혀가도 난 몰라."

"괜찮다니까. 벌써 한 달 넘게 지났어. 증거는 남기지 않았고 아무한테도 들키지 않았고. 경찰도 아무것도 모르고 있다니까."

사토코가 뭔가 말하려고 하며 한숨을 내쉬었다. 짬을 두고 입을 연다.

"저기, 간지. 양복을 살 돈이 있다면 다음 달 집세 좀 네가 내주지 않을래? 나는 오키나와 집에 돈을 보내고 있어서 사실 힘들거든."

"그래, 좋아."

"정말? 다행이다. 1만 엔이야."

금액에는 놀랐지만 사토코가 일변하여 기분이 좋아졌으므로 간지도 기분이 좋았다. 아키오가 언젠가 "그 여자, 아이가 있어"라고 말했었다. 양육비를 보내고 있을 것이다.

연립주택을 나와 아사쿠사로 걸어갔다. 거리는 늘 북적이고 하루하루가 축제 같았다. 스미다가와강 건너편으로 센소지의 탑이 보인다. 간지는 어느새 이곳이 자기 동네 같은 마음이 들었다. 역시 도쿄가 좋다.

파친코에서는 2000엔 가까운 거금을 쓰고 말아 지갑이 텅 비고 말았다. 점원을 불러 도잔회의 조직원인데 잘 터지는 기계를 가르쳐달라고 말했지만, "우리는 ××파가 뒤를 봐주고 있어. 뭣하면 조직원을 부를 거야"라며 역으로 위협하고 나와 순순히 물러났다. 집세는커녕 오늘 밤 밥값도 부족한 상황이다. 하기야 빈털터리는 이골이 나서 특별히 당황할 일도 아니었다.

간지는 아사쿠사 공원 뒤쪽에 있는 센소지가 아닌 조그만 절로 가서 불전함을 털기로 했다. 삿포로에 있을 때부터 해왔기 때문에 비결을 알고 있다. 잡화점에서 파리를 잡는 끈끈이를 사서 테이프를 늘려 격자 사이로 늘어뜨린다. 그렇게 하면 지폐도 동전도 간단히 꺼낼 수 있다.

주위에 보는 사람이 없는 걸 확인하고 테이프를 늘어뜨리자 100엔짜리 지폐 몇 장이 올라왔다. 역시 도쿄는 참배객도 통이 커서 좋다고 생각하며 간지는 기분이 들떴다.

"아저씨, 뭐 하고 있어요?"

그때 등 뒤에서 누군가 말을 걸었다. 돌아보니 학교를 파한 초등학생 몇 명이 책가방을 메고 서 있었다. 딱 보기에 저학년이다.

"시끄러. 저리 안 가나."

간지는 노려보고 쫓아내려고 했지만 도쿄의 아이는 어른을 무서워하지 않고 "아하하, 저리 안 가나래" 하며 간지의 사투리를 비웃었다.

"얼른 안 가면 거적에 말아서 스미다가와강에 띄운다."

화가 났으므로 아키오 흉내를 내며 고함을 질러봤지만, 그래도 아이들은 겁먹지 않고 "저기, 뭐 하고 있어요?" 하며 끈질기게 물었다.

"보면 알 것 아냐. 새전을 회수하는 거잖아. 나는 이 절의 담당자야."

"그럼 열쇠로 열어서 꺼내면 되잖아요."

"열쇠를 잃어버렸어."

"새전 도둑이야."

"아니야."

"그럼 뭐야? 도둑이지, 도둑이야."

아이들이 시끄럽게 떠들어댔다. 간지는 변명하기가 귀찮아져 돈으로 입막음을 하기로 했다.

"너희들, 주스 사줄 테니까 안 본 걸로 해주라."

"좋아요. 하지만 카스텔라도요."

한 아이가 말했다. 순식간에 "그래요, 그래요" 하고 분위기가 고조되어 간지를 둘러쌌다.

"알았어, 알았다고. 주스와 카스텔라."

간지는 어쩔 수 없이 아이들을 데리고 근처의 구멍가게로 향했다.

"아저씨, 통이 크네요." 길을 가면서 아이들이 말했다.

"맞아, 맞아. 6학년 형은 저리 가라며 돌을 던지고 나오는데."

"너희들 몇 학년이야?"

"1학년과 2학년요. 저학년은 동네 어린이회에서 함께 하교하게 되어 있거든요."

"새전 도둑은 6학년생도 하는 거야?"

"해요, 해요. 처음에는 중학생이 했고, 그걸 초등학생이 흉내 내게 되었어요. 우리는 아직 한 적이 없고요."

"도쿄의 아이는 장난꾸러기뿐이구나." 간지가 어이없어하며 말했다.

"아저씨는 어디 사람이에요?"

"아저씨가 아니야. 형이라고 해."

"그럼 형, 어디 사람이야?"

"홋카이도."

"우아—"

아이들은 마치 외국인이라도 보는 것 같은 눈으로, 눈이 얼마나 쌓이느냐, 스키를 탄 적이 있느냐, 하며 질문 공세를 퍼부었다.

구멍가게에 도착할 무렵에 간지는 아이들과 완전히 허물없이 되어 하나에 5엔이나 하는 카스텔라를 함께 먹었다.

"형, 제비 뽑아도 돼?"

"그래, 좋아."

"야, 신난다!"

그 후 아이들과 딱지치기를 했다. 레분토에 있었을 때부터 간지는 자주 아이들에게 놀림을 받았다. 바보라는 걸 직감으로 알았을 것이다.

간지는 자신이 처한 위치를 완전히 잊고 있었다.

15

수사본부가 4과에서 얻은 정보는 강력범 담당 형사들이 몰랐던 것뿐이어서 수사 대상은 단숨에 넓어졌지만, 한편으로는 탐탁지 않은 부산물도 생겼다. 4과가 정보를 제공했으므로 자신들이 범인을 잡아도 불평은 하지 않을 거라며 몇 명의 폭력단 담당 형사들이 움직이기 시작했던 것이다. 그중에는 "1과의 코를 납작하게 해주겠다"며 서슬 퍼런 형사도 있다는 이야기가 귀에 들어왔다.

이 사태는 다나카 과장대리나 미나미센주서 서장도 예측하고 있었던 모양으로, 초조함을 느끼면서도 조용히 관찰할 수밖에 없었다. 다른 부서에 참견할 수는 없는 것이다. 오치아이는 새삼 경찰 조직의 종적 관계의 폐해를 생각했다.

이날은 오후 3시까지 오바와 탐문조사를 하고 그 뒤에 헤어졌다. 요즘은 매일 이런 패턴이다. 수사는 2인 1조가 기본이고, 다나카가 알게 되면 무슨 말을 듣게 될 것 같지만 순사부장 이상의 계급은 각 개인에게 수사할 권한이 주어져 있기 때문에 복무 위반은 아니었다.

"나는 정보원을 만나볼 테니까 자네는 자네 정보원한테 알아보게. 회의 때 다시 보지."

이렇게 말하고는 마치 풍경에 동화되듯이 단순한 통행인이되어 거리로 사라졌다. 숙련된 형사는 완전히 카멜레온 같다.

마침 확인하고 싶은 것이 있었기 때문에 오치아이도 단독행동에 불만은 없었다. 오치아이는 노면전차를 타고 우에노에서 내려 신와회의 간부 다치키가 운영하는 마작 게임장으로 갔다. 다치키는 게임장에서 단골손님과 한창 마작을 하고 있었다.

"오치아이 씨, 미나미센주마치 사건은 어떻게 되고 있습니까? 본부의 수사4과가 밀어닥쳐 우리는 장사가 말이 아닙니다."

오치아이를 보자마자 다치키가 눈살을 찌푸리며 불평을 털어놓았다. 다만 어조는 가볍고 그다지 심각한 모습이 아니었다.

"무슨 일 있었습니까? 1과는 모르는 일인데요."

오치아이가 묻자 다치키는 가까이에 있는 청년에게 "네가 좀 대신해"라고 명하고 둘이서 안쪽 탁자로 이동했다. 여주인에게 아이스커피를 준비하게 하고 선풍기를 튼다.

"그제쯤부터 본부 사무실과 간부들한테 형사가 밀어닥쳐서 '너희들, 미나미센주마치의 살인사건 저지른 놈이 있으면 얼른 출두시켜'라고 했답니다."

다치키가 목소리를 죽여 말하며 오치아이의 안색을 살폈다.

"수사4과인 모양이네요."

오치아이는 가볍게 쓴웃음을 짓고 한숨을 내쉬었다. 자못 4과 형사가 할 법한 일이었다.

폭력단 담당 형사는 평소부터 조직 사무실에 출입하며 정보를 얻는 대신에 가벼운 죄를 봐주기도 하고 교통 위반을 없애주거나 하고 있었다. 서로 돕는 관계는 거의 정상적인 상태가 되어 있어 어딘가 동업자적인 구석이 있었다. 그런 관계 속에서, 했다면 젊은 조직원이어도 좋으니까 누군가 출두시키라고 말한 것이다.

"야쿠자끼리의 항쟁이라면 모르겠지만 피해자는 일반인이잖아요. 그런 일로 대신 들어갈 수도 없는 일이고, 수사1과는 그걸로 끝나는 게 아니잖아요."

"물론입니다. 큰 뉴스가 되기도 했고 검찰도 가만있지 않을 겁니다."

"그런데도 암시장 시대 그대로의 형사가 있다는 것이 수사4과의 이상한 점이라니까요."

다치키가 코웃음을 쳤다.

"아니, 우리도 마찬가지입니다. 얼마 전에도 우에노서의 1계가 도잔회의 똘마니를 체포해서 들들 볶다가 변호사가 나타나 석방시키지 않을 수 없게 되었습니다. 중요 참고인이었는데 말이지요."

"역시 대졸인 오치아이 씨는 다르네요. 들었습니다. 메이지대학 법학부 출신이라면서요? 이야, 도쿄6대학(도쿄6대학 야구연맹에 소속된 와세다, 호세이, 메이지, 게이오, 릿쿄, 도쿄 대학을 가리킨다) 출신의 수재가 형사가 되는 세상이네요."

"아니, 저는 검도만 했으니까요."

"아무튼 누군가 내놓으라는 이야기는 무리입니다. 할 거라면 증거를 갖추고 범인을 특정해주세요."

다치키가 여기서 의미 있는 듯한 눈빛을 보였기 때문에 오치아이는 입을 딱 다물었다. 아니나 다를까 자신들은 관계가 없다고 부정하는 것이라고 생각했다. 의심을 받아도 당연하다고 생각하고 있는 것일까ㅡ

"그런데 오늘은 물어보고 싶은 것이 있어서 왔습니다. 피해자의 사위에 해당하는 지쓰오와 교제가 있는 하나무라라는 간부인데요, 그는 어떤 사람입니까?"

오치아이가 아이스커피를 입에 대고 물었다.

"오치아이 씨, 모르십니까?"

"저는 폭력단 담당이 아니라서요."

"그렇습니까? 우구이스다니 지역의 하나무라 조직의 보스. 본부장 다섯 명 중의 한 사람으로 저보다 열 살 위입니다. 뭐, 더할 나위 없는 협객이지요. 그 이상은 말할 수가 없습니다."

담담하게 말하며 어깨를 으쓱했기 때문에 다치키가 하나무라 계열이 아니라는 것은 알 수 있었다. 신와회는 지금 분열되어 있다고 조금 전의 수사 회의에서 막 듣고 왔다.

"하나무라와 지쓰오의 권총 밀수에 대해서 뭔가 들은 것은요?"

"모릅니다. 그거 저한테 묻는 겁니까?" 다치키가 무심코 쓴 웃음을 지었다.

"살해당한 야마다 긴지로가 사위인 지쓰오의 밀수를 나무라서 관계가 악화되었던 모양입니다. 거기까지는 우리도 알고 있습니다만……."

"그럼 그쪽 방향으로 수사하는 게 어떻습니까? 그런데 오치아이 씨, 저도 물어보고 싶은 것이 있는데요."

다치키가 오치아이를 응시하며 말했다.

"예, 뭡니까?"

"수사4과의 형사한테 들었습니다만, 도잔회의 어린 똘마니가 미나미센주마치의 피해자 집에서 도난당한 인도 금화를 갖고 있었다면서요. 그럼 도잔회가 관련되었다는 것인가요?"

"그건 모릅니다. 도난품은 나도는 거니까요. 우연히 그 손에 넘어갔을 뿐인지도 모르지요. 지금은 짐작이 가지 않습니다."

"그 어린 똘마니가 누군지 저한테 말해줄 수 없습니까?"

다치키가 묘한 것을 물어서 이번에는 오치아이가 응시했다.

"알아서 어떻게 하려고요?"

"아니, 뭐라도 도움이 되는 일이 있지 않을까 해서……."

"수사4과는 가르쳐주지 않았습니까?"

"수사4과에는 물어보고 싶지도 않습니다. 물어보면 나도 뭔가 내놓지 않으면 안 되거든요."

"아, 그렇군요." 오치아이는 납득이 갔다.

5초쯤 생각하고 수첩을 꺼냈다. 페이지를 넘긴다.

"마치이 아키오라는 스무 살의 똘마니입니다. 조직원이 된 것 같습니다만, 아사쿠사의 조직 사무실에서 지내고 있는데 사실은 신세를 지고 있는 똘마니나 다름없지요."

"그렇습니까. 마치이 아키오란 말이지요."

다치키가 가까이에 있는 전단지 뒤에 이름을 적었다.

"사장님, 설마 그럴 거라고는 생각하지 않습니다만, 만약 마치이가 시체로 발견되면 댁의 사무실에 제일 먼저 가택수색을 들어갈 겁니다."

오치아이가 진지한 얼굴로 말하자 다치키는 어깨를 흔들며 웃었다.

"농담도 참. 누가 그런 똘마니를 죽이겠습니까? 도대체 뭐 때문에 그렇게 하겠습니까? 우리는 도잔회와 말썽을 일으킬 생각도 없습니다. 그냥 참고삼아 물어봤을 뿐입니다."

"뭔가 알게 되면 알려주시겠습니까?"

"좋습니다. 저는 수사4과의 형사보다 오치아이 씨와 교제하고 싶거든요. 오치아이 씨는 뇌물을 달라고 하지 않으니까요."

다치키가 의자에 푹 기대고 빙그레 웃으며 말했다.

오치아이는 4과에는 금품을 요구하는 형사가 있습니까, 하고 물어볼 뻔했으나 그만두었다. 못된 공무원은 어디에나 있다. 얼마 전에도 세무서 직원이 음식점에서 금품을 편취했다는 뉴스가 신문에 보도되었다. 조직 전체의 부정이 전후 18년이 지나도 여기저기에 남아 있는 것이 일본의 현실인 것이다.

"오치아이 씨, 마작 한 판 안 하시겠습니까? 용돈 좀 벌어 가세요."

다치키가 말했다.

"아뇨, 됐습니다."

오치아이는 아이스커피를 다 마시고 마작 게임장을 나왔다. 밖으로 나오자 이미 날이 저물고 있었다. 진짜 가을이 이미 가까이 다가와 있었다.

오늘 저녁의 수사 회의에서 다나카 과장대리가 홋카이도의 왓카나이미나미서에서 편지가 도착했다고 밝혔다. 내용에 관해서는 관련된 곳에 확인도 했으므로 유력한 정보로서 수사관 전원에게 밝히게 된 것이다.

"그제 왓카나이미나미서의 서장 구니이 료조 경시로부터 편지가 도착했으므로 여러분에게 보고한다. 우리가 문의한 산림청 사로베쓰겐야 대기소가 뒤져지고 작업복 한 세트가 도난을 당한 건이다. 왓카나이미나미서는 유실물로 취급하여 처리했기 때문에 지문 채취 등의 현장검증은 하지 않았다. 다만 112번 신고로 현장에 동행한 순경의 증언에 신경 쓰이는 점이 있어서 알려주는 것이다. 그 증언에 따르면 현장에는 성인 남자의 것으로 보이는 맨발의 발자국이 있고, 진창을 맨발로 걸어와 대기소에서 장화를 훔쳐 신고 간 것으로 보인다. 요컨대 왓카나이미나미서의 구니이 서장은 그 사안이 절도라고 인식한 것이다. 이 점에는 순순히 감사하자."

다나카의 말에 수사관들이 고개를 끄덕였다. 체면을 생각한다면 끝까지 모르는 체하고 넘어갈 수도 있었고 서장이라면 대부분 그렇게 했을 것이다.

"그런데 단순히 대기소를 턴 것이었다면 그것으로 좋지만,

그 사안이 발생한 시기에 마음에 걸리는 사건이 있었다는 사실이 구니이 서장의 편지에 쓰여 있다. 그것에 따르면, 왓카나이에서 약 60킬로미터 떨어진 레분토에서 몇 건의 빈집 털이 사건이 발생하고 8월 4일, 그 도난품이 왓카나이 시내의 전당포로 들어왔다. 그때 점주의 신고로 경찰이 달려갔지만 도착했을 때는 용의자가 도망쳐버렸다. 그 인물의 이름은 우노 간지. 레분토 태생으로 스무 살. 소년 시절에 절도 전과가 있고 소년교도소에도 들어갔다 나온 남자다."

다나카가 칠판에 이름을 썼다. 형사들이 수첩에 그것을 옮겨 적는다.

"우노 간지가 도주했다는 통보를 받고 왓카나이미나미서에서는 항구에 경관을 배치했지만 발견되지 않았고, 수사를 속행하던 중 다음 사건이 발생했다. 같은 날인 4일 밤, 레분토 후나도마리 지역에서 선주 사카이 도라키치라는 인물이 소유한 파수막—이는 어부가 기거하는 숙소인 듯하다—에 누군가가 불을 질렀고 그 불을 끄는 중에 사카이 도라키치의 자택이 빈집 털이를 당했다. 그 파수막은 사카이의 고용인인 우노 간지가 평소 혼자 기거하던 곳이다. 여기에는 목격자가 있는데, 아카이 다쓰오라는 어부가 파수막에서 불길이 오르고 거기에서 우노 간지가 뛰쳐나갔다고 증언했다. 그러니까 우노 간지는 전당포에서 신고당한 후 무언가의 방법으로 레분토로 돌아왔다는 것이다."

여기서 다나카가 지시를 내려 미나미센주서의 젊은 형사가 칠판에 큼직한 홋카이도 지도를 붙였다. 오치아이는 닛코보다 북쪽은 가본 적이 없기 때문에 상상할 수밖에 없는 일본의 북쪽 지방이었다.

"홋카이도 본도의 가장 북단이 왓카나이다. 거기서 배로 세 시간쯤 걸리는 곳에 있는 것이 레분토다."

다나카가 펜을 손에 들고 지도를 가리켰다.

"가본 적이 있는 사람 있나?"

"설마요. 어떤 형사가 가보겠습니까?"

미야시타 계장이 이렇게 응수하자 모두 웃었다. 도쿄 사람에게 홋카이도는 거의 이국이나 마찬가지다.

"여름이 되면 예쁜 꽃이 흐드러지게 피는 아름다운 섬이라고 한다. 편지에 그렇게 쓰여 있었다. 구니이 서장은 좋은 사람인 모양이야."

다시 한번 웃음소리가 퍼지고 오치아이도 홋카이도 출신자의 온화한 인품을 생각했다.

"그럼 이어서 말하겠다―그 방화와 빈집 털이 사건은 그 후 급한 전개를 보이게 된다. 다음 날 아침 우노 간지는 사카이 도라키치의 어선을 훔쳐 타고 섬에서 도주를 꾀했다. 다만 이날은 날씨가 나빠 곧 바다가 사나워지기 시작하여 어선은 조난을 당했다. 같은 날 저녁, 소야 해협 앞바다 약 20킬로미터 해역에서 해상보안청의 순시선에 의해 그 어선이 발견되었다. 선내에 사람은 없고 선체는 심하게 손상되었으며 연료도 없었다고 한다. 다시 말해 조종하고 있었던 것으로 보이는 우노 간지는 폭풍우로 인한 거친 바다에 빠져 익사한 것이 아닐까 하는 것이 보안청의 판단이다. 이 보고에 의해 해당 안건은 해난사고로 판정되었고 동시에 사망이 인정되어 우노 간지의 가족으로부터 관청에 사망신고서가 제출되었다. 호적상 우노 간지는 죽은 것이 되었다는 뜻이다. 그런 경위 속에서 날짜는 불분명하지만 산림청의 사로베쓰 대기소에 맨발의 남자가 들어가 작업복과 장화 등을 훔쳤다. 아울러 그 대기소는 해안선에서 7킬로미터쯤 떨어진 지점에 있어 충분히 걸어갈 수 있는 거리다. 그리고 또—"

다나카가 한 박자 쉬었다가 수사관들을 둘러보고 나서 이야기를 계속했다.

"8월 5일 오후, 대기소에서 몇 킬로미터 떨어진 민가에 빈집털이가 들어와 먹을 것을 뒤졌고 벽장에서 현금을 훔친 사건이 발생했다."

오치아이는 그 순간 소름이 돋았다. 우노 간지라는 젊은이는 살아 있었던 것이다.

"이상의 사항에서 도출되는 추리로서, 우노 간지는 어선으로 레분토를 떠났지만 폭풍우로 배가 난파하여 사로베쓰 해안에 표착했다. 거기서 인가를 찾아 걷다가 산림청 대기소를 발견하고 작업복 한 세트를 찾아 마침 잘되었다며 옷을 갈아입었다. 그리고 우연히 찾은 아무도 없는 민가에 들어가 공복을 해결하고 현금을 훔쳐 다시 도주했다. 그 후의 행적은 알 수 없지만 8월 초순이 되었고, 도쿄의 미나미센주마치 주변에서 산림청의 완장을 찬 젊은 남자가 목격되었다. 게다가 아이들의 증언에 따르면 그 남자는 북쪽 지방 사투리를 쓴다고 한다―연결된 거지."

다나카가 힘을 주어 말했고 수사관들 사이에서 조용한 수런거림이 일었다.

"물론 이것이 전 시계상 살해와 관계가 있는지는 확실하지 않다. 그러나 미나미센주마치에서 연속해서 발생한 빈집 털이가 우노 간지의 범행일 가능성은 높다. 우노는 빈집 털이 상습범이다. ……오치아이, 북쪽 지방 사투리를 쓰는 젊은 남자를 쫓고 있다고 했지? 의견이 있으면 말해보게."

지명을 받고 오치아이가 질문했다.

"의견은 아니지만 우노 간지라는 스무 살의 남자한테 폭행이나 상해 등 폭력 전과가 있습니까?"

"홋카이도 경찰서에 남아 있는 범행 이력은 절도뿐이다."

"성격 등에 대해 알고 있는 것이 있습니까?"

"아니, 없네."

"조금 전의 이야기에서 레분토의 선주 파수막에 불을 지르고 그 틈에 빈집 털이를 했다고 했습니다만, 그런 난폭한 수법은 다른 데서도 보였습니까?"

"모르겠네. 자네, 그게 마음에 걸리나?"

"예, 마음에 걸립니다. 빈집 털이 상습범은 보통 난폭한 짓은 하지 않습니다. 그리고 또 한 가지, 미나미센주마치에서 탐문 조사를 할 때 아이들이 북쪽 지방 사투리를 쓰는 남자는 바보가 아닐까 하고 증언했습니다. 우노 간지를 좀 더 조사해볼 필요가 있다고 생각합니다만…….""

"누가 조사한다는 건가?"

"출장 허가만 나온다면 제가 왓카나이와 레분토에 가겠습니다."

오치아이가 의사를 내비치자 수사관들의 시선이 모아졌다. 피의자로 인정되지 않은 단계에서 멀리 떨어진 지역으로의 출장은, 예산이 제한된 수사에서는 일단 어려운 일이다.

"……알았네. 다마리 1과장에게 말해두지. 달리 의견이 있는 사람은?"

"과장대리님, 질문이요." 니이가 뒤쪽에서 손을 들었다.

"뭔가? 말해보게."

"우노 간지의 얼굴 사진과 지문은 없습니까?"

"그게, 없다네. 현재 경찰청의 감식반에 조회하고 있지만, 소
년범죄인 경우 보안국 관할이라 좀 혼란스럽지. 그리고 편지
는 어디까지나 구니이 서장의 사신으로 취급되는 거네. 도경
본부에 직접 조회하는 것은 좀 꺼려지는 구석이 있고."

다나카가 얼굴을 찌푸리며 자세한 사정을 밝혔다. 자못 있
을 법한 이야기에 모두가 실소를 했지만 경시청도 비슷한 체
질이라서 말을 하지는 않았다. 위로부터의 명령이 없는 한 다
른 부현(府縣)의 경찰에 협력할 이유는 없다.

"그럼 누군가를 파견해야겠네요." 니이가 말했다.

"그러니까 말해두겠다고. 닐, 자네를 보내지는 않겠지만."

다나카가 니이를 매섭게 쏘아보자 모두가 한꺼번에 웃었다.

오치아이는 뒤를 돌아보며 니이에게 가볍게 고개를 숙였다.

16

우에노와 왓카나이 사이의 국철 운임은 2340엔이다. 거
기에 특별급행 2등 요금 1200엔과 세이칸 연락선 2등 요금
290엔이 더해져, 한 사람의 편도 요금은 합계 3830엔이다. 이
는 수사 비용에서 염출되고, 수사1과장의 승인이 필요하다.

"북쪽 끝은 역시 멀구먼. 이런 여비는 본 적도 없어."

출장 신청 서류를 보며 다마리 1과장이 미간에 주름을 잡으며 말했다.

"죄송합니다. 그 대신 숙박비는 여러 가지로 궁리해서 되도록 줄이겠습니다."

오치아이는 몸을 움츠리며 대답했다.

수사1과에서 200명 이상의 형사를 통솔하는 1과장과 오치아이 같은 젊은 형사가 직접 말을 주고받는 일은 좀처럼 없다. 원래라면 계장이 중간에 들어가지만 다마리가 "신청한 본인을 보내"라고 말해서 긴장하며 본청사 1층에 있는 과장실을 방문한 것이다.

"뭐, 됐네. 제대로 된 여관에 묵게. 옛날에는 출장지의 경찰서 숙직실에 묵기도 했지만 지금은 시대가 변했네. 형사도 민간과 동등한 출장을 가야지."

다마리가 스스로 말하고 고개를 끄덕거리며 서류에 도장을 찍었다. 오치아이는 휴 하고 가슴을 쓸어내렸다. 피의자가 밝혀지지 않은 가운데 출장 신청이라니 웃기지 마, 하고 혼이 나는 게 아닐까 하고 두려워하고 있었던 것이다.

"그런데 오치아이, 수사본부의 상황은 어떤가?"

"상황이라고 하시면……."

"정보가 좀처럼 올라오지 않네. 1과에 온 지 1년째인 자네의 솔직한 감상을 말해보게."

다마리의 질문을 받고 오치아이는 대답이 궁했다. 방으로 부른 이유는 젊은이의 의견을 듣고 싶었기 때문인 것 같았다. 말을 찾고 있는 오치아이의 안색을 보고 다마리가 다그쳤다.

"자네와 이와무라를 1과로 부른 것은 나일세. 강력범 수사는 베테랑이 아니면 좀처럼 할 수 없지만, 그래서는 조직이 변하지 않지. 이지마 부장님과도 자주 이야기하지만, 조직을 합리화하지 않으면 복잡화하는 사건 수사에 대응할 수 없네. 바꾸기 위해서는 젊은이의 힘이 필요해."

다마리 역시 주오대 법학부 출신의 대졸 라인이었다. 말단에서부터 고생해서 올라온 형사 중에는 '대학 출신의 이론만 따지는 사람'이라고 뒤에서 험담하는 자도 있었다.

"수사 회의에서 정보가 올라오지 않는 것은 각각 자신이 범인을 검거하고 싶기 때문이라고 생각합니다. 선배들이 모두 독자적으로 활동해서 좀 놀랐습니다."

오치아이가 솔직히 말하자 다마리가 잠자코 오치아이를 올려다보며 살짝 고개를 끄덕였다.

"그것이 경쟁 원리라고는 생각하지만, 복잡한 사건의 경우 폐해도 크지 않을까 생각합니다. 앞으로 저는 정보를 정확히 보고하도록 노력하겠습니다."

"그런가? 옛날 기질도 중요하지만 교통과 통신이 발달한 현대에는 범죄 수사에서 횡적인 연락이 가장 중요하지. 알고 있다면 됐네. 기대하지."

"예."

"그리고 공부도 게을리하지 말게. 자네는 간부 후보야. 제대로 승진 시험을 봐서 3년 이내에 경부보가 되도록 하게."

"알겠습니다."

오치아이는 직립 부동자세로 대답을 하고 과장실을 물러났다. 기대를 받고 들뜬 점도 있었다. 시대가 변하려 하고 있다. 주역은 자신들 젊은이다.

그길로 경리과로 가자 거기서도 여비의 금액에 깜짝 놀랐다. 도쿄 올림픽을 1년 앞두고 있어서 경시청은 대폭적인 예산 증액을 거두었지만, 형사가 쓸 수 있는 경비는 여전히 적은 채였다. 출장 중의 식사비는 모두 자기 부담이었다.

우에노 역에서 저녁 7시 10분에 출발하는 급행 '도와다'에 올라타자, 좌석은 반쯤 차 있을 뿐이어서 여유롭게 마주 보는 4인 좌석을 확보할 수 있었다. 40분 후에 출발하는 침대 열차 '호쿠토'는 늘 만원이어서 도와다가 좋을 거라고 도호쿠 출신의 경리과 직원이 가르쳐주었던 것이다.

"일본인도 사치스러워졌군. 비싼 표를 사서라도 침대차를 타겠다니 말이야."

동행하는 오바가 빈정거리듯이 말했다.

"좋지 않습니까, 덕분에 앉을 수 있는 거니까요."

오치아이는 윗옷을 벗어 고리에 걸고는 버릇이 없기는 하지만 신발도 벗어 앞쪽 자리에 발을 올려놓았다. 그리고 역에서 산 마쿠노우치 도시락(깨소금을 뿌린 주먹밥에 달걀말이, 어묵, 생선구이, 튀김 등의 반찬을 곁들인 도시락)을 열고 마구 먹기 시작했다.

오바는 아직 도시락을 열지 않고 2홉들이 일본주를 사서 홀짝홀짝 마시고 있었다.

"미안하네만, 내 마음대로 마시겠네."

"예, 드세요. 어차피 아오모리에 도착하는 것은 내일 아침 9시경이니까요. 그때까지는 할 게 없거든요."

오치아이는 형법 참고서를 가져왔다. 1과장의 말을 듣고 내년 경부보 승진 시험을 볼 마음이 생겼다.

출장은 혼자 가고 싶었지만 탐문조사 때의 파트너와 가라는 다나카의 지시에 따랐다. 애송이 혼자 가면 출장지에서 가벼이 취급될지 모른다는 걱정에서였다. 경시청도 다른 부현에서 출장을 온 수사관의 연차와 계급에 의해 대우가 달라진다.

오바는 2홉들이 술을 30분 정도에 다 마시고 도시락을 먹었다. 그리고 신발을 벗고 다리를 뻗어 창 쪽으로 몸을 기대고 눈을 감았다. 머지않아 조그맣게 숨소리가 들려왔다.

차량 내부를 둘러보니 승객은 다종다양했다. 출장을 가는 사람만이 아니라 장례식에 참석했다가 돌아오는 듯한 중년 부부나 귀성하는 노동자나 학생 등도 있었다. 2등 열차라서 행락객은 없고 모두가 사정이 있는 듯이 보였다. 그리고 다들 그다지 즐겁지 않은 것 같았다.

오치아이는 형법 참고서를 보고 있었지만 저녁 10시가 지나자 차량 내의 전기가 어두워져 공부하는 건 포기했다. 답답해서 잠이 올 것 같지 않았지만 눈을 감고 있었더니 자연스럽게 수마가 찾아왔다. 덜커덩, 덜커덩 흔들리는 리듬이 잠을 부르는 것 같았다.

다음 날 아침에는 자신의 재채기에 눈을 떴다. 오바는 옆자리가 아니라 통로를 사이에 둔 옆 좌석에서 신문을 보고 있었다.

"모리오카에서 절반쯤 내렸네. 이 자리에 앉은 사람한테 물었더니 중학교 선생인데 학생의 집단 취직자리를 알아보러 상경했다더군. 사투리가 아주 심해서 반쯤은 알아듣지 못했지만 말이야."

"그렇습니까? 오바 씨, 잘 주무셨습니까?"

"어어, 잘 잤네. 형사 생활을 오래하면 어디서든 잘 자게 되네."

오바는 이렇게 말했지만 눈은 빨갰다. 오십대 중반의 늙은 형사로서 좁은 좌석에서 자는 것이 무척 힘들었을 것이다.

"지금 어디쯤입니까?"

오치아이가 손목시계를 보며 물었다. 이제 아침 7시를 지나
고 있었다.

"조금 전에 시리우치라는 큰 역에 멈췄었네. 신문은 거기서
샀지. 도시락도 살까 하다가 밥이 차가워지면 맛이 없을 것 같
아 그만두었네. 식당차가 7시부터 연다고 하는데 가볼 텐가?"

"좋습니다, 가시지요."

오치아이는 좌석에서 일어나 기지개를 켰다. 차량 안에서도
공기는 썰렁해서 여기가 북쪽 지방이라는 사실을 실감했다.
창밖은 온통 황금색의 논이다. 관동 지역보다 한발 앞서 벼 베
기가 곧 시작될 것이다.

식당차에서는 150엔 하는 아침 정식을 주문했다. 따뜻한 밥
과 된장국이 목과 위에 스며든다.

"자네, 어젯밤에는 승진 시험공부를 한 건가?" 오바가 물었다.

"아, 예. 별로 머리에 들어오지는 않았지만요." 오치아이가
대답했다.

"오치는 대학도 나왔고 출세할 것 같군그래."

오바가 처음으로 '오치'라고 불렀다.

"아니, 그런 것은……."

"출세하면 되지."

오바가 이렇게 말하며 후루룩 된장국을 먹었다. 말의 의미
는 헤아릴 수 없었지만 빈정거림으로 들리지는 않았다.

지난 며칠 동안 오치아이에 대한 오바의 태도에 변화가 생겼다. 우노 간지라는 중요 참고인을 오치아이의 탐문조사에서 특정해낸 것을 그 나름대로 평가하고 있는 것 같았다. 어제도 출발 전에 "정년을 앞두고 홋카이도에 갈 수 있다니, 오치아이 형사 덕분이네" 하고 말하며 미소를 지었다. 오치아이는 무슨 바람이 불었나 하고 생각했지만 기분이 나쁘지는 않았다.

오전 9시 조금 전에 아오모리 역에 도착했다. 오치아이와 오바는 인접한 항구의 잔교로 이동하여 세이칸 연락선에 탔다. 하코다테까지 약 네 시간 반이 걸린다. 두 사람 다 홋카이도로 건너가는 것은 처음이다. 배 안에서도 할 일이 없어 오치아이는 2등 객실의 다다미 바닥에 엎드려 참고서를 보는 데 열중했다. 오바는 갑판으로 나가 질리지도 않고 바다를 바라보고 있었다. 오바가 "사실 배를 타는 건 처음이네"라고 말해 오치아이도 생각해보니 배를 타는 건 처음이었다. 언젠가 아내와 아들을 데리고 타보고 싶었지만 그런 날이 올지 어떨지는 알 수 없다.

오후 2시, 하코다테항에 도착하자 하코다테 본선의 삿포로행 급행은 저녁까지 없어 세 시간 가까이 역 대합실에서 보내게 되었다. 수사본부가 설치되어 있는 가운데 할 일이 아무것도 없다는 것은 다른 수사관들에게 미안하다는 생각이 들었지만, 편수가 적으니 어쩔 수 없는 노릇이다. 오치아이는 역 앞의 파출소에 신분을 밝히고 짐을 맡긴 후 혼자 하코다테 시내를 산책했다. 이런 일이 아니라면 평생 인연이 없는 곳이다. 우노 간지라는 젊은이도 상경했을 때 이렇게 갈아타기 위해 시간을 보냈을까. 빈집 털이 상습범이라고 하니 어쩌면 한탕 했을지도 모른다.

다시 열차에 탄 것은 오후 5시가 지나서였다. 하코다테에서 삿포로까지는 대략 다섯 시간이 걸린다. 삿포로에서는 왓카나이행 야간열차로 갈아타고 대략 아홉 시간 걸려 왓카나이에 도착한다. 도착 예정 시각은 이튿날 아침 7시다.

오치아이는 이제 참고서를 볼 집중력도 없어져 그저 창밖 경치만 바라보고 있었다. 그렇지만 도시를 벗어나면 새까만 들판이 줄기차게 이어져 있을 뿐이다. 오바는 역에서 산 박보장기 책을 보며 시간을 보내고 있다. 일본이 넓다는 걸 실감함과 동시에 비행기 요금이 비싼 이유를 납득할 수 있었다. 서른 시간의 이동이 세 시간이면 되기 때문에 몇 배의 운임이 드는 것이다.

소야 본선의 종점 직전인 미나미왓카나이 역에 도착한 것은 아침 7시 반이었다. 내린 사람은 오치아이 일행과 고등학생 몇 명뿐이었다. 승강장에 서자 예상 이상의 추위에 온몸이 떨려 허둥지둥 역사로 뛰어들었다. 안에는 스토브가 켜져 있고 유리창에 물방울이 맺혀 흐릿해져 있었다. 오치아이는 가방에서 아내가 준비해준 스웨터를 꺼내 겉옷 안에 껴입었다.

"젊은 사람은 멋진 옷을 갖고 있군그래."

오바는 이렇게 말하고 대합실에서 겉옷과 와이셔츠를 벗고 회갈색 긴팔 셔츠를 껴입었다.

역장이 나와 "어디서 오셨습니까?"라고 물어서 오치아이가 "도쿄입니다"라고 대답했더니 눈을 동그랗게 뜨고 역무실로 들어오도록 재촉하여 뜨거운 차를 내주었다.

"무슨 용무로 왔습니까?" 역장이 물었다.

"영업입니다. 배의 소형 엔진 영업이요." 오바가 순간적으로 대답했다. 이런 정도의 거짓말은 익숙할 것이다.

"숙소는 정해졌습니까?"

"아니요. 싼 숙소가 있으면 가르쳐주시오."

"바로 앞에 아사히 여관이라는 데가 있는데, 행상이라면 거기가 좋지요."

"고맙습니다. 가보지요."

가르쳐준 방향으로 가자 곧 간판이 보였다. 낡은 목조 2층집이었다. 2층은 덧문이 닫혀 있고 손님은 아무도 없는 것 같다. 안으로 들어가 숙박비를 물어보자 1박 2식에 1인당 650엔이라고 해서 "좀 깎아주시오"라고 부탁하여 50엔을 깎았다.

"실은 아침을 아직 못 했는데 준비해줄 수 있소?"

오바가 부탁하자 지금 쌀을 씻어 안치려면 시간이 걸리는데 떡국이라면 금방 만들 수 있다고 했다. 물론 불만은 없었다. 다시마 국물의 맛있는 떡국이었다.

"이곳 떡국은 다시마네요." 오치아이가 물었다.

"그러게. 원래 홋카이도에 떡국은 없었지. 개척하러 들어온 사람들이 갖고 들어온 거네."

여주인은 이상하다는 듯이 고개를 흔들고 왓카나이는 다시마가 명산물이니 선물로 사서 돌아갈 것을 권했다.

배를 채우고 나서 왓카나이미나미서로 향했다. 편지로 방문한다는 사실은 전해두었다. 선물은 조림으로 했다. 도쿄 선물은 뭐가 좋을지 생각했으나 달리 생각나는 것이 없었기 때문이다.

"이야, 이거 먼 데까지 수고가 많았습니다."

구니이 서장은 편지 내용이 말해주는 대로 겸손한 사람이었다. 경시라는 계급인데도 잘난 체하는 구석이 없다. 오치아이가 조림을 건네자 "이야, 도쿄 선물이라니, 송구스러워서 원" 하며 싱글벙글 좋아했다.

"갑작스러울지 모르겠습니다만, 우노 간지의 지문과 사진을 얻었으면 해서 찾아왔습니다."

"예, 준비해두었습니다. 도경 본부의 감식반에 조회해서 보내달라고 했습니다. 소년 시절의 범죄 이력도 조회해서 그것도 준비했습니다."

구니이가 봉투를 내밀었다. 안을 보니 지문과 피의자의 사진, 과거의 범행 이력서가 들어 있었다. 전국 경찰에 공통되는 감식 자료다. 사진에 찍힌 우노 간지의 얼굴은 어디에나 있을 법한 평범한 청년으로 보였다.

"이것과 우노 간지의 어머니 자택과 술집, 선주인 사카이 도라키치 씨, 방화를 발견한 아카이 다쓰오 씨, 각각의 주소도 써두었습니다. 탐문조사할 때 쓰세요. 레분토의 주재소에도 경시청의 형사님이 간다고 전해두었으니까 모르는 것이 있으면 주재소의 순경한테 물어보면 됩니다."

"하나에서 열까지 이렇게, 정말 죄송합니다."

오치아이와 오바는 깊숙이 고개를 숙였다.

"우노 간지는 살아 있습니까?" 구니이가 물었다.

"현시점에서는 알 수 없습니다. 다만 사진이 있다면 목격자한테 보여주어 확인할 수 있을 거라고 생각합니다."

"그렇습니까. 우리도 반성하고 있습니다. 산림청의 대기소 털이를 형사과장의 판단으로 유실물로 취급하고 말았습니다. 만약 우노 간지가 살아 있다면 산림청에서 피해 신고서를 내게 해 제대로 사건으로 다루겠습니다."

"사소한 것을 다시 들춰내서 죄송합니다." 오치아이가 일단 사죄를 했다.

"아뇨, 아뇨, 여기는 도쿄와 달라서 큰 사건이 일어나지 않으니까 어딘가 방심했던 점이 있었을 겁니다. 과장한테는 꾸짖었습니다."

구니이의 겸손한 태도에 오치아이는 감명을 받았다. 경찰관은 대체로 관할 의식이 강해서 다른 부현의 경찰을 적대시하는 사람도 있다.

"아아, 맞다, 그리고 우노 간지의 필적은 있습니까?" 오바가 물었다.

"감식반에 물어보겠습니다. 전당포에 전표를 남겼으니까 필적감정 자료에 들어 있을 겁니다."

"그리고 우노 간지가 소년교도소를 나왔을 때의 보호관찰관이나 보호사가 있다면 그것도 알아봐주시면 고맙겠는데요."

"그것도 알아봐두겠습니다."

"송구합니다."

둘이서 다시 한번 고개를 숙였다. 오치아이는 도쿄로 돌아가면 다시 술이라도 보내자고 생각했다.

경찰서 앞에서 버스를 타고 왓카나이항으로 가서 레분토행 페리를 탔다. 승객은 거의 섬 주민이고 도매상에서 산 커다란 짐이 선실의 절반을 차지하고 있었다. 2등 선실의 타관 사람이 신기한지 오치아이 일행에게 조심성 없는 시선을 보낸다. 거무스름한 얼굴의 중년 남자가 있어서 말을 걸어보니 어협의 직원이었다. 경찰이라고 밝히고 우노 간지를 알고 있느냐고 물어봤다. 남자는 "아아, 사카이의 파수막을 태운 도둑 말이지요" 하며 고개를 끄덕였다.

"우리한테는 아들보다는 그의 어머니 쪽이 가깝지만요. 술집 주인인데 이름이 요시코입니다. 자기는 남동생이라고 하는데 모자지간이라는 사실은 다들 알고 있지요. 아하하하."

"어머니는 어떤 사람입니까?"

"글쎄요, 어떤 사람이냐고 물어도……" 남자가 주위의 귀를 의식하여 목소리의 톤을 낮췄다. "당신들, 아직 뭔가 수사하고 있습니까? 우노 간지는 죽었잖아요. 이미 죽은 사람을 비난해도 어쩔 수 없는 일 아닌가요?"

"아니, 피의자가 사망해도 사건은 사건입니다. 어떻게 자랐고 어떤 성격인지, 배경을 조사하고 있습니다."

"으음, 성장배경이라……. 그런데 당신들은 어디 사람인가요?"

남자가 물었다. 오치아이와 오바의 말에 사투리가 없다는 것에 위화감을 느낀 것 같았다.

"도쿄입니다. 도쿄에서 왔습니다." 어쩔 수 없이 오치아이가 대답했다.

"아이고야, 또 왜요?"

"홋카이도 도경에 1년간 파견근무 중입니다. 최근에는 그런 인사 교류가 있거든요."

오바가 또 거짓말을 했다. 아주 능숙하다.

"으음……. 간지는 요시코와 돈을 벌러 온 어부 사이에서 태어난 아이입니다. 그러니까 아비 없는 자식이지요. 그런데 그 후에 요시코는 아이를 데리고 삿포로로 가서 결혼을 했다가 이혼을 했습니다. 간지는 초등학교 1학년 정도일 때 돌아왔지요. 중학교를 나와 삿포로의 부품공장에 집단 취직을 했지만 작년 봄에 돌아왔습니다. 그래서 사카이라는 선주의 집에서 신세를 지며 다시마 채취를 했지요. 그런데 파수막에 방화를 하고 절도까지 했으니. 간지는 배은망덕한 놈이지요."

남자는 이야기하기를 좋아하는지 얼굴을 찡그리면서도 혀는 잘 돌아갔다.

"간지는 어떤 아이였습니까?"

"그 아이는 바보였지요. 뭔가 장애가 있었는지 머리가 좀 모자랐어요."

바보라는 말을 듣고 오치아이는 소름이 돋았다. 이 증언만으로도 홋카이도에 온 보람이 있었다.

"태어날 때부터 그랬습니까?"

244

"그건 모르겠네요. 요시코한테 물어보면 될 겁니다. 다만 요시코는 경찰을 싫어해서 아들이 저지른 사건의 사정 청취에도 응하지 않았다고 합니다. 요시코도 전과가 있다는 소문이니까요. 아하하하."

남자는 세 시간을 계속 떠들었다. 사카이라는 선주가 욕심쟁이어서 아무도 동정하지 않는다거나 요시코는 아들이 죽었는데도 장례식도 치르지 않았다는 등 묻지도 않은 말까지 유쾌하게 말했다. 조그만 섬에서 살고 있으면 타관 사람은 아주 좋은 이야기 상대일 것이다.

레분토의 가후카항에는 주재소의 경관이 마중을 나와 있었다. 주재소에는 경자동차인 스바루360이 있는데, 하루쯤 자유롭게 써도 된다고 말했다.

"버스는 두 시간에 한 번씩 오니까요. 섬에서는 사륜이나 이륜이 없으면 어쩔 도리가 없습니다."

자못 사람 좋아 보이는 나이 든 경관으로, 아내가 만들어주었다는 주먹밥까지 가져왔다. 오치아이와 오바는 송구할 뿐이었다.

"우노 간지는 살아 있습니까?" 경관이 구니이 서장과 같은 것을 물었다.

"아뇨, 아직은 잘 모릅니다." 오치아이가 대답했다.

"살아 있으면 좋을 텐데요. 저는 두세 번 이야기를 나눠봤습니다만, 나쁜 사람으로는 보이지 않았습니다. 지혜가 부족해서 누군가 부추긴 것이 아닐까, 그렇게 생각하고 있거든요."

"전과가 있다는 것은 알고 있었습니까?"

"아니요. 저는 작년에 섬에 부임해서 그 이전의 일은 잘 모릅니다. 어제 구니이 서장으로부터 전화로 듣고 깜짝 놀랐습니다."

경관이 안타깝다는 듯이 말했다. 도쿄에서 일어난 살인사건까지는 모르는 것 같았다.

오치아이와 오바는 스바루를 타고 세로로 긴 레분토의 남쪽 끝인 가후카에서 북쪽 끝인 후나도마리를 향해 달렸다. 후나도마리가 우노 간지의 출신지다.

해안을 따라 난 길을 쭉쭉 달린다. 마주 오는 차가 거의 없어서 검푸른 바다에 그만 넋을 잃었다. 상공에서는 바닷새 몇 마리가 차를 따라왔다. 오치아이는 아내에게도 보여주고 싶다고 절실히 생각했다.

사카이 도라키치의 집에 도착해서 우노 간지 건으로 면회를 신청하자, 솜옷을 입은 본인이 의아한 듯이 나왔다. 형사가 이제 와서 무슨 용무냐는 얼굴이었다.

"어떤 사람이었는지 다시 한번 들려줄 수 없겠습니까?"

현관 봉당에 선 상태로 오치아이가 정중히 사정 청취를 요구했다.

"어떤 사람이라니, 파수막에 불을 지르고 우리 금고에서 돈을 훔쳐 어선을 타고 도망쳐 폐선으로 만든 놈이지. 좋을 리가 없잖소."

사카이 도라키치가 그때의 일이 떠올랐는지 얼굴을 붉히며 말했다.

"우노 간지는 미성년 때 빈집 털이 전과가 있습니다만, 과거의 범행 이력에 방화 같은 난폭한 수법은 없었습니다. 왜 갑자기 파수막에 불을 지른 걸까 해서……."

"그걸 나한테 물어봐야 알 턱이 있나. 본인한테 물어보시오."

얼굴이 더욱 험악해지며 집에 들이지 않겠다는 태도로 내려다봤다.

"그 본인 말인데요, 실은 살아 있을 가능성이 나와서요."

오바가 털어놓았다. 사카이 도라키치의 안색이 변했다. "그거 참말이오?" 목소리까지 이상하게 나왔다.

"도쿄에서 우노 간지인 듯한 젊은이가 절도 사건을 일으켰습니다. 우리는 그 사람이 우노 간지 본인인지 어떤지 확인하기 위해 찾아온 겁니다."

사카이 도라키치는 미간에 주름을 새기며 잠깐 생각에 잠기더니 "그래서 당신들은 도쿄에서 일부러 찾아온 거요?" 하고 태도를 누그러뜨리고 집으로 들어오라고 재촉했다. 근사한 도코노마가 있는 객실로 안내되었다. 차도 내왔다.

"사카이 씨는 어떤 경위로 우노 간지를 고용했습니까?"

여기서부터는 오치아이가 주인에게 물었다.

"작년 봄의 일이오. 왓카나이에서 보호사가 찾아와 간지가 섬으로 돌아오니까 누군가 일자리를 주지 않겠느냐고 부탁하며 돌아다녔지. 처음에는 쌀집이 단골집에 주문을 받으러 다니는 사람으로 고용했지만, 주문을 들어도 금방 잊어버리니까 간지가 바보라는 것이 모두에게 알려졌지. 그래도 쌀집은 1년을 참았어요. 뭐, 반쯤은 하인으로 쓴 적도 있겠지만 말이오. 그래도 더 이상 고용할 수 없으니까 다음으로 누군가한테 부탁하라고 했지. 그렇다면 어부밖에 없었겠지요. 머리를 쓰지 않고 힘쓰는 일이고, 중학생 때 고기잡이 아르바이트를 한 경험이 있다고 해서 어떻게든 되겠지 하고 말이오. 그래서 사카이 씨 부탁합니다, 라고 해서 올 5월부터 고용한 거요."

"일하는 건 어땠습니까?"

"어부로서는 반 사람 몫이었지만 시키는 일은 했지요."

"버릇이라든가 습관, 이상한 점은 없었습니까?"

"글쎄, 고작 석 달을 고용했을 뿐이라서……. 아아, 버릇은 아니지만 때때로 기절하는 일이 있었지요."

"기절을 한다고요?"

"그래요. 기름을 배달하러 온 트럭이 경적을 울렸을 뿐인데

땅바닥에 쓰러지기도 하고 배의 엔진 소리에 깜짝 놀라 기절하기도 했소. 그러니 머리 외에도 어딘가 안 좋은 곳이 있었을지도 모르지."

"그렇습니까?"

사카이 도라키치는 이야기를 하는 중에 마음이 가라앉았는지 "뭐, 간지도 불쌍한 애였지요" 하고 동정하는 듯한 말을 했다.

"형사님들, 간지의 가족과 출생에 대해서는 들었소?"

"예, 조금은요."

"그렇군. 부모가 부모라서 말이오. 손버릇이 나쁜 것은 어머니를 닮아서일지도 모르지요. 요시코라는 여자, 아가씨 시절에는 휴일이 되면 왓카나이까지 가서 물건을 훔쳤거든요. 가후카에서는 미혼이라고 거짓말을 하고 있고, 변변한 사람이 아니지요. 아들이 저지른 일도 모른 척하고 사죄하러 오지도 않고요. 제 아내가 화를 내며 변상하라고 했더니 간지는 성인이라 자신과는 관계없다고 하고. 정말 무슨 부모가 그런지."

사카이 도라키치가 무시하는 어조로 말했다.

"하지만 도쿄에서도 절도를 하고 있다니 참. 정말 웃기는 놈 아닌가요. 우리는 피해액이 현금과 귀금속을 합해서 20만 엔이오. 농담도 적당히 해야지 원. 살아 있다면 간지한테 손해배상을 청구할 거요. 저기, 형사님, 체포하면 꼭 알려주시오. 민사재판을 열어서 평생에 걸쳐 변상하게 할 테니까요. 흠."

선주인 만큼 부자일 것이다. 피해 이야기를 하는 것에 비하면 쓴웃음을 짓는 여유가 있었다.

이야기가 끝나자 사카이 도라키치는 깊숙이 한숨을 내쉬고 일단 안쪽으로 들어갔다. 그리고 5분쯤 지나 커다란 종이 봉지두 개를 들고 돌아왔다.

"레분토에 왔으니 다시마 좀 갖고 돌아가시오."

"아니, 그건 좀……."

"괜찮으니까, 사양하지 마시오."

거절하는 것도 귀찮아서 오치아이와 오바는 고맙다고 말하며 받아 들었다.

사카이 도라키치 다음에는 근처에 사는 아카이라는 어부를 찾아갔다. 낡은 단층집이고 마당의 빨랫줄에는 갓난아기의 기저귀가 많이 널려 있었다. 처자식이 있는 모양이었다. 오전의 다시마 채취가 끝나고 아마 낮잠이라도 자고 있을 시간이라고 주재소의 순경이 말해주었는데 그 말대로 아카이는 집에서 자고 있었다.

우노 간지에 대해 이야기를 들려주었으면 한다고 말하자 처음에는 성가셔하는 표정을 지으며 건성으로 대응했지만, 도쿄에 살아 있을지도 모른다고 하자 사카이와 마찬가지로 갑자기 안색을 바꾸고 "저기, 밖에서" 하며 아내에게 들려주고 싶지 않

250

은지 마당으로 나갔다.

"아카이 씨가 우노 간지와 가장 사이가 좋았다고 하던데요."

"아니, 사이가 좋은 건 아니었어요. 단지 그 녀석은 경험이 일천해서 다시마 채취에 대해 이것저것 가르쳐줬을 뿐인데요, 뭘."

"파수막에 불을 지른 날 밤 말인데요, 아카이 씨가 그걸 목격한 거죠?"

"예, 그런데요……."

"저녁 8시경에 화재가 발생했다면 해변은 어두웠을 거라고 생각하는데요."

"어둑해도 누구인가 정도는 알 수 있었거든요."

"사전에 뭔가 의논을 해 온 일은 없었습니까?"

"아니요, 그런 일은 전혀 없었는데요."

아카이가 눈을 마주치지 않고 부정했다. 어딘가 허둥대는 모습이었다.

"저기, 형사님. 간지가 살아 있다는 게 정말인가요?"

"아직 알 수는 없지만 우노 간지가 아닐까 생각되는 젊은이가 도쿄에서 빈집 털이 몇 건을 했습니다."

"바다에서 조난을 당한 게 아니었나. 경찰은 죽었다고 했는데요."

"인정 사망이고, 아무도 사체를 본 것은 아니니까요."

"간지는 바보거든요. 그 녀석이 하는 말은 믿으면 안 됩니다."

아카이가 묘한 말을 했다.

"그건 무슨 뜻입니까?"

"그 녀석이 하는 말은 다 거짓말입니다. 게다가 기억장애니까요. 그가 하는 말을 믿어서는 안 됩니다."

아카이가 정색을 하고 강한 어조로 말했다. 오치아이는 수상하게 생각하면서도 묻기만 하고 끝냈다.

아카이의 집을 물러날 때 오바가 "저거, 뭔가 있군그래"라고 중얼거렸다.

"살아 있을지도 모른다는 사실을 알자마자 초조하게 굴고 말이야. 우노 간지가 살아 있다면 뭔가 난처한 일이라도 있는 거 아냐?"

"저도 그렇게 생각합니다. 구니이 서장한테 말해주죠."

하지만 도쿄에서 일어난 살인사건과 아무런 관계도 없는 일이고, 아마 간지가 바보라는 것을 이용해서 돈을 갈취했다거나 하는 식의 못된 짓을 했을 거라고 짐작되었다. 아카이는 보기만 해도 교활해 보였다.

레분토에서의 마지막 탐문조사 대상인 우노 요시코의 연립주택으로 가자, 요시코는 오치아이와 오바를 보자마자 굳은 표정으로 경계했다. 신분을 말하기 전부터 두 사람이 형사라는 것을 안 것 같았다. 그것은 곧 요시코가 몇 번인가 경찰과 관련된 적이 있다는 뜻이다. 요시코는 들어오라고도 하지 않아 현관에 선 채 이야기를 나누게 되었다. 여자의 어깨 너머로 보이는 집 안은 이불이 그대로 깔려 있고 옷들이 흐트러져 있었다.

"아드님 일로 잠깐만요."

오바가 말을 꺼내자 요시코는 질렸다는 얼굴로 "또 그건가요?"라고 내뱉었다.

"이미 끝난 거 아니었어요? 손해배상이라면 민사재판이 열릴 거고 경찰은 관계없잖아요."

"그렇지 않습니다. 저희는 도쿄에서 왔습니다."

"도쿄에서요? 왜 또?" 요시코가 눈을 동그랗게 떴다.

"부인, 실은……."

오바는 간지가 도쿄에서 살아 있을지도 모른다고 이야기했다. 연쇄적인 빈집 털이 사건에 관련되었을 가능성이 있다는 것도 전했다.

"설마요, 사람을 잘못 본 거 아니에요?"

요시코가 곤혹스러운 표정을 지었다. 살아 있구나, 하고 기뻐하는 모습은 눈곱만큼도 없었다.

"여기서는 이미 관청에 사망신고서도 냈는데, 이제 와서 살아 있다고 해도……."

그런 이야기는 폐가 될 뿐이라고 말하는 듯이 팔짱을 꼈다.

"이봐요, 당신. 죽어주는 편이 낫다는 건가요?"

오바가 난폭한 어조로 말했다.

"그런 건 아니지만……."

"들은 이야기로는 장례식도 치르지 않았다고 하던데요?"

"돈이 없으니까요. 돈만 있었다면 장례식쯤은 하지요. 뭐요, 그게 당신들과 무슨 관계가 있다는 거죠? 내버려두세요, 좀. 난 바빠요. 돌아가세요."

요시코가 노기를 띠며 말했다.

"자, 그렇게 화내지 말고. 부인, 한 가지 물어볼 게 있는데요. 아드님은 지능에 장애가 좀 있다고 하던데요. 그건 태어날 때부터 그런 건가요?"

오바의 질문에 요시코의 얼굴이 순간적으로 굳어졌다.

"그거야말로 당신들과 관계없는 일이잖아요. 도쿄의 형사가 왜 그런 것까지 알고 싶은 거죠?"

"어디까지나 참고로요. 피의자에게 장애가 있다면 경찰도 증거 수집에 신중하게 됩니다."

"몰라요. 아무튼 돌아가세요."

요시코가 두 손으로 현관에서 밀어내려고 했다. 오치아이와 오바가 몇 걸음 물러나자 즉각 코앞에서 문이 난폭하게 닫혔다.

"정말 닮고 닮은 여자군. 저것도 엄마라고."

오바가 질렸다는 듯이 고개를 저었다. 오치아이는 간지의 성장과정을 상상했다. 적어도 부모가 애정을 쏟아 키운 것은 아닌 것 같았다.

이제 할 일이 없어졌으므로 주재소로 돌아가 경관으로부터 레분토 이야기를 들었다. 예전에는 청어잡이가 번창했지만 1955년을 경계로 청어가 전혀 잡히지 않게 되어 인구도 유출되고 쇠퇴했다는 이야기였다. 지금은 다시마 채취로 견뎌나가고 있지만 섬 주민의 생활은 어려운 모양이다.

"이 지역 의원이 곧 국민이 비행기로 여행하는 시대가 올 거니까 홋카이도 북부 지역은 관광으로 번창할 거라고 하지만, 어디까지 기대해야 할지."

경관이 엷게 웃으며 말했다. 오치아이는 한나절 만에 레분토의 아름다움에 마음을 빼앗겼지만, 그런 날이 올지 어떨지는 짐작할 수 없었다.

저녁에 페리로 섬을 출발하자 다시 바닷새가 쫓아왔다. 갑판의 맨 끝에서 스크루가 만들어내는 흰 물결을 바라보며 이제 다시 올 일이 없을 거라고 생각하자 조금 감상적이 되었다.

그날 밤 여관의 저녁은 카레라이스였다. 신선한 해산물이 나오는 게 아닐까 하고 은근히 기대를 하고 있었지만 1박 600엔으로는 어려운 이야기였다. 밥 한 공기를 더 달라고 하자 50엔 추가라고 해서 참기로 했다.

이튿날 왓카나이 시내에 사는 보호사의 집을 방문했다. 변두리의 전업사 주인으로, 오십대 중반의 온화해 보이는 마쓰무라 기하치라는 인물이었다. 우노 간지가 하코다테의 소년교도소를 퇴소하고 나서 스무 살이 될 때까지 보호사로서 보살펴주었다고 하는 지역의 자선가다.

마쓰무라에게는 지금까지의 경위를 모두 이야기했다. 만약 살아 있다면 빈집 털이만이 아니라 살인사건의 중요 참고인이기도 하다고 수사의 핵심까지도 이야기했다.

"설마 그런 일이……."

마쓰무라는 말문이 막혀 잠시 시선을 허공에 두고 있었다.

"우노 간지의 성격이나 성벽에서 볼 때 중대 범죄로 연결되는 점은 생각할 수 없습니까?"

"글쎄요, 제 앞에서는 순박한 젊은이였으니까요……. 다만 악의는 없어도 명확한 정의감도 없는, 정체를 알 수 없는 점이 있어서 담당 형사도 당혹스러워했습니다."

"정의감이 없다고 하면……."

"간지의 도벽이 그것이지요. 돈이 궁하면 아무렇지 않게 빈집 털이를 합니다. 그것을 어딘가 정당방위처럼 생각하는 점이 있었거든요. 배가 고프면 주먹밥으로 손을 뻗습니다. 그게 누구 것인지 관계없는 일이지요."

"그건 간지의 지적장애와 관련된 것일까요?"

"당신들은 간지가 왜 장애를 갖게 되었는지 듣지 못했습니까?"

"예, 듣지 못했는데요. 태어날 때부터 그런 게 아니었습니까?"

오치아이가 묻자 마쓰무라는 담배에 불을 붙이고 한 모금 빤 다음 먼눈으로 이야기를 이었다.

"소년 심판 기록을 읽어보면 알 수 있는 일입니다만, 간지는 불쌍한 아이입니다. 사생아로 태어나 친척 집을 전전하게 되었고……. 다섯 살부터는 어머니가 거두어 삿포로에서 살기 시작했습니다만, 그때 결혼했던 남편이라는 작자가 어쩔 도리가 없는 남자였습니다. 뭐 기둥서방이지요. 징계라고 하며 간지한테 폭력을 휘두른 모양입니다. 그래서 그 남자는 돈이 궁하면 간지를 시켜 자해 공갈을 했습니다."

"자해 공갈 말입니까……?" 그 말에 오치아이는 무의식적으로 얼굴을 일그러뜨렸다.

"그렇습니다. 삿포로 시가지에서 자동차가 달려오는 것을 전봇대 뒤에서 기다리고 있다가 간지를 차도로 내팽개쳐 교통사고를 일으키는 겁니다. 그러고는 어떻게 해줄 것이냐, 치료비와 배상금을 지불하라, 하며 사고 상대를 위협해서 돈을 뜯어내는 것이지요. 마침 자가용이 늘어난 시대이고 또 자동차를 소유하고 있는 사람은 부자가 많았기 때문에 상당한 금액을 편취했습니다."

"그래서 우노 간지는 어떻게 되었습니까?"

"첫 번째와 두 번째는 골절 정도로 그쳤지만 세 번째는 머리가 세게 부딪혀 뇌에 후유증이 남았습니다. 진찰한 의사에 따르면 뇌 기능 장애인 모양입니다. 기억이 없어지는 거지요. 아마 간지는 대여섯 살 무렵의 교통사고에 대해 기억하지 못할 거라고 의사는 말했습니다."

"어떻게 그런 끔찍한 짓을……."

오치아이는 이 이야기를 듣고 분노가 치밀어 올랐다. 오바도 험악한 얼굴로 듣고 있었다.

"결국 세 번째에는 경찰도 그게 자해 공갈이라고 판단했습니다. 남자는 변명과 발뺌뿐이어서 어머니를 추궁해 자백하게 해서 간신히 체포할 수 있었습니다."

"그 남자는 지금 어디 있습니까?"

"그건 모릅니다. 13년 전의 일이니까요. 아마 교도소에서는 나왔겠지요. 간지는 그 후 레분토의 할머니 집에 맡겨졌습니다. 그래서 중학교를 졸업한 후 다시 삿포로로 와서 부품공장에서 일하게 되었지요. 처음에는 아무 일도 없었지만 1년이 지나자 이따금 절도를 하게 되었고 몇 번인가 체포되어 소년교도소에 들어가게 된 것입니다."

오치아이는 간지의 가혹한 성장환경에 동정심이 일었다. 범죄자는 대부분 가족에게 사랑을 받은 경험이 없다. 간지도 그 중 한 사람인 것이다.

"도쿄의 살인사건, 사람을 잘못 본 거 아닐까요?"

마쓰무라가 그랬으면 좋겠다는 어조로 말했다.

"모르겠습니다. 다만 인근에서 일어난 연쇄 빈집 털이 사건의 목격 정보가 우노 간지의 특징과 일치한 것만은 사실입니다."

"그렇습니까……?"

마쓰무라는 어깨를 떨어뜨리고 몇 번이나 한숨을 내쉬었다.

오후, 왓카나이미나미서에 다시 얼굴을 내밀어 구니이 서장에게 감사했다는 말과 떠난다는 뜻을 전했다.

"벌써 돌아갑니까? 1박만 하고." 구니이가 놀랐다.

"예. 수사 도중이니까요. 도쿄에서 할 일이 잔뜩 남아 있습니다."

"좋은 정보는 얻었습니까?"

"예, 덕분에요. 협조해주셔서 감사합니다."

"하지만 빈집 털이는 몰라도 살인은 우노 간지가 아니었으면 좋을 텐데 말이죠. 섬 주민들 모두 슬퍼할 거고 우리도 괴롭습니다."

구니이가 절실히 말해서 오치아이도 고개를 끄덕였다. 수사에 감정은 금물이지만 살인사건의 범인이 간지라고 한다면 아무래도 견딜 수 없을 것 같았다.

역으로 가자 역장이 얼굴을 기억하고 있어서 "배의 엔진은 팔렸나요?" 하고 물어 왔다.

"세 개 팔았습니다. 그럭저럭 팔린 셈이지요." 오바가 대답했다.

"이제 도쿄로 돌아가나요?"

"예. 갈아타고 또 갈아타고 서른 시간 걸려서요."

"다음에는 여름에 오면 좋을 겁니다. 꽃이 예쁘니까요."

"예, 그렇게 하겠습니다."

가볍게 고개를 숙여 인사하고 헤어져 2량으로 편성된 열차에 올랐다. 승객은 그 지역 고등학생과 오치아이 일행뿐이었다.

17

지난주부터 동생 아키오가 집에서 묵게 되었다. 밤늦게 돌아와 아침 일찍 나간다. "나보다 아랫사람이 들어와서 사무실 지키는 일에서 해방되었어"라고 말하지만, 아키오의 태도는 어딘지 모르게 어색해서 거짓말을 하고 있다는 것을 금방 알 수 있었다. 무엇보다 집에 있어도 차분하지 못하고 사소한 소리에도 깜짝깜짝 놀랐다. 정면 현관을 사용하지 않고 뒷문으로 출입했다. 마치이 미키코는 불길한 예감이 들어 견딜 수가 없었다.

걱정거리는 얼마 전 경찰에 체포된 금화 건이다. 문득 냉정히 생각해보면 미나미센주마치에서 일어난 강도살인 사건 때의 도난품일 가능성이 높고, 정말 우노 간지에게서 받았다고 한다면 더더욱 사건과의 관련성이 높을 것 같았다. 아키오는 뭔가에 휩쓸린 것이 아닐까. 미키코는 그런 의심이 떠올라 매일 마음이 가라앉지 않았다.

그날 오후 여관 앞의 길에 젊은 남자가 나타났다. 처음에는 계속해서 왔다 갔다 했지만, 정신을 차리고 보면 전봇대 뒤에서서 안의 상황을 엿보고 있었다. 화려한 차림의 야쿠자풍이었다. 그렇게 되면 아키오와 관련시키지 않을 수 없었다.

양동이에 물을 담아 밖으로 나간 미키코는 국자로 물을 떠서 뿌리며 다가가 얼굴을 봤다. 아무리 봐도 멋을 낸 똘마니다. 남자가 휙 시선을 피한다.

"우리 집에 무슨 볼일이라도 있습니까?" 미키코가 말을 걸었다.

"아무것도 아니오."

남자는 위협하는 듯한 태도로 나왔지만 미키코는 전혀 무섭지 않았다.

"당신, 어디 파 사람이지?"

"상관없잖아요."

"동생한테 볼일이 있다면, 지금 없어요."

미키코가 말하자 남자는 깜짝 놀라 마치이 여관의 간판을 올려다보고 "아아, 역시 여기가 마치이 아키오의 집이구나" 하고 중얼거렸다.

미키코는 쓸데없는 말을 했구나, 하고 속으로 혀를 찼다. 남자는 아키오를 찾고 있었던 것 같다.

"동생이라면 진작 인연을 끊었어요."

"누님, 당신 동생이 어디 있는지 가르쳐주지 않겠어요?"

"몰라요. 도잔회에 물어보세요."

미키코가 남자의 발밑에 물을 뿌리자 남자는 펄쩍 뛰며 "아니, 이년이 무슨 짓이야?" 하고 거칠게 말했다.

"돌아가지 않으면 사람을 부를 거야. 형사가 좋아, 전학련이 좋아? 아니면 너희들 동업자를 부를까? 건달이라면 우리 아버지가 옛날에 산야에서 일가를 이루었다는 것 정도는 알고 있겠지?"

미키코가 다그치자 남자는 "그래도 여자야?" 하고 내뱉고는 가버렸다. 미키코의 가슴속에서 어두운 기분이 부풀어 올랐다. 동생은 무슨 짓을 저지른 것일까.

문득 등 뒤에서 시선을 느끼고 돌아봤다. 이번에는 골목에 남자 두 명이 서 있었다. 오바, 그리고 전에 오치아이라고 했던 젊은 형사다.

"이야, 미키코. 방금 남자와 무슨 이야기를 한 거야?" 오바가 다가오며 물었다.

"아무것도요. 길을 물어봤을 뿐이에요."

"나한테 거짓말을 하면 못 쓰지. 지금 그놈은 우에노신와회의 똘마니인데."

"그럼 더더욱 상관없잖아요. 우에노신와회에 대해서는 모르니까요."

미키코는 조직 이름을 듣고 더욱 우울해졌다. 다른 조직이 아키오를 찾고 있다니, 좋은 일일 수가 없다.

"아키오는 어떻게 지내?"

"도잔회 사무실에 있겠지요."

미키코가 시치미를 뗐다.

"조직 사무실에 없어. 아사쿠사서의 형사가 감시하고 있는데 요즘 들르지 않는다고 하던데……."

"아키오한테 무슨 볼일이라도 있어요?"

"예의 금화 출처에 대해서야. 저번에는 변호사가 끼어들어 흐지부지되었지만, 그렇다고 경찰이 물러날 리가 없잖아. 귀중한 실마리야. 미키코, 뭐 들은 것 없어?"

"듣지 못했어요."

"아키오한테도 혐의를 두고 있어. 관계가 없다면 없다고 제대로 혐의를 벗는 게 좋잖아."

말을 듣고 보니 확실히 그랬지만, 그 안쪽에 더욱 성가신 일이 있을 것 같아서 쉽게 수긍할 수가 없었다.

"그건 그렇고 사람을 찾고 있는데 말이야. 미키코, 이 남자 본 적 없어?"

오바가 안쪽 호주머니에서 사진 한 장을 꺼내 미키코에게 들이밀었다. 얼굴을 가까이 대고 응시한다. 우노 간지였다. 미키코는 안색을 바꾸지 않도록 어금니를 꽉 다물고 대답을 하지 않았다.

"8월 초순부터 센주나 아사쿠사 부근에 출몰한 남자인데 말이지. 빈집 털이 상습범이야. 어쩌면 미나미센주마치 사건과 관련되어 있는 게 아닐까 해서 알아보고 있는데, 어때?"

"글쎄요, 본 적 없는데요."

"북쪽 지방 사투리가 섞여 있다는데."

"산야에는 북쪽 지방 사투리가 쓸어서 내다 버릴 만큼 많아요."

"그야 그렇겠지만 유념해둬. 나이는 스무 살. 호리호리한 체격에 부드러운 남자야."

"알았어요."

미키코는 등에 땀을 흘리고 있었다. 경찰이 우노 간지를 알고 있다니, 조사의 손길이 어디까지 뻗고 있는 것일까.

"그런데 마치이 아키오는 낮에 뭘 하고 있어요?"

이번에는 오치아이가 물었다.

"글쎄요, 모르겠는데요."

보통이라면 아사쿠사의 스마트볼(핀볼의 일종으로, 약간 경사진 굴림판 위에 탁구공만 한 공을 굴려 특정한 구멍에 들어가게 되면 많은 공이 나와 득점이 된다)장에서 가게를 지키고 있거나 아니면 도박장에서 심부름을 하고 있을 것이다.

"연락이 되면 미나미센주서에 출두하라고 얘기해줘. 우에노서 같은 난폭한 짓은 하지 않고 나쁘게 하지도 않을 테니까."

"알았어요." 미키코는 형식적인 대답을 했다.

그때 어머니가 나왔다. 오바를 보자마자 얼굴을 붉히며 "형사가 무슨 일이야!" 하고 목소리를 높였다.

"아주머니, 큰 소리는 내지 마세요. 이웃들한테 폐가 되니까요."

"우리 아들을 팬 놈이 누구야? 위자료를 청구할 거야."

"아주머니, 마음을 가라앉히시고. 우리는 살인사건을 조사하고 있을 뿐이고, 아키오를 어떻게 할 생각도 없어요."

오바가 달래려고 하지만 경찰과 대치할 때의 어머니는 굶주린 곰 같아서 아무도 말릴 수 없다. 주먹을 쳐들고 오바의 가슴을 때렸다.

"엄마, 그만둬."

미키코가 사이에 끼어들어 말렸다. 오바와 오치아이가 얼굴을 찌푸리며 물러갔다.

"이봐, 이야기가 끝나지 않았어!"

어머니의 고함 소리가 산야의 골목에 울려 퍼졌다.

그날 밤 날짜가 바뀔 때쯤 되어 아키오가 돌아왔다. 자지 않고 기다리고 있던 미키코는 2층 자신의 방으로 가려는 아키오를 불러 세우고 부엌 탁자에 앉혔다.

"너, 낮에 뭐 하고 있어?" 미키코가 물었다.

"일하지." 아키오는 반항적인 태도로 대답했다.

"스마트볼장? 도박장?"

"상관없잖아, 그런 건. 누나한테 무슨 상관인데?"

"오늘 낮에 야쿠자가 널 찾으러 왔었어."

미키코가 똑바로 쳐다보며 말하자 아키오는 순식간에 안색을 바꾸고 "어디 야쿠자인데?" 하고 물었다.

"우에노신와회래."

"자기가 그렇게 말해?"

"아니, 우연히 오바 씨가 있어서 가르쳐줬어."

"오바 아저씨가 왜 있었던 건데?"

"경찰도 너를 찾고 있어. 한 가지 더 가르쳐줄까? 오바 씨는 네 친구인 우노 간지라는 애의 사진을 보여주면서 이 남자를 아느냐고 묻고 다니더라."

"그거 정말이야?"

아키오가 더욱 창백해졌다.

"경찰이 왜 간지에 대해 묻고 다니는 거지? 난 아무한테도 말하지 않았는데."

"증거라도 남긴 거 아니야? 경찰은 사람 찾는 데 프로니까. 얕보지 않는 게 좋아."

아키오는 심각한 얼굴로 입을 다물더니 "누나, 돈 좀 빌려줄래?" 하고 말했다.

"뭐어? 이번에는 얼마나?"

"24만 엔."

"24만이라고……? 그런 거금이 뭐에 필요한데?"

미키코는 심상치 않은 금액에 말문이 막혔다.

"반드시 갚을 테니까."

"똘마니 야쿠자가 어떻게 갚아? 애초에 뭐에 쓸 돈인데?"

"아니, 그 금화를 되살 돈이야. 내가 그 인도 금화를 24만 엔에 골동품상에 팔았는데, 사정이 있어서 다시 사야 해서. 그 돈이야."

"어떤 사정인데?"

"그건 좀 봐주고."

"그럼 안 되지. 게다가 돈을 마련한다고 해도 애초에 골동품상이 매입한 가격으로 되팔 리가 없잖아."

"되살 수 있는 방법이 있어. 사실대로 말하면 그 금화, 간지가 빈집 털이로 손에 넣은 도난품이야. 그러니까 그걸 경찰에 얘기하면 당신도 금화를 몰수당할 거라고 위협하는 거지. 점주는 중국인인데 골동품상 조합에 들지 않은 것 같으니까 보험 없이 몰수당하면 전부 날리는 거잖아. 그 정도라면 매입가로 내놓는 게 나을 거라는 이야기가 되는 거지."

아키오가 더듬더듬 설명했다.

"그런데 판 돈 24만 엔은 조직에 뺏겼다고 했지?"

"응. 정말 심하지 않아? 경찰의 가택수색이 들어온 벌이래."

"그 돈을 되찾아서 다시 사들이면 되잖아."

"내 신분에 그런 말을 어떻게 해? 또 혼날 게 뻔한데."

미키코는 한숨을 내쉬었다. 야쿠자 같은 건 변변한 게 아니다.

"아무튼 안 돼. 무엇보다 24만이나 되는 거금을 내가 준비할 수 있을 리도 없고."

"그러지 말고, 여관 돈이라면 있을 거 아냐. 뭐야, 이번에 식당 개장 공사를 한다고 엄마가 말했잖아."

"웃기지 마. 그런 중요한 돈을 야쿠자한테 어떻게 빌려줘?"

미키코가 일갈하자 아키오는 입을 오므리고 잠자코 있었다.

"너, 누구한테 협박당하고 있는 거 아냐?"

"아니, 그런 거 아닌데……."

부정했지만 어미가 기어들어갔다.

"빌릴 수 없으면 어떻게 되는데?"

"아니, 특별히……. 됐어. 이제 필요 없어. 취소할 테니까 잊어버려."

아키오는 시선을 맞추지 않고 그렇게 말하고는 의자에서 일어나 방으로 가려고 했다.

"잠깐 기다려봐."

미키코가 만류해도 아키오는 도망치듯이 계단을 뛰어 올라갔다. 밖에서는 술주정꾼이 크게 떠들고 있고 멀리서는 들개가 짖고 있었다.

이튿날, 마치이 여관에 산야노동자연합회의 위원장이 나타났다. 미키코와 동년배인 니시다라는 남자로, 전학련의 활동가이기도 하다. 점심때 식당으로 들어와 라면을 주문하더니 목소리를 낮추고 "미키코 씨, 잠깐만요" 하고 손짓을 하며 불렀다.

"마치이 여관은 경찰이 주최하는 산야정화위원회에 들어가지 않았지요?"

니시다가 갑자기 묘한 것을 물었다.

"네, 들어가지 않았어요. 위원장님도 아시는 대로 저희 엄마가 경찰을 아주 싫어해서요."

미키코는 목을 움츠리며 대답했다.

"입회하지 않은 여관은 그 밖에도 있어요?"

"그야 있지요. 들어가봤자 경찰에 이용당할 뿐이고 득 될 것
은 하나도 없어요."

"미키코 씨, 경찰을 싫어하는 여관을 모아서 경찰 출입 금지
선언을 할 생각은 없어요?"

"네? 뭐죠, 그건?"

미키코는 얼굴을 찡그리며 물었다.

"여관 현관에 간판을 세우는 거죠. 그렇게 경찰에 반대한다
는 의사를 표시하는 겁니다."

"그건 좀……. 경찰은 싫어도 일부러 일을 복잡하게 만들고
싶지도 않고……."

미키코는 부드럽게 거부했다. 연합회는 믿음이 가는 존재이
지만 너무 깊이 관련되고 싶지는 않았다.

"그러지 말고 협력해요. 변호사인 지카다 선생님과도 이야
기를 했는데 지금이 기회니까요."

"그게 무슨 뜻이죠?"

"지난 며칠간 산야는 탐문조사하는 형사가 득실거렸잖아요.
그것도 아사쿠사서만이 아니라 우에노서도, 미나미센주서도
경쟁이라도 하는 듯이 돌고 있어요. 게다가 경시청의 4과 형사

까지 찾아와서 거의 탐문 전쟁이었지요. 비상사태입니다. 그래서 무리한 일까지 하고요. 어제는 기사라기 여관에 숙박하고 있던, 돈 벌러 온 노동자 한 사람이 탐문조사에 협조하는 걸 거부했더니 '이 자식, 건방지게' 하면서 그 이유만으로 끌려갔다니까요. 영장도 없는 현장 수사, 그리고 부당한 체포, 이런 것이 허용될 리가 없잖아요."

니시다가 주먹을 치켜들고 열성적으로 말했다.

"경찰은 우리 집에도 왔는데, 그렇게 되었군요."

"대체로 경찰서끼리 또는 1과와 4과가 경쟁하고 있겠지만 가혹한 일이지요. 지금이라면 우리한테도 이유가 있어요. 도쿄 올림픽을 앞둔 지금도 전쟁 전의 특고 경찰 같은 강권이 통용되고 있어요. 우리는 신문사에 여기서 일어나고 있는 것을 뉴스로 다루도록 제공할 생각입니다. 그것을 위해서도 산야의 주민이 스스로 일어섰다는 형태로 만들고 싶어요."

"후후."

미키코는 그만 웃음을 터뜨리고 말았다. 연합회의 좌익운동가들은 성격이 올곧은 것인지 비뚤어진 것인지 잘 알 수가 없었다.

"간판 정도라면 좋아요." 미키코가 말했다. 조금이라면 협력해도 좋겠다는 기분이 들었다.

"고마워요. 은혜를 입었어요. 곧 저희가 간판을 만들어 가지

271

고 오겠습니다. 그리고 신문기자를 부를 테니까 취재에도 응해주세요."

"알았어요. 다만 익명으로요."

주문한 라면이 나와 니시다가 맛있다는 듯이 후루룩거렸다.

"그런데 위원장님, 경찰이 찾고 있는 북쪽 지방 사투리를 쓰는 젊은 남자를 알고 있어요?"

미키코가 어제 형사와 나눴던 대화를 떠올리며 물었다.

"아아, 알고 있어요. 홋카이도의 레분토에서 온 젊은이 말이죠? 이름은 우노 간지."

"아니, 어떻게 이름까지 알고 있어요?"

"우리가 숨겨주고 있으니까요."

니시다가 선뜻 말했다. 미키코는 어안이 벙벙하여 말이 나오지 않았다.

"사흘쯤 전부터 경찰이 총동원 체제라는 느낌으로 한 젊은이를 찾고 있었잖아요. 그래서 그 정보가 연합회에도 들어왔고, 아사쿠사의 레포(비합법적인 정치·학생 운동에서 조직의 연락을 담당하는 사람)가, 그러고 보니 최근 스트립 극장에서 일하기 시작한 젊은이와 비슷하다 싶어 확인하러 갔었지요. 그랬더니 그 사람이어서 사정을 듣고 숨겨준 겁니다."

"뭐 때문에요?"

"간단히 말하면 의협심이라고 해야 할까요. 우노 간지는 지능에 장애가 있어요. 경찰은 한번 체포하면 무슨 일이 있어도 기소해서 유죄로 끌고 가려고 하지요. 분명히 자신들 사정에 맞게 진술을 받아내 범인으로 만들어낼 겁니다. 관헌이 자기들 멋대로 하게 놔둘 수는 없지요."

니시다가 가슴을 펴고 말했다. 미키코는 반쯤 감동하고 반쯤 질렸다.

"그 우노 간지라는 아이, 저희 집에도 온 적이 있어요."

"아, 들었어요. 아키오와는 동지지요? 그렇다면 더더욱 내버려둘 수 없지요."

니시다는 라면을 다 먹고 컵의 물을 단숨에 마시고는 일어났다.

"그럼 입간판은 내일이라도 준비하겠습니다. 신문사의 취재, 부탁해요."

이런 말을 남기고 의기양양하게 나갔다. 이 부근에 보통의 시민은 없는 건가— 미키코는 한숨밖에 나오지 않았다.

18

스트립 극장에서 이제 안 나와도 된다는 말을 들었기 때문에 우노 간지는 완전히 할 일이 없어졌다. 낮에는 공원이나 신사에서 시간을 보내고 날이 저물면 아사쿠사나 우에노의 네온이 반짝이는 거리를 서성거렸다. 돈이 없어서 파친코를 할 수도, 영화를 볼 수도 없었다. 무희 사토코에게 오메가 손목시계를 빼앗겼기 때문에 값나가는 물건이 없었다.

바로 며칠 전 한 젊은 남자가 극장으로 찾아와 "자네가 우노 간지인가? 경찰이 자네를 찾고 있으니까 빨리 도망가게"라고 말해주었다. 간지가 깜짝 놀라고 있으니 남자는 산야노동자연합회라는 단체의 활동가라고 자기소개를 했다.

"나는 아사쿠사 지구의 레포인데 보통은 구청의 출장소에서 아르바이트를 하고 있지."

"레포라는 게 뭔가요?"

"비합법 연락원. 쉽게 말하면 스파이라고 해야 하나. 경찰 정보를 수집하고 있지. 그래서 지난 며칠간 우에노, 아사쿠사 일대를 자네의 사진을 가진 형사들이 이 잡듯이 뒤지고 있으니까 붙잡히기 전에 도망가게 하려고 온 거네."

"어떻게 나를 알아요?"

"그게 정보망이지. 무희들 중에도 우리 지지자가 있으니까. 요컨대 노동자는 단결해 있다는 거지."

무슨 말인지 이해할 수는 없었지만 이런 경위가 있어서 간지와 사토코는 연합회가 준비해준 유곽 거리 요시와라의 전(前) 인쇄공장으로 피신했다. 나중에 들은 이야기에 따르면 자신들이 경찰의 손에서 벗어난 것은 종이 한 장 차이였던 모양이다. 형사가 극장의 지배인에게 사진을 보여주고 이 남자를 아느냐고 물었고, 지배인은 이 남자라면 우리 극장에서 일하고 있다고 대답했다. 옆에서 그것을 들은 한 무희가 서둘러 사토코의 연립주택까지 달려가 알려주어 둘이서 황급히 도망쳤다. 그 10분 후에 형사가 들이닥친 모양이었다.

"아무래도 체포영장까지는 나오지 않은 모양이네. 그러니 만일의 경우 들켜도 동행을 거부하면 되지. 경찰에 강제력은 없으니까." 연락원은 이렇게 말하며 웃었다.

모르는 것투성이지만 이렇게 자기편이 있는 것은 자신의 인생에서 처음 있는 일이어서, 간지는 기뻐 어쩔 줄을 몰랐다. 이제 연립주택으로는 돌아갈 수 없게 된 사토코가 "폐를 끼친 대가로 오메가를 넘겨"라고 했을 때도 순순히 내주었다.

그건 그렇고 도쿄의 경찰이 어떻게 자신을 알고 있는 것일까. 간지는 여우에게라도 홀린 듯한 기분이었다. 유명인이라도 된 것 같아서 기분이 나쁘지 않은 것도 사실이지만.

간지는 경찰로부터 도망을 쳤지만 수중에는 무일푼으로, 그날의 밥값도 없는 상태였다. 사토코는 경찰이 무섭다며 일을 쉬었다. 후쿠오카에 있던 무렵 자신이 저지른 매춘 알선으로 체포영장이 나와 있을지도 모른다며 진심으로 두려워하고 있는 모습이었다.

"간지, 돈 좀 마련해 와."

사토코는 간지에게 하루에도 몇 번이나 이런 말을 했다. 아사쿠사는 이제 위험하니까 다음에는 신주쿠로 이사하고 싶다, 그렇게 하기 위해서는 돈이 필요하다, 최소한 3만 엔은 가져오라는 것이 사토코의 요구였다.

어쩔 수 없이 간지는 다시 빈집 털이를 하기로 했다. 그것 말고는 아무것도 생각나지 않았다. 3만 엔이라는 거금이 보통의 민가에 있을 거라고는 생각하기 힘들어 상점을 노렸다.

간지는 우선 철물점에 가서 쇠지레를 훔쳤다. 이것이 없으면 금고나 문을 비틀어 열 수가 없고 창도 깰 수 없다.

일요일 이른 아침 노면전차가 움직이기 시작할 때를 기다려 전 인쇄공장을 나왔다. 상점에 들어가려면 심야보다는 이른 아침이 좋을 거라고 생각했기 때문이다. 일요일이라면 평일보다 사람도 적다. 등에 짊어진 배낭에는 쇠지레와 목장갑이 들어 있었다. 복장은 스트립 극장에서 일할 때 입었던 보이 복장이지만 학생으로 보이지 않는 것도 아니기 때문에 안성맞춤이다. 나갈 때 사토코가 전차비로 200엔을 주었다. 어쩐지 격려받은 기분이 들었다.

간지는 노면전차를 타고 우에노 역 앞에서 내렸다. 목적지는 아메야요코초, 통칭 아메요코다. 전에 한 번 간 적이 있고 난

잡한 상점가에 매료되었다. 보석점도 많아 도둑질이라면 이곳이라고 그때부터 생각하고 있었다.

날이 막 샌 무렵이라서 아메요코의 거리는 쥐 죽은 듯 조용했다. 상점은 덧문이 닫혀 있어 안의 상황을 엿볼 수가 없었다. 골목 입구에는 목책이 있고 철제 자물쇠가 잠겨 있었다. 안에는 튼튼한 셔터가 내려진 가게 몇 군데가 있는데, 그곳은 시계점이나 귀금속점이었다. 그러니까 들어간다면 셔터가 내려진 가게다.

간지는 '보석의 ××'라고 쓰인 간판을 보고 그곳에 들어가기로 했다. 앞쪽은 길에 면해 있어 통용구를 찾았다. 남의 눈이 없는 것을 확인하고 목책을 넘어 골목으로 들어갔다. 습기가 차 있어 곰팡이 냄새가 나는 좁은 길을 걸어 가게 뒤쪽으로 돌아갔다. 철제문이 있고 자물쇠는 두 군데 있었다. 역시 보석점이라 문단속이 엄중하다. 바로 옆에 창이 있었지만 교도소 같은 쇠 격자가 붙어 있어 도저히 떼어낼 수는 없을 것 같았다. 역시 문을 비틀어 억지로 여는 수밖에 없다고 판단했다.

간지는 꽤 큼지막한 쇠지레를 문틈에 넣어 노를 젓듯이 좌우로 움직였다. 꿈쩍도 하지 않았다. 다시 한번 시도했다. 덜거덕거리는 소리만 날 뿐 문의 형태는 변하지 않았다. 인력으로는 무리인 것 같았다. 간지는 작업을 중단하고 생각에 잠겼다. 그렇다면 정면의 셔터를 억지로 여는 것이 빠를 것 같았다. 지금이라면 사람의 왕래도 없기 때문에 들키지 않고 들어갈 수 있을지도 모른다.

그때 창의 불이 켜졌다. "누구 있습니까?" 문 너머에서 남자 목소리가 들렸다. 안에 지키는 사람이 있었던 것이다.

간지는 황급히 그 자리를 떠났다. 발소리를 내지 않으려고 살금살금 골목을 나아갔다.

간지는 자신의 부주의함에 어처구니가 없었다. 보석점이라면 밤에도 지키는 사람이 있는 게 당연하다. 민가의 빈집과 달리 그렇게 간단히 되지는 않는 것인가.

일단 거리로 나와 호흡을 가다듬었다. 아직 7시 전이어서 아메요코는 까마귀 울음소리만 들릴 뿐이었다. 이것으로 물러갈 수도 없는 노릇이어서 길거리에서 다시 점포를 물색했다. 이번에는 문구점에 시선이 멈췄다. 문구점이라면 지키는 사람이 없을 것이다. 노트나 연필을 훔쳐 가도 뾰족한 수는 없지만 만년필이라면 환금할 수 있다. 부피가 크지 않은 것도 괜찮다. 100개를 훔치면 10만 엔 정도는 될 것 같았다.

곧바로 조금 전과 같은 요령으로 뒤쪽으로 돌아가 통용구를 찾아냈다. 목제 문이었다. 자물쇠도 한 군데밖에 없었다. 쇠지레를 찔러 넣어 힘껏 당기자 우지직 소리를 내며 문이 일그러지며 깎여 나간 나뭇조각이 흩날렸다. 이번에는 밀었다. 자물쇠의 돌기된 부분이 지끈 하고 튀어나왔다. 됐다. 열렸다—

그때 등 뒤에서 목소리가 덮쳐 왔다.

"너 거기서 뭐 하는 거야!"

제복을 입은 한 남자가 봉 같은 것을 손에 들고 서 있었다. 경찰인가. 아니, 비슷하지만 경찰은 아니다. 경비원이다. 최근에 그런 직업이 생겨나 있었다. 실제로 본 것은 처음이었다. 역시 도쿄구나, 하고 묘하게 감탄했다.

간지는 뒤로 돌아 쇠지레를 치켜들었다. "해보갔니!" 하고 소리를 질렀다.

경비원이 주춤했다. 자세히 보니 노인이었다. 단순히 야간 경비로 고용된 사람인 것 같았다.

간지는 다시 한번 쇠지레를 치켜들었다. "뭐, 뭐, 뭐 하는 거야?" 경비원의 목소리가 떨렸다. 상대가 한 발짝 뒤로 물러났을 때 간지는 발길을 돌려 골목을 달렸다. "게 섯거라" 하는 소리가 들렸지만 진심으로 따라올 것 같지는 않았다.

목책을 뛰어넘고 길거리로 나갔다. 역을 향해 뛰었다. 역시 민가의 빈집 털이와는 사정이 달랐다. 값나가는 물건이 있으면 누구라도 조심하는 것이다. 간지의 마음속에서 초조함이 밀려왔다. 돈을 구하지 않으면 오늘 저녁의 밥값도 없다.

낙담하여 요시와라의 전 인쇄공장으로 돌아가자, 이른 아침 시간인데도 아키오가 와 있었다. 간지를 보자마자 "어디를 싸

돌아다니는 거야?" 하고 머리를 때렸다.

"경찰이 널 찾고 있어. 수배 사진까지 뿌려졌는데 뭘 그렇게 태평하게 싸돌아다니는 거야?"

"괜찮다니까. 홋카이도에 있었을 때와는 머리 모양도 다르고 조금은 촌티를 벗었잖아."

간지가 대답하자 아키오는 믿을 수 없다는 얼굴로 기세등등하게 말했다.

"이 바보야. 나는 말이야, 너를 야쿠자한테 팔아넘기지 않으려고 매일 돈을 마련하고 있어. 조금은 남의 입장에서도 생각해보란 말이야."

"무슨 이야기야?"

"자, 잘 들어. 나는 지금 우에노신와회의 다치키라는 간부한테 협박을 당하고 있어. 네가 줘서 내가 환금한 그 인도 금화 말이야. 그건 살해당한 미나미센주마치의 노인네가 보물로 갖고 있던 물건인데 시가로 7, 80만 엔이나 하는 거래. 그래서 그 노인네는 신와회의 초대 회장과 의형제로 조직으로서도 손님이니까, 도잔회에 빼앗기면 조직의 체면이 말이 아니라는 거야. 그래서 얼른 돌려달라는 거지."

"그런 말을 해봐야, 내가 빈집 털이를 한 집에 있었던 사람이 준 물건이야. 나한테 책임은 없어."

"그들과는 다른 야쿠자야. 다치키라는 놈은 아마 그때 현장에 있던 사람이 누구인지 그걸 모르는 모양이야. 그래서 금화를 돌려주지 못하겠다면 그걸 준 사람을 데리고 오라는 거야. 그럼 나를 용서해주겠다고. 간지, 너를 말하는 거야."

"그렇다면 내가 그 야쿠자를 만나도 좋아. 사정을 이야기하면 알아주지 않을까?"

간지가 말하자 아키오는 순간적으로 할 말을 잃고 "죽어라, 죽어. 너 같은 건 죽어야 해" 하고 내뱉었다.

"내 감으로는 다치키라는 놈은 신와회의 다른 간부가 살인 사건의 범인이라는 걸 대충 알고 있는 거야. 그래서 현장에 있었던 너를 찾아내서 증언시키고 싶은 거지. 그러니까 사건의 범인이 경찰에 잡혀주는 것이 유리한 셈이야. 신와회는 조직이 크니까 내부의 권력 투쟁 이야기가 끊이지 않는 조직이거든."

"난 아직 잘 모르겠는데." 간지가 말했다.

"괜찮아, 몰라도. 다치키는 나를 위협하면 금화의 출처인 너를 끌어낼 수 있다고 생각하겠지. 하지만 그렇게 되겠어? 나는 친구를 팔아넘길 만큼 비열한 놈이 아니야. 금화를 되사서 돌려주면서 이러면 불만 없지, 하고 큰소리치면 돼."

"저기, 그러니까 너는 나를 감싸주는 거야?"

"이제야 알았냐, 이 자식. 알았으면 너도 돈을 마련해. 24만 엔이야."

"알았어, 어떻게든 해볼게."

간지는 마음이 따뜻해졌다. 아키오는 태어나서 처음으로 생긴 자기편일지도 모른다. 손익과 상관없이 자신을 동료로 대해준다.

옆에서 듣고 있던 사토코가 끼어들었다.

"마치이. 도잔회는 도와주지 않는 거야?"

"이봐, 나 같은 똘마니한테 조직이 뭘 해줄 거라고 생각해? 게다가 상대는 신와회라고. 우리 같은 작은 조직은 항쟁이라도 벌어지면 잠시도 버티지 못할 거야. 조직은 관계없어. 나한테 뒤처리를 하라며 엉덩이를 걷어차던데 뭐."

아키오가 탄식했다. 간지는 책임감을 느꼈다. 타인에게 이런 감정을 품는 것도 처음이었다.

"돈은 내가 어떻게 해볼 테니까, 아키오 너는 걱정하지 마."

"그런데 간지, 오늘 빈집 털이는 어떻게 된 거야?" 사토코가 물었다.

"오늘은 틀렸어. 하지만 어떻게든 해볼게."

"그럼 나는 10만 엔만. 3만 엔에서 값을 올렸어. 아사쿠사에서 이제 일할 수 없으니까 손해배상으로."

"이봐, 사토코 씨. 10만 엔이라니, 너무 바가지 씌우는 거 아니야?"

아키오가 눈살을 찌푸리며 충고했다.

"마치이, 너는 가만히 있어. 나도 피해자라고."

"좋아, 어느 쪽도 내가 어떻게든 해볼 테니까."

간지는 무슨 일이 있어도 돈을 마련하려고 생각했다. 이 동료들과 앞으로도 대등하게 지내고 싶다. 그렇게 하기 위해서는 돈이 필요하다.

오후가 되어 간지는 아사쿠사 공원 뒤쪽에 있는 조그만 절로 갔다. 언젠가 했던 것처럼 불전함을 털기 위해서였다. 오늘은 쇠지레가 있기 때문에 자물쇠를 비틀어 억지로 열어 전액을 훔칠 생각이었다.

경내에는 초등학생이 놀고 있어 간지를 보자마자 "앗" 하고 소리를 질렀다. 전에도 여기서 만난 아이들이었다.

"새전 도둑 형이다." "또 하는 거야?" 모여들어 각자 말했다.

"시끄러워. 저쪽으로 가."

간지는 상대하지 않고 곧장 불전함으로 갔다. 주위를 둘러본다. 아이들 이외에는 아무도 없었다.

"야, 너희들 망 좀 봐."

"오케이. 그 대신 주스하고 카스텔라, 알았지?"

"알았어."

간지는 쇠지레로 자물쇠를 내리쳤다. 자물쇠는 부서지지 않았지만 불전함과 연결된 쇠붙이가 떨어져 나갔다. 싱겁게 뚜껑이 열렸다.

안을 살펴보니 대부분이 동전이었지만, 그래도 2000엔쯤
되었다. 일주일 정도의 밥값은 될 것 같았다.

간지는 돈을 배낭에 넣고 서둘러 경내를 빠져나왔다. 아이
들이 뒤를 따라왔다.

"형, 한 곳 더 해." "그래, 맞아. 안내할게."

아이들이 부추겨서 도중에 있는 다른 절에도 들어가 불전함
을 부수고 안에 든 동전을 챙겼다.

"종이비행기도 사줘." "나는 쇠고둥 팽이." 아이들이 멋대로
말했다.

뒤에서 경중경중 따라오는 몸집이 작은 한 아이가 있었다.
다리가 불편한지 약간 끌고 있었다. 그다지 말을 하지 않고 무
리를 따라 도는 금붕어 똥 같은 느낌으로 보였다.

"너는 뭐 가지고 싶은 거 없어?" 간지가 물었다.

"나도 쇠고둥 팽이가 좋아요." 남자아이가 기쁜 듯이 말했다.

"요시오, 너, 돌릴 줄 알아?"

다른 아이가 무시하는 어조로 말했다.

"요시오는 멍청이니까." "맞아, 맞아. 수업도 못 따라가서 내
년부터는 특수학급이고." 다들 요시오를 놀렸다.

"야아, 무시하지 마."

간지가 꾸짖었다. 특수학급이라는 말을 듣고 남의 일이 아
니게 되었다.

"요시오네는 두부집이야. 그래서 나팔만은 불 수 있어(과거 두부 장수가 자전거에 두부를 싣고 나팔을 불며 다니면 두부를 사려는 사람이 용기를 들고 나가 구입했다)."

"너, 주산도 배워야지."

"그만두라니까. 주스 안 사준다."

간지가 일갈하자 아이들은 마지못해 놀리는 것을 그만두었다.

요시오라는 남자아이는 싱글벙글 웃으며 맨 뒤에서 따라왔다.

19

우에노서 관내에서 빈집 털이 미수 사건이 발생했다. 10월 6일 일요일, 아침 7시경, 아메야요코초의 보석점과 문방구점에서 쇠지레로 문을 억지로 열려는 젊은 남자가 있었다는 112 신고가 있어 가장 가까운 파출소에서 경찰이 달려갔더니, 아니나 다를까 문이 부서진 흔적이 있어서 우에노서는 형사과 3계의 수사관 두 명을 보냈다. 경비원으로부터 사정을 듣고 점주로부터 기물 파손 피해 신고서를 받았다. 어느 쪽이나 미수에 그쳤기 때문에 우에노서 측도 특별히 전임 수사관을 두지 않았지만, 보고서를 읽은 형사과장이 마음에 걸리는 부분을 발견하고 부서장을 통해 미나미센주서로 정보를 보냈다. 경비원에 따르면 빈집 털이범은 젊은 남자로, 달려가 대치했을 때 쇠지레를 치켜들며 "해보갔니!" 하고 말했다고 한다. 그 대사는 북쪽 지방 사투리로, 남자는 우노 간지가 아닐까 하는 추리가 성립되었다. 아울러 지문은 채취하지 못했다.

이 정보에 따라 오치아이와 오바는 다나카 과장대리로부터 목격자인 경비원을 찾아가 그날 안에 다시 사정 청취를 하고 오라는 명령을 받았다. 이제 오치아이는 우노 간지 전속 담당자였다.

경비원은 고령의 노인이었다. 아메요코의 상점가 조합에 고용되어 교대로 매주 나흘간 야간 경비를 하고 있다고 한다.

"오늘 아침 7시 전의 일이었습니다. 보석점에서 경비원실로 전화가 왔는데, 방금 누군가 바깥의 문을 부수고 열려고 했다는 신고였습니다. 숙직은 2인 1조로 하는데, 또 한 사람은 선잠을 자고 있어서 제가 경찰봉을 들고 뛰어갔습니다. 그랬더니 확실히 문을 쇠붙이 같은 것으로 억지로 열려고 한 흔적이 있어서 이건 빈집 털이가 목적일 거라고 생각해 부근을 둘러보고 있던 중에, 문구점의 문을 억지로 열려 하고 있던 젊은 남자를 발견하고 '너, 거기서 뭐 하고 있어!'라고 고함을 질렀습니다. 그랬더니 남자가 돌아보고 커다란 쇠지레를 치켜들더니

'해보갔니!'라고 사투리로 위협했습니다. 그래서 나는 곧바로 이건 상습범이라고 판단하고, 그렇다면 더욱 놓치면 안 되겠다고……."

경비원은 그때의 일이 떠올랐는지 코를 벌름거리며 조금 흥분한 듯이 말했다.

"이래 봬도 저는 군대에 10년쯤 있었고, 만주에서는 비적과 싸운 적도 있습니다. 그래서 물러나서는 안 된다고 생각하고 가슴을 펴고 '너야말로 해볼래, 덤벼!'라고 소리를 질렀지요. 그랬더니 그 도둑놈은 갑자기 얼굴이 시퍼레져서 달아나는 토끼처럼 달리기 시작해 목책을 넘어 도망간 겁니다. 저도 쫓아가려고 했습니다. 역시 도망치는 젊은이한테는 당해내지 못해서 정말 분하기는 했지만, 그렇게 해서 범인을 놓치게 된 것입니다."

"그랬습니까? 무엇보다 다치지 않아서 다행입니다." 오치아이가 말했다.

"뭘요. 총을 가진 비적에 비하면 쇠 방망이 같은 건 장난감 같은 것이지요. 아하하하."

경비원이 크게 웃었다. 이 노인에게는 오랜만의 무용담일 것이다.

"그래서 오늘 찾아온 것은 그 남자에 대해서입니다. 우에노 서의 형사에게는 호리호리하고 부드러운 인상의 남자라고 증

287

언하셨습니다만, 앞으로 보여줄 사진 속에 그때의 남자가 있는지 봐주십시오."

오치아이는 종이 봉지에서 사진 다섯 장을 꺼내 탁자 위에 늘어놓았다. 다른 사진을 섞은 것은 다나카의 지시다. 경비원이 고령이라는 말을 듣고 노인은 편견이 강하다며 걱정했던 것이다.

경비원은 가슴 호주머니에서 안경을 꺼내더니 얼굴을 들이대고 뚫어질 듯이 들여다보며 사진을 비교했다.

"이 남자입니다."

주저하지 않고 가리킨 것은 우노 간지였다.

"생각났습니다. 내가 봤을 때와 머리 모양은 다르지만 이 남자가 틀림없습니다."

경비원이 몇 번이고 고개를 끄덕이며 말했다. 오치아이는 오바와 얼굴을 마주 보았다. 우노는 지금도 이 부근에 숨어 있다. 그렇게 생각하니 소름이 돋았다. 우노는 대체 무슨 생각을 하고 있는 걸까. 동료인 마치이 아키오가 체포된 시점에 보통은 도망칠 것이다. 그리고 이런 시기에 빈집 털이를 되풀이하다니—

홋카이도에서 돌아와 곧 우노의 사진을 들고 탐문조사를 했다. 하천부지에서 노는 아이들이 짐배에서 묵고 있던 젊은 남자가 사진 속의 인물이라는 것을 인정한 시점에서 우노의 생존을 확인했다.

하여튼 가까운 곳에 있다면 수색을 할 뿐이다. 오치아이는 다시 투지를 불태웠다. 살인사건을 풀 열쇠는 틀림없이 우노가 갖고 있을 것이다.

그날 밤 수사 회의에서 우에노의 빈집 털이 미수가 우노 간지의 짓일 가능성이 높다는 보고를 하자, 수사관들 사이에서는 '역시 우노는 단순한 빈집 털이일 것'이라는 목소리가 다수 나왔다.

"살인사건을 저지르고 도망도 가지 않고 근처에서 다시 빈집 털이를 되풀이한다는 것은 좀 생각하기 힘들지요. 역시 살인은 폭력단과 관련된 게 아닐까요."

이렇게 발언한 것은 미야시타 계장이었다. 이제 수사관들 대부분은 우에노신와회의 하나무라를 겨냥하고 있었다.

"아니, 예단은 금물이야. 홋카이도에서 오치아이와 오바 주임이 얻어 온 각종 증언을 비춰보면 아무것도 생각하지 않고 있다고 판단하는 것이 타당하겠지. 우노는 뇌에 장애가 있네. 그것을 잊지 말도록."

다나카가 경고했다. 전원이 같은 방향을 향하면 반드시 놓치는 것이 생긴다.

"이제 우노의 체포영장이 나왔으면 싶습니다. 레분토에서 방화 사건을 저질렀으니까 그것으로 홋카이도 도경에서 체포 영장을 받게 하지요. 발견해도 체포할 수 없으면 아무것도 아니니까요."

모리 다쿠로가 발언했다. 확실히 체포영장이 있으면 신병을 구속하기 쉽다.

"그게 말이야, 우노 간지의 인정 사망이 아직 정정되지 않아서⋯⋯."

다나카가 팔짱을 끼고 벌레라도 씹은 듯한 얼굴로 말했다.

"그게 무슨 말입니까?"

"인정 사망을 결정한 해상보안청은 서류가 갖춰지지 않았다는 이유로 도경으로 돌려보냈다고 해. 사실 해난 사고 후 통상은 석 달을 기다려야 하는데, 도경이 얼른 정리할 생각에 생떼를 써서 한 달 만에 인정받았던 모양이야. 이제는 그걸 취소하라는 거니까 해상보안청도 화가 났겠지."

"허허, 관청 사이가 뒤틀리면 귀찮다니까."

모리가 쓴웃음을 지었고, 각자도 마찬가지로 불만을 표했다.

"아무튼 체포영장은 조속히 어떻게든 하지. 우노의 신병을 확보하면 미나미센주마치의 살인에 관여했는지, 그것만이라도 알 수 있을 테니까. 그것만도 큰 전진이야."

"마치이 아키오는 어떻게 되었습니까? 도잔회를 위협해서라도 임의출두하게 해야 한다고 생각하는데요."

오치아이가 질문하자 거기에는 미나미센주서의 형사과장이 대답했다.

"그건 우리 4계와 본부 4계가 함께 하고 있네. 아무래도 도잔 회도 마치이의 소재를 알 수 없는 모양이야. 당분간 사무실에 출입하지 말라고 혼냈더니 그대로 모습을 감추었다는 거야. 어차피 똘마니이기도 하고. 형님들이 무섭겠지."

"다나카 과장대리님, 수사4과를 내버려둬도 될까요?"

니이가 뒤쪽 자리에서 큰 소리로 물었다.

"그놈들 상당히 공공연하게 하고 있지 않습니까? 지난주에는 신와회의 하나무라 조직의 조직원을 연행해서 전 시계상 살인은 네 조직의 보스와 사위인 지쓰오가 한 짓일 거야, 하고 추궁했다고 하고요."

"그게 정말인가?" 다나카가 미간을 찌푸렸다.

"몰랐습니까? 미나미센주마치의 사건은 자기들이 해결하겠다고 뒤에서 궐기 집회를 하고 있습니다."

"그러면 곤란하지……."

다나카가 한숨을 내쉬고, 옆의 과장은 관자놀이를 실룩실룩 움직였다. 다른 부서가 주의를 주어도 마이동풍인 것이 형사의 세계다. 현장이 말하는 것을 듣는 것은 직속 상사뿐이다.

"수사4과는 증거 수집이 엉성하니 망치지 말라고 4과장님께 말해야 합니다."

"알았네. 다마리 1과장님께 말해두지. 그런데 닐, 자네는 오로지 신와회 방향을 쫓고 있는 모양인데, 가끔은 자네의 의견도 말해주게."

다나카가 관심을 갖도록 유도하자 니이는 슬쩍 어깨를 들썩이며 "아직 확인은 못 했습니다만" 하며 미리 양해를 구한 후 수첩을 펼치고 이야기를 시작했다.

"사건 발생 당일 오후 3시경, 미나미센주마치 8가의 닛코 가도에 엄청나게 큰 미국 차가 한 시간 가까이나 주차되어 있었다고 합니다. 운전석에는 바싹 치켜 깎은 머리의 젊은 남자가 앉아 있었는데 아무리 봐도 폭력단, 그것도 간부의 차일 거라고 하며 길가의 주민은 다가가지 않았다고 합니다. 그런데 아이들이 신기해하며 다가가 차에 달라붙어 만졌기 때문에 운전수인 젊은이가 나와 쫓아버린 일이 있었던 모양입니다. 증언은 길에 면한 다다미 가게의 주인이 한 것입니다. 그래서 제가 궁금하여 조사해봤더니 하나무라 조직 보스의 차가 1962년식, 즉 작년에 등록한 검은색 쉐보레 벨 에어라는 것을 알 수 있었습니다. 곧바로 카탈로그를 가지고 다다미 가게 주인에게 물어보러 갔더니 '아, 이런 차였습니다'라고 했지만, 외제 차에 대해서는 횡설수설한 것 같아서 근처의 아이들에게 물어봤더니 외제 차 미니카를 모으는 것이 취미라는 초등학교 6학년생한테서 '검은색 쉐보레, 반짝반짝하는 신차였다'라는 증언을 얻었습니다. 처음 봤기 때문에 잘 기억하고 있다고 했습니다. ……지금으로서는 이 정도입니다만."

"이 정도라니, 자네, 아주 많은 정보가 아닌가?"

다나카가 니이를 노려보며 센 말투로 말했다.

"그러나 하나무라의 차로 특정할 증거는 아닙니다. 검은색 쉐보레의 경우 서민 동네는 모르겠지만 도쿄 전체에 100대는 훌쩍 넘게 달리고 있으니까요."

"하나무라의 알리바이는?" 다나카가 캐물었다.

"조사하지 않았습니다." 니이가 아무 일 없었다는 듯이 태연하게 대답했다.

"조사하게!"

"본인한테 물어도 제대로 대답할 리 없고, 간접적으로 급소를 공략하는 것이 낫다고 생각해서요."

"알았네. 그런데 지쓰오의 알리바이는 어떻게 되었지?"

다나카가 둘러보며 묻자 거기에는 피해자 주변을 조사했던 형사가 대답했다.

"범행이 있던 날은 하루 종일 회사에 있었다고 합니다. 당초에는 의심할 것이 아무것도 없어서 확인을 하지 않았습니다만, 권총 밀수 의혹이 나와서 혹시나 하고 탐문을 했더니 야마다 상회의 전무가 확실히 회사에 있었다고 증언했습니다."

"내부 증언인가? 제삼자의 증언이 필요한데 말이야. 피해자 주변을 조사하는 팀에서 다시 해주게."

"알겠습니다."

"수사4과가 하나무라 조직을 자세히 조사하기 시작했기 때문에 지쓰오는 동요하고 있지 않을까요?" 미야시타가 말했다.

"그건 모르지."

"권총 밀수 혐의로 지쓰오를 연행할 수는 없을까요? 의외로 살인 건도 시원하게 불지도 모르니까요."

"이봐, 예단은 금물이네. 하나무라 조직이 했다는 증거는 하나도 없네. 우리가 쫓고 있는 사람은 우노 간지야. 그걸 잊지 말도록."

다나카가 혹시나 해서 말했다. 다만 수사관 대부분의 관심은 우에노신와회와 하나무라 조직을 향해 있었고, 오치아이도 그랬다. 우노는 살인사건의 목격자가 아니었을까, 하는 추리가 떠올라 윤곽을 그리기 시작했다.

수사 회의가 끝나고 이와무라를 데리고 구내식당으로 가려고 했을 때 부서장이 불러 세웠다.

"오치아이, 왓카나이미나미서의 구니이 서장으로부터 조금 전 자네한테 전화가 왔네. 저녁 8시경까지 서에 있겠다고 했으니까 전화하게."

"알겠습니다."

오치아이는 뭘까 생각하며 이와무라를 먼저 보내고 형사부실에서 전화기를 손에 들었다. 다른 부현에 걸 때는 처음에 9번을 돌리고 세 자릿수의 선별 번호와 부서의 세 자릿수 번호를 이어서 돌린다. 도청을 막고 유사시에도 경찰만은 회선을 확보한다는 목적으로 설치되었다. 전국을 망라하는 전용 회선이다. 먼 곳인 탓인지 연결되는 데 3분쯤 걸렸다.

"아, 오치아이 씨. 바쁜데 미안합니다. 왓카나이미나미서의 구니이입니다. 저번에는 먼 길 오시느라 고생 많았습니다."

방문했을 때와 마찬가지로 밝고 붙임성 좋은 목소리가 귀로 날아들었다.

"아니요, 저야말로 신세 많았습니다."

오치아이는 일전에 신세 진 일에 대한 감사의 뜻을 전했다.

"실은 궁금한 것이 생겨서 전화했습니다. 그저께 아사히카와 시내의 전당포에서 도난품이 발견되었습니다만, 그것이 레분토의 선주 사카이 도라키치의 집에서 도난당한 진주 목걸이였습니다."

"예……."

"전당 잡힌 물건을 들고 온 건 레분토의 어부인데 이름이 아카이 다쓰오입니다. 거, 오치아이 씨가 탐문하러 간……."

"아카이입니까? 방화의 목격자였지요, 아마?"

오치아이는 그 남자를 떠올렸다. 우노 간지가 살아 있을지

295

도 모른다는 사실을 알리자마자 동요했었다.

"맞아요. 그 아카이가 장물을 전당포에 맡겼습니다. 날짜는 9월 10일입니다. 그런데 이게 어떻게 된 것인가 해서 어제 아카이한테 서로 출두하라고 해 사정을 청취했더니, 파수막에 화재가 일어난 이튿날 창고에서 주운 물건이라고 진술하는 겁니다. 우노 간지가 선주의 집에서 훔친 물건인지 몰랐다고 주장했습니다만, 아마 거짓말이겠지요. 그리고 신고하려고 망설인 끝에 뭐에 씌었는지 그냥 갖고 말았다고 하더라고요. 날짜가 너무 떨어진 것과 일부러 아사히카와의 전당포까지 간 것은 그러는 편이 발각되기 힘들 거라는 판단에서였다고 합니다. 뭐, 아마추어의 얕은수랄까요. 그런데 그것뿐이라면 유실물 횡령이고 초범이어서 불기소처분으로 끝나겠지만, 방화 절도 사건과 관련된 물건이라 아카이 주변을 조사해봤더니 그놈이 지난달 다시마 채취용의 소형 선박을 구입한 겁니다. 엔진이 달려 있을 뿐인 작은 보트지만 그래도 10만 엔이나 되는 상품이어서, 어디서 그런 돈이 났냐고 추궁하자 지금까지 한 푼두 푼 모은 돈으로 산 거라는 겁니다. 그럼 통장을 가져오라고 했더니 이번에는 사실은 친척한테 빌린 돈으로 샀다고 진술을 바꿨습니다. 그래서 그럼 그 친척이 누군지 말해라, 진위를 확인하면 석방하겠다고 했더니 종잡을 수 없게 횡설수설하고는 입을 다물었습니다. 이건 아마 파수막의 방화와 선주 집의 절도는 우노 간지와 아카이의 공범이 아닐까, 하고 우리 형사과장이 말해서 경찰서 안이 갑자기 활기를 띠고 있습니다."

오치아이는 구니이의 보고에 확실히 그럴 거라고 생각했다. 아카이를 만났을 때 뭔가 숨기고 있구나, 하고 직감했던 것이다.

"저도 조사에 동석했습니다만, 아카이는 충분히 수상합니다. 우노 간지가 바보인 것을 구실로 살살 구슬려 훔치게 해서 돈도, 보석도 가로챈 것이 아닐까 합니다. 아직 신병을 구속하고 있으니까 내일부터는 그런 쪽으로 추궁해보려고 합니다."

"그렇습니까? 정보를 제공해주셔서 정말 감사합니다. 저희도 우노 간지의 신병을 확보하려고 전력을 다해 수사하고 있습니다."

"그런데 말이지요, 그쪽의 다나카 과장대리가 신청했던 체포영장 건입니다만, 그쪽에서 우노 간지가 들른 곳을 조사해 지문을 채취해서 보내줄 수 없겠습니까? 그게 있으면 해상보안청은 인정 사망을 정정해주겠다고 합니다. 그렇게 되면 우리는 체포영장을 받겠습니다. 도쿄에서 우노 간지가 살아 있다는 확실한 증거니까요."

"알겠습니다. 우노 간지가 은신하고 있던 연립주택은 알고 있으니까 당장 지문을 채취하겠습니다."

"오치아이 씨, 우노 간지를 체포해주세요. 우리는 레분토의 방화 절도 사건의 진상도 알고 싶으니까요. 앞으로는 협력해서 해나갑시다."

구니이 경시가 계급이 세 단계나 아래인 오치아이에게 동료처럼 호소했다. 오치아이는 새삼 구니이의 인품에 감명을 받고 격려를 받았다. 관할 의식은 있어도 경찰의 기본은 인정(人情)이다.

식당으로 내려가자 마침맞게 다나카가 혼자 생선구이 정식을 먹고 있었다. 오치아이가 홋카이도에 걸었던 전화 내용을 보고하자, 다나카는 밥알을 튀기며 "알았네. 내일이라도 감식반을 보내지. 자네는 집주인한테 부탁하고 오게" 하고 지시했다.

"가택수색 영장을 받지 않아도 될까요?"

"집주인이 입회하면 충분하네."

오치아이는 갑자기 식욕이 솟아나 주방 아주머니에게 "돈가스덮밥, 곱빼기 됩니까?" 하고 물었고, "알겠습니다" 하고 붙임성 있는 대답이 돌아왔다. 먼저 같은 것을 급히 먹고 있던 이와무라가 "나도 곱빼기로 할걸" 하고 중대한 실수라도 저지른 것 같은 얼굴로 중얼거렸다. 정신을 차리고 보니 아주머니의 흰 옷은 긴팔이고, 식당 탁자에 놓인 주전자의 보리차가 어느새 따뜻한 엽차로 바뀌어 있었다.

20

우노 간지의 지문은 다음 날 감식반에 의해 채취되어 그날 중에 속달로 왓카나이미나미서로 우송되었다. 구니이 서장에게 전화로 그런 내용을 알리자, 도착하는 대로 인정 사망을 취소하고 방화 절도 혐의로 지방법원에 체포영장을 청구하면 당일 발행될 거라는 대답을 받았다. 그렇게 되면 우노 간지를 발견하는 대로 신병을 구속할 수 있는 것이다.

오치아이는 이제 와서 사건의 전체상이 어렴풋하게나마 보이는 것 같았다. 우노 간지는 역시 살인사건의 목격자였던 게 아닐까. 범인은 하나무라 조직의 보스 하나무라 마사카즈, 공범은 피해자의 사위인 야마다 지쓰오. 그것을 뒷받침하듯이 하나무라는 지난 며칠 동안 행사를 이유로 관서 지방에 가 있는 상태였다. 수사4과가 조직원을 잡아갔기 때문에 수사의 손길이 자신들에게 미쳤다는 것을 알았을 것이다.

"연행하면 하나무라가 실토할까요?"

탐문조사 도중 오치아이는 오바에게 물어봤다.

"설마. 똘마니도 아니고. 물증이 안 나오면 딱 잡아떼겠지. 하나무라도 호기롭게 징역형을 되풀이해왔잖아. 젊은 시절에는 사람도 죽였어. 그러니까 재판에는 익숙하고 법률 지식도 있지. 스스로 실토할 일은 없을 거야."

오바의 이야기에 따르면 수사4과의 형사들도 물증을 갖고 있지 않으면 보스급을 부르는 것을 망설이는 것 같았다.

"알리바이 같은 것도 어설프게 말했다가는 틈이 드러나니까 잊어버렸다고만 할 거네. 그렇게 되면 무엇보다 검사가 싫어하지. 옛날에는 상대가 야쿠자면 꽤 심한 짓도 했지만, 지금은 세상의 눈도 있고 해서 멍청한 짓은 못 하네."

"지쓰오는 어떻습니까? 피해자 주변을 조사하는 팀에서는 뒷조사를 하고 있다고만 하고 수사 회의에는 전혀 정보를 올리지 않고 있는데요."

"아마 다른 수를 찾고 있겠지. 털면 먼지는 나온다는 자세인 모양이네."

지쓰오에 관해서는 하나무라와 은밀히 의형제를 맺었다는 것이 밝혀졌다. 표면적으로는 회사 경영자이지만 내실은 폭력단이나 다름없다. 장사에서의 좋지 않은 평판도 몇 가지 올라왔다. 그렇게 되면 별건 체포 건수를 찾는 것이 경찰의 상투적인 수법이다.

"어쨌든 우리 일은 우노 간지를 찾아내는 일이겠네요."

"어어, 그렇지. 놈은 가까이에 있어. 우리가 해야 할 일은 신발이 닳도록 찾아다니는 거지."

오바가 자신을 타이르듯이 말하고 오치아이도 고개를 끄덕였다. 수사본부가 설치되고 나서 오치아이의 가죽 구두는 완전히 구겨졌다. 공제조합에서 싸게 살 수 있는 것이 그나마 형사들의 위안이다.

이날 오후가 되어 아사쿠사에서 유력한 정보를 얻었다. 구멍가게의 노파가, 오치아이가 보여준 사진과 닮은 얼굴의 남자를 봤다는 것이다.

"어제가 일요일이었지 아마. 오후 2시쯤이었을까. 대여섯 명의 초등학생들과 함께 와서 주스와 과자를 샀고, 계산은 그 남자가 했지요."

노파가 안경을 끼고 벽에 붙은 달력을 보며 말했다. 오치아이는 오바와 얼굴을 마주 보았다.

"좀 더 자세히 말씀해주실 수 있습니까?"

마음이 급해 빠른 말투로 말하자 노파는 귀가 어두운 듯 귀에 손을 대고 "예? 뭐라고요?" 하며 두 번 되물었다.

"할머니, 복장은 어떻던가요?" 오치아이가 큰 소리로 천천히 물었다.

"글쎄, 어땠더라. 특별한 인상은 없었으니까 셔츠와 바지 같은 일반적인 복장이 아니었을까요."

"아이들은 어떤 관계로 보이던가요?"

"어떨까. 나는 틀림없이 아이들 중 누군가의 친척 형이나 뭐 그런 거라고 생각하고, 특별히 신경도 쓰지 않았는데."

"어떤 말을 주고받던가요?"

"미안하네요. 나는 요즘 귀가 어두워서 들리지 않았거든. 하지만 보기에는 아주 즐거워 보입디다."

"아이들은 몇 학년 정도던가요?"

"아직 어린 아이들이었지요. 1학년이나 2학년쯤."

"아는 아이는 없었나요?"

"글쎄, 2가의 메밀국숫집의 다케시가 있었나."

"메밀국숫집요?"

"예, 맞아요. 메밀국숫집 '조주안'의 요코야마 씨. 옛날부터 있는 가게니까."

"정말 감사합니다."

오치아이와 오바는 감사하다고 말하고 곧바로 메밀국숫집으로 향했다. 일요일인 어제는 우노 간지가 아메요코에서 빈집 털이 미수 사건을 일으킨 날이다. 해 뜰 무렵에 도둑질을 하려고 했던 사람이 오후에는 아이들과 놀았다니, 이게 바보의 행동이라는 건가.

메밀국숫집을 찾아가자 마침 아이가 학교에서 돌아온 참이었다. 점주인 아버지에게 사정을 설명하고 다케시라는 2학년 아들을 불러달라고 했다. 아이는 온몸이 긴장되어 안쪽의 안채에서 나왔다.

"야, 다케시. 경찰 아저씨한테 인사 안 해?"

아버지가 재촉해도 가냘픈 목소리로 "안녕하세요" 하고 말하자마자 고개를 숙였다. 무서워하는 모습이어서 오치아이가 부드러운 목소리로 물었다.

"다케시. 어제 일요일에 있었던 일을 말해주었으면 좋겠는데, 오후 2시쯤 근처의 구멍가게에 갔지?"

아이가 고개를 숙인 채 가로저었다.

"그래? 가지 않았어? 하지만 구멍가게 할머니는 메밀국숫집의 다케시가 왔었다고 하던데?"

"야, 다케시. 솔직히 말해." 아버지가 강한 어조로 말해서 아이는 더욱 입을 다물고 말았다.

"형사 양반, 죄송합니다. 내가 아이들한테 군것질을 금지하고 있어서 아들놈이 군것질을 했다고 하면 혼날까 봐 그런 겁니다." 아버지가 눈썹을 팔자로 하고 변명했다. "야, 다케시. 아버지가 혼내지 않을 테니까 사실대로 말해. 어제 일요일에 구멍가게에 갔었어?"

아이가 드디어 고개를 끄덕였다. 오치아이가 질문을 이어갔다.

"고마워. 그럼 묻겠는데, 그때 큰 형과 함께였지? 그 사람, 아는 사람이야?"

아이가 고개를 가로저었다.

"그럼 어떻게 함께 간 거지?" 오치아이가 물었다. 아이가 다시 입을 다물었다.

"어디서 알게 된 거야?"

대답이 없다. 오치아이는 호주머니에서 사진을 꺼내 아이에게 보여주었다.

"그 형이 이 사람 맞지?"

아이는 사진을 힐끗 보고 꾸벅 고개를 끄덕였다. 구멍가게 노파의 증언이 확인되어 오치아이는 흥분되었다.

"다케시, 어디 사는 형이야?" 아버지가 질문을 이었다.

"몰라." 아이가 기어들어가는 목소리로 대답했다.

"같이 놀았어?"

"응."

"어디서?"

"절."

"절? 너희들이 늘 노는 절 말이야?"

"응."

아이가 대답하자 아버지는 "야, 어제라면 아사쿠사 부근의 신사나 절에서 연쇄적으로 불전함이 털렸던 날이잖아" 하고 말했다.

"그건 무슨 말이죠?" 오바가 물었다.

"형사 양반, 모릅니까? 근처의 신사나 절에서 연속해서 불전함을 쇠붙이로 비틀어 연 도둑이 들었다며 파출소의 경찰이 저희 집에도 왔었어요. 전에 못된 중학생이 턴 적은 있었지만 수법이 거칠어서 이번에는 어른 짓일 거라며 어디 짐작되는 것은 없느냐고―"

"허어." 오바와 오치아이가 맞장구를 쳤다. 그러자 아이가 순식간에 표정이 풀리더니 울 것처럼 되었다.

"야, 다케시. 왜 그래? 뭔가 알고 있어? 솔직히 말해봐. 용서해줄 테니까. 그 대신 거짓말하면 용서 안 한다."

아버지가 쭈그리고 앉아 말했다. 오치아이와 오바도 쭈그리고 앉아 아이의 눈높이를 맞추고 둘러쌌다. 아이는 거의 울상이 되어 불전함을 털었던 것은 그 형이고, 남들한테 말하지 않겠다고 약속하고 주스를 얻어 마셨다고 털어놓았다. 그것도 두 번째라고 한다.

오치아이는 점점 더 확신했다. 우노 간지는 아직 이 근처에 있다.

저녁 7시에 미나미센주서의 강당으로 가자 평소와 달리 한산했다. 오치아이는 시간을 잘못 알았나 싶어 무의식적으로 손목시계를 봤을 정도였다. 실제로 수사관들의 숫자도 절반 정도로, 평소라면 천장이 희미하게 보이던 만큼의 담배 연기도 없었다. 이와무라가 있어서 "다들 어떻게 된 거야?" 하고 묻자 "뭔가 있었던 것 같네요"라고 작은 소리로 대답했다.

"아사쿠사서와 우에노서의 형사가 모두 철수했습니다. 관내에서 다른 큰 사건이 발생한 거 아닐까요?"

"무슨 사건이지?"

"듣지 못했습니다."

그때 미야시타가 언짢은 얼굴로 들어왔다. 오치아이와 이와무라를 발견하자 잠자코 턱을 치켜들어 강당 구석으로 이동했다. 모리와 니이도 가세했다.

"5계, 전원 있나?" 미야시타는 부하의 얼굴을 둘러보며 "앞으로 하는 이야기는 모두 비밀을 유지하도록" 하고 미리 말하고는 이야기를 시작했다.

"아사쿠사서 관내에서 유괴사건이 발생한 모양이다. 어제부터 초등학교 1학년생 아동이 행방불명되었다. 신고서는 어젯밤 8시경에 파출소에 제출되었다. 아사쿠사서는 인접한 각 경찰서에 미아 수배를 했지만 발견되지 않았다. 그래서 하룻밤이 지난 오늘 아침 9시에 수사1과에 응원을 요청해왔다. 출동한 것은 2계다. 관할 형사과 형사 및 방범과 형사와 부근을 수색했다. 맨 먼저 생각되는 것은 사고사라서 부근의 강이나 도랑을 수색했지만 발견되지 않았다. 해당하는 교통사고도 일어나지 않았다. 그런 가운데 오늘 오후 3시가 되어 아이 자택으로 남자 목소리의 전화가 걸려 왔다. '아이를 데리고 있다. 50만 엔을 준비하라'는 내용이었다고 한다. 현시점에서는 여기까지다. 그다음 상황은 들어오지 않았다. 그래서 전 시계상 살인사건의 수사본부는 어쩔 수 없이 축소하게 되었다. 오늘부터 아사쿠사서와 우에노서의 수사관이 빠진다. 어쩔 수 없는 일이다. 다마리 1과장님으로부터 한시라도 빨리 범인을 잡고 유괴사건 수사에 가담하라는 지시가 내려왔다. 마음을 다잡고 수사에 임하도록."

미야시타의 보고에 5계 수사관들은 놀라서 침통한 표정을 보였다. 특히 오치아이와 사와노에게는 어린아이가 있어 자신의 처지와 바꿔놓고 생각하니 가슴이 찢어질 것 같았다.

"유괴된 아이의 이름과 가족에 대해서는 알고 있습니까?" 모리가 물었다.

"나는 듣지 못했지만 나중에 다나카 과장대리로부터 이야기가 있을 거네."

강당의 이곳저곳에는 똑같이 사람들이 동그랗게 모여 각 계장이나 반장으로부터 유괴사건에 대해 듣고 있는 것 같았다. 형사의 사건 수사는 기본적으로 다른 사건에 관여하지 않지만, 같은 수사 구역에서 일어난 사건인 만큼 모른 체할 수는 없었다.

저녁 7시 15분쯤 다나카를 비롯한 수사 간부가 앞쪽의 큰 탁자에 나란히 앉았다. 다나카가 인원이 적어진 수사관을 둘러보고 "이미 들었을 거라고 생각하지만"이라며 말을 꺼내 아사쿠사서 관내에서 발생한 유괴사건에 대해 이야기했다. 그에 따르면 유괴된 아이는 스즈키 요시오, 여섯 살, 초등학교 1학년생이다. 집은 다이토구 아사쿠사사루와카초 2가 ×번지의 두부집 '스즈키 상점'이다.

두부집이라는 말을 듣고 오치아이는 두 가지를 생각했다. 하나는 자택에 전화가 있다면 부잣집이라고 상상하지만 보통의 상점이었다는 것, 또 하나는 그렇다면 왜 두부집 아이를 노렸을까 하는 것이다. 근래에 유괴사건이 다발했는데, 유괴범이 노리는 것은 대부분 유복한 집 아이다.

같은 상상을 했는지 니이가 손을 들어 질문했다.

"그 두부집은 공장입니까?"

"아니, 가족이 운영하는 개인 상점이네." 다나카가 대답했다.

오치아이는 이건 원한일 가능성도 있겠다고 생각했지만 발언은 삼갔다. 자신들과는 관계없는 사건이다.

"여러분은 지금까지처럼 살인범을 쫓는데, 수사 구역이 겹치니까 마음 한구석에 담아두고 있게. 유괴사건에 대해 우연히 정보를 얻을 경우 곧바로 보고하고. 또한 유괴 사안은 오늘 오후 6시에 보도 협정이 맺어졌네. 그것도 유의해두도록."

보도 협정이라는 말에 오치아이는 자신까지 긴장했다. 형사가 되어 지금까지 유괴사건에 관여한 적은 없었다. 아이의 생명이 걸린 사안이란 얼마만큼의 긴장이 가해질까.

"자, 우리 회의도 시작하세. 오늘은 닐이 좋은 정보를 얻었지?"

다나카가 니이를 응시하며 말했다.

"아니, 좀 더 보강수사를 하고 나서 보고하려고 생각했는데요." 니이가 말했다.

"아까워하지 말게. 앞으로 일주일 안에 범인을 체포하라고 이지마 형사부장님이 직접 명령을 내렸으니까. 수사 지휘를 하는 사람의 입장이 되어보게."

"아, 예. 알겠습니다. ……그럼 보고하겠습니다. 피해자의 사위 지쓰오 말입니다만, 사건 당일인 8월 9일 회사에 있었다는 것은 허위신고입니다. 지난달 야마다 상회를 퇴직한 여자 사무원을 찾아내 물었더니 사건 당일 지쓰오한테 선대 사장으로부터 전화가 와서 오후에는 회사를 비웠습니다. 행선지는 말하지 않았다고 합니다만, 평소라면 말을 해야 할 행선지를 말하지 않았기에 역시 기억하고 있다고 했습니다. 그래서 행선지는 선대 사장님 댁이 아니었을까 하는 추측이 가능합니다. 이렇게 증언한 사람은 그 전화를 받아 바꿔준 전 여자 사무원인 스물두 살의 이토 에쓰코입니다."

니이가 수첩에 눈을 떨어뜨리며 이야기했다.

"닐, 자네의 공적이네."

다나카가 강한 어조로 말하고 수사관들은 곧 흥분했다.

"그 여자 사무원은 어디서 찾았나?"

"긴자의 클럽입니다. 지금은 호스티스를 하고 있습니다. 뭐, 사무원이라고 해도 단순히 전화나 받는 사람이었다고 하지만요. 1년 전에 고용되어 일을 시작했지만, 회사 일과 관계없는 일로 사장 부인에게 혹사당하는 게 싫어져 그만두었다고 합니다."

"역시 널이야. 다들 기억해두게. 회사 내의 일은 퇴직자를 찾아서 묻는 것이 수사의 철칙이네."

평소에 좀처럼 부하를 칭찬하지 않는 다나카가 불만스러운 태도로 말했다. 니이는 멋쩍어서인지 머리를 긁적이며 고개를 돌렸다.

"그런데 닐, 덤으로 또 다른 정보가 있지 않나?"

"예. 별건에 대한 정보입니다. 지쓰오는 유시마에 정부를 두고 있습니다. 그런데 정부가 살고 있는 연립주택의 계약서 임차인 이름이 본인이 아니라 회사의 전무입니다. 다시 말해 사문서 위조죄로 연행할 수 있습니다. 그 전무라는 사람은 지쓰오의 알리바이를 증언한 인물이기 때문에, 뭐, 부하 같은 거겠지요."

"좋아. 지쓰오와 전무를 같이 데려오지. 미야시타 계장과 닐이 조사하게. 나머지 사람들은 전력을 다해 우노 간지를 찾아내야 하네. 우노는 분명히 뭔가를 알고 있을 테니까."

"과장대리님, 그 일로 한 가지 목격 증언이……"

오치아이가 손을 들었다. 낮에 구멍가게와 메밀국숫집에서의 탐문조사로 얻은 정보를 말할 생각이었다. 니이를 따르고 싶다는 마음도 강했다. 오치아이는 수사가 두 걸음, 세 걸음이나 전진한 것을 피부로 느끼고 있었다.

21

10월 8일 화요일, 이른 아침 시간에 아사쿠사서의 형사 두 명이 마치이 여관으로 찾아왔다. 어머니가 "바깥의 간판이 보이지 않았소?"라고 일갈하자 이날은 아주 저자세로 "그런 말씀 마시고, 오늘은 다른 용건이니까요" 하고 한 손을 들어 배례를 하며 봉당으로 들어왔다.

"엄마는 식당으로 가. 내가 상대할 테니까."

미키코가 서둘러 나와 어머니를 안쪽으로 물렸다. 아침부터 어머니의 고함 소리를 듣고 싶지 않았던 것이다.

"아가씨, 밖의 간판은 뭔가요?" 형사가 물었다.

"아아, 신경 쓰지 마세요. 연합회가 세워놓고 간 거니까요."

여관 현관에는 '경찰 출입 금지'라고 크게 쓴 입간판이 세워져 있었다. 미키코가 무심코 승낙한 탓에 연합회에 이용당하게 되고 말았다.

"어쨌든 좋아요. 아가씨, 오늘은 사람을 찾으러 왔어요. 지난 이삼일 사이에 이 남자아이 본 적 없어요?"

나이가 든 쪽의 형사가 사진을 내밀며 미키코에게 보여주었다. 입학식 사진일까. 새로 단장하고 교문 앞에 서 있다. 나들이옷을 입은 얼굴이어서 힐끔 본 것만으로는 잘 알 수가 없었다.

"초등학교 1학년인데, 복장은 짙은 갈색의 반바지에 흰색 긴팔 셔츠를 입었어요. 앞머리는 가지런히 자르고 옆머리와 뒷머리 부분은 쳐올린 머리 모양이고, 코를 흘리고 있어요."

"어디 아이인가요? 이 부근의 아이라면 대충은 알고 있는데."

미키코가 물었다. 1년 전까지 아사쿠사의 주산학원에서 아이들을 가르쳤기 때문에 미키코는 많은 아이들을 알고 있었고 그리움의 대상이 되고 있었다.

형사들이 얼굴을 마주 보았다. 대답할지 말지를 망설이고 있는 것 같았다.

"아사쿠사사루와카초 2가의 두부집 남자아이인데, 알고 있어요?" 나이든 쪽의 형사가 엄중한 분위기로 말했다.

"아아, 스즈키 상점요. 그렇다면 알고 있어요. 스즈키 씨네는 아마 삼남매일 거예요. 그리고 남자아이는 막내고요. 누나 두 명이 주산학원의 학생이었거든요. 저는 그곳 선생이었고……. 아, 작년까지 아사쿠사의 주산학원에서 아르바이트를 했거든요."

다시 사진을 봤다. 생각났다. 이 남자아이는 두부집의 막내다.

"그렇군요. 그런데 맨 아래의 남자아이, 지난 이삼일 동안 보지 않았어요?"

미키코가 알고 있다고 대답했더니 두 사람 다 수첩을 펼치고 덤벼들었다.

"아니요, 아사쿠사의 아이라면 산야까지는 좀처럼 오지 않아요. 자전거를 갖고 있는 아이는 다르겠지만요."

"스즈키 상점에 대해 뭔가 알고 있는 것은요?"

"아무것도 몰라요. 평소 두부는 근처에서 사거든요. 학원에서 어머님이 인사하러 온 적은 있지만 이야기를 나눈 것은 그때뿐이었고요."

"두부집에 대한 평판은요?"

"모른다니까요."

"고용인은요? 나팔을 불며 이쪽까지 팔러 오지 않나요?"

"오지 않아요. 산야는 동네 두부집이 도니까요."

"그럼 여자 종업원은요? 최근에 그만둔 종업원이 있었다고 하던데요."

"여자 종업원도 몰라요."

"댁의 여관 여자 종업원과 아는 사이라든가 그런 것도 없나요?"

"글쎄요, 들어보진 못했는데요."

형사의 질문은 집요했다. 마치 두부집의 누군가가 무슨 일을 저지른 것 같았다.

"저기, 형사님. 무슨 일이 있었나요?" 미키코가 물었다.

"아뇨, 아무것도 아닙니다."

형사는 즉답을 했지만 표정은 경직되어 있었다. 아이를 보지 않았느냐고 물은 것을 보면 행방불명이라는 걸까. 적어도 형사가 미아를 찾아다닐 리는 없다.

여기서 미키코는 생각해냈다. 맨 아래 남자아이는 요시오라고 했다. 유치원에 다닐 때 두 누나가 주산학원으로 몇 번인가 데려온 적이 있다. 강의실 구석에서 얌전히 그림을 그리며 주산 공부가 끝나기를 기다리고 있었다. 학원 사모님이 "조용히 있고 기특하구나"라며 과자를 주자 순진무구하게 기뻐하던 표정을 기억하고 있다. 그리고 사모님은 "그 아이는 다리가 불편한 것 같아서" 하며 뒤에서 동정하고 있었다. 그 말을 듣고 보니 가볍게 다리를 끌고 있었다.

"형사님, 스즈키 씨네 남자아이가 행방불명되었나요?"

"그건 말할 수 없습니다."

"하지만 사진을 가지고 찾고 있으니까 행방불명이라는 거잖아요?"

"그러니까 말할 수 없다니까요."

형사가 완강하게 대답을 피했기 때문에 미키코는 갑자기 걱정이 되었다. 남자아이와 말을 해본 적은 없지만 학원에 온 적이 있고 두 누나는 예전의 제자다.

"요시오는 언제부터 안 보인 건가요?"

미키코가 남자아이의 이름을 말하자 형사는 "아니, 사실은 막내도 알고 있잖아요?" 하고 미간에 주름을 만들며 더 한층 달려들었다.

"방금 이름이 떠올랐어요. 그뿐이에요."

"뭐든지 좋으니까 짐작 가는 것 없어요? 없어진 것은 일요일 오후니까요."

"일요일 오후부터라면 역시 행방불명이잖아요?"

미키코가 눈을 부라리며 캐물었다. 형사들은 그래도 대답을 흐리며 언질을 주지 않으려고 했다.

미키코는 갑자기 가슴이 답답하게 죄어왔다. 벌써 이틀 밤이나 돌아오지 않았다니. 그렇다면 형사가 나설 수밖에 없는 것이다.

"죄송해요. 협조해드리고 싶지만 생각나는 게 아무것도 없어요."

"알았습니다. 그럼 뭔가 알게 되는 것이 있으면 아사쿠사서의 형사과로 전화 좀 해주세요. 아가씨는 산야에서 유명하고 다들 좋아하니까 이야기도 들어오기 쉬울 거라고 생각하니까요."

"사람들이 특별히 좋아하는 것은 아니지만 요시오 일이니까 뭔가 듣게 되면 뭐든지 알려드릴게요."

"그럼 부탁합니다."

형사는 말을 마치고는 빠른 걸음으로 사라졌다. 그 조급한 움직임만으로도 형사들의 긴박감이 전해졌다. 산야에서의 탐문조사는 일상다반사지만 일각을 다투는 사건이라는 인상은 처음 있는 일이었다.

그때 문득 유괴라는 말이 뇌리에 떠올라 미키코는 오싹했다. 올봄 구로사와 아키라 감독의 영화 〈천국과 지옥〉이 개봉되어 크게 히트를 쳤고, 그것을 흉내 낸 유괴사건이 전국적으로 빈발했기 때문이다. 그 문제는 국회에서도 다뤄져 영화 공개가 중지된다는 소문이 떠돌았다.

아니, 설마. 이런 서민 동네에서 유괴사건이 일어날 리가 없다. 애초에 스즈키 상점은 고용인이 있기는 하지만 동네의 평범한 상점이다.

"미키코, 형사가 무슨 일로 찾아온 거야?"

어머니가 돌아와 물었다.

"아이가 행방불명되었대. 엄마는 아는 거 없어? 센소지 근처 두부집의 남자아이."

"모르겠는데, 그쪽은. 그보다 미키코, 미카와시마의 이가와 씨 일가가 일본에 귀화하고 싶으니까 의논 좀 했으면 하던데.

어젯밤의 불교 모임에서 아주머니한테 들었어. 우리 딸이 의논을 해드릴 거라면서 너한테 물어보라고 말해두었어."

"왜 그렇게 멋대로 일을 하는 거야?"

미키코가 눈초리를 치켜올리며 항의했다. 어머니는 귀찮은 일이면 모두 딸에게 떠넘기려고 한다.

"내가 그런 의논을 해주면 귀화를 저지하려는 민단이 또 밀어닥쳐 싸움이 벌어지고 말 거 아니니. 미키코, 너라면 제대로 해줄 거라고 생각하고……."

어머니가 입을 오므리고 변명을 했다.

"내가 해도 싸움이 벌어질 거야."

"부탁해. 1000엔 줄 테니까."

"5000엔."

미키코가 자포자기하는 심정으로 말하자 어머니는 실룩하는 미소를 띠고 다시 안쪽으로 물러갔다. 대답을 하지 않는 것이 어머니의 교활함이다.

귀화는 미키코가 지금까지의 인생에서 떠올리고 싶지 않은 사건 중 넘버원이다. 아버지가 돌아가신 후 어머니가 세 식구의 귀화 신청을 하자, 맨 먼저 몰려온 것은 민단의 간부들이었다. 어머니를 둘러싸고 "배신자" "신청을 취소해"라고 고함을 지르며 몇 시간이나 계속해서 압박했다. 기가 센 어머니는 항변했지만, 그래도 남자들과의 언쟁에 이길 수가 없어 곤욕을 치르는 상태였다. 열세 살이었던 미키코는 그때마다 동생 아키오와 둘이서 밖으로 나가 있으라는 말을 따랐는데, 어느 날 골목에서 안의 상황을 엿보고 있었더니 식기가 깨지는 소리가 들려 황급히 안으로 들어가자 어머니와 남자가 맞붙어 싸우고 있었다. 어머니가 울부짖는 모습은 지금도 강한 인상으로 남아 있다. 그런 일이 거의 1년이나 계속되어 민단은 포기했지만, 이번에는 관청이라는 관문이 기다리고 있었다.

신청하고 나서 3년이나 기다려야 했던 것은 아버지가 야쿠자였기 때문일 것이다. 친척, 이웃과의 교제, 학교 등 하나에서 열까지 조사하고 사소한 것을 트집 잡아 서류를 내주지 않으려고 했다. 끈기에 져서 포기하는 것을 기다리는 것처럼 우리를 안달하게 했다. 어머니가 몇 번이나 공무원과 싸웠기 때문에 마지막에는 보다 못한 미키코가 고등학생이었지만 창구로 갔을 정도였다.

드디어 모든 서류가 갖춰지고 법무국에 세 식구가 갔을 때의 일은 지금도 꿈에 나타나면 가위에 눌린다. 무표정한 공무원은 미키코 가족을 힐끗 보고는 어두운 방으로 데려가 거기서 양손의 모든 손가락 지문을 채취했다. 세 명 모두 까만 잉크가 손가락에 덕지덕지 묻은 채 복도로 나오자, 직원이나 방문자가 일제히 쳐다보며 까만 손과 얼굴을 비교해보고는 아, 그렇구나, 하는 표정을 지었다. 미키코는 분해서 온몸의 피가 거꾸로 솟은 것처럼 얼굴이 뜨거워졌다. 세면실에서 손을 씻었지만 좀처럼 지워지지 않았으므로 세 사람 모두 손을 꽉 쥔 채 노면전차에 흔들리며 집으로 돌아왔다. 굴욕이란 이런 감정을 이르는 말이구나, 하고 미키코는 생각했다.

자신의 성장과정을 원망하지는 않는다. 이 정도의 운명은 지구상 어디에나 널려 있을 것이다. 다만 지금도 생각하면 분하다.

"미키코 씨, 잠깐 괜찮아요?"

누가 말을 걸어 문득 정신을 차리고 얼굴을 들었더니 연합회의 니시다 위원장이 서 있었다.

"네. 뭐요?"

"전에 이야기한 경찰의 위법 수사 건 말인데요, 오늘 오후 〈도요신문〉 기자가 와준다고 했으니까, 미키코 씨가 취재에 응해줄래요?"

"좋아요. 단 익명이고 사진은 안 돼요."

미키코는 쓴웃음을 짓고 승낙했다. 그렇다, 나도 강하게 살자. 싸우고 있는 사람도 많이 있다—

"뭐가 그렇게 우스워요?"

니시다가 의아하다는 듯이 물었다.

"아뇨, 아무것도 아니에요. 아, 맞다, 우노 간지라는 애는 뭐하고 있어요?"

"아직 요시와라의 전 인쇄공장에 있을 겁니다. 그 사람, 참 특이해요. 경찰에 쫓기고 있는데도 위기감이라고는 전혀 없고 제멋대로 돌아다니고 있거든요. 붙잡혀도 모른다고 말해도 자기는 절대 잡히지 않는다며 근거 없는 자신감을 갖고 있어요. 정말 이상한 사람이라니까요."

니시다가 어깨를 움츠리며 말했다. 미키코는 우노 간지의 얼굴을 떠올렸다. 확실히 이렇다 할 특징이 없는 인상이고, 아주 간단히 인파 속에 뒤섞일 만한 인상이기는 했다.

도쿄에서 빨리 도망치면 좋을 텐데. 그렇게 생각했지만 미키코와는 관계없는 일이었다.

22

10월 8일 화요일 오전 8시 전, 오치아이는 미나미센주서로 출근하자마자 보초를 서는 경찰로부터 서장실로 가라는 말을 들었다. 무슨 일일까 하며 1층 안쪽의 서장실 문을 열고 들어가자, 거기에는 서장이 아니라 다나카 과장대리가 긴 의자에서 담요를 둘둘 말고 "왔나" 하고 분명치 않은 목소리로 말했다.

"안녕하십니까? 과장대리님은 여기서 주무신 겁니까?"

"그래. 도장이라면 젊은 사람들이 신경을 쓰니까 말이지."

다나카는 몸을 일으키더니 휴지를 들고 소리를 내서 코를 풀었다. 그리고 담배에 불을 붙이고 연기와 함께 말을 내뱉었다.

"이봐, 오치아이. 자네가 가져온 것 중에 일요일 오후 아사쿠사의 구멍가게에서 아이들과 함께 있던 우노 간지의 목격 정보가 있었지?"

"예. 가게 할머니의 증언입니다. 오후 2시 정도에 우노 간지로 보이는 젊은 남자가 초등학생 대여섯 명에게 이끌려 찾아와 주스와 과자를 사주었다는 정보입니다."

"그 아이들 중에 아무래도 유괴된 스즈키 요시오가 있었던 모양이네."

"예?" 오치아이는 말문이 막혔다. "……유괴라는 게 혹시 아사쿠사서 관내에서 일어난 두부집 아이가 유괴된 사건을 말하는 겁니까?"

"그렇다네. 어젯밤 늦게 아사쿠사서의 수사본부에서 문의가 있었지. 전 시계상 살인사건의 탐문조사로 아사쿠사 신사 옆의 구멍가게에 간 형사가 그쪽에 있다고 하던데 누구인가, 하고 말이네. 오치아이라고 대답했더니 급히 왔으면 좋겠다는 거야. 형사과장의 이야기에 따르면 아사쿠사서의 형사가 요시오의 행적을 조사했더니 일요일 오후 요시오는 그 그룹의 아이들과 함께 놀고 구멍가게에 갔다는 것을 알 수 있었네. 그러니까 유괴된 것으로 보이는 날, 요시오는 우노 간지와 행동을 함께했다는 거야. 아이들은 그 후 오후 5시까지 함께 놀다가 사이렌 소리가 울렸을 때 집으로 돌아갔다네."

"우노 간지는 마지막까지 아이들과 함께 있었던 거네요."

"아이들의 증언에 따르면 그렇지. 아무튼 얼른 아사쿠사서의 수사본부로 가보게. 자네가 갖고 있는 정보를 필요로 할 거네. 수사 회의는 면제고, 오늘은 돌아오지 않아도 좋아."

"알겠습니다."

오치아이는 대답하며 등에 오한이 엄습했다. 이건 대체 무슨 일일까. 다나카도 이 정보가 정리되지 않은 듯 "우노 간지는 어딘가 불량 그룹에 속해 있는 건가?" 하고 곤혹스러운 표정으로 말했다.

"여자의 연립주택에서 경찰이 들이닥치기 직전에 모습을 감추었다거나, 이만큼 수사하고 있는데도 계속 도망 다니고 있다거나, 아무튼 단독으로 하기에는 어려운 일투성이지."

"저도 동감입니다. 누군가 길잡이가 있을 가능성이 높은 것 같습니다."

"게다가 유괴된 아이와 함께 있었다는 정보야. 만약 유괴사건에도 우노 간지가 관련되어 있다면 이유를 알 수 없게 되는 거지."

"저도 모르겠습니다. 현 상황에서는 두 손 두 발 다 드는 거지요."

"우리는 오늘이라도 사위인 지쓰오와 전무를 사문서 위조죄로 잡아 올 거야. 지쓰오는 어차피 아마추어지. 전과도 없고 흔들면 금방 무너질 거야. 그러니까 자네는 우노 간지만 쫓아."

다나카가 담배를 비벼 끄고 여자 사무원이 가져온 차를 후룩후룩 마셨다. 찻잔을 본 채 "이렇게 되면 유괴 쪽이 걱정되는군" 하고 중얼거렸다.

"일일이 보고하겠습니다."

"그래, 부탁하네."

오치아이는 발길을 돌렸고, 달려서 미나미센주서를 나왔다.

미나미센주의 정류장에서 만원인 노면전차를 타고 아사쿠사서로 향했다. 전차 안은 통근하고 통학하는 승객으로 콩나물시루 같았다. 도로는 막히고 차가 모든 차선을 메우고 있었다. 도쿄도의 인구가 1000만 명을 넘었다는 뉴스가 나온 것은 작년의 일이다. 일본인은 세계 최초의 천만 도시의 탄생을 자랑스럽게 생각한 것 같지만, 막상 살고 있는 오치아이에게는 답답할 뿐이다.

쇼텐초에서 내려 경찰서 방향으로 걸어가다가 책가방을 멘 교복 차림의 초등학생 무리를 만났다. 아사쿠사서는 초등학교와 길을 사이에 두고 있다는 걸 오치아이는 생각해냈다. 그렇다면 유괴된 요시오는 그 학교의 학생이라는 이야기가 된다.

교문 앞에 당도했을 때 '다이토 구립 후지초등학교'라는 간판을 봤다. 초등학교에서 교복을 채택한 것으로 보아 유서 깊은 학교일 것이다. 예전에 도쿄 제일의 번화가였던 아사쿠사의 초등학교인 것이다. 목조 건물이 자못 역사를 느끼게 한다.

교문 앞에는 젊은 교사 둘이 서서 "안녕" 하며 아이들에게 인사하고 있었다. 학교는 자기네 학생이 유괴되었다는 사실을 알고 있을까. 단서를 찾는 이상 밝히지 않을 수 없다.

아사쿠사서에 도착하자 현관 앞에는 기자가 무리를 이루고 있었다. 대략 스무 명쯤 될까. 일제히 시선이 향해진다. 그중에 안면이 있는 기자가 있었다. 〈주오신문〉의 마쓰이라는 동년배 남자다. "오치아이 형사님, 오늘부터 수사본부에 들어갑니까?" 하고 강한 어투로 날카롭게 물어 왔다.

"아니요. 저는 미나미센주마치 사건만 합니다. 잠깐 볼일이 있어 왔을 뿐입니다."

"다마리 1과장이 참석한다고 해서 대기하고 있는데 그거 진짭니까?"

"아뇨, 전 모르겠습니다. 전 관계가 없어서요."

모여드는 기자들을 뿌리치고 안으로 들어가자 수사1과 2계의 형사들이 대기하고 있다가 "오치아이, 서장실로 가게"라고 지시했다.

서장실 문을 열자 안에는 서장, 부서장, 서의 형사과장, 그리고 본부 수사1과의 2계장이 다 모여 있고 오치아이에게 앉으라고 했다.

"여러분, 이 사람이 수사1과 5계의 오치아이입니다."

2계장인 나가사키가 오치아이를 참석자에게 소개했다. 경력이 일천한 오치아이에게는 나가사키 이외에는 초면이었다. 계급은 모두 경부 이상이고, 나이는 한 띠 이상 많다. 한 사람한 사람을 소개받고 오치아이는 열심히 이름을 머리에 새겨넣었다.

"다마리 1과장이 아직 안 왔지만 시간이 아깝네. 일요일에 얻은 우노 간지라는 피의자의 목격 정보와 해당 인물이 어떤 사람인지 자네가 직접 자세히 들려주게."

서의 이시이 형사과장이 재촉했다. 상좌에는 아사쿠사서의 호리에 서장이 못마땅한 얼굴로 팔짱을 끼고 있었다. 오치아이는 자세를 바로 하고 이야기를 시작했다.

"예. 그럼 보고 드리겠습니다. 우노 간지라는 존재가 처음으로 떠오른 것은 8월 초순 센주 부근에서입니다. 빈집 털이 사건이 연쇄적으로 발생했고, 그 후 예의 미나미센주마치의 전시계상 살인사건이 일어났을 때 산림청의 완장을 찬 젊은 남자의 모습이 부근에서 다수 목격되었습니다. 그리고 아라카와 하천부지에서 노는 아이들로부터 완장을 찬 그 젊은 남자가 철교 밑의 짐배에 살고 있고 북쪽 지방 사투리를 쓴다는 정보도 새롭게 얻었습니다. 그래서 산림청에 문의했더니 8월 초에 홋카이도의 사로베쓰겐야 대기소가 털렸고 거기서 작업복 한 세트, 장화, 헬멧 등이 도난당했다는 사실이 밝혀졌습니다. 그것으로 북쪽 지방 사투리를 쓰는 남자와 홋카이도가 연결되었습니다. 아울러 관할인 왓카나이미나미서가 도난이 아니라 유실물로 취급했기 때문에 산림청 대기소의 현장검증은 이루어지지 않았습니다."

오치아이의 보고에 이시이 과장이 가볍게 혀를 찼다. 호리에 서장은 얼굴을 찌푸리고 있었다.

"계속하겠습니다. 그래서 다나카 과장대리가 왓카나이미나미서의 서장에게 편지를 보냈는데, 같은 시기 레분토에서 우노 간지라는 다시마 채취 어부가 선주가 소유한 건조물에 방화를 하고 절도를 하는 사건이 발생했습니다. 그리고 우노는 선주의 어선을 타고 섬에서 도주했는데, 마침 거친 날씨에 조난을 당하는 사고가 발생했다는 사실을 알았습니다. 이것으로 해안보안청은 우노 간지를 인정 사망으로 처리했습니다. 따라서 수사도 거기서 중단되었습니다. 그러나 저와 미나미센주의 오바 주임이 왓카나이 및 레분토로 출장을 가서 사진과 지문을 입수함으로써 센주 부근에서 목격된 북쪽 지방 사투리를 쓰는 젊은 남자가 우노 간지라는 사실이 판명되었습니다. 인정 사망은 이미 취소되었을 겁니다."

"지문 건은 확실한 건가?" 호리에 서장이 물었다.

"예. 감식반의 채취로 우노 간지는 올 초까지 아사쿠사의 스트립 극장에서 일했고, 무코지마에 있는 무희의 연립주택에 거주하고 있었다는 것은 확정되었습니다."

"알았네. 그럼 우노의 전과에 대해 알려주게."

"예. 우노는 중학교를 졸업한 후 삿포로 시내에 있는 부품공장에서 일했습니다만, 그곳에서 몇 번인가 절도 사건을 일으켰습니다. 그것으로 열일곱 살부터 1년간 소년교도소에 들어갔습니다. 전과는 절도와 그것에 따르는 기물 파손이 주이고 상해 등 폭력적인 것은 없었습니다. 그리고 이것이 중요합니다만, 우노는 뇌에 가벼운 기억장애를 안고 있습니다. 보호사의 이야기에 따르면 어머니의 결혼 상대에 의해 자해 공갈을 해야 했던 시절에 입은 장애라고 합니다."

오치아이는 아울러 우노 간지의 성장 내력에 대해서도 이야기했다. 간부들의 표정이 어두워지고 그의 부모에 대한 분노가 전해져 왔다.

"우노 간지에 대해서는 알겠는데, 그것이 요시오의 행적과 겹친 것에 대해서는 어떻게 생각하나?"

2계장 나가사키가 물었다.

"전혀 모릅니다. 제가 얻은 정보로는 일요일 오후 2시경 센소지 근처의 구멍가게에 아이들이 찾아왔고 우노 간지로 보이는 남자가 계산을 했다는 것뿐입니다."

"유괴사건과 관계가 있다고 생각하나?"

"그것도 모르겠습니다. 다만 하천부지에서 함께 놀았던 아이들에게 물었더니 입을 모아 '그 형은 바보였어요' 하는 대답이 돌아왔고 아이들은 그를 무서워하지 않았습니다. 오히려 우노를 놀리며 놀았던 것 같습니다. 그런 점에서 볼 때 적어도 흉악 범죄를 일으킬 만한 인물이라고는 생각하기 힘들다는 인상입니다. 전 시계상 살인사건의 경우에도 중요 참고인이지만, 실행한 것은 다른 사람일 거라는 것이 수사본부의 판단입니다."

"그렇군. 우연히 요시오와 함께 있었는지, 아니면 범인인지……."

"마음에 걸리는 것을 말하자면 우노 간지에게는 동료가 있는 게 아닐까 하는 의심이 든다는 사실입니다. 수사망을 재빨리 빠져나간다거나 마치이 아키오라는 도잔회의 야쿠자한테 장물을 넘긴다거나 하는 걸 보면 도쿄에 동료가 있을 가능성이 높아 보입니다."

"좋아, 일단 사진을 여기 수사관들한테도 나눠주지. 이 사안에서도 우노 간지는 중요 참고인이야. 이시이 과장, 수배를 부탁하네. 그리고 오치아이, 자네는 우노 간지의 목소리를 들은 적 있나?"

　호리에 서장이 물었다.

　"아뇨, 없습니다."

　"좋아, 없어도 상관없네. 지금 우노와 가장 가까운 것은 자네네. 지금부터 오치아이는 나가사키 2계장과 함께 스즈키 상점으로 가주게. 다나카 과장대리와 미야시타 5계장에게는 허가를 얻어놨으니까."

　"알겠습니다."

　오치아이는 나가사키와 함께 서장실을 나와 일단 숙직실로 들어갔다. 거기서 흰 옷으로 갈아입고 모자를 쓰고 장화를 신었다. 두부집을 출입하는 업자로 변장하기 위해서다. 범인의 동료가 스즈키 상점을 감시하고 있을 가능성이 있다는 판단에서다.

　뒷문으로 나가자 거기에는 백화점 이름이 쓰인 경트럭이 세워져 있었다.

　"어디서 조달한 겁니까?"

　"아사쿠사의 마쓰야에서 빌려 왔네. 평소 알고 지내는 곳이야."

　나가사키의 대답에 오치아이는 유괴사건 수사의 중대성을 실감했다. 앞으로는 비밀 수사가 철저히 진행되는 것이다.

　오치아이가 핸들을 잡고 스즈키 상점으로 향했다. 오치아이는 긴장한 나머지 단속적으로 트림이 올라왔다. 아이의 생명이 걸려 있다면 책임은 중대하다.

스즈키 상점 앞에 트럭을 세우고, 주위의 눈을 확인하고 나서 내렸다. 가게는 덧문이 닫혀 있고 임시 휴업이라는 팻말이 걸려 있었다. 범인이 본다면 영업하는 것이 부자연스럽기에 당연한 판단이다. 점포는 주거를 겸한 것으로 아주 평범한 건물이었다. 올려다보니 옥상에는 빨래 건조대가 있고, 그 위로는 원망스러울 정도로 파란 하늘이 펼쳐져 있었다.

"안녕하십니까?" 일부러 환한 목소리로 말하고 옆에 있는 문을 열었다. 들어가서 곧 작업장이 있고 어둑한 가운데서 2계의 형사가 "어서 안으로" 하며 손짓을 했다. 작업장을 지나 가족의 생활공간으로 보이는 다다미 여섯 장이 깔린 거실로 들어가자, 안색을 잃은 부부가 다리가 낮은 밥상 위에 검은색 전화기와 테이프레코더를 놓고 뭔가에 매달리는 듯한 표정으로 오치아이와 나가사키를 맞이했다.

"전화는 아직 걸려 오지 않았습니다." 형사가 보고했다. 이 자리에 있는 것은 2계의 형사 한 명과 아사쿠사서의 형사 둘, 그리고 오치아이와 나가사키가 가세해 총 다섯 명이 되었다. 직무로 볼 때 이 자리의 지휘는 2계장인 나가사키가 맡을 것 같았다.

"아아, 부인. 차는 괜찮습니다."

나가사키가 일어서려던 어머니를 제지했다.

오치아이가 테이프레코더를 들여다보았다. 실물을 본 것은 이번이 처음이었다.

"이건 경시청의 비품인가요?"

"아니, 소니에서 빌린 거네. 현재 테이프레코더는 공안부에 한 대밖에 없어서 사용 신청 서류를 올리고 하는 것보다 그사이에 이쪽에서 어떻게든 변통하는 것이 빠르다는 다마리 1과장의 판단으로 내가 어제 빌려 왔지."

나가사키가 대답했다. 녹음기에는 잭이 꽂혀 있고 그 앞에는 흡착기가 붙어 있다. 전화벨이 울리면 그것을 본체에 부착시켜 녹음하는 구조인 것 같았다. 이것이 과학적인지 어떤지 오치아이에게는 판단이 서지 않았다.

"아버님, 전화는 어제 한 번뿐이었습니까?" 오치아이가 물었다.

"예, 그렇습니다. 아들을 데리고 있다, 50만 엔을 준비하라, 이렇게만 말하고 끊었습니다."

"목소리를 들은 기억은요?"

"없습니다."

"오치아이, 그런 건 다 물어봤네."

나가사키로부터 주의를 받고 "죄송합니다" 하며 고개를 숙였다.

"이봐, 젊은이."

관할서의 호소노라는 중년의 형사가 턱짓으로 방에서 나오라고 지시했다. 오치아이를 작업장 구석으로 데려가 지금까지의 경위를 설명해주었다.

"지금 수사본부에서 움직이고 있는 것은 원한이라는 선과 성격이상자라는 선이네. 원한에 대해서는 지금까지 과거 2년 사이에 그만둔 종업원을 조사하고 있지. 그건 여자 종업원을 포함해 세 명이네. 두 명의 남자 종업원 중 한 명은 아사쿠사의 음식점에서 보이를 하고 있고, 일요일에는 연인을 만났는데 확인도 끝났지. 또 한 명은 니가타의 고향 집으로 돌아갔는데 집에 있는 것이 확인되었네. 문제는 여자 종업원인데, 스물한 살의 가와다 게이코라는 아가씨가 지난달 말에 갑자기 가게를 그만두었지. 여자의 고향은 지바현의 우라야스인데 일단 그곳으로는 돌아가지 않았네. 이것에 대해서는 아사쿠사서의 형사가 수색하고 있지. 점주의 말로는 갑자기 그만두고 싶다고 해서 당황했지만, 특별히 문제 될 만한 행동도 없었고 얌전한 아가씨였다고 하네. 그리고 거래처에 관해서는 지금 탐문조사가 한창 진행 중인데 과거에 이렇다 할 트러블이 있었던 것이 아니고, 현 상황에서 유력한 단서는 얻지 못하고 있지. 뭐 점주가 숨기고 있을 가능성도 있겠지만. 이상이네."

"학교에는 알렸습니까?"

"경찰에 수색원이 제출된 시점에서 통지했네. 다만 몸값 요구가 있었던 것에 대해서는 교장, 교감, 학년주임, 담임에게만 알리고 절대 누설하지 말라고 다짐을 받았지."

"아이들은요? 일요일에 같이 놀았던 아이가 다섯 명쯤 있었던 것 같은데요."

"물론 사정을 물어보기는 했지만 유괴를 당했다는 사실은 숨기고 있네. 보호자도 마찬가지인데, 요시오가 발견될 때까지는 행방불명이라는 것도 절대 누설하지 말라고 부탁해두었지."

"그렇다면 성격이상자라는 선은요?"

"그건 지금 한창 탐문조사 중이네. 이렇다 할 인물이 떠오른 것은 아니지만 마음에 걸리는 것은 50만 엔이라는 금액이야. 영리 목적이라면 이런 동네의 —" 호소노가 두부집이라고 말하려다가 입을 다물었다.

"……이렇게 가족이 운영하는 가게의 아이를 데려갈 리도 없고, 50만 엔이라는 금액도 너무 적네. 위험을 무릅쓰고 할 만한 일이 아니지."

"잘못 데려갔을 가능성은요?"

"그럴 가능성도 있지. 늘 같이 놀았던 1, 2학년생 그룹 중에서 의사의 아이가 한 명 있네. 그 아이로 잘못 알고 유괴했다가 나중에 그냥 물러설 수 없어서 50만 엔이라도 좋으니까 받으려고 했을 거라는 가능성도 없는 건 아니지. 아무튼 지금은 두 번째 전화를 기다릴 수밖에 없네."

"그런데 통신 전문가는 없습니까?"

오치아이가 문득 의문이 들어 물었다.

"그게 뭔가?"

"역탐지를 위한 전문가입니다."

"흥." 호소노가 콧방귀를 뀌었다. "젊은이, 자네가 영화를 너무 많이 본 거야. 우리 서장이 일본전신전화공사에 기술자의 파견을 의뢰했지만 통화의 비밀유지의무가 있다며 거부했네. 지금껏 경찰이 전화의 역탐지를 한 적은 한 번도 없거든. 지금 본부의 이지마 형사부장이 공사의 높은 사람과 교섭하고 있다는데, 협조를 얻는 건 어려울 거라는 얘기네. 전례가 없다며 말이야." 호소노가 지긋지긋하다는 듯이 말했다.

"그렇습니까?" 오치아이는 귀를 의심했다.

"우리가 할 수 있는 것은 전화가 걸려 오면 되도록 대화를 길게 이어지게 하고 그 안에서 단서를 찾는 것뿐이네."

"아울러 말하자면 수사본부의 지휘관은 누굽니까?"

"우리 서장이네."

"호리에 서장이 직접 지휘를 하는 겁니까?"

오치아이가 다시 물었다. 평소라면 수사1과에서 세 명인 과장대리 중에서 한 명이 지휘를 하고 관할서의 서장은 조정 역할을 하는 경우가 많다.

"호리에 서장은 전 수사1과장이었네. 오랫동안 형사 일만 해온 수사의 베테랑이지. 뭔가, 불만이라도 있나?" 호소노가 노려보며 말했다.

"아뇨, 없습니다." 오치아이는 서둘러 고개를 가로저었다.

"아무튼 현 상황에서 알 수 있는 것은 그것뿐이네. 점주는 이미 현금 50만 엔을 준비하고 있지만 과연 몸값을 받는 장소에 현금을 가져가도 되는 건지, 현재 수사본부에서 검토 중이네."

"저는 뭘 하면 좋을까요?"

"내가 어찌 알겠나, 스스로 찾아보게."

호소노는 난폭하게 말하고는 거실로 돌아갔다.

오치아이는 잠깐 생각한 후 나가사키에게 미리 양해를 구하고 가게 주변을 둘러보기로 했다. 동료가 있다면 누군가가 가게의 상황을 엿보고 있다고 해도 이상하지 않을 것이다. 자신이 기대를 받고 있는 것은 우노 간지의 신병 확보이고, 유괴사건과 관련되어 있다고 한다면 더더욱 찾아내는 일의 의미는 크다.

이미 두 달 가까이 우노 간지를 쫓는 데 시간을 쓴 탓인지 오치아이는 우노를 체포하는 건 자신밖에 없다는 생각을 강하게 하고 있었다. 누군가 옆에서 채 가면 자신은 몸부림을 칠 만큼 분할 것이다.

가게 앞을 걷고 있었더니 전봇대 뒤에 서 있는 남자가 보였다. 순간적으로 덜컥했지만 아무렇지 않은 얼굴로 다가갔다. 그러자 뒤에서 얼굴이 쑥 나오며 "아니, 선배님 아니십니까?" 하고 이와무라가 말했다.

"흰 옷을 입고 있어서 두부집 종업원인가 했습니다."

"자네야말로 무슨 일이야? 멋대로 움직여도 괜찮아?"

"수사본부가 지쓰오와 전무를 아침 일찍 임의로 데려왔습니다. 니이 씨는 그 조사를 하고 저는 보조를 희망했지만 방해만 된다며 쫓겨났습니다. 그래서 다나카 과장대리님께 물어봤더니 일일이 묻지 마, 너는 우노 간지나 잡아 와, 하고 고함을 질렀습니다. 그래서 혹시 유괴사건과 관련되어 있다면 두부집을 정찰할 가능성이 있지 않을까 해서 주변을 둘러보고 있었습니다."

"자네 의견을 말해봐. 우노가 이쪽 사건과 관련되었을 거라고 보여?"

"전혀 모르겠습니다. 애초에 동기가 명확하지 않고 일요일에 아이들과 함께 있었던 것은 우연한 일일지도 모릅니다. 원래 아라카와 하천부지에서도 아이들한테 놀림을 당했으니까요."

"그렇긴 하지. 하지만 예단은 금물이야. 요컨대 신병을 확보하면 알 수 있는 일이겠지."

오치아이는 사진으로만 봤던 우노 간지의 얼굴을 떠올렸다.

대체 같은 하늘 아래 어디에 잠복하고 있는 것일까. 그리고 무슨 생각을 하고 있을까—

길 건너편에서 냄비를 든 어딘가의 식당 고용인인 듯한 사람이 걸어왔다. 스즈키 상점 앞에 멈춰 서서 문이 닫혀 있는 것에 당황해하고 있었다. 고용인은 임시 휴업이라고 쓰인 팻말을 보고 고개를 갸우뚱하며 돌아갔다.

23

범인으로부터 두 번째 전화가 걸려 온 것은 10월 8일 오전 11시 13분이었다. 전화를 받은 것은 유괴된 요시오의 아버지로, 스즈키 상점의 주인 스즈키 하루오다. 현장에 있는 형사는 수사1과 2계장인 나가사키와 그의 부하, 아사쿠사서의 호소노 외 1명, 오치아이 마사오, 이렇게 모두 다섯 명이었다. 테이프 레코더의 녹음 스위치를 누른 것은 오치아이로, 잭에 꽂힌 이어폰을 귀에 장착한 것은 나가사키였다.

나가사키가 제스처로 이야기를 길게 끌도록 지시했다. 그러나 하루오는 극도로 긴장해서 나가사키 쪽을 보지 않고 떨리는 목소리로 계속해서 말할 뿐이었다. 게다가 어머니 도시코가 수화기를 옆에서 빼앗아 아이의 이름을 부르는 상황도 있

337

었다. 그 탓에 전화는 2분 정도에 끊기고 말았다.

"아버님, 어머님, 진정하시고."

나가사키가 주의를 주었지만 그 어조는 드높고 날카로웠다. 나가사키 자신도 긴장하고 있다는 것을 알 수 있었다. 오치아이의 경우에도 목구멍에서 몇 번이나 소리가 나 침만 삼키고 있었다.

"죄송합니다. 요시오가 무사한지 어떤지 너무 걱정되어서요."

하루오가 기어들어가는 듯한 목소리로 사죄했다. 도시코는 눈에 눈물이 그렁했다.

"아니요, 어쩔 수 없지요. 부모라면 누구라도 그렇게 됩니다."

호소노가 위로하고 모두가 잠시 호흡을 가다듬었다. 일단 녹음한 테이프를 재생하고 오치아이가 갱지에 대화를 그대로 받아 적었다. 한 글자도 틀리면 안 된다.

모두가 테이프레코더를 둘러싸고 귀에 신경을 집중한다.

"스즈키 씨입니까?"

"그렇습니다. 당신은 누구시죠?"

"어제 전화한 사람이오. 아들을 데리고 있다고 말한—"

"요시오는 무사합니까?"

"경찰한테는 말하지 않았지?"

"말하지 않았습니다. 말하지 않았어요."

"50만 엔 준비됐소?"

"준비됐습니다. 아침 일찍 은행에 가서 찾아왔습니다. 바로 앞에 있습니다. 요시오는 무사합니까? 거기에 있습니까?"

"아아, 그렇지. 있지."

"목소리를 들려주십시오."

"자고 있어서 말이야."

"깨워주세요."

"아니, 안 되오."

"어째서입니까?"

"부모의 목소리를 들으면 우니까. 아, 돈을 받을 장소 말인데, 아직 적당한 장소를 찾지 못해서 말이야. 장소에 대해서는 다시 전화하겠소."

"돈은 반드시 건네겠습니다."

"아, 그래요. 미안하오. 돈을 받으면 아이는 무사히 돌려보낼 테니까."

"감사합니다."

"자, 그럼."

"여보세요. 잠깐만요. 요시오의 목소리를 들려주시지 않겠습니까?"

"장소가 떨어져 있어서 말이야."

"아까는 거기 있다고 말하지 않았습니까?"

"그건 말이야, 뭐랄까, 좀……."

"기다릴 테니까 요시오의 목소리를 들려주십시오."

"신문지에 싸서 말이지."

"예에?"

"돈 말이야. 50만 엔. 신문지에 싸서 테이프로 묶어둬."

"알겠습니다. 그러니까 요시오를, 요시오를—"

"그럼 다시 걸겠소."

"여보세요. 잠깐만요. 요시오의 목소리를 들려주세요!"

"그러니까 좀 떨어져 있다니까."

"당신, 정말 요시오를 데리고 있는 거 맞습니까?"

"그럼, 데리고 있지."

"틀림없습니까?"

"아니, 꽤 이채이타."

"요시오! 요시오! 거기 있어?"

"다, 다, 당신……."

"난 엄마예요! 제발 부탁이니까 아들 목소리만이라도 들려주세요! 그렇지 않으면 우리는, 우리는—"

전화는 여기서 끊겼다. 모두가 맨 먼저 품은 감상은 범인이 누군가의 목소리를 흉내 내며 일부러 억양 없는 말투를 썼다는 것이다. 한 단어 한 단어를 끊는 듯이 말을 늘어놓는 부자연스러움은 듣기에 불쾌할 정도였다.

"마치 준비한 대사를 읽고 있는 느낌이군." 나가사키가 말했다.

"본래 목소리를 숨기려고 하네. 그러니까 범인은 전화가 녹음되고 있을 가능성을 알고 있다는 말이야."

호소노가 팔짱을 끼고 말했다.

"어쩌면 스즈키 일가와 면식이 있어서 목소리로 드러나는 걸 두려워하고 있는지도 모르겠어."

나가사키가 지적하자 하루오는 몇 번인가 고개를 갸웃거리고 나서 "아뇨, 본래 목소리로 말했다고 해도 들어본 적이 없습니다" 하고 대답했다.

"오치아이, 나이는 어느 정도일 것 같나?"

"글쎄요, 노인이 아니라는 것을 알 정도이고, 젊은지 중년인지 그건……."

"전화 뒤에서 뭔가 들리지는 않았나? 전차 소리라든가 거리의 소음이라든가."

"없었던 것 같습니다. 공중전화라면 조용한 장소겠지요."

"뭐든지 좋아, 오치아이. 알아챈 것이 있으면 말해보게."

나가사키가 재촉하자 오치아이는 열심히 머리를 굴렸다.

"돈 받을 장소도 생각하지 않았다는 것은 적어도 완벽하게

341

준비를 하고 범행을 한 것은 아니라고 추측됩니다."

"그렇지. 또 다른 것은?"

"그리고 정말 아이가 떨어진 장소에 있다면 공범자가 있다는 것도 생각해볼 수 있습니다."

"그렇군. 단독범이라면 아이를 내버려두고 전화를 거는 것도 수고스럽겠지. 그럼 그룹 범행일 가능성도 있다는 말이지."

"이봐, 오치아이."

그때 오치아이가 받아 적은 전화의 내용을 읽고 있던 호소노가 끼어들었다.

"이 '꽤이채이타'라는 건 뭔가?"

"모르겠습니다. 제대로 알아들을 수 없는 말이었습니다. 다른 데는 말이 느려서 받아 적는 데 힘들지 않았습니다만 그곳만 좀⋯⋯."

오치아이도 다시 종이로 시선을 내려뜨렸다. 거기에는 〈"당신, 정말 요시오를 데리고 있는 거 맞습니까?" "그럼, 데리고 있지." "틀림없습니까?" "아니, 꽤이채이타."〉라고 쓰여 있다.

"틀림없느냐는 물음에 대한 대답이라 틀림없다고 대답하는 것이 당연해서 그것을 잘못 들은 게 아닐까도 생각했습니다만, 아무리 들어도 그렇게밖에 들리지 않았습니다."

"좋아, 그곳만 다시 한번 재생해보지."

나가사키가 지시하여 다시 귀에 신경을 집중하고 음성을 들었다.

"역시 모르겠군. 나도 '쾌이채이타'로밖에 들리지 않는데." 나가사키가 고개를 갸웃했다.

"그쪽도 긴장하고 있어. 혀가 꼬인 게 아닐까? '아니'라는 부분도 '아이'로 들리니까." 호소노는 이런 의견을 말했다.

"이거 혹시 사투리가 불쑥 튀어나온 게 아닐까요?"

오치아이가 생각난 것을 말하고, 동시에 뭔가 마음에 걸렸다. 사투리라고 하면 북쪽 지방 사투리의 우노 간지다.

"으음, 사투리라."

"그러니까 범인이 일부러 억양 없는 말투를 쓴 것은 본래 목소리를 숨기려고 한 것이기보다는 사투리가 나오는 것을 걱정했기 때문이 아닐까요?"

"그럴 수 있지. 좋아, 대화록을 첨부해서 테이프를 수사본부로 보내지. 다마리 1과장님도 아사쿠사서에 와 있는 모양이니까. 오치아이, 다른 계 사람을 쓰는 게 미안하네만, 잠깐 아사쿠사서로 달려가게." 나가사키가 말했다.

"알겠습니다. 신경 쓰지 않으셔도 됩니다."

오치아이는 서둘러 레코드의 테이프를 새로운 것으로 바꿔 끼웠다.

"그리고 아버님, 이 사투리에 짐작 가는 거라도 있습니까?"

"아니요……."

하루오가 핏기 없는 얼굴로 고개를 가로저었다.

"아버님, 지난 5년간 그만둔 종업원의 출신지를 써주세요. 드나드는 업자도 아는 범위 안에서요."

"예에……."

나가사키가 묻는 것을 곁눈으로 보며 오치아이는 뒷문을 통해 골목으로 나가 다시 큰길로 나갔다. 경트럭에 올라타 조금 달리니 담배 가게 앞에 있던 이와무라가 "선배님, 선배님" 하며 따라왔다. 일단 차를 세우고 창을 내렸다.

"어디 가십니까?"

"아사쿠사서야. 범인한테서 전화가 왔거든."

"어떤 내용이었습니까?"

"돈은 준비되었느냐고 확인하는 것뿐이었어."

"저는 아사쿠사 관내의 공중전화를 쭉 돌았습니다만, 수상한 남자는 보지 못했습니다."

"그래, 수고했어. 아아, 맞다. 자네, 꽤이채이타라는 사투리를 알고 있어?"

"아뇨, 모릅니다. 그게 뭔데요?"

"아니, 됐어. 자네는 부근을 감시해. 나도 곧 돌아올 테니까."

"알겠습니다."

다시 출발해 아사쿠사의 거리를 달렸다. 이 순간에도 여섯 살 아이가 유린당하고 있다고 생각하니 오치아이는 괴로워 견딜 수가 없었다. 그런 마음과는 반대로 하늘은 원망스러울 정도로 쾌청한 가을 날씨였다.

아사쿠사서의 강당으로 가자 입구에는 '10월 6일 발생 사건 수사본부'라고 쓰인 기묘한 간판이 내걸려 있었다. 비공개 수사인 만큼 아직 유괴사건이라고는 밝힐 수 없을 것이다. 안에서는 다마리 수사1과장이 신문기자들에게 둘러싸여 보도 협정에 관한 질의에 답하고 있었다. 경찰서의 형사가 오치아이를 발견하고 달려온다.

"이봐, 자네가 수사1과 5계의 오치아이인가?"

"예, 그렇습니다."

"서장실로 가보게. 테이프가 도착하기를 기다리고 있네."

귀엣말을 듣고 발길을 돌렸다. 서장실에는 호리에 서장, 이시이 형사과장, 그 밖에 관할서의 형사가 대기하고 있다가 곧바로 테이프를 재생시켰다.

"범인은 아주 침착하군그래. 아버지의 반응을 엿보는 듯한 모습도 보이고. 역시 원한이라는 선이 강하지 않을까?"

호리에가 덥수룩한 수염을 매만지며 감상을 말했다.

"영리 목적으로 일부러 두부집 아들을 유괴할 사람은 없겠지요. 저도 서장님과 같은 의견입니다."

이시이가 아첨했다.

"좋아, 스즈키 상점의 신변을 철저하게 조사하지. 일단은 갑자기 가게를 그만둔 가와다 게이코라는 여자를 찾아내야 할 거야. 전화 목소리는 남자지만 공범일 가능성도 있으니까. 우리 방범과의 형사도 동원해서 수사 범위를 확대하세. 방범과장을 불러오게."

호리에의 지시로 부하가 서장실을 뛰어나갔다.

"저기, 호리에 서장님. 대화록에 빨간 줄을 그어놨습니다만, 녹음된 대화 중에 한 가지 마음에 걸리는 부분이 있었습니다."

오치아이는 못 보고 놓칠 것 같아서 황급히 사투리로 말한 단어가 있다는 것을 지적했다. 테이프레코드를 조작하여 해당 부분을 재생했다.

"음, 확실히 '패이채이타'로 들리는군." 이시이가 감상을 말했다.

"혀가 꼬였을 뿐인 거 아닌가? 사투리가 나온다면 다른 데서도 나오겠지." 호리에는 그 점에는 회의적이었다.

그때 다마리가 나타났다. 이시이가 수사 상황을 보고하고 다시 테이프를 들었다.

"점주가 목소리를 들어본 적이 없다고 했으니까 범인상을 좁히는 것은 위험해. 지금은 경찰청을 통해 역탐지를 전신전화공사에 신청하는 것이 최우선 사항이네."

"그럼 그건 다마리, 자네가 해주게. 맡기겠네."

호리에가 1과장의 이름을, 경칭을 붙이지 않고 막 불렀으므로 오치아이는 순간적으로 흠칫했다. 다마리는 잠자코 고개를 끄덕였다.

"그리고 수사1과의 손이 노는 수사관들을 순차적으로 쓰게. 미나미센주마치의 살인사건은 전망이 섰겠지? 이쪽은 일각을 다투니까."

"그래, 알았네."

"몸값을 건네줄 때는 인원이 아무리 많아도 부족할 거야. 인접한 경찰서에서도 지원을 요청하게 될 테니까 미나미센주서와 우에노서에도 형사들을 대기시키도록 요청해두게."

"알았네. 서둘러 조정하지."

호리에는 오치아이에게도 지시를 내렸다. 녹음테이프의 음성을, 우노 간지와 함께 놀고 있었던 아이한테 들려줄 테니 서둘러 한 아이를 데려오라는 것이다.

"호리에 서장님, 이걸 아이에게 들려주는 겁니까?" 오치아이는 귀를 의심했다. "요시오를 유괴했다는 내용의 테이프입니다."

"어쩔 수 없겠지. 목소리를 알고 있는 것은 아이들이네."

호리에가 무슨 불만이라도 있나, 하는 얼굴로 오치아이를 노려보았다.

"일곱 살, 여덟 살 아이한테 그건 짐이 너무 무겁습니다. 그렇다면 우노 간지가 일했던 스트립 극장의 지배인이나 무희들이 더 낫습니다."

"안 돼. 만약 우노 간지가 범인이라면 정보가 샐 가능성이 있네. 무엇보다 무희 한 사람이 우노 간지와 같이 도망쳤잖아?"

오치아이는 다마리에게 시선을 향하고 도움을 청했다.

"호리에 서장, 상대는 아이들이니까 그건 기다리는 게 낫겠네. 지금 가장 우선시해야 하는 것은 범인을 특정하는 것이 아니라 아이를 무사히 구출하는 일이니까."

다마리가 충고하자 호리에는 뺨에 가벼운 경련을 일으키며 "뭐 1과장의 의견이라면 그만둘까"라고 비꼬는 듯이 말하고 물러났다. 오치아이는 양자의 관계를 넌지시 알아차렸다. 수사1과장과 관할서장의 관계는 미묘하다. 아사쿠사는 격식 있는 주요 경찰서이므로 더욱 그렇다. 게다가 호리에는 전 수사1과장이라는 경력을 갖고 있다.

그리고 이 자리에서 다마리는 오치아이에게 '10월 6일 발생 사건 수사본부'로 이동하라는 명령을 내렸다.

"다나카의 보고에 따르면 사위 지쓰오는 불기 직전인 모양이야. 그러니까 5계도 수시로 옮겨야지. 자네와 이와무라가 선봉이네. 당분간은 2계가 담당하기로 하지, 알았나?"

"알겠습니다. 그리고 1과장님, 음성테이프 속의 사투리에 대해서입니다만, 수사1과에 홋카이도 출신자가 누구 없습니까?

홋카이도 사투리라면 우노 간지의 관여가 생각되기 때문에 우선 그것을 확인하고 싶습니다만……."

"아, 그렇지. 누가 있을까. 인사과에 물어보게."

"이봐, 홋카이도 출신자라면 우리 서에 있네. 경무과의 계장이 삿포로 출신이지."

호리에가 서 내에 있는 해당 인물을 서장실로 불렀다. 거기서 오치아이가 "'패이채이타'라는 말을 알고 있습니까?"라고 묻자 경무과 계장은 의아한 듯이 고개를 갸웃했다.

"적어도 삿포로에서는 들어본 적이 없는데요."

확인하기 위해 음성테이프를 다시 듣게 했다. 이번에는 "아니요, 모르는 말입니다"라고 확실히 부정했다.

오치아이는 탄식했다. 그렇게 쉽사리 단서를 얻을 수 없다는 것인가.

그래도 내버려둘 수 없어 오치아이는 다마리에게 이 건에 대해 조사하게 해달라고 호소했다.

"자네가 알아챈 거니까 속이 풀릴 때까지 알아보게."

오치아이는 다마리의 허가를 얻어 오후 시간을 자유롭게 쓸수 있게 되었다. 행선지는 메이지대학, 자신의 모교다.

오치아이는 노면전차와 전철을 갈아타고 오차노미즈 역에서 내렸다. 역에서는 스루가다이 언덕을 빠른 걸음으로 내려갔다. 점심때의 대학가는 축제일처럼 보도가 젊은이들로 흘러넘쳐 똑바로 걸어가는 것도 힘들었다. 스루가다이의 상징이라고도 할 수 있는 중후한 메이지대학 본관을 지나서 이번에는 언덕을 올라 야마노우에 호텔을 좌우로 보며 언덕을 내려갔다. 그리고 자신이 다닐 때는 없었던 아주 새로운 콘크리트 건물인 별관으로 들어갔다. 학생을 붙잡고 체육회본부 방을 물었더니 졸업생이라는 것을 알았던 모양인지 일부러 안내해주었다. 방으로 들어가 당번 학생에게 말을 걸었다.

"나는 경시청의 오치아이라는 사람인데 여기 검도부 출신이네. 자네들한테 부탁할 것이 좀 있어 찾아왔는데. 자네는 무슨 부인가?"

학생복 차림의 학생이 안색을 바꾸며 일어섰다.

"네! 저는 유도부 1학년입니다!"

"그런가. 검도부 4학년생을 아무나 찾아서 얼른 데려와주게. 중요한 볼일이 있으니까."

"알겠습니다!"

아직 어린 용모의 1학년이 방에서 뛰어나갔다. 오치아이는 의자에 앉아 담배에 불을 붙였다. 창밖으로 눈을 주자 옆의 공원 잔디밭에서 여학생 무리가 도시락을 펼쳐놓고 있었다. 지난 10년 동안 대학은 여학생의 입학이 비약적으로 늘어났다. 자신이 학생이었던 무렵에는 법학부에 여학생은 열 명도 안 되었다. 세상은 확실히 변하고 있다. 곧 여자 형사도 탄생할 것이다.

5분도 지나지 않아 조금 전의 1학년생이 4학년생을 데려왔다.

"오래 기다리셨습니다! 저는 검도부 회계 담당인 기노시타라고 합니다! 찾아주셔서 감사합니다!"

그 4학년생이 부동자세로 직립하여 큰 소리로 말했다.

"갑자기 찾아와서 미안하네. 내 이름은 오치아이, 경시청의 형사네. 1956년에 졸업했고 검도부에서 주장을 했었지."

"네! 알고 있습니다! 올 1월의 첫 연습 때 지도를 받았습니다!"

"그런가, 기억하고 있었군. 고맙네. 실은 부탁할 일이 있어서 왔다네."

오치아이는 일어나 칠판 앞으로 가서 분필을 들고 글자를 썼다.

"괘이채이타, 라는 말이 어떤 지방의 사투리인지 체육회 소속인 지방 출신 학생들한테 닥치는 대로 알아보고 특정해주었으면 하네. 자세한 사정은 말할 수 없지만 사건 조사네. 해결되는 날엔 경시청에서 금일봉을 증정할 거네."

"괘이채이타, 말입니까……."

"들어본 적 없나?"

"저는 모릅니다만 체육회 각 부를 알아보면 46도부현 모든 출신자가 있을 거라고 생각합니다."

"그렇겠지. 그래서 찾아온 거네. 미안하네만 급하다네. 알게 되면 아사쿠사 경찰서의 형사과로 전화해주게."

오치아이는 전화번호도 칠판에 적었다.

"알겠습니다!"

오치아이는 조금 생각하고 나서 지갑에서 1000엔짜리 지폐 두 장을 꺼내 4학년생에게 건넸다.

"자네는 회계 담당이라고 했지. 후원금이네. 대회 끝나고 뒤풀이 때 보태게."

"오치아이 선배님! 감사합니다!"

2000엔을 내놓은 것은 너무 폼을 잡은 거라고 금방 후회했지만, 자신의 학창 시절에도 많은 선배들로부터 후원금을 받았기 때문에 어쩔 수 없다고 체념했다. 순간적으로 떠오른 것은 아내의 얼굴이었다. 오치아이는 마음속으로 아내에게 용서를 빌었다.

'쾌이채이타'라는 말에 대해서는 금방 알 수 있었다. 그날 오후 3시가 지나 검도부의 회계 담당으로부터 아사쿠사서로 전화가 왔고, 대기하고 있던 오치아이가 전화를 받았다.

"그 후 학생식당에 갔더니 운동부원이 많이 있었습니다. 전원에게 말을 걸었더니 금방 알 수 있었습니다. '쾌이채이타'는 호쿠리쿠 사투리로 '걱정할 것 없다'는 의미라고 합니다."

"호쿠리쿠? 동해에 면한 지역인가?"

"그렇습니다. 도야마와 이시카와 출신자가 입을 모아 그것은 자기들 고향 사투리라고 했습니다."

"그런가, 고맙네."

"아뇨, 천만에요. 그것보다 오치아이 선배님, 후원금 정말 감사했습니다! 부원들 모두 기뻐하고 있습니다!"

"알았네, 알았어."

전화를 끊고 오치아이는 생각에 잠겼다. 호쿠리쿠라는 건 어떤 의미일까? 확실히 중요한 단서는 얻었지만 한편으로는 기대가 어긋났다는 생각도 들었다. 우노 간지와 전혀 관계없는 것일까. 아니면 범행 그룹이 있고 그중 한 사람이 호쿠리쿠 출신인 것일까.

오치아이는 다시 한번 자신이 쓴 대화록을 읽었다. '틀림없습니까?'라고 정말 아이를 데리고 있느냐는 물음을 받고 '걱정할 것 없다'라고 대답했기 때문에 대화의 앞뒤는 맞다.

일단 서장실로 가서 보고하자 호리에는 허어 하고 감탄하는 표정으로 오치아이를 보며 "대학 출신이라는 게 이런 이점이 있군그래"라며 칭찬하는 건지 빈정거리는 건지 잘 알 수 없는 반응을 보였다.

"이 정보는 오늘 밤 수사 회의에 보고하지. 그때까지는 스즈키 상점에서 대기하고 있게. 지금은 세 번째 전화가 걸려 오지 않았지만 범인도 언제까지고 아이를 데리고 다닐 수는 없을 거야. 빨리 끝내고 싶은 건 범인 쪽이겠지. 오늘내일이 고비야. 무슨 일이 있어도 범인을 잡아야지. 죽을힘을 다해 임하게."

"알겠습니다."

호리에의 말을 듣고 새삼 긴장감을 느꼈다. 아이가 지금 어떻게 있는지를 생각하면 오치아이의 온몸에 오싹 소름이 끼쳤다.

범인으로부터 세 번째 전화가 걸려 온 것은 그날 저녁 6시 5분이었다. 대응한 것은 아버지 하루오로, 그 자리에 있던 형사는 두 번째와 같은 면면에 이와무라가 가세해 총 여섯 명이었다. 요시오의 누나 둘은 학교에서 돌아오는 대로 근처에 사는 친척 집에 맡겨졌다. 초등학생을 협박하는 전화가 걸려 오는 현장에는 둘 수 없다는 배려에서였다. 아울러 호쿠리쿠 출신의 지인이 있느냐는 질문에 하루오와 도시코는 "짐작 가는 사람이 전혀 없다"라고 대답했다.

"스즈키 씨입니까?"

"그렇습니다. 당신이군요. 요시오의 그……."

"저기, 돈을 전달할 장소를 정했으니까 알려주겠습니다."

"예, 잠깐만 기다려주세요. 메모를 할 테니까요."

"내일 저녁 8시 도쿄 스타디움의 이륜차 보관소에……. 저기, 집에 슈퍼커브는 있습니까?"

"슈퍼커브?"

"혼다의 슈퍼커브. 오토바이 말인데요."

"아뇨, 우리는 자전거 배달이라 오토바이는 좀……."

"그래요, 오토바이가 좋은데."

"알겠습니다. 준비하겠습니다. 동네의 상점에 몇 대 있는 것 같으니까 빌려 오겠습니다."

"그래요, 미안한데, 이거. 그런데 오토바이의 앞쪽 짐 바구니에 신문지로 싼 돈을 넣고 키를 꽂은 채 세워두시겠습니까? 이쪽에서 돈을 제대로 받으면 그때는 책임지고 아이를 돌려보낼 테니까요."

"정말이지요?"

"예, 돌려보낼 겁니다. 하지만 경찰이 있거나 하면 그때는 다 끝입니다."

"죄송하지만 요시오의 목소리 좀 들려주십시오."

"그건 안 돼요. 지금 여기에 없어."

"하지만 요시오가 무사한 것을 확인하지 못하면 돈을 가져간다고 해도 우리는 무서워서…… 무서워서요. 당신한테 요시오가 있다는 제대로 된 증거를 보여줄 수 없습니까?"

"알았소. 그럼 다시 전화하지."

"잠깐만요. 목소리만 들려주면 됩니다. 옆에 있는 거죠?"

"다시 걸겠소."

전화는 지난번보다 짧은 1분 30초 만에 끊겼다. 테이프를 재생하고 다 같이 듣고 있을 때 도시코가 그 자리에서 졸도했다. 아이를 유괴당한 긴장감을 견디지 못하게 된 것이다. 구급차를 불러 소란을 피울 수 없었으므로 아사쿠사서에서 지정한 의사에게 왕진을 의뢰하고 2층에서 링거를 맞게 했다. 저녁때이지만 다들 아무것도 먹지 않았다.

범인으로부터 네 번째 전화는 저녁 7시 18분에 걸려 왔다.

"스즈키 씨입니까?"

"그렇습니다. 당신이군요."

"어, 그렇소. 아들을 데리고 있다는 증거 말인데, 아들이 신고 있는 〈우주소년 아톰〉 신발을 어떤 장소에 놔뒀으니까 그걸 보면 될 거요."

"어떤 장소란 어디입니까?"

"말하겠소. ……산야의 공원 건너편에 운송회사의 주차장이 있는데 삼륜차가 석 대쯤 세워져 있을 거요. 그중 가장 안쪽 삼륜차 짐칸에 신발을 놔뒀으니까 곧바로 보러 가시오."

"산야의 공원 건너편의 운송회사 말이지요?"

"그렇소. 부탁하오."

"저기, 요시오는 지금 어떻게 하고 있습니까?"

"건강히 잘 있소."

"밥은 제대로 먹고 있습니까?"

"음, 그렇지. 먹고 있지."

"오늘 저녁에는 뭘 먹었습니까?"

"뭐, 주먹밥이나 그런 것."

"제발 부탁이니 요시오를 잘 부탁합니다."

"그럼 또 전화하겠소. 내일 저녁에 확인 전화를."

"알겠습니다."

범인은 아주 차분했다. 두 번째 전화 때와는 비교가 안 될 정도로 말투도 분명했고 확신에 차 있었다. 범인은 돈을 받는 일에 성공하는 걸 믿고 있는 것처럼 보였다.

"산야의 공원이라고 하면 다마히메 공원이겠네요. 선배님, 제가 산야까지 얼른 달려가서 요시오의 신발을 보고 오겠습니다."

이와무라가 기세 좋게 일어나며 말했다.

"이 바보야. 범인 그룹이 보고 있으면 어떡하려고. 아버님이 혼자 갈 수밖에 없어."

오치아이가 말하자 이와무라는 자신의 단순함에 얼굴을 붉혔다.

"오치아이, 자네가 차로 데려다주게." 나가사키가 말했다.

"알겠습니다. 아버님, 제가 공원 근처까지 모셔드리겠습니다. 거기서부터는 혼자 가셔야 합니다. 범인이 보고 있을지도 모르니까 아무쪼록 눈에 띄는 행동은 하지 않도록 하십시오. 그리고 신발은 수건으로 싸서 지문이 묻지 않도록 해주시기 바랍니다. 증거품이라서요."

"알겠습니다."

하루오가 아주 초췌해진 얼굴로 고개를 끄덕였다.

곧장 오치아이가 운전하는 차로 아사쿠사기요카와초까지 가서 갓길에 세우고 하루오를 내려주었다. 밤이 되어 사람의 왕래가 없는 쪽방촌 거리를 하루오가 잰걸음으로 달려갔다. 5분도 지나지 않아 돌아왔다. 눈앞에서 수건을 펼치자 작은 운동화 한 짝만 있었다. 오치아이는 그것을 보고 가슴이 찢어질 것 같았다. 이토록 범인을 밉다고 생각한 것은 형사가 되어 처음이었다.

그날 수사 회의는 저녁 9시가 지나서야 시작되었다. 아사쿠사서의 강당에는 족히 100명이 넘는 수사관들이 모였다. 평소 이상의 담배 연기로 천장이 희미해질 정도였다. 앞쪽의 긴 탁자에는 중앙에 아사쿠사서 서장 호리에, 그 양옆에는 부서장과 다마리 수사1과장이 나란히 앉았고, 평소라면 실제 수사 지휘관으로서 본부의 과장대리가 나오겠지만 그의 모습은 없었다. 요컨대 이 사안은 호리에 서장이 실무도 포함해 스스로 지휘를 한다는 뜻일 것이다.

바싹 치켜 깎은 머리의 호리에가 마이크를 들고 일어섰다.

"본부 및 인근 경찰서의 수사관 여러분, 아주 수고가 많다. 이 사안의 수사본부는 보다시피 이렇게 대부대가 되었다. 전개에 따라서는 더 늘어날 걸로 보인다. 이미 알고 있는 사람도 있겠지만, 오늘 저녁에 범인으로부터 내일인 10월 9일 몸값을 받겠다는 지시가 왔다. 따라서 앞으로 24시간이 고비다. 아무쪼록 마음을 다잡고 조사에 임해주었으면 한다. 그럼 이곳 경찰서의 이시이 형사과장이 상세한 사항을 전해줄 거다. 이시이, 부탁하네."

우락부락한 얼굴의 이시이가 마이크를 넘겨받았다. 두 사람이 나란히 서자 야쿠자 보스와 중간 보스 같은 모습이었다.

"이시이다. 처음 보는 사람도 많을 거라고 생각하는데 잘 부탁한다. 범인으로부터 전화가 걸려 온 것은 저녁 6시 5분이었고, 내용은 몸값을 건네받는 것에 관한 지시였다. 곧바로 테이프를 재생할 테니 정숙해주기 바란다."

경찰서의 젊은 형사가 척척 조작하여 배선으로 연결된 다른 스피커에서 전화 음성이 흘러나왔다.

수사관들이 수첩과 펜을 들고 숨을 죽이며 열심히 들었다. 오치아이도 한 번 더 귀에 신경을 집중했다. 배경에 무슨 소리는 없을까, 범인의 말투에 뭔가 단서는 없을까—

"들은 대로 전달 장소는 미나미센주마치의 도쿄 스타디움, 프로야구 다이마이 오리온즈의 홈구장이다. 조사한 바로는 내일 다이마이의 경기가 더블헤더로 열린다. 대전 상대는 긴테쓰 버팔로즈, 경기 개시 시간은 첫 번째 경기가 오후 4시 30분, 두 번째 경기는 첫 번째 경기가 끝나고 30분 후다. 따라서 저녁 8시라면 두 번째 경기가 한창 진행 중일 때가 된다. 야구장을 전달 장소로 지정한 것에 어떤 의도가 있는지는 분명하지 않지만, 인파에 섞이기 쉬운 것만은 확실하다. 경기 종료 후 야구장 주변에서 전철 미나미센주 역까지는 인파로 흘러넘칠 것이다. 다만 범인이 지정한 이륜차 보관소인데, 우리 쪽 사람이 확인하러 갔더니 이륜차 보관소는 1루 쪽과 3루 쪽에 각각 있고, 범인은 그것을 확인하지 않고 장소를 지정한 것으로 보인다. 이 점에서도 범인은 서둘러 정한 것이 아닐까 추측된다. 다시 말해 그다지 계획적 범행이라고 할 수 없다는 것이다— 여기까지, 질문 있나?"

이시이가 수사관들을 둘러보자 이와무라가 조심스럽게 손을 들었다.

"자네는 누군가?"

"수사1과 5계의 이와무라입니다. 오늘부터 수사본부에 들어왔습니다."

"그런가? 그런데 뭔가?"

"도쿄 스타디움에서 몸값을 전달하는 것은 야구장에서 쏟아져 나오는 관객에 섞이기 위해서가 아닐까 하는 추측 말입니다만, 다이마이와 긴테쓰 경기에 그렇게 많은 관중이 몰려들거라고는 생각되지 않습니다. 우리는 프로야구라는 말을 들으면 고라쿠엔 구장의 요미우리 경기에 몰려드는 수만 명의 관중을 상상합니다만, 퍼시픽리그의 도쿄 스타디움은 파리를 날리지 않을까요?"

"맞아요, 맞습니다."

이와무라의 의견에 미나미센주서의 형사가 동의를 표했다.

"특히 올해는 꼴찌 쟁탈전을 하고 있습니다. 스탠드가 텅텅비었어요."

"좋아, 알았네. 이와무라, 지금 당장 도쿄 스타디움에 전화해서 최근의 관중 수를 알아보게."

"알겠습니다."

이와무라가 강당에서 달려 나갔다.

"그 밖의 질문은? 없으면 계속하겠다. 범인으로부터 걸려 온전화는 지금까지 네 번이었다. 그중 세 번은 녹음을 했다. 모두 말투는 부자연스럽고 다른 사람 목소리를 흉내 내고 있는 것으로 보인다. 이야기하는 속도도, 대답하는 간격도 이상하게 느리고, 분명히 본래 목소리를 알리고 싶지 않다는 인상을 준다. 그렇다면 순서가 거꾸로 되지만 두 번째 전화를 듣겠다."

다시 강당에 전화의 대화가 흘렀다. 어머니가 이성을 잃은 장면에서는 많은 수사관들이 얼굴을 일그러뜨렸다.

"뭔가 알아낸 사람 있나?"

이시이의 질문에 한 수사관이 "한 군데만 사투리가 있었던 것 같습니다만"이라고 대답했다.

"역시 그런가? 이는 5계의 오치아이가 글로 받아 적었을 때 알아내 서둘러 조사해주었다. 이봐, 오치아이. 자네가 말해주게."

지명을 받은 오치아이가 일어났다. 자신이 의문으로 생각했던 점과 오늘 조사해서 알게 된 것을 보고했다. 그리고 문제가 된 부분을 다시 한번 재생했더니 많은 수사관들이 납득한 것처럼 고개를 끄덕였다.

"이 중에 호쿠리쿠 출신자가 있나?" 이시이가 물었다.

"저는 이시카와현 가나자와 출신입니다." 우에노서에서 지원을 와 있는 수사관이 손을 들고 말했다. "분명히 '쾌이채이타'라는 사투리가 있습니다. 그리고 맞장구를 칠 때도 '아니'가 아니라 '아이'로 들립니다. 이것도 호쿠리쿠 전역에서 쓰는 맞

장구로, 그러니까 '아이, 퀘이채이타'라고 말했다면 '아무 걱정
할 것 없다'고 말하는 것입니다."

"그렇군, 그럼 전화를 한 범인이 호쿠리쿠 출신일 가능성이
있다. 하지만 요시오의 부모는 지금까지 호쿠리쿠 출신자와
인연이 없고 짐작 가는 사람이 전혀 없다고 한다. 그래서 당장
유력한 단서가 되는 건 아니지만 각자 마음에 담아두도록. 자,
마지막인 네 번째 전화다. 이건 세 번째 전화가 오고 한 시간
13분 후에 걸려 온 것이다. 아이 아버지가 아들을 데리고 있다
면 증거를 보여달라고 하자 요시오가 신고 있던 신발 한 짝을
산야에 놓고 왔으니까 확인하라는 내용이다."

다시 음성이 흘렀다. 각자가 진지하게 듣고 아이의 신발을
놓았다는 부분에서는 누군가가 "용서할 수가 없군" 하고 중얼
거렸다.

"아울러 이것이 회수한 요시오의 신발이다."

이시이가 비닐봉지에 든 신발을 꺼내 수사관들에게 보여주
었다.

"감식반이 아주 서둘러 봐주었는데 요시오 본인과 가족 이
외의 지문은 채취되지 않았다. 그쪽도 조심하고 있다는 거지.
그런데 여기서 여러분의 의견을 듣고 싶은 것은 첫째로 범인
이 단독범인가 다른 공범이 있는가 하는 점이다. 누구 의견이
있으면 말해라."

이시이의 재촉에도 아무도 발언하려고 하지 않았다. 사건이 발생한 지 사흘, 발각된 지 이틀이 된 사건으로는 판단 자료가 너무 부족하다. 서로 얼굴을 마주 보고 있을 때 이와무라가 달려서 돌아왔다.

"아, 어땠나?" 이시이가 턱을 치켜올리며 물었다.

"어젯밤 야간 경기의 관중이 공식 발표로 약 500명이었습니다. 실제로는 어땠는지 물어봤더니 200명 정도였다고 아주 태평한 어조로 대답했습니다. 내일 더블헤더도 마찬가지로, 아마 200명 정도일 거라고 했습니다."

숫자를 듣고 수사관들에게서 실소가 터져 나왔다. 이건 프로야구 관중 수가 아니다. 영화관도 히비야의 개봉관이라면 500명은 된다.

"이륜차 보관소가 두 군데 있다는 것을 확인하지 않거나 관중이 적은 것을 모르고 있거나……. 그렇다면 더더욱 범인 측이 문득 떠오른 대로 지정했을 가능성이 크다는 건가." 이시이가 팔짱을 끼고 생각에 잠겼다.

"단독범인지 다른 공범이 있는지는 모르겠지만, 역시 범인은 초짜일 겁니다."

아사쿠사서의 나이가 지긋한 형사가 발언했다.

"아니, 그렇다면 신발에 지문을 남겼겠지요. 나는 지문을 채취하지 못한 단계에 범인은 상습범이 아닐까 생각했습니다."

2계장인 나가사키가 곧장 이의를 제기했다. 오치아이도 동감이었다.

"그리고 공범이 있는지 어떤지가 문제인데, 처음부터 있었다고는 생각되지 않습니다. 몸값이 50만 엔, 둘로 나누면 25만 엔입니다. 누가 이 정도의 돈으로 유괴 같은 위험한 짓을 하겠습니까. 영리 목적의 남자 두 사람은 있을 수가 없지요. 공범이 있다면 여자일 겁니다."

나가사키의 추리에 몇 명인가가 고개를 크게 끄덕였다. 남자가 주범이고 여자가 협력한 것이다. 아니면 그 반대일 수도 있다. 오치아이는 그러는 편이 다행일 거라고 생각했다. 여자가 있으면 아이에게 위해를 가하지 않을 거라는 생각이 들어서다.

"좋아, 그렇다면 여기까지의 이야기를 정리해볼까."

이시이가 장소를 이동하여 다이토구와 아라카와구의 큰 지도가 걸린 보드 앞에 섰다.

"알게 된 것을 다시 한번 확인하겠다. 범인은 일단 이 근처에 잠복하고 있다고 봐도 틀림없을 것이다. 세 번째 전화와 네 번째 전화 사이가 한 시간 13분이고, 그사이에 범인은 산야의 운송회사까지 신발을 놓으러 갔다. 그렇다면 생각할 시간을 빼고 편도 30분 이내에 산야까지 갈 수 있는 거리의 장소에 있는 것이다. 또 그사이에 아이를 숨겨둘 아지트를 갖고 있는 것으로 보인다. 공범에 대해서는 존재할 가능성을 50퍼센트라고 해두자. 과거의 사례에서 볼 때 유괴는 단독범이 많은 것도 사실이다. 그리고 범인은 전화를 할 때 계속 다른 사람의 목소리를 흉내 내며 부자연스러운 말투를 썼다. 사투리를 숨기려고 했다면, 자기도 모르게 나온 호쿠리쿠 사투리는 유력한 단서가 된다…….'

이시이의 설명이 이어졌다. 오치아이는 메모를 하며 여전히 범인상이 떠오르지 않은 것에 초조감을 느끼고 있었다. 임기응변적이기도 하고 빈틈이 없기도 해서 영문을 알 수가 없다. 그리고 우노 간지의 존재를 생각하자 더욱 혼란스러웠다. 유괴 당일 요시오와 놀았던 것은 단순한 우연일까, 사건의 일부일까.

마지막에는 호리에가 다시 마이크를 잡았다.

"수사반을 셋으로 나눈다. 첫째는 요시오 구출반이다. 근처에 감금되어 있다는 것은 틀림없다. 밤을 새서 수색하도록. 둘째는 원한이라는 선이다. 가와다 게이코라는 전 종업원의 행방이 파악되지 않았다. 나는 아무래도 그게 마음에 걸린다. 셋째는 성격 이상자라는 선이다. 방범과를 동원해서 아동 상대의 성범죄자를 한창 조사하고 있지만 다이토구 및 인접한 구에서 전과가 있는 사람은 모두 소재를 파악한다. 여러분은 정신을 바짝 차리고 조사에 임해주기 바란다. 내일 저녁 8시가 제한 시간이다. 무슨 일이 있어도 요시오를 구한다."

호리에의 말에 수사관 전원이 뜻을 하나로 모았다. 사람의 목숨이 달려 있다. 그것은 형사에게 최대의 중압감이다.

오치아이는 위에 가벼운 통증을 느꼈다. 그러고 보니 아침을 먹고 나서 점심도, 저녁도 먹을 시간이 없었다. 식욕이 없었지만 뭔가 속을 채워두는 것이 좋을 것이다. 오늘 밤에는 스즈키 상점에서 묵으라는 명령을 받았다. 잔다고 해도 선잠 정도일 것이다.

그때 밤늦게까지 다니며 파는 메밀국수 장수의 나팔 소리가 멀리서 들려왔다. 모두가 반사적으로 그쪽으로 시선을 돌렸다.

24

10월 9일 아침은 스즈키 상점의 위패를 모신 방에서 눈을 떴다. 거기서 묵은 것은 오치아이와 이와무라 두 명이었다. 나머지 수사관은 아사쿠사서에서 대기하고 있었다. 오치아이는 낯선 방에서 자신이 지금 어디에 있는지 알지 못하고 순간적으로 당황했지만, 곧 요시오의 집이라는 것을 깨닫고 한숨을 내쉬는 것과 동시에 유괴사건이 한창 진행 중이라는 사실에 새삼 몸서리를 쳤다.

시계를 보니 아침 6시였다. 이불을 개어 방구석에 놓았다. 스즈키 씨 집에 폐를 끼칠 수 없어서 오치아이는 이와무라를 근처 여관까지 보내 아침으로 주먹밥을 사 오게 했다. 어머니인 도시코는 2층에 드러누워 있는 채이고 아버지 하루오는 전화가 있는 거실에 누워 있었다. 어차피 잠을 자지 못했겠지만 이쪽에서 말을 걸 생각은 없었다.

살금살금 부엌으로 가서 자신들끼리 차를 끓였다. 상을 빌려 마루방에서 책상다리를 하고 앉아 주먹밥을 먹었다.

"밤중에 뭔가 진전이 있었던 모양이던데."

오치아이가 말했다. 수사본부에서는 100명이 넘는 체제로 어젯밤부터 다마히메 공원의 반경 1킬로미터 권내를 이 잡듯이 수색했다. 범인은 다이토구, 아라카와구 부근에 잠복해 있을 가능성이 높다.

"연락이 없다는 것은 현 상황 그대로라는 뜻이겠지요. 하지만 이렇게 너저분한 서민 동네에서 사흘간이나 아이를 숨기고 있을 수 있다고는 생각되지 않는데 말이지요. 범인 그룹은 차를 갖고 있어서 사이타마나 어딘가에 잠복해 있는 거 아닐까요?"

이와무라는 공범이 있을 거라고 추측하고 있었다. 오치아이도 그런 방향으로 기울기 시작했다.

그때 부엌문의 반투명 유리를 사람 그림자가 덮쳤다. 톡톡 조심스러운 노크 소리가 났다. 누군가 하고 열었더니 덥수룩한 수염의 니이가 서 있었다.

"이 집 사람은?" 작은 소리로 물었다.

"아직 쉬고 있습니다. 그것보다 무슨 일로……."

"어젯밤 늦게 사위인 지쓰오가 불었어. 전 시계상 야마다 긴지로를 살해한 것은 신와회의 하나무라 마사카즈라고."

"그렇습니까?"

"그래. 고릴장 씨와 둘이서 추궁했더니 의외로 간단히 불더라고. 다나카 과장대리님께 보고했더니 잘했다, 이제 유괴사건 본부로 가라, 이러는 거야. 정말 사람 쓰는 게 거친 회사라니까."

니이가 신발을 벗고 부엌으로 올라왔다. 상 위의 주먹밥을 보고 "나한테도 좀 줘"라고 말하고는 대답도 듣지 않고 손을 뻗었다.

"하나무라가 빠루로 긴지로의 머리를 세게 내리쳐서 즉사했어. 지쓰오는 설마 죽일 줄은 몰랐기 때문에 당황했던 모양이야. 그래서 억지로 공범자로 꾸며져 난감하다는 자백이었어. 뭐 자신은 살고 싶은 일념이겠지."

"그래서 하나무라는요?"

"관서 지방에서 서울로 튀었어. 경찰의 손이 뻗치는 것을 알고 황급히 도망친 거 아니겠어? 어젯밤 하나무라 조직의 똘마니들을 불러내 어디 있는지를 추궁했더니 사정을 몰라서 그런지 시원하게 불더라고."

"서울이라면 한국입니까?"

"그래. 하나무라는 재일조선인이야. 그쪽에 다른 가족도 있는 모양이더라고. 한국과는 국교가 없으니까 국제 수배도 안 되고, 살인도 두 번째니까 잡히면 무기징역은 확실하니 당분간 그쪽에서 살 생각일 거야."

"그럼 미궁에 빠진 건가요?"

"아니. 체포영장을 받아 용의자 부재인 채 기소는 할 수 있지. 나머지는 한일 관계야. 본부의 높은 분에 따르면 미국의 의향으로 3년 이내에 한일 간의 국교 수립이 있을 거래. 그렇게 되면 내가 서울까지 체포하러 가야지."

니이가 주먹밥을 입에 가득 넣은 채 염치없이 뻔뻔스럽게 웃었다. 오치아이는 백전노장인 형사가 눈부시게 보였다.

"그런데 미나미센주마치의 사건은 결국 어떻게 된 겁니까? 알려주십시오."

이와무라가 니이를 위해 차를 끓이며 물었다.

"역시 일련의 빈집 털이 사건과 살인사건은 별개였어. 이봐, 잘 들어."

니이가 지쓰오에 대한 조사에서 얻은 진술은 다음과 같은 것이었다.

사위인 지쓰오가 신와회와 짜고 권총 밀수를 하고 있다는 사실을 안 긴지로는 지쓰오에게 발을 빼라고 여러 차례 요구했다. 지쓰오는 그만두고 싶었지만 하나무라가 매년 밀수를 요구해 와 거절할 수가 없었다. 그것을 긴지로에게 호소하자 긴지로는 하나무라와 직접 담판하기로 했다. 그 만남이 8월 9일 낮 아사쿠사의 요릿집에서 이루어졌지만, 하나무라가 좀처럼 물러서지 않았기 때문에 험악한 분위기가 되어 하나무라는 공갈 같은 말까지 하게 되었다. 그래서 긴지로의 자택으로 자리를 옮겨 이야기를 계속하려고 했는데 긴지로의 집에서 빈집 털이범과 우연히 마주쳤다. 그는 젊은 남자로 북쪽 지방 사투리를 썼다. 하나무라는 그 남자로부터 쇠지레를 빼앗아 냉큼 꺼지라며 쫓아내더니 느닷없이 그 쇠지레로 긴지로의 머리를 내리쳤다. 긴지로는 즉사하고 지쓰오는 하나무라로부터 입막음을 당했다―

"어디까지나 지쓰오의 진술이야. 지쓰오는 자신도 협박을 당했다고 지껄이지만, 놈이 행세하는 모습이나 평소의 야쿠자나 다름없는 언동에 비춰보면 곧이곧대로 믿을 수는 없는 노릇이고. 뭐, 그 부분은 주변을 수사해서 천천히 구멍을 메워나가야지."

"하나무라가 없어졌으니까 자신한테 유리한 것만 말하겠네요." 이와무라가 말했다.

"그래, 맞아. 지쓰오의 아내의 경우도 옛날부터 유산을 노렸던 점도 있었다니까. 모두 허투루 볼 수 없는 놈들이지."

"그런데 니이 씨, 그 빈집 털이는 우노 간지였습니까?" 오치아이가 물었다.

"지쓰오한테 우노 간지의 사진을 보여줬더니 비슷하다는 대답이었어. 그리고 사투리를 썼다는 것은 확실하다는 거야."

"그러니까 하나무라는 빈집 털이가 살인자로 돌변한 강도 사건으로 보이게 하려고 한 거군요."

"그래, 좋은 구실이 생겼다고 간단히 때려 죽였으니 하나무라는 미친개인 거지."

그때 복도를 걷는 소리가 들렸다. 대화를 멈추고 셋이서 소리 나는 쪽을 봤다. 미닫이문이 서서히 열리고 볼이 여윈 하루오가 얼굴을 드러냈다.

"안녕히 주무셨습니까?"

오치아이는 하루오의 쇠약해진 모습을 보고 깜짝 놀랐다. 옅은 쥐색의 얼굴은 거의 병자 같았다.

"안녕히 주무셨습니까? 이쪽은 본부의 니이 형사입니다."

오치아이가 소개했다. 하루오는 힘없이 고개를 숙일 뿐이고 제대로 얼굴을 보려고도 하지 않았다. 그대로 개수대로 가서 컵에 물을 따라 마셨다.

"어젯밤에는 좀 주무셨습니까?" 오치아이가 물었다.

"바보 같은 걸 묻는 게 아니네." 니이가 즉각 날카로운 소리를 냈다. 오치아이는 목을 움츠리고 자신의 무신경함을 사죄했다.

"주먹밥이 좀 많은데 아버님도 드십시오." 이와무라가 권했다.

"아뇨, 식욕이……." 하루오가 고개를 가로저었다.

"그건 알겠지만 좀 드시지요. 오늘 저녁 몸값을 전달하는 것은 아버님의 일입니다."

오치아이가 재촉하자 하루오는 마음을 고쳐먹었는지 김이 말린 주먹밥 하나를 들고 천천히 씹었다. 그리고 다시 전화가 있는 거실로 돌아갔다.

"피해자를 보면 역시 괴롭군." 니이가 얼굴을 일그러뜨리며 말했다.

"니이 씨, 유괴사건은 경험이 있습니까?" 오치아이가 물었다.

"아니, 처음이네. 하지만 유괴사건이 무서운 것은 범인도 익숙하지 않다는 거지. 일본에서 유괴는 한 번뿐이야. 상습범은 없어. 그래서 무서운 거지."

오치아이는 니이의 지적에 납득했다. 확실히 이 평화로운 일본에서 영리 목적의 유괴를 되풀이하는 범죄 그룹은 없다.

"니이 씨는 공범이 있다고 생각합니까?"

이와무라가 묻자 니이는 다소 대답을 망설이며 "자네들은 어떻게 생각하나?" 하고 역으로 되물었다.

"저는 공범이 있다고 생각합니다." 이와무라가 말했다.

"근거를 말해보게."

"몸값을 요구하는 전화를 걸어왔을 때 아이는 가까이에 없는 것 같았습니다. 그리고 신발을 산야의 공원 근처에 놓았을 때도 설마 범인은 아이를 데리고는 움직이지 않았을 겁니다. 그러면 다른 사람이 감시하고 있지 않으면 안 됩니다."

"그런가, 그랬다면 좋겠군."

니이가 건조한 어조로 말했다. 말의 의미를 헤아리고 있었더니 니이는 "다나카 과장대리님으로부터 대체적인 경위는 들었지. 그러니까 이런 말을 하는 건 괴롭지만……" 하고 서두를 깔고 오치아이와 이와무라에게 물었다.

"자네들, 범인이 요시오를 데리고 있는 증거로 운동화 한 짝만 삼륜차 짐칸에 놓았다고 들었을 때 어떻게 생각했나?"

"그건 부모의 신경을 건드리는 심한 짓을 한다고 생각했습니다만." 이와무라가 말했다.

"신발을 벗기면 아이는 어떻게 되지?"

"어떻게 되다니요……?"

"맨발이 되겠지. 그렇게 되면 데리고 다니는 것도 힘들어."

"예, 그렇습니다만……."

"자네들은 어떻게 하겠나?"

"새 신발을 사겠습니다." 이와무라가 대답하며 "앗" 하고 소리를 질렀다. "이 부근에서 어린이용 신발을 산 사람이 없는지 조사해보겠습니다."

"나도 그랬으면 좋겠네. 하지만 말이야, 그런 성가신 일을 할 거라면 처음부터 신발 같은 걸 벗길 거라고 생각하나?"

니이가 충혈된 눈으로 말했다. 오치아이는 등골이 오싹해졌다. 자신은 생각도 하지 못했다. 신발을 벗겼다는 것은 데리고 다닐 필요가 없어졌을 가능성이 있다는 것이다.

"그다음 이야기는 하게 하지 마."

니이가 우물거리는 목소리로 말하고 그 후에는 침묵을 이어갔다. 이와무라도 말의 의미를 알아챈 듯 창백한 얼굴로 시선을 아래로 향했다.

오후가 되어 나가사키 2계장과 아사쿠사서의 호소노가 스즈키 상점으로 찾아왔다. 오전 중에 이루어진 수사 회의의 내용이 오치아이 일행에게 전해졌다. 밤을 샌 수색에서도 단서를 얻을 수 없었고 수사관의 수만 늘어난 상황이었다.

스즈키 상점의 여종업원이었던 가와다 게이코에 대해서는 새로운 정보가 들어왔다. 지금까지 지바의 우라야스에 있는 고향 집에 문의해도 소재가 불분명하다는 말만 되풀이했지만, 아사쿠사서의 형사가 직접 그 집에 방문하여 따님이 어떤 사건에 휘말렸을지도 모른다며 부탁해서 이야기를 들어봤더니 게이코의 아버지가 "창피하지만……" 하며 사정을 털어놓았다. 게이코는 아사쿠사의 바텐더와 사랑의 도피를 하여 실종되었다는 것이다. 바텐더는 이미 가게를 그만두었고 전과는 없었지만 도박꾼이었다. 직접적으로 유괴사건과 관련되었다는 근거는 아무것도 없지만, 그래도 끌어당길 수 있는 실이 없는 가운데서는 귀중한 정보로, 전담반이 쫓기로 했다.

몸값에 대해서는 호리에 서장이 신문지를 잘라 다발로 만든 가짜를 사용하자는 말을 꺼냈고, 이에 하루오가 난색을 표했다.

"가짜라는 것을 알게 되면 범인이 화를 내며 무슨 짓을 할지 모르잖아요."

"만일의 경우 눈을 멀뚱멀뚱 뜨고 빼앗기면 안 되니까요."

호소노가 이렇게 설명했지만 하루오는 마지막까지 납득하지 못해 결국 진짜 현금을 사용하게 되었다.

오토바이는 경시청이 조달했다. 내년 올림픽 경비를 위해 한창 차량을 대량으로 발주하고 있었기 때문에 혼다에 교섭했더니 간단히 빌려주었다. 물론 사정은 덮어두었다.

실제로 오토바이를 운전하여 도쿄 스타디움으로 옮기는 것은 하루오 본인이다. 수사관이 대신하는 안도 나왔지만 범인이 하루오의 얼굴을 알고 있을 가능성도 있기 때문에 어쩔 수 없다고 판단했다.

전달 장소에 배치되는 것은 서른 명의 수사관들이다. 그중 스무 명이 관중을 가장하고 나머지 열 명이 노점상으로 가장했다. 도쿄 스타디움 주변은 경기가 있는 날은 포장마차가 늘 어서기 때문에 눈에 띄지 않게 감시하는 데는 이렇게 하는 것이 가장 낫다는 아이디어였다.

그 이외에는 차량 한 대를 준비하여 하루오가 돈을 운반할 때 앞에서 이끄는 일과 범인이 오토바이로 돈을 가져갈 경우 추적하는 일을 맡기로 했다. 운전을 하게 된 것은 오치아이와 이와무라다. 나머지 수사관은 그사이에도 탐문을 계속하여 요시오의 발견과 구출에 힘쓴다.

범인에게 확인할 것도 있다. 이륜차 보관소가 두 군데라는 것은 범인으로부터 확인 전화가 왔을 때 1루 측과 3루 측 어느 쪽에 두면 되는지를 묻는 것이었다. 또한 오토바이에 키를 꽂은 채 두면 돌아다니는 도둑이 훔쳐갈 가능성도 있으니까 키는 시트 밑에 넣어두기로 제안한다.

수사의 첫 번째 방침은 그 자리에서 범인의 신병을 구속하는 일이었다. 결정을 내린 것은 호리에 서장이다. 여기에는 오치아이 일행도 귀를 의심했다.

"공범자가 있으면 어떻게 합니까?"

오치아이의 질문에 호리에 바로 밑의 부하인 호소노가 굳은 얼굴로 대답했다.

"설사 있다고 해도 범인은 초짜다. 동네의 두부집 아들을 유괴하며 몸값이 단 50만 엔이라니, 계획적 범행일 리가 없어. 몸값의 전달 장소와 방법을 지정하는 것도 조잡해. 똘마니보다 조금 나은 정도의 놈들임이 틀림없겠지. 잡아서 추궁하면 반드시 불 거야. 그보다 범인한테 몸값을 건네고 도망가게 했다가 추적에 실패했을 때가 더 무서워."

그런 말을 듣자 오치아이 일행은 잠자코 있을 수가 없었다. 게다가 대안도 떠오르지 않았다. 경시청은 유괴사건에 관한 대응책을 아직 확립하고 있지 못한 실정이었다. 그것은 유괴가 가정 전화의 보급에 따라 널리 퍼진 새로운 수법의 범죄이기 때문이다.

그 자리에서 신병을 확보하는 방침은 하루오와 도시코에게는 전하지 않았다. 아이의 목숨만 구하면 된다고 생각하고 있는 부모에게는 도저히 받아들일 수 없을 거라는 걸 경찰도 알고 있는 것이다.

오후 3시가 되어 오토바이가 스즈키 상점에 도착했다. 하루오는 보통면허의 소지자로 오토바이 운전 경험도 있었지만, "아이가 태어나고 나서는 타지 않았다"고 해서 조금 연습하게 하기로 했다. 오치아이가 자전거로 따라가며 동네 한 바퀴를 돌았다. 교통량이 많은 길에도 익숙한 편이 낫기 때문에 노면 전차가 다니는 길로도 나갔다. 하루오는 실패가 허락되지 않는 긴장감에서 액셀을 밟고 푸는 것이 원활하지 않아 몇 번이고 노킹을 되풀이하는 상태였다.

"아버님, 어깨에 힘이 너무 들어갔습니다. 조금 더 힘을 빼세요."

나란히 달리며 오치아이가 조언했다. 하루오는 성실하고 정직한 사람인 듯 젊은 오치아이에게도 "예"라고 정중하게 대답하며 연습에 몰두했다. 그 진지함을 보는 것이 애처로워서 오치아이는 한층 범인이 미워졌다.

스미다가와강의 제방까지 가서 둑에 앉아 휴식을 취했다. 마침 초등학생의 하교 시간으로 한눈팔기를 하는 남자아이들이 강에 돌을 던지며 놀고 있었다.

"오치아이 씨, 요시오는 돌아올까요?"

하루오가 처음으로 오치아이 씨라고 이름을 부르며 물었다.

"물론입니다. 돌아오고말고요. 유괴사건의 대부분은 미수로 끝납니다. 힘내십시오."

오치아이는 곧바로 대답했다. 이 자리에서는 이렇게 대답할 수밖에 없었고, 자신을 타이르는 의미도 있었다.

"오치아이 씨는 아이가 있습니까?"

"예, 한 살짜리 아들이 있습니다."

"그렇습니까? 한창 귀여울 때네요."

"아니, 하지만 사건이 일어나면 좀처럼 들어가지 못해서 이래저래 한 달쯤 잠든 얼굴밖에 보지 못했습니다."

"그래도 아이는 귀엽지요."

"당연하지요."

"우리는 여자아이 둘이 연속으로 생겼다가 가까스로 생긴 남자아이라서 정말 소중히 키웠지요. 아무래도 몸에 장애가 있는 것 같아서, 한쪽 발이 조금 안 좋은 것과 공부 쪽이, 뭐랄까, 다른 아이들을 따라갈 수 없는 것 같아서 부모로서 미안한 마음이 크다고 할까요……. 그래서 더더욱 귀엽고. 아무튼 한 번 더 이 손으로 안아주며 너는 아빠의 아이니까 아무 걱정하지 않아도 된다고 안심시켜주고 싶습니다."

하루오가 더듬더듬 이야기했다. 아이가 유괴당한 지 이미 사흘이 지났다. 그사이 하루오는 어떤 심리적 갈등을 겪었을까. 무사하기를 바라면서도 최악의 사태를 상상하는 순간도 있었을 것이다. 마음이 계속해서 흔들린 사흘간이었을 것이다.

"돈을 건네면 요시오를 돌려주겠지요?" 하루오가 물었다.

"그거야 그렇지요." 오치아이가 맞장구를 쳤다.

"경찰에는 몇 번이나 말했던 것처럼 누군가의 원한을 산 기억이 없습니다. 그렇다면 돈을 주면 끝나는 걸까요? 경찰은 가게를 갑자기 그만둔 게이코의 행방도 쫓고 있는 것 같던데, 시골의 평범한 가정의 착한 아가씨입니다. 우리가 모르는 사이에 아사쿠사의 바텐더에게 홀려서 사랑의 도피를 한 모양입니다만, 요시오의 유괴와는 관계없다고 생각합니다."

"그렇습니까? 하지만 도피를 한 상대인 바텐더까지 착한 사람이라고는 할 수 없으니까요."

"그렇다면 그러는 편이 낫습니다. 게이코가 있다면 요시오도 무사히 돌아올 겁니다."

"듣고 보니 그렇겠네요."

오치아이도 그런 것이기를 바랐다. 니이가 지적한 신발 건도 있기 때문에 단독범이라고 한다면 그다음을 생각하는 것이 두려워진다.

밖으로 나가는 것이 오랜만인 하루오는 풀밭에 뒹굴며 한눈팔기를 하고 있는 초등학생들을 바라보고 있었다. 그 가슴에 무엇이 오갔을지 오치아이는 가슴이 저릴 만큼 그 자리에 있는 것이 괴로웠다.

저녁 6시가 되어 수사관들이 배치되었다. 이미 도쿄 스타디움에서는 다이마이 대 긴테쓰의 더블헤더의 첫 번째 경기가 이루어지고 있고, 관중은 약 800명이었다. 예상보다 많았던 것은 다이마이가 아이를 데려온 관중에게 장난감을 선물한다고 선전했기 때문인 듯했다.

그러한 정보는 근처의 파출소에 대기하고 있는 아사쿠사서 방범과의 경관에 의해 하나하나 보고되었다. 스즈키 상점의 전화는 언제 범인으로부터 연락이 올지 모르기 때문에 수사의 연락용으로는 사용할 수 없는 것이다.

그리고 범인으로부터는 저녁 6시 16분에 다섯 번째 전화가 걸려 왔다.

"스즈키 씨입니까?"

"예, 그렇습니다. 당신이군요?"

"그렇소. 8시에 도쿄 스타디움, 예정대로 괜찮지요?"

"저, 오토바이의 바구니에 돈을 넣고 키를 꽂은 채 이륜차 보관소에 두는 거지요?"

"그렇소. 거기에 놓으면 곧바로 돌아가시오."

"그런데 도쿄 스타디움의 이륜차 보관소 말인데요, 1루 측과 3루 측, 이렇게 두 군데가 있다고 합니다. 어느 쪽이 좋습니까?"

"아, 그래요? 음, 그럼 1루 측에."

"그리고 키를 꽂은 채 두라고 했지만, 그렇게 되면 지나가는 도둑이 오토바이째 훔쳐가지 않을까 저는 그게 걱정됩니다만."

"아, 그렇겠네요. 그럼 열쇠는 빼서 돌아가도 좋소."

"괜찮습니까?"

"예, 괜찮소. 어쩔 수 없으니까."

"아니, 뭣하면 시트 밑에 넣어두어도……. 시트를 열면 안에 공구를 넣는 틈이 있잖아요. 거기에 넣어둘까 하는데."

"그럼 그렇게 해주시오."

"돈은 신문지에 싸서 바구니 안에 넣어두는 거죠?"

"예. 그렇소."

"괜찮을까요? 날치기가 홀쩍 가져가버리면 곤란할 거라고 생각하는데요."

"달리 무슨 방법이 있습니까?"

"아니, 그건……. 뭣하면 거기서 기다리고 있을까요?"

"기다린다고, 아저씨가?"

"그렇습니다."

"그건 곤란하지요. ……그렇다면 돈도 시트 밑에 넣어두겠습니까? 공구를 빼면 돈다발 정도는 들어가겠지요."

"알겠습니다."

"그럼 지금 나가주시겠습니까? 그런 거라면 8시 정각이 아니어도 상관없으니까."

"지금 말인가요?"

"그렇소. 사정이 안 되는 겁니까?"

"아니요, 그런 것은……."

"지금 집을 나와서 도쿄 스타디움의 이륜차 보관소에 두고 돌아가시오. 20분쯤 걸리지요? 돈을 확인하면 아이를 돌려보내겠습니다. 그리고 되풀이하지만 경찰에 알리거나 하면 좋지 않은 일이 일어날 테니, 그것만은 잘 부탁합니다. 이쪽은 감시자도 있으니까."

"예."

"그럼 잘 부탁합니다."

전화가 끊기자 호소노는 매우 당황했다.

"감시자가 있다고 했지? 그렇다면 공범이 있다는 건가?"

"아니, 허세를 부리는 건지도 모르고, 단정할 수 없습니다."

오치아이는 고개를 갸우뚱하며 말했다. 마지막이 되어 넌지시 비치는 것이 역으로 더 수상해 보였다.

"아무튼 녹음테이프를 수사본부에 전달해야겠지. 파출소에 있는 우리 사람한테 달려가라고 해. 그리고 오치아이와 이와무라는 차량을 타고 아버님을 선도해서 가고."

"아니, 잠깐만. 본부의 지시를 기다리는 게 낫지 않을까? 지금 나가면 예정보다 한 시간 이상 빨리 도쿄 스타디움에 도착하게 돼. 배치를 제시간에 마치지 못할 가능성도 있으니까."

나가사키가 제동을 걸고 나섰다. 확실히 멋대로 결정해도 되는 일이 아니다.

나가사키의 재촉을 받고 호소노가 수사본부에 전화로 지시를 요청했다. 감시자가 있다는 범인의 말도 보고했다.

　호리에 서장이 내린 명령은 범인의 지시에 따라 곧바로 행동에 옮기라는 것이었다. 수사관들은 이미 배치되어 있어 대응할 수 있다는 판단이었다.

　"잠깐 기다려주게. 배치가 되어 있어도 수사관들은 저녁 8시라고 알고 있겠지? 무전기도 없는데 어떻게 알리지?"

　나가사키가 호소노에게 연달아 물었다. 오치아이도 동감이었다. 지금 전령을 보낸다고 해도 서른 명의 수사관 전원에게 전하는 것은 무리다. 그리고 전달하는 행위 자체가 눈에 띄게 된다.

　"우리 서장님이 정한 일이니까 따라주게. 괜찮네. 오토바이를 탄 아버님이 나타나면 다들 알아채겠지."

　호소노가 강변하지만 나가사키는 납득이 가지 않는다는 표정이었다. 미리 이륜차 보관소 부근에 가 있는 수사관들이라면 알아채겠지만, 그 시간까지 주변을 걷고 있는 수사관들도 있을 것이다.

　"그것보다 의문입니다만." 이와무라가 조심스럽게 말했다. "현금도 키도 시트 밑에 감추면 표지가 없어지는 것 아닙니까? 다른 오토바이라도 세워져 있다면 범인은 구별할 수 없을 것 같은데요."

　"그래. 큰일이군. 그걸 몰랐어. 자네, 왜 가만히 있었어?"

호소노가 얼굴을 일그러뜨리며 이와무라를 질책했다.

"아니, 한창 전화를 하는데 끼어들 수 없으니까요⋯⋯."

"아버님도 왜 멋대로 약속을 하는 겁니까?"

겸연쩍음에서 하루오에게까지 창끝을 돌렸다.

"아니, 그걸 아버님께 이야기해도⋯⋯." 오치아이가 이야기에 끼어들었다. "키를 꽂은 채라든가 바구니에 현금을 넣어둔다든가 하는 범인의 요구가 있었던 시점에 미비점을 지적하지 않았던 경찰의 과실입니다."

"아무튼 움직이기 시작한 거야. 빨리 나가게."

"키와 현금은 어떻게 합니까? 확실한 지시를 내려주십시오."

"범인한테 시트 밑에 넣어두겠다고 말했어. 그대로 해야지. 범인이 찾을 테니까."

호소노가 난폭하게 말했다. 나가사키는 팔짱을 끼고 입을 다물고 있었다. 오치아이는 위기감을 느꼈다. 실패가 허락되지 않는 몸값 전달 방식에서 시작되기 전부터 혼란을 야기하고 있다. 이것도 수사 지휘를 호리에 서장 스스로 쥐고 있는 탓이다.

불안한 듯한 표정의 하루오를 재촉하여 뒷문을 통해 골목으로 나갔다. 오토바이의 시트 밑에 신문지로 싼 50만 엔 다발을 넣었다. 오치아이는 깊이 숨을 들이쉬고 자신에게 정신을 집중했다. 그리고 하루오에게 지시를 내렸다.

"아버님, 큰길로 나가면 저희 차 뒤를 따라오세요. 회색 블루버드(닛산자동차의 세단)입니다. 무선 안테나가 트렁크에서 뻗어 나와 있으니까 그것이 표지입니다. 경로는 노면전찻길을 똑바로 북상하고 산야와 나미다바시를 빠져나와 미나미센주마치로 나갈 겁니다. 그 앞은 길이 좁기 때문에 무척 조심해야 합니다. 도쿄 스타디움에 도착하면 저희는 정차하지 않고 일단 통과하겠습니다. 아버님은 거기서 갈라져 1루 측 이륜차 보관소에 오토바이를 세워주세요. 그때 만약 범인이 접촉하러 오면 아무쪼록 냉정히 대응해주세요. 돈은 여기에 준비했다, 아이를 돌려주기 바란다, 이렇게 호소하세요. 그때 주위에 도움을 구하는 동작은 하지 말아주십시오. 경찰이 감시하고 있다는 걸 눈치채게 될 겁니다. 범인이 오토바이를 타고 도망가려고 하면 막지 마세요. 그길로 아버님은 집으로 돌아가십시오. 나머지는 저희가 범인을 확보하고 요시오를 구출하겠습니다."

하루오는 "예, 예" 하며 다소곳이 고개를 끄덕였다. 그 입술이 떨리고 있는 것을 보고 오치아이는 형사의 책임을 통감했다. 피해자는 경찰에 완전히 의존하게 되는 것이다.

핸들은 오치아이가 잡았다. 이와무라는 조수석에 앉아 주위를 둘러보았다. 이 순간에도 범인이 가까이에 숨어 있을지도 모른다.

"하지만 이렇게 약속을 하지 않아도 되는 겁니까? 받으러 나

온 사람이 그냥 고용된 부랑자라면 어떻게 합니까?" 이와무라
가 불안한 듯이 말했다.

"이젠 늦었어. 시작된 일이야."

"관할서의 서장이 수사본부를 운영하는 건 그렇다고 쳐도
실제로 지휘를 하는 건 괜찮은 겁니까? 다마리 1과장님은 잘
도 잠자코 있네요."

"말하지 마. 우리는 상부의 명령을 따르기만 하면 돼."

호리에 서장이 다마리 1과장에게 대항 의식을 갖고 있다는
것은 분위기로 알 수 있었다. 다만 그것을 현장에서 겪게 되자
수사관들은 당혹스러울 뿐이었다.

날이 완전히 저문 도쿄의 서민 동네를 나아갔다. 최근에 자
가용이 늘어 이 시간에도 도로는 혼잡했다. 덤프트럭이 눈에
띄는 것은 올림픽 공사로 인해 시내로 운반하는 모래가 많기
때문이다. 커다란 덤프트럭이 요란한 소리를 내며 추월해 간다.

"저 자식, 속도위반 딱지를 끊어줘야 하는데." 이와무라가 차
안에서 언성을 높였으나 사이렌을 울릴 수도 없어 그냥 보내
줄 수밖에 없었다. 도쿄도 운전 매너는 후진국 수준이다.

나미다바시를 건너 도키와선의 고가 밑을 빠져나가 V자로
돌아 닛코 가도로 들어갔다. 바로 오른편에는 미나미센주 경
찰서가 있었다. 범인은 왜 경찰서에서 금방 걸어서 갈 수 있는

도쿄 스타디움을 지정했을까. 무지한 것인가, 대담한 것인가.

오른쪽으로 돌아 샛길로 들어갔다. 길의 폭이 좁아지는 데서 속도를 늦추었다. 백미러로 하루오의 오토바이를 확인했다. 표정까지는 보이지 않지만 극도로 긴장하고 있을 것이다. 핸들을 쥔 오치아이의 손도 땀으로 흠뻑 젖었다.

얼굴을 들자 도쿄 스타디움의 조명이 보였다. 밤의 어둠을 그곳만 없앤 것처럼 휘황찬란하게 빛나고 있다. 보도에는 이제부터 경기를 관전하러 가는 가족들의 모습이 눈에 띄었다. 시간으로 보면 이제 곧 더블헤더의 첫 번째 경기가 끝날 무렵이다.

"여기가 정면 게이트입니다."

옆에서 이와무라가 말했다. 하얀 도리이(신사 입구에 신의 영역임을 표시하는 일종의 기둥 문) 같은 게이트가 오른쪽 시야에 비쳤다. 두리번거릴 수도 없어서 정면을 본 채 직진했다. 백미러로 하루오의 오토바이가 게이트를 빠져나가 부지 내로 들어가는 것을 확인했다. 시계를 보니 저녁 6시 46분이었다.

"됐어, 여기에 세우자."

오치아이는 왼쪽 갓길에 차를 세우고 차 안에서 뒤쪽을 감시했다.

"수사관 몇 명이 있네요. 저기 이소베야키(간장을 발라 간한 구운 떡에 김을 붙인 음식) 포장마차에 있는 사람은 아사쿠사서의 형사입니다."

이와무라가 재빨리 발견했다.

"좋아, 자네, 내려서 이소베야키 하나 사 와. 그리고 시간이 변경되었다는 연락을 받았는지 물어보고 와."

"알겠습니다."

이와무라가 차에서 내려 종종걸음으로 달려간다. 손님을 가장하여 이소베야키를 사고 몇 마디 말을 주고받은 후 곧장 돌아왔다. 이와무라의 창백한 얼굴을 보고 오치아이는 헤아릴 수 있었다.

"큰일입니다. 듣지 못했다는데요. 노점상으로 분장한 수사관은 불량배들에게 양해를 구해 각 노점에 배치되어 있지만, 그 이외의 수사관들은 저녁 7시 반에 담당 장소에 도착하라는 지시가 내려온 것 말고는 개인 재량으로 움직이고 있습니다. 구장 안에 있기도 하고 가장 가까운 역에서 수상한 사람이 없나 감시하고 있기도 해서 철저하게 연락을 하는 것은 어려울 것 같습니다."

이와무라가 조수석으로 들어오자마자 단숨에 말했다. 오치아이는 혼란스러웠다. 그러고 보니 자신들은 몸값을 전달하는 장소에서의 지휘 계통조차 듣지 못했다. 누구를 붙잡고 사태를 전하면 좋단 말인가.

이러쿵저러쿵하는 사이에 스타디움에서 하루오가 걸어 나

왔다. 불안한 듯한 표정을 먼눈으로도 알 수 있었다. 길에서 택시를 잡아타고 온 길을 되돌아간다.

"이봐, 이륜차 보관소에는 누가 있는 거야?"

"모르겠습니다."

"자네가 가. 급해."

오치아이가 명하자 이와무라는 황급히 다시 차에서 내려 스타디움을 향해 달려갔다. 그리고 이와무라가 게이트 10미터쯤 앞까지 갔을 때 안에서 오토바이 한 대가 나타났다. 운전하는 사람은 헬멧을 쓰고 배낭을 멘 젊은 남자였다. 이와무라가 허둥대며 멈춰 서서 오치아이를 돌아보았다. '어떻게 할까요?' 하고 눈으로 지시를 구했다. 오토바이는 거리로 나가자 좌우를 확인하고 미나미센주 역 쪽으로 달려갔다.

오치아이는 서둘러 차를 출발시켰다. 무리하게 유턴을 해서 이와무라를 태우고 오토바이를 쫓아갔다.

"돈이 든 오토바이야? 번호는 봤어?"

"아뇨, 확인하지 못했습니다."

액셀을 밟아 뒤를 쫓았지만 앞에서 저속으로 달리는 삼륜차에 막혔다. 오토바이는 차선에서 빠져나와 쓱쓱 나아갔다.

"이와무라, 달려!" 오치아이는 무심코 소리쳤다.

이와무라는 조수석에서 뛰쳐나가 전력으로 보도를 달렸다. 학생 시절에는 보트부 선수였던 만큼 영양처럼 달려간다. 오치아이는 차창으로 고개를 내밀고 앞쪽을 보았다. 50미터쯤 앞에 교차로가 있고 신호는 빨간색이었다. 거기서 붙잡으면 좋을 텐데.

잠시 후 자동차가 교차로까지 나아가자 보도에서 두 손을 무릎에 대고 숨을 헐떡이고 있는 이와무라가 있었다.

"아니었습니다. 신문사의 배달부였어요. 촬영 필름을 운송한 겁니다."

"에잇, 마음 졸이게 하고 말이야. 돌아가자."

다시 이와무라를 태우고 스타디움으로 돌아갔다. 앞길에 세워두면 범인이 가는 방향으로 다시 유턴하지 않으면 안 되기 때문에 이번에는 부지 내의 이륜차 보관소로 들어가기로 했다. 구장 담당자가 달려와 차는 관계자만 주차할 수 있다고 해서 경찰수첩을 보여주어 입을 다물게 하고, 이륜차 보관소가 보이는 위치에 차를 세웠다.

이와무라에게 오토바이가 아직 있는지 확인하게 하고 차 안에서 감시하기로 했다.

"하지만 이렇게 미비한 건 어떻게 된 거야? 수사1과가 이런 꼴이어도 되는 거야?"

오치아이가 의분에 차서 말했다.

"수사1과의 지휘관이 없기 때문이겠지요. 다나카 과장대리가 지휘권을 잡으면 되는데 말이에요. 미나미센주마치의 사건도 일단락되었고 말이지요."

이와무라도 불만을 감추려고 하지 않았다.

"하지만 이미 시작된 건 어쩔 수 없어. 감시에 집중해야지. 우리끼리 체포하자고."

구장 안에서는 타구 소리와 환성이 들려왔다. 장내 아나운서가 선수의 이름을 말하는 소리가 가을바람을 타고 서민 동네로 흘러간다. 시계를 보니 저녁 7시를 지나고 있었다. 슬슬 첫 번째 경기가 끝나고 관중의 출입이 많아질 것이다. 범인은 그 시간대를 노려 지정했을까, 아니면 아무렇게나 지시했던 것일까.

그때 누군가 뒤쪽 창유리를 톡톡 두드렸다. 돌아보자 니이가 서 있었다. 문을 열고 올라탔다.

"여기는 너무 눈에 띄잖아. 범인이 경계할 거야."

"아니, 하지만 배치가 맞지 않아서요……." 오치아이가 대답했다.

"나도 조금 전에 역 앞에서 들었어. 호리에 서장은 정말 난폭한 일을 하는군. 결행 시간은 변경하면 안 되지. 군대 작전의 기본일 텐데 말이야."

니이가 담배에 불을 붙였다. 좁은 차 안인데도 개의치 않고 연기를 내뿜었다.

"그런데 현금이 든 오토바이는 어떤 거야?"

"저기 벽 가의 새것입니다."

"범인도 생각 좀 했군. 혼다의 오토바이 슈퍼커브는 국민차잖아. 눈에 띄지 않고 좁은 데서도 쉽게 방향을 바꿀 수 있고 말이야. 차로 추격하는 것은 힘들 거야."

"아니, 특별히 의도한 건 아니지 않을까요?"

"무슨 뜻이지?"

"저는 범인의 전화 목소리를 들었습니다만, 치밀한 인상은 없었습니다. 돈을 놓을 장소도 엉성했고 갑자기 시간을 앞당기기도 하고 그때그때 되는 대로 한다는 인상을 떨칠 수가 없습니다."

"뭐, 그것도 오늘은 알 수 있겠지. 신병을 구속해서 추궁할 거 아냐? 전쟁 전의 특고 경찰도 아니고 말이야."

"니이 씨라면 어떻게 하겠습니까?"

"50만 엔 정도는 줘버리겠지. 그리고 아이가 돌아온 후에 추적해야지." 니이가 곧바로 대답했다.

"그렇군요……."

"지폐 번호를 적어두면 범인은 반드시 꼬리를 드러내지. ……이봐, 그런데 지폐 번호는 적어두었겠지?"

니이가 진지한 얼굴로 돌아가 물었다. 오치아이와 이와무라는 대답이 궁했다.

"아니, 저희는 듣지 못했습니다."

"이봐, 자네들 만일의 경우에는 각오해둬."

니이가 눈초리를 치켜올리고 낮게 으르렁거렸다. 오치아이
는 무릎이 떨렸다. 지폐 번호는 기록해두었을까? 지금으로서
는 확인할 수가 없다.

저녁 7시 반이 되어 더블헤더 두 번째 경기가 시작되었다.
범인은 아직 나타나지 않았다. 모든 수사관들이 담당한 장소
에 가서 어떻게든 시간 변경에 대응할 수 있었다. 오치아이 일
행은 차 안에서 오토바이에 다가가는 남자가 없을까 하고 눈
을 집중하고 있었다.

"늦네요. 시간을 앞당기자고 한 것은 범인이잖아요." 이와무
라가 말했다.

"그렇지. 무슨 사정이 있는 걸까, 아니면 경계하고 있는 걸
까?" 오치아이는 점점 초조해졌다.

저녁 8시가 되었다. 애초에 지정한 시간이다. 그래도 범인은
나타나지 않았다.

"어떻게 된 거야? 중지인가? 오치아이, 스즈키 상점에 무슨
연락은 들어오지 않았어?"

니이가 물었다.

"아뇨, 듣지 못했습니다. 무슨 일이 있으면 무선으로 들어왔
겠지요."

"범인은 오토바이를 타고 도망칠 생각이겠지?"

"그렇겠지요. 처음에는 키를 꽂아두라는 지시가 있었으니까요."

"아니, 하지만 오늘 전화에서는 키를 빼서 돌아가도 좋다고 했습니다. 어쩔 수 없다면서요. 범인은 오토바이에 집착하지 않았습니다."

이와무라가 말했다. 확실히 전화에서는 아무래도 좋다는 말투였다.

저녁 8시 15분. 다른 수사관들도 초조해져서 몇 명은 이륜차 보관소 앞을 왔다 갔다 했다.

저녁 8시 30분. 아직도 나타나지 않았다. 수사본부에서 연락도 오지 않아 수사관들은 전선에 남겨진 병사가 되어 있었다.

"이봐, 자네들. 스즈키 상점의 주인이 오토바이를 놓고 나서 한 번도 눈을 떼지 않았어?"

니이가 물었다.

"아뇨, 놓은 직후 다른 오토바이가 스타디움에서 나가 잘못 알고 추적한 시간이 있었습니다. 10분쯤입니다."

오치아이가 대답했다.

"이 바보 같은 놈들, 그걸 먼저 말해야지. 이와무라, 시트 밑에 돈이 있는지 보고 와."

"괜찮을까요, 가도?"

"가! 명령이야!"

니이가 언성을 높였다. 오치아이는 핏기가 가셨다. 하루오가 스타디움에 도착했을 때 수사관들은 아직 배치되지 않았다. 이를테면 공백의 시간이 있었던 것이다.

이와무라가 주변을 둘러보며 재빨리 오토바이가 있는 곳까지 달려갔다. 시트를 열고 들여다보고는 바로 뒤를 돌아보며 입을 반쯤 벌리고 있었다. 창백한 얼굴로 차로 돌아온다. "당했습니다. 돈이 사라졌습니다." 이와무라가 비통한 목소리로 말했다.

오치아이는 머릿속이 새하얘졌다. 이 무슨 실수란 말인가.

"오치아이는 무선으로 경시청 통신실에 알려. 소용없겠지만 긴급 배치를 해야지. 이와무라는 수사관들에게 알리고 다니고."

니이는 지시를 내리고 차에서 내렸다.

"망쳤어. 아이를 돌려주면 좋겠지만 말이야. 난 수사본부에 전화하고 오지."

발길을 돌려 공중전화를 찾아 달려갔다. 오치아이는 대시보드에 달린 무전기의 마이크를 들었다.

"긴급, 긴급, 여기는 도쿄 스타디움 현장, 경시청 나오세요."

"여기는 경시청, 현장 말하라."

"현금 전달 장소에서 피의자의 신병 확보 실패. 피의자는 현금을 갖고 이미 도주 중. 긴급 수배를 요청합니다."

보고를 하며 오치아이는 일의 중대함에 목소리가 떨렸다. 피해자 하루오에게 뭐라고 말하면 좋단 말인가. 심한 동요로 자신이 무슨 말을 하고 있는지도 알 수 없었다.

2권에 계속

죄의 궤적 1

1판 1쇄 발행 2021년 5월 14일
1판 4쇄 발행 2023년 6월 1일

지은이 · 오쿠다 히데오
옮긴이 · 송태욱
펴낸이 · 주연선

총괄이사 · 이진희
책임편집 · 허유민
저작권 · 이혜명
표지 및 본문 디자인 · 이다은
마케팅 · 장병수 김진겸 강원모 정혜윤 유정연
관리 · 김두만 유효정 박초희

(주)은행나무
04035 서울특별시 마포구 양화로11길 54
전화 · 02)3143-0651~3 | 팩스 · 02)3143-0654
신고번호 · 제 1997—000168호(1997. 12. 12)
www.ehbook.co.kr
ehbook@ehbook.co.kr

ISBN 979-11-91071-01-6 04830
ISBN 979-11-91071-00-9 세트